HEYNE <

Das Buch

Der Wissenschaftler Dr. Bruce Banner, der eine traumatisierte Kindheit hinter sich hat, wird bei einem Laborexperiment einer gefährlichen Strahlung ausgesetzt. Die manchmal ganz praktische Nebenwirkung dieses Unfalls: Immer wenn Dr. Banner in Rage gerät, verwandelt er sich in ein grünhäutiges Kraftpaket – den Hulk. General Ross erhält den Auftrag, die Kreatur zu zerstören. Was Ross nicht weiß, ist, dass hinter dem Hulk ein eigentlich gutmütiger, mit sich ringender Mann steht, der unglücklich in Ross' Tochter Betty verliebt ist.

Der für seine Filme wie *Tiger & Dragon*, *Sinn und Sinnlichkeit* oder *Der Eissturm* preisgekrönte Kult-Regisseur Ang Lee verfilmte den erfolgreichen Marvel-Comic mit Eric Bana in der Rolle des Bruce Banner/Hulk, Altstar Nick Nolte als dessen Vater David Banner und Jungstar Josh Lucas in der Rolle des Major Glen Talbot. Die weibliche Hauptrolle spielt die für ihre Rolle in *A Beautiful Mind* oscarprämierte Jennifer Connelly. Sam Elliott, bekannt aus Filmklassikern wie *The Big Lebowski* oder *Butch Cassidy and the Sundance Kid*, übernahm die Rolle ihres Vaters, des Generals Ross.

Der Autor

Peter David wurde als Autor vieler Star Trek-Romane, von denen die meisten im Heyne Verlag erschienen sind, und Comicbücher weltbekannt. Darüber hinaus schrieb er zahlreiche Romane im Bereich Fantasy und Horror. Für das Kino und Fernsehen verfasste er diverse Drehbücher, entwickelte die TV-Serie *Space Cases* und schrieb Bühnenstücke. Zur Kinosensation *Spider-Man* verfasste er den Roman zum Film.

PETER DAVID

HULK™

Der Roman zum Film
basierend auf der Geschichte von JAMES SCHAMUS
nach einem Drehbuch von JOHN TURMAN und
MICHAEL FRANCE und JAMES SCHAMUS

Aus dem Amerikanischen
von Alexander Wagner

WILHELM HEYNE VERLAG
MÜNCHEN

HEYNE ALLGEMEINE REIHE
Band-Nr. 01/20118

Die Originalausgabe
THE HULK
erschien im Mai 2003 bei
The Ballantine Publishing Group

Umwelthinweis:
Das Buch wurde auf
chlor- und säurefreiem Papier gedruckt.

Deutsche Erstausgabe 07/2003

Der Wilhelm Heyne Verlag ist ein Verlag der
Ullstein Heyne List GmbH & Co. KG
Printed in Germany 2003
Umschlaggestaltung: Nele Schütz Design, München
Satz: Pinkuin Satz und Datentechnik, Berlin
Druck und Bindung: Ebner & Spiegel, Ulm

ISBN: 3-453-86834-X
http://www.heyne.de

»O Seele, schmilz zu kleinen Wassertropfen,
Fall in den Ozean, dass dich keiner finde!«

Marlowe, Doctor Faustus

TEIL EINS: IDENTITÄT

Verdacht

David Banner hatte seinen Sohn Bruce wütend gemacht. Und er stellte fest, dass er es gern getan hatte.

Schon rein äußerlich hatte David Banner etwas von einem besessenen Genie. Seine Augen schienen vor Intelligenz zu blitzen und sein fuchs-artig spitzes Gesicht ließ eine gewisse Durchtriebenheit sowie den unstillbaren Drang, die Wahrheit über Dinge herauszufinden, erahnen. Sein volles braunes Haar war säuberlich nach hinten gekämmt und er trug noch den Anzug, den er am Morgen zur Arbeit angezogen hatte. Es kam häufig vor, dass er sich am Abend nach der Arbeit noch mit dem kleinen Bruce beschäftigte, während seine Frau Edith das Abendessen zubereitete.

David saß auf dem Wohnzimmerteppich und warf immer wieder wachsame Blicke Richtung Küche. Er hörte Edith mit Töpfen und Pfannen scheppern. Wahrscheinlich kochte sie wieder irgendetwas Ungenießbares, wie das meiste, was sie abends auf den Tisch brachte. Sein Hauptinteresse galt im Augenblick jedoch weniger ihrem Versuch, ein Ratatouille zu zaubern, als den Aktivitäten seines kleinen Sohnes.

Der sechs Monate alte Bruce krabbelte zufrieden auf dem Teppich herum. Er hatte sich gut entwickelt, vor allem im Bereich der motorischen Fähigkeiten, auch wenn er bei der Geburt eher klein gewesen war und höchstwahrscheinlich nie zu einem Goliath heranwachsen würde.

Außerdem war er emotional abhängig von seinem Schnuller, an dem er mit einer vakuumartigen Kraft saugte, wann immer er konnte. David war darüber gar nicht unglücklich, im Gegenteil: Es kam ihm in gewisser Weise ganz gelegen.

Er sah interessiert zu, wie Bruce über den Teppich des schlicht eingerichteten Wohnzimmers krabbelte. Sie hatten den Raum babysicher gemacht, mit Gummiecken an den Kanten des Couchtischs und Sicherungen in den Steckdosen, damit die kleinen neugierigen Krabbelfinger keinen elektrischen Schlag bekommen konnten. Gerade robbte Bruce auf den Fernsehsessel zu, dessen Armlehne notdürftig mit Isolierband geklebt war, damit die Füllung nicht weiter herausquoll. Bruce machte »huh huh« wie eine kleine Lokomotive, während er krabbelte. Er trug ein kurzes rot-weiß gestreiftes Hemdchen und eine dicke Strumpfhose, damit er sich bei der Krabbelei nicht die Beinchen aufscheuerte. Ja, Edith war gründlich in solchen Dingen. Und das wäre sicher auch etwas gewesen, was David an ihr hätte schätzen können, vorausgesetzt natürlich, er hätte überhaupt etwas an ihr schätzen können, und sie nicht aus tiefstem Herzen gehasst. Gehasst dafür, dass sie es unbedingt hatte haben wollen, dieses … dieses krabbelnde, sabbernde, maunzende Etwas, das sie zu ihrer persönlichen Unterhaltung brauchte …

Dennoch …

Dennoch eröffneten sich durch Bruce auch Möglichkeiten. Ungewollte Möglichkeiten zwar, aber Möglichkeiten entstanden nun mal leider oft nach eigenen Gesetzmäßigkeiten. Und als Mann der Wissenschaften musste David dies akzeptieren und zusehen, wie er sie für sich nutzen konnte.

David Banner verfolgte gespannt, wie sein Sohn sich am Sessel hochzog und auf seinen dünnen kleinen Beinchen balancierte. Er saugte dabei so lautstark an seinem Schnuller, dass es Banner vorkam, als müssten es seine Kollegen unten auf der Militärbasis noch hören können. Eine nette Theorie eigentlich, nur würde er nie die Zeit haben, sie zu überprüfen.

Er hatte andere Theorien, die er überprüfen musste.

Er warf einen Blick Richtung Küche, um sicher zu gehen, dass seine Frau beschäftigt war, dann lief er rasch zu Baby Bruce und riss ihm unvermittelt den Schnuller aus dem Mund. Der Schock des plötzlichen Verlusts stürzte den kleinen Bruce in heillose Verwirrung. Er verlor die Balance, taumelte rückwärts und fiel hart auf den Rücken. Der Teppich dämpfte den Fall ein wenig, aber der Schreck war groß und der kleine Kopf krachte ordentlich auf den Boden.

Bruces Gesicht verzog sich in kindlichem Zorn und wurde knallrot. Gleich würde er ein Riesengeschrei vom Stapel lassen. Sein Vater warf immer wieder kurze Blicke zur Küche, während er ein beruhigendes »Ist ja gut, ist ja gut« brummte, um möglichst lange und ungestört die Reaktionen des Kindes beobachten zu können.

Und dann ging es los. Die Äderchen wölbten sich auf den kleinen Schläfen, die Augen schlossen sich und ein ohrenbetäubendes Geheul fuhr aus der Kehle des Kindes, wie ein Zyklon durch den Windkanal. Der erste Schrei war noch relativ harmlos. Aber für den zweiten hatte der Kleine dann schon mehr Luft und schaltete noch ein paar Gänge hoch.

Banner beobachtete angespannt, ob sich irgendwelche Symptome zeigten.

»Was ist passiert?«, erklang Ediths Stimme aus der Küche.

»Nichts! Er ist nur hingefallen! Alles in Ordnung!«, erwiderte David schnell, um zu vermeiden, dass sie angelaufen kam. Sie sollte um keinen Preis mitbekommen, was jetzt geschah. Die Arme des kleinen Bruce begannen anzuschwellen, länger zu werden und sich in Positionen zu verbiegen, die vollkommen entstellt wirkten. Aber es waren nicht nur die Arme. Es war der ganze Körper. David konnte erkennen, wie sich unter dem kleinen Strampelanzug die Haut in Wellen und Blasen aufwarf. Und sein Gesicht, *oh Gott schau dir das Gesicht an,* dieser Wulst, der sich plötzlich unter den Augenbrauen bildete, wie bei einem Neandertaler. David schien es, als könne er beobachten, wie das Rad der Menschheitsgeschichte um Millionen Jahre zurückgedreht wurde.

In diesem Moment hörte er einen schrillen Aufschrei. Er hatte Edith nicht hereinkommen hören, so gebannt war er von dem, was mit Bruce passierte. Sofort steckte er den Schnuller zurück in den Mund des Babys und wandte sich Edith zu, um sie zu beruhigen.

»Ich sagte doch, es ist alles in Ordnung!«

»*In Ordnung?!*« Edith brüllte fast. Sie war eigentlich eine hübsche Frau, mit lockigem braunen Haar und einer ruhigen, bestimmten Art. Aber nicht in diesem Moment. In diesem Moment war überhaupt nichts Ruhiges an ihr. »Sein Arm ist gebrochen! Sein Kopf schwillt an! Er hat Beulen, so groß wie Golfbälle!«

»Edith, Liebes, du übertreibst. Kinder fallen eben manchmal hin ...«

»David, hast du ihn dir angesehen?«

Er warf eine kurzen, nervösen Blick auf seinen Sohn, der immer noch auf dem Rücken lag. Dann entspannte er sich sichtlich und grinste. »Klar, hab ich. Und du?«

Sie drängte sich an David vorbei und blieb verdutzt stehen. Da lag Bruce auf dem Boden, zufrieden an seinem Schnuller nuckelnd. Seine Arme wirkten völlig normal, sein Kopf war in Ordnung und es gab keine Anzeichen irgendwelcher Schwellungen oder Blasen auf seiner Haut.

Edith war völlig verwirrt. »Aber ... ich hätte schwören können ...«

David Banner breitete seine Arme aus und zuckte mit den Schultern. »Ich hab dir ja gesagt, es ist nichts, Liebes.«

Sie kniete sich hin und untersuchte die Arme des Kindes. David sah ihr gelassen zu, ebenso wie der kleine Bruce. Dann schüttelte sie den Kopf und sagte entschlossen: »Ich geh mit ihm zu Doktor Ungaro.«

»Er muss nicht zum Kinderarzt!«, warf David ärgerlich ein.

»Ich glaube schon. Ich weiß doch, was ich gerade gesehen habe. Ich will sicher gehen, dass alles mit ihm in Ordnung ist. Immerhin bin ich seine Mutter!«

David Banner unterdrückte ein ärgerliches Knurren und zwang sich zu einem Lächeln. »Du hast sicher Recht, Liebes.« Doch der Gedanke, dass sich an diesem entscheidenden Punkt der Entwicklung ein Arzt einmischen könnte, gefiel ihm ganz und gar nicht.

Wie sich herausstellte, hätte er sich keine Gedanken zu machen brauchen. Er musste sich nur beherrschen, nicht laut loszulachen, als der Kinderarzt nach eingehender Untersuchung mit einstudierter Miene verkündete: »Schwer zu sagen. Manchmal, wenn er zu viel Frustration erlebt, wird sein Zellgewebe … nun, es kommt zu einer Art Verhärtung. Aber kein Grund zur Besorgnis. Eine Art von Tendonitis. Denke ich.«

Während der ganzen Fahrt nach Hause hielt Edith den kleinen Bruce fest an sich gedrückt und gab gluckenhafte Bemerkungen von sich, über Tendonitis und wie sich das langfristig auf die Gesundheit eines Kindes auswirken könne. Sie war etwas skeptisch, was die Diagnose betraf, aber andererseits hatte sie selbst keine rechte Erklärung dafür. David Banner wurde nicht müde, ihr mit beruhigender Stimme von einem Zeitungsartikel zu berichten, den er mal gelesen hatte. Aus dem sei klar hervorgegangen, dass Säuglings-Tendonitis nach Vollendung des ersten Lebensjahres normalerweise völlig verschwunden sei. Dabei wäre er beinahe geplatzt vor Lachen über die Dummheit des Arztes und Leichtgläubigkeit seiner Frau.

Als Edith sich später an diesem Abend endlich hingelegt hatte und in einen unruhigen Schlaf gefallen war, ging David Banner in sein Arbeitszimmer. Es war nicht groß, aber das störte ihn nicht. David gab nichts auf Besitz oder ein großes Haus, das wäre ihm alles nur ein Klotz am Bein gewesen. Was ihn interessierte, war die Forschung. Er wollte seine Tagebücher und Aufzeichnungen aktualisieren, solange die Eindrücke des Experiments mit Bruce noch frisch waren.

Er zog seine Unterlagen aus einer verschließbaren Schublade und begann sie auf der Suche nach dem

Heft, in das er seine neuen Eintragungen machen wollte, durchzublättern. Dabei fiel ihm eine Notiz auf, die er einige Jahre zuvor gemacht hatte, damals als … *es* … angefangen hatte. Er hörte auf zu blättern und begann die Eintragung zu lesen. Schnell erwachte wieder das Gefühl der tiefen Kränkung in ihm, das er damals empfunden hatte, als man seine ganzen Pläne und Theorien einfach abgeschmettert hatte.

Als er auf der Militärbasis in der Wüste von Nevada angefangen hatte, war er noch voller Hoffnungen, was sein Leben betraf, seine Forschungen, so ziemlich alles. Er war ehrgeizig, *sehr* ehrgeizig, und er war felsenfest davon überzeugt, dass das Militär bald ein Loblied auf ihn und die Errungenschaften singen würde, die er der Welt bringen würde.

Doch schon bald prallte er gegen eine undurchdringliche Mauer: den mächtigen und autoritären Colonel Thaddeus Ross, dem man wegen der Eigenschaft, seine Wut ganz unverblümt rauszulassen und jeden armen Wicht, der ihm in die Quere kam, sofort in Grund und Boden zu stampfen, den Spitznamen *Thunderbolt* verliehen hatte.

Man munkelte, dass er auf der Überholspur war, um seinen General zu machen. Banner erlaubte sich ab und an den Gedanken, dass die militärische Führung mit einem General *Thunderbolt* Ross an der Spitze wohl bald auf dem Weg ins Abseits war.

Er stieß auf eine Notiz, die in wackliger Schrift geschrieben war und erinnerte sich an die Eintragung. Er war damals so wütend gewesen, dass seine Hände gezittert hatten, doch er konnte seine Eintragungen ohne weiteres noch entziffern:

Treffen lief schlecht, hätte kaum schlechter laufen können.

Versuchte, Ross davon zu überzeugen, dass es keinen praktizierbaren Weg gibt, sich technisch gegen jede Art von bewaffnetem Angriff abzuschirmen. Doch bin ich in der Lage ein Super-Immunsystem zu entwickeln, indem ich menschliche Zell-Reaktionen verstärke. Ross kapierte gar nichts. Versuchte es nicht mal. Sagte, eine Manipulation des Immunsystems sei gefährlich und dumm. Er selbst und auch der Berater des Präsidenten hätten klar gemacht, dass ich keinesfalls Menschen zu Versuchszwecken einsetzen dürfe. Wie aber weitermachen? Wie kann ich beweisen, dass ich Recht habe, dass meine Arbeit auf dem richtigen Weg ist, wenn man mir nicht die Mittel dazu gibt?

Er starrte lange auf die Eintragung. Er versuchte sich an den Bewusstseinszustand zu erinnern, in dem er das geschrieben hatte. Hatte er damals schon gewusst, was er tun würde? Oder hatte er sich innerlich darauf eingestellt, sich in das Unvermeidliche zu fügen?

Das Telefon klingelte. Das schrille Geräusch zerriss die Stille im Raum und ließ ihn zusammenzucken. Er griff zum Hörer und sagte: »Banner.«

»Banner«, drang die scharfe, befehlsgewohnte Stimme von Ross durch die Leitung. »Tut mir Leid, dass ich Sie zu Hause anrufe. Störe ich?«

Du störst immer. David spürte ein dumpfes Pochen hinter den Augen und rieb sie kurz mit den Händen.

»Nein, Colonel, natürlich nicht. Was kann ich für Sie tun?«

»Ich habe einen Bericht vorliegen, der die Messdaten aus der Tierstudie betrifft. Da scheint es deutliche Abweichungen zu Ihren Ergebnissen zu geben.«

Das dumpfe Pochen hinter seinen Augen nahm zu. Es sah ganz so aus, als wäre dies der Anfang einer langen, langen Nacht.

Liebe

Es war nicht leicht, mitten in der Wüste eine weihnachtliche Atmosphäre entstehen zu lassen. Aber die Banners taten ihr Bestes, so wie alle anderen in ihrer Nachbarschaft. Man hatte zwangsläufig vieles gemeinsam, wenn man hier wohnte. Entweder man arbeitete selbst auf der Wüstenbasis, oder man gehörte zur Familie von jemandem, der dort arbeitete. Die Siedlung hatte nicht mal einen eigenen Namen. Sie war als Anhängsel der Militärbasis einfach aus dem Nichts entstanden.

Der kleine Weihnachtsbaum aus Plastik, den die Banners jedes Jahr aus dem Keller hervorkramten, blinkte in der Ecke vor sich hin. Bruce, der mittlerweile drei Jahre alt war, hopste auf seinem Steckenpferd durchs Zimmer, während Edith sein unschuldiges kindliches Vergnügen auf Super-8-Film festhielt.

David, für seinen Teil, fühlte sich wesentlich entspannter als die ganzen letzten Monate. Es schien ewig her zu sein, seit Ross einen Verdacht geäußert oder sich sonst wie in seine Arbeit eingemischt hatte. Seine entspannte Haltung wirkte sich auch auf sein Verhalten gegenüber Frau und Kind aus, und die beiden waren dankbar über diese Veränderung.

Er sah Bruce noch eine Weile beim herumhopsen zu, dann langte er in seinen Aktenkoffer und holte zwei kleine Puppen aus Stoff heraus, die irgendwie an seltsame Tiere erinnerten. Es war schwer zu sagen, was sie genau darstellen sollten. Sie hatten lange Ohren und Schnurrhaare, aber ihre Füße glichen eher Katzenpfoten als Hasenfüßen. Sie wirkten wie merkwürdige Mutationen, was wohl auch der Grund dafür war, dass Banner sich von ihnen angezogen gefühlt hatte, als er sie verstaubt und vergessen auf dem obersten Regal des Supermarkts für Armeeangestellte entdeckte.

»Bruce«, rief er und der Junge drehte sich um. Er begann augenblicklich über beide Backen zu strahlen, ließ das Steckpferd fallen und stürzte auf die beiden Puppen. Er sprang auf und ab, als David mit amüsierter Miene die Puppen außer Reichweite über ihm baumeln ließ. Aber als Edith ihm lächelnd zu erkennen gab, dass er *den Jungen doch nicht so quälen solle,* zeigte er schließlich Mitleid und überließ ihm die Puppen.

Und dann begannen er und sein Sohn mit den ausgestopften Tieren zu spielen.

Nur ... spielen.

Er stellte keine Experimente mit dem Jungen an. Er suchte nicht nach Anzeichen mutagener Veränderung. Er musste keine Ausreden erfinden, um sich zurückzuziehen und Notizen machen zu können. Er spielte einfach.

Für kurze Zeit bekam David Banner eine Ahnung von dem netten, durchschnittlichen Leben, das er hätte führen können ... von dem er jedoch tief im Innersten wusste, dass es nie das seine werden würde. Und als der Junge in ein freies, unschuldiges und ungehemmtes Lachen ausbrach, wie es nur Kindern möglich ist, bemerkte David Banner, dass Tränen seine Wangen herabliefen. Tränen der Trauer um etwas, das er nie haben würde und das er niemals sein könnte.

»Es ist meine Schuld ... es ist alles meine Schuld«, flüsterte er.

Die Erkenntnis, dass er seinen Sohn liebte, war furchtbar für ihn. Diese Entwicklung passte einfach nicht in seinen Gesamtplan. Und so beschloss er, noch in dieser Nacht den alten Zustand wiederherzustellen.

Edith war bei Freunden eingeladen, um mal wieder einen Riesenwirbel um deren Neugeborenes zu veranstalten. Er war auch eingeladen, aber er hatte irgendwas von Kopfschmerzen gebrummt und darauf bestanden, dass Edith ohne ihn ging. Kaum hatte sie Bruce ins Bett gebracht und das Haus verlassen, lief er in sein Arbeitszimmer und holte eine Spritze und ein Reagenzglas.

»Ich brauche Blutproben«, murmelte er. »Ich muss die mutagenen Effekte untersuchen. Unbedingt.«

Er trottete die Treppe hoch und öffnete die Tür zum Kinderzimmer. Da saß der Junge im Pyjama in seinem Bettchen, freute sich und ließ seine beiden Stoffpüppchen hüpfen.

»Bruce, ich möchte, dass du etwas für mich tust. Zeig mir bitte mal deinen Arm«, sagte David lächelnd.

Gehorsam streckte der Junge den rechten Arm aus. Er hatte keinen Grund, misstrauisch zu sein oder vor irgendetwas Angst zu haben. Er blinzelte überrascht, als sein Vater ihn hart am Handgelenk packte. Und als die Spritze in seinen Arm jagte, schnappte er nach Luft und ließ einen mörderischen Schrei los.

»David! Was zum Teufel machst du da?«

Schnell zog er die Spritze heraus. Blut spritzte und Bruce schrie vor Schmerz und Wut. Edith stand in der geöffneten Tür. Hatte sie etwas vergessen? Vielleicht war ihr langweilig geworden oder eine plötzliche Erschöpfung hatte sie befallen. Letztlich war es auch egal. Wie ein Einbrecher, der auf frischer Tat ertappt worden war, wusste er nicht, wohin er zuerst schauen sollte, auf seine schreiende Frau oder sein heulendes Kind.

Dann wurde Edith leichenblass und zeigte mit zitternden Fingern auf etwas. David drehte sich um, um zu sehen, was sie da anstarrte.

Es waren einige Jahre vergangen seit dem damaligen *Tendonitis-Vorfall* und Edith hatte die Erinnerung daran mehr oder weniger verdrängt. Aber was sie jetzt zu sehen bekam, überbot das Erlebnis von damals bei weitem.

Während Bruce schrille Schreie ausstieß, begannen seine Füße anzuschwellen, seine Arme verdrehten sich und die rechte Seite seines Schädels wölbte sich heraus. Die Schwellungen gingen zwar wieder zurück, aber jetzt begannen andere Stellen Blasen zu werfen und sich zu wellen. Seine Haut wölbte sich, als würde sich ein Schwarm von Käfern darunter den Weg bahnen. Bruce schien das alles gar nicht wahrzunehmen, so sehr hatte er sich in seinen hysterischen Schreianfall hineingesteigert.

Edith Banner stieß einen lauten Entsetzensschrei aus und wurde ohnmächtig.

Der dumpfe Aufschlag ihres Körpers lenkte den kleinen Bruce ab und er hörte auf zu weinen. Das Blubbern in seinem Körper ließ sofort nach. Als er jedoch sah, dass seine Mutter bewegungslos liegen blieb, begann er mit weit aufgerissenen Augen leise zu wimmern.

David blickte von seinem Sohn zu seiner Frau und wieder zu seinem Sohn, und er erkannte die geradezu perfekte Gelegenheit. Er stieß einen drohenden Zeigefinger in Richtung seines Sohnes und fauchte: »Du hast das getan, Bruce! Du *hast Mami wehgetan*!«

»N… nein«, stammelte Bruce mit zitternder Unterlippe und Augen, so groß wie Untertassen.

»Doch!«, schrie David ihn an, stieg über den Körper seiner Frau hinweg und bewegte sich auf das Kind zu. »Weil du geschrien hast! Weil du kein großer Junge warst! Siehst du? Siehst du, was passiert, wenn du weinst? *Schlimme Sachen passieren dann. Schlimme Sachen passieren deiner Mama – und dir! Und wenn du wieder weinst und schreist, werden noch viel schlimmere Sachen passieren. Noch viel schlimmere!*«

»Es tut mir Leid!« Bruces Brust begann zu beben und sein Atem ging immer schneller. Er schien am Rand eines Kollaps zu sein.

David hob drohend den Zeigefinger. »*Du tust es schon wieder!* Du regst dich auf! Du wirst wieder weinen oder zu schreien anfangen! Lass das, oder es werden noch mehr schlimme Sachen passieren! Vielleicht wird deine Mami sogar sterben und dann ist es deine Schuld. *Willst du das*? WILLST du DAS?« Der Junge schüttelte verzweifelt den Kopf. »Wenn du wütend wirst, dann hau die Wut einfach platt. Hörst du? Mach die Wut platt! *Lass es nicht zu!* Plattmachen! Verstanden?!? Wirst du noch mal wütend werden? Wirst du noch mal wütend?«

Bruce schüttelte seinen Kopf so heftig, dass es aussah, als würde er ihm gleich vom Hals fliegen. Er wischte die Tränen mit dem Handrücken aus seinem Gesicht.

Behutsam kniete David nieder und hielt das Gesicht des Jungen in seinen rauen Hände. »Gut. Du bist ein guter Junge. Und jetzt leg dich hin. Schlaf ein bisschen.«

»Aber Mami …«

»Ich werde mich um Mami kümmern.« Er brachte Ediths Oberkörper in eine sitzende Position und verlagerte dann ihr Gewicht so, dass er sie in seinen Armen hielt. »Daddy wird sich um alles kümmern. Du gehst schlafen … und denk daran, was wir besprochen haben.«

Ohne Widerspruch kletterte Bruce in sein Bett. David hatte die Blutprobe sicher in seiner Tasche verstaut. Er machte das Licht aus und verließ mit Edith auf den Armen den Raum. Bruce blieb allein im Dunkeln zurück, nur ein kleines Nachtlicht leuchtete noch an der gegenüberliegenden Wand. Wie gebannt starrte er auf das grünlich glimmende Licht und begann sich die Worte seines Vaters in die tiefsten Schichten seines Gedächtnisses einzubrennen.

Als Edith zu sich kam, lag sie auf ihrem Bett. David blickte auf sie herab.

»Was ist passiert?«, flüsterte sie. »Was in aller Welt ist passiert? Hast du, hast du Bruce gesehen, und … du hast ihm Blut abgenommen …«

Sie wollte sich aufrichten, aber seine kräftige Hand hielt sie zurück. Sie versuchte verzweifelt seinen Arm wegzuschieben. »*David!* Sag mir, was passiert ist! Sag's mir oder ich bringe ihn weg von hier, ich schwör dir, ich werde …«

»Wenn du das machst, ist er verloren.«

Sie starrte ihn verständnislos an. »Was …?«

Er fuhr sich mit der Zunge über die ausgetrockneten Lippen »Ich bin der Einzige, der dafür sorgen kann, dass er wieder normal wird. Aber dazu ich muss meine Studien fortsetzen. Und du«, er zeigte wütend auf sie, »du musst den Mund halten. Du musst alles für dich behalten, sonst werden sie ihn uns wegnehmen, ihn einsperren und zu ihrem Forschungsobjekt machen. Und mich auch. Wenn du nur ein bisschen Liebe für ihn empfindest …«

»Natürlich liebe ich ihn«, sagte Edith verzweifelt. »Er ist mein Sohn!«

»Er ist mehr meiner als deiner. Soviel ist sicher.« Er holte tief Luft, erhob sich vom Bett und wischte sich den kalten Schweiß von der Stirn. »Edith, ich habe eine Theorie. Ich arbeite an etwas, bei dem es um Mutationen geht, um Mutagene. Ich arbeite mit Genen, die es dem Körper eines Tages ermöglichen könnten, sich selbst zu reparieren …«

»Ich verstehe nicht. Was hat das mit Bruce zu tun …?«

Er sah sie an und die Worte kamen langsam von seinen Lippen, als müsse er sich eine schwere Last von der Seele wälzen. »Sie wollten es mich nicht an Menschen ausprobieren lassen.«

Sie starrte ihn fassungslos an. »Du … du hast mit Bruce experimentiert?«

Er verdrehte die Augen. »Nein, natürlich nicht.«

»Dann … was …?« Plötzlich verstand sie und schlug entsetzt die Hand vor den Mund. »Mit dir selbst? Oh mein Gott, David … du … du hast dir selbst etwas angetan …«

»Ja.«

»Bevor wir Bruce zeugten. An dir selbst experimentiert.«

»Ja.«

»Oh mein Gott.« Sie blickte in Richtung Kinderzimmer. »Er … er hat es von dir …«

»Ja«, sagte er noch einmal.

Edith drehte sich zu ihm und riss an seinen Armen. »Hol es wieder raus aus ihm! Was es auch ist, befreie ihn davon! Mach ihn wieder gesund! Du musst!«

»Das habe ich auch vor«, log David.

»Du kannst ihn gesund machen?«

»Ja«, log er wieder. Nun war er es, der sie bei den Armen packte und dicht an sich heranzog. »Aber es bleibt unter uns. Sonst ...«

»Sonst nehmen sie ihn uns weg. Ich weiß. Du hast sicher Recht. Du wirst das Richtige tun, weil du Bruce liebst. Ich weiß es. Das erklärt so vieles ... so vieles ...« Und dann sah sie zu ihm hoch und ihre Augen blitzten drohend. »Wenn du ihn im Stich lässt, David, oder ihm wehtust, auf irgendeine Art und Weise, dann bring ich dich um. Ich schwöre dir bei Gott, ich bring dich um.«

»Ich verstehe«, sagte er und er verstand wirklich. Das Problem war nur, sie tat es nicht.

Aber sie würde bald verstehen. Und wenn es das Letzte wäre, was sie tat.

Instinkt

David Banner kontrollierte gerade die Ergebnisse des letzten Zyklotronen-Experiments, als er General Thunderbolt Ross auf sich zukommen sah. Banner holte tief Luft und zwang sich zu einem Lächeln. Instinktiv wäre er am liebsten in die entgegengesetzte Richtung davongeeilt, um eine Begegnung zu vermeiden, aber er überwand den Impuls, weil er wusste, dass damit wenig gewonnen wäre. Stattdessen sagte er mit gezwungener Freundlichkeit: »Ach, Herr General. Stehen Ihnen übrigens wirklich ausgezeichnet, Ihre neuen Rangabzeichen.«

»In mein Büro, Banner«, sagte Ross ohne Vorrede.

Banner erhob sich von seinem Arbeitsplatz und zeigte auf das Zyklotron. »Wir sind gerade dabei die atomaren Kerne von Gamma-Teilchen zu beschleunigen und …«

»Glauben Sie, das interessiert mich die Bohne, Banner?« Mit angeschwellter Brust kam er einen Schritt näher. Seine Haare waren militärisch kurz geschnitten und er trug einen borstigen Schnurrbart. Seine brüske Art machte deutlich, dass er für Zivilisten nur Verachtung empfand, weil sie nicht sofort auf seine Befehle reagierten. »Das wird auch ohne Sie laufen. Und jetzt in mein Büro, aber zackig.«

»Nun gut«, erwiderte Banner nach kurzem Nachdenken. »Gehen Sie voran.«

»Aus dem Weg.«

Bruce Banner spielte mit seinem Freund Davy auf der Straße, als sich plötzlich ein großer Junge, den Bruce schon ein paar Mal in der Gegend gesehen hatte, vor ihnen aufbaute. Er hieß Jack, und obwohl er einem Erwachsenen noch wie ein Kind erschienen wäre, wirkte er auf die beiden Jungen wie ein Riese.

Bruce wusste, dass er keine Chance gegen den Jungen besaß. Jack war viel breiter und größer, und Bruce war nicht mehr als ein vierjähriger Strich in der Landschaft. Deshalb tat er genau das, was Jack ihm befohlen hatte.

Der große Junge grinste schief und sagte: »Danke, Zwerg«, und Bruce wusste, dass gleich etwas Schlimmes passieren würde. Er hatte ein Gespür für solche Dinge. Jack hatte einen Stock in der Hand, einen dicken Ast, den er sich irgendwo von einem Baum abgebrochen hatte. Er holte aus und schlug Bruce direkt ins Gesicht. Der Schlag hinterließ einen blutigen Striemen.

Davy stieß einen Schrei des Entsetzens aus, um seinem Freund zu helfen, aber Jack schob ihn einfach beiseite und holte erneut aus. Er traf Bruce an der gleichen Stelle. Die Wucht des Schlages ließ Bruce stolpern, aber er fiel nicht hin.

Und er weinte nicht. Seine Miene blieb ausdruckslos, auch wenn die eine Seite seines Gesichts blutüberströmt war.

»Komm schon! Schlag zurück«, provozierte ihn Jack.

Bruce rührte sich nicht.

Jack warf den Stock weg und baute sich mit geballten Fäusten auf. »Hier! Kein Stock mehr! Komm schon! *Komm schon*!«

Ein Zittern lief durch Bruces Körper, und Davv dachte erst, er würde zu heulen anfangen. Aber er zitterte vor unterdrückter Wut. Kein Schrei kam über seine Lippen. Er starrte nur vor sich hin. Schließlich ließ Jack voller Verachtung die Fäuste sinken. »Baby! Verdammtes Mama-Baby!«, knurrte er und zog ab.

Bruce blieb einfach stehen … und sagte nichts.

David Banner stand zitternd vor Wut in Ross' Büro und brachte kein Wort mehr heraus. Ross lehnte an seinem Schreibtisch und hielt die Laborberichte hoch. »Die Blutproben, die wir in Ihrem Labor gefunden haben, waren eindeutig von einem Menschen.« Ross wirkte höchst befriedigt, wie jemand, der einen lange gehegten Verdacht endlich bestätigt sieht. »Sie haben gegen die Vereinbarungen verstoßen.«

»Sie hatten kein Recht, in meinem Labor herumzuschnüffeln. Das geht Sie nichts an.«

»Irrtum, Banner. Es geht die Regierung sehr wohl etwas an, und sie sind raus aus dem Projekt.«

David Banner brüllte vor Wut, er beschimpfte Ross, er verfluchte die Kurzsichtigkeit und Undankbarkeit der Armee. Zuletzt war er kurz davor, Ross einen Schlag zu verpassen, konnte sich aber im letzten Moment noch beherrschen und ließ es lieber bleiben.

»Schalten Sie alles ab, woran Sie gearbeitet haben«, sagte Ross mit eisiger Stimme. Er war während Banners Ausbruch vollkommen ruhig geblieben. »Sie sind raus aus dem Projekt, und dass heißt für Sie: Runter von meiner Basis!«

David Banner wusste, dass jedes weitere Wort sinnlos war. Er verließ das Büro und machte sich daran, die letzten Befehle von General Ross auszuführen.

»Du willst, dass ich alles abschalte«, knurrte er. »Gut, ich werde alles abschalten.« Während er davonstürmte, kam ihm ein furchtbarer, unbegründeter, rasender Gedanke:

Es ist alles Bruces Schuld.

Wäre Bruce nicht geboren worden, hätte er sein Blut nicht für diese Experimente benutzen können und wäre folglich auch nicht gefeuert worden. Wäre Bruce nicht geboren worden, hätte Edith nicht dauernd von ihm verlangt, ein Mittel zu seiner Heilung zu finden.

Wäre Bruce nicht geboren worden, hätte er ungestört und nach eigenem Zeitplan forschen können. Aber die Geburt von Bruce und die Art, wie die Mutagene in seinem Blut verrückt spielten, hatten sein ganzes Leben aus der Bahn geworfen.

David Banner hatte seit Wochen nonstop durchgearbeitet und seine ohnehin labile Psyche war stark angegriffen.

Er lief Richtung Zyklotron, um das zu tun, was getan werden musste. Danach würde er nach Hause gehen und sich das Monster vorknöpfen, das sein Leben ruiniert hatte.

»Bruce, du blutest ja«, sagte Edith Banner aufgeregt.

Sie saß mit ihrer Freundin Kathleen gemütlich bei einer Tasse Kaffee, als der kleine Davy Bruce in die Küche schob. Die Worte sprudelten aus seinem Mund. »Jack hat ihn mit einem Stock geschlagen, aber Bruce hat nicht zurückgeschlagen, er hat nichts gemacht, nur gezittert und …«

Und dann sah sie es. Während Davy berichtete, hatte Bruce erneut zu zittern begonnen, und da waren sie wieder: die schrecklichen Blasen unter seiner Haut. Kathleen und Davy waren zu sehr mit dem Blut in seinem Gesicht beschäftigt, um die seltsamen Veränderungen an seinen Armen wahrzunehmen, und dann, ganz plötzlich, waren sie wieder verschwunden. Bruce stieß erleichtert Luft aus, wie eine überhitzte Dampfmaschine, und seine Mutter seufzte in stiller Erleichterung.

»Ist schon okay«, sagte Bruce, mehr zu sich selbst, als zu seiner Mutter.

Schnell war das Gesicht des Jungen gereinigt und

ein Verband angelegt. Zum Glück war die Wunde nicht sonderlich tief und musste nicht genäht werden. Sie hatte einfach nur stark geblutet. Und bald rannten die beiden Jungen wieder nach draußen. Kathleen lehnte sich in ihrem Stuhl zurück und sah zu der abwesend lächelnden Edith.

»Komisch, er hat kaum einen Piep von sich gegeben. Andere Kinder hätten geschrien wie am Spieß.«

Da sie das Thema nicht vertiefen wollte, zuckte Edith nur mit den Achseln und sagte: »So ist er eben. Bruce ist einfach irgendwie … verschlossen.«

Professor O.T. Wren war ein hagerer Mann, der gelegentlich etwas abwesend wirkte, aber über einen messerscharfen Verstand verfügte. Er hatte in den letzten Jahren verschiedentlich mit David Banner zusammengearbeitet. Er hielt David für einen zielstrebigen, aber unberechenbaren Wissenschaftler. Es hatte sich schon herumgesprochen, dass Banner eine Auseinandersetzung mit General Ross gehabt hatte, und er ging davon aus, dass Banner dabei den Kürzeren gezogen hatte. Um ihm etwas kollegiale Aufmunterung zu Teil werden zu lassen, schlenderte er hinüber zu Banners Arbeitsplatz am Zyklotron.

Als er dort ankam, stellte er überrascht fest, dass Banners Arbeitsunterlagen verschwunden waren. Alle Papiere, Zeitschriften und Bücher, einfach weg. Er kratzte sich nachdenklich am Kopf, und dann fiel ihm noch etwas auf.

Das Zyklotron war abgeschaltet worden.

Komplett abgeschaltet.

Und exakt im Moment dieser entsetzlichen Erkenntnis schrillten alle Alarmglocken rund um den gewaltigen Teilchenbeschleuniger los, in einer einzigen gewaltigen Geräuschexplosion.

»Oh mein Gott«, stammelte Professor Wren und rannte los, um Großalarm auf der gesamten Basis auszulösen.

Zur gleichen Zeit fuhr David Banner mit hoher Geschwindigkeit durch die Wüste. Wenn er zu Hause ankäme, würde er mit dem kleinen Monster abrechnen, ein für alle Mal.

Sabotage

Das Einzige, was Thunderbolt Ross nach einem langen, harten Arbeitstag versöhnen konnte, kam geradewegs auf ihn zugelaufen.

»Daddy!«, rief die kleine Betty. Die niedliche Zweijährige wackelte in einem gelben Strandkleidchen und mit Zöpfchen im Haar auf ihn zu. Ross stieg aus dem Jeep, den er vor ihrem schlichten, weißen Einfamilienhaus geparkt hatte. Er packte Betty, hob sie in die Luft und ließ sie einmal im Kreis herum fliegen. Betty stieß ein entzücktes Quietschen aus und rief: »Nochmal, nochmal!«

»Nein, nicht *nochmal*, mein Schatz. Das letzte Mal konnte ich danach dein ganzes Mittagessen von meiner Uniformjacke kratzen.«

»Nicht Mittagessen. War Eiscreme«, sagte sie stolz.

»Wir waren Eis essen und dann war mir schwindlig und dann ich hab alles auf Papi gespuckt.«

»Wie nett, dass du dich daran erinnerst«, sagte er, aber es klang nicht sehr liebevoll. Er setzte sie ab und sie umschlang sofort seine Beine. »Was hast du heute gemacht«, fragte er.

»Gespielt«, antwortete sie. »Mami hatte Kopfschmerzen. Sie war im Bett.«

»Ah«, war alles, was Ross sagte und sein Blick huschte zum Haus hinüber. Er kannte die Kopfschmerzen seiner Frau. Und Betty wusste schon, dass ihre Mutter oft Ruhe brauchte. Sie verstand noch nicht, was ein bösartiger Hirntumor war. Sie brauchte nichts darüber zu wissen. Nur allzu bald würde sie lernen, damit umzugehen, aber noch nicht jetzt. Noch nicht.

Ross hörte, wie drinnen das Telefon klingelte. Er wollte gerade Richtung Haus gehen, als es hinter ihm laut hupte. Er drehte sich um und sah einen kleinen Konvoi von Autos und Jeeps. Im ersten Wagen saßen Professor Wren, einer der Wissenschaftler der Basis, und Colonel Billings, der stellvertretende Befehlshabende.

»Was ist los, Billings?«, fragte Ross sofort.

Billings verlor keine Zeit. »Sir, ich musste die Evakuierung der Basis anordnen.«

»*Was?* Warum?«

»Das Zyklotron, Sir.« Professor Wren war vorgetreten und wirkte ausgesprochen nervös. »Es wurde abgeschaltet.«

Ross hatte das Gefühl, etwas nicht ganz mitbekommen zu haben. »Abgeschaltet?«

»Ja , Sir.«

»Und warum sollte das wohl ein Problem sein?«

»Ich hab es zuerst auch nicht verstanden, Sir«, begann Billings, »aber ...«

Ross wandte sich wieder Wren zu und fuhr ihn an: »Professor, ich sorge dafür, dass die Basis militärisch in Schuss ist. Ich hab keinen Schimmer von Ihrem Wissenschaftskram. Also würde Sie mich bitte aufklären, warum es nötig ist, die gesamte Basis zu evakuieren, wenn bei Ihnen irgendwas abgeschaltet wird.«

»General«, sagte Wren und bemühte sich sichtlich um Fassung, »das Zyklotron läuft jetzt seit über zehn Jahren. Das ist nicht wie ein Lichtschalter oder ein Radio, das man einfach an- und abschalten kann. Das ist ein 70-Millionen-Dollar-Tandem-Teilchenbeschleuniger. Das ist ...«

»Das ist mir klar. Ich hab das Ding gesehen. Groß, blau, zylindrisch ...«

»Ja, das stimmt«, sagte Wren. »Ihn ordentlich herunterzufahren, ist jedoch eine langwierige und komplexe Geschichte. Man schaltet ein Zyklotron niemals einfach so ab. Niemals. Sie müssen verstehen, General: Das Zyklotron enthält etwa 2000 Liter flüssiges Helium, das bei einer Temperatur von -270 Grad Celsius gehalten wird. Wenn man es einfach abschaltet, bedeutet das, dass die Temperatur im Kern auf Zimmertemperatur ansteigt. Das flüssige Helium wird zu 2000 Litern Helium-Gas, womit man schätzungsweise 1 Million Ballons füllen könnte. Es ist, wie wenn sie Wasser in einem Topf kochen, dessen Deckel luftdicht verschlossen ist. Früher oder später, wahrscheinlich eher früher, wird es eine Explosion geben.«

»Mein Gott.« Ross begann, das Ausmaß der Katastrophe zu erfassen. »Wie groß wird die Explosion sein? Was für eine Art? Nuklear?«

»Wir hoffen nicht.«

»Hoffen?«

»Ich bin kein Experte für Explosionen von Teilchenbeschleunigern, General!« Wren war der Verzweiflung nahe. »Ich weiß nicht, was passieren wird. Ich möchte nur daran erinnern, dass im Labor noch andere explosive Materialien lagern. Wenn das Zyklotron in die Luft fliegt ...«

»Ich habe verstanden, Professor.« Ross wandte sich Billings zu. »Ist die Basis vollständig geräumt? Sind wir hier sicher? Wie viel Zeit haben wir noch?«

»Die Evakuierung war fast abgeschlossen, als ich mich auf den Weg hierher gemacht habe, General«, erklärte Billings. »Der Professor meint, je weiter weg davon, desto besser. Und was die Zeit betrifft: Wir wissen es nicht.«

»Ich würde sagen, wir haben vielleicht noch zwölf bis fünfzehn Minuten«, sagte Wren, um etwas Hilfreiches beizusteuern.

»Na wunderbar. Wer zum Teufel hat das getan ...?«

Und bevor irgendjemand etwas sagen konnte, wusste er die Antwort: »Banner. David Banner.«

»Er war der Letzte, der sich dort eingeloggt hatte, Sir«, sagte Wren.

»Billings! Veranlassen Sie, dass meine Frau rausgeholt wird, und dass sie und Betty in Sicherheit gebracht werden. Ich schnappe mir einen der Jeeps und werde mich persönlich um Banner kümmern ...«

Betty hatte offensichtlich die letzten Sätze mitbekommen, denn sie kam wie der Blitz auf ihren Vater zu und schrie: »Daddy! Ich will mit dir kommen!«

»Das geht nicht, meine Süße.«

»Bitte! *Bitte!*«

Das Kind war kurz vor einem hysterischen Anfall und Ross hatte keine Zeit herumzustehen und mit ihr zu diskutieren. »Gut!«, sagt er und warf sie buchstäblich auf den Rücksitz seines Jeeps. Dann zeigte er auf einen der anderen Jeeps, in dem Militärpolizisten saßen. »Sie folgen mir! Billings, können Sie und Wren noch einen Jeep holen, um meine Frau hier rauszubringen ...?«

»Ist schon unterwegs, Sir. Wird in einer Minute hier sein.«

»Ausgezeichnet!«

Ross warf einen Gang rein und gab Vollgas. Betty juchzte auf dem Rücksitz, während der Jeep in Richtung des Bannerschen Hauses davonjagte.

Ross starrte auf die Straße und verfluchte sich, dass er das Ganze nicht vorhergesehen hatte. Er hätte Banner von Militärpolizisten von seinem Arbeitsplatz eskortieren lassen sollen. Er hätte Vorkehrungen treffen müssen, um diesen Verrückten von dem abzuhalten, was er getan hatte. Ross wusste, dass es nichts brachte, sich Vorwürfe zu machen. Aber er ärgerte sich trotzdem darüber, dass die eigene Überheblichkeit ihn so blind gemacht hatte.

Er sah in den Rückspiegel. Der Jeep mit den MPs war dicht hinter ihm. Direkt vor ihm lag das Haus der Banners. Er sah Banners Wagen schräg vor dem Haus parken und hörte Geschrei aus dem Haus dringen. Ross fuhr den Jeep die Einfahrt hoch.

Vom Rücksitz aus verfolgte Betty alles mit, ohne zu verstehen, was eigentlich vor sich ging. Dann sah sie zum obersten Fenster des Hauses hinauf und entdeckte dort einen kleinen Jungen. Sie hob ihre Hand und begann ihm vorsichtig zu winken.

Und dann zerriss plötzlich, irgendwo weit hinter ihr, eine gewaltige Explosion die Luft und der Himmel wurde gleißend hell und ein entsetzliches Geschrei war zu hören …

Erwachen

Die Schreie waren auch in dieser Nacht zu hören, wie schon in vielen Nächten zuvor. Die grauhaarige Frau rannte in einem für ihr Alter erstaunlichen Tempo den Flur hinunter und riss eine Tür auf. Sie knipste das Licht an, und der Junge im Teenageralter setzte sich auf und sah sich verwirrt um. Sein Haar war zerwühlt und sein Pyjama nassgeschwitzt. Er verstand offensichtlich nicht ganz, warum die Frau, zu der er *Mutter* sagte, so unvermittelt in sein Zimmer geplatzt kam.

Es war ein typisches Teenagerzimmer, überall mit Postern tapeziert. Aber es waren nicht die üblichen Plakate von Bands und Filmhelden, sondern solche, auf denen der komplette Text von Hamlet abgedruckt war oder ein Foto von Einstein, der die Zunge herausstreckte. Die Einrichtung war einfach und schmucklos und normalerweise war das Bett vorbildlich gemacht . Nur jetzt waren die Bezüge und Laken zu wilden Haufen zusammengeknüllt.

»Wieder ein Albtraum, Bruce«, sagte Mrs. Krenzler. Es war teils eine Erklärung, teils eine Frage.

Bruce Krenzler nickte langsam. Aber es war ihm deutlich anzumerken, dass er selbst keine weiteren, erhellenden Details würde liefern können. »Ich weiß nicht, ich kann mich an nichts erinnern«, gab er ihr zu verstehen. Seine Adoptivmutter lächelte geduldig. »Vielleicht auch besser so«, sagte sie aufmunternd.

Bruce blinzelte gegen das helle Licht aus dem Flur an. »Vielleicht. Ja.«

Dann drehte er sich auf die Seite und fiel bald darauf wieder in einen tiefen und diesmal gnädigerweise traumlosen Schlaf.

Betty Ross erwachte schreiend.

Sie setzte sich auf und schnappte nach Luft wie eine Ertrinkende. Ihre langen, dunklen Haare hingen ihr wirr ins Gesicht und sie schob sie mit einer automatischen Geste zurück. Die Bilder in ihrem Kopf verblassten schnell, aber das machte nichts – sie kannte sie nur zu gut. Sie hatte den Traum schon so oft gehabt, dass sie ihn fast auswendig kannte.

Einmal hatte sie versucht, ihrem Vater davon zu erzählen, aber der hatte nur geringschätzig gesagt: »Träume, Betty. Das bedeutet nichts. Es passieren zu viel reale Dinge in der Welt, als dass man seine Zeit mit irrealen verschwenden sollte.«

Für ihren Vater war die Sache damit abgeschlossen.

Er war nicht immer so gewesen. Als Mama noch da war …

Sie verbat sich diesen Gedanken bereits im Entstehen. Was hatte es für einen Sinn, sich damit zu quälen. Es würde sie doch nur unglücklich machen. Wenn es um Mutter ging, konnte ihr Vater noch weniger Trost und Unterstützung bieten als bei schlechten Träumen.

Der Duft von gebratenen Eiern und Speck stieg ihr in die Nase. Das überraschte sie. Normalerweise machte Dad nie Frühstück. Meistens ging er morgens einfach zur Arbeit und überließ Betty sich selbst.

Sie blinzelte aus dem Fenster und es schien, als würde es ein schöner Tag werden, ein schöner, sonniger Maryland-Tag. So trottete sie summend die Treppe hinunter.

»Dad?«, rief sie.

»Ich bin hier«, sagte er.

Sie lief in die Küche und blieb plötzlich wie angewurzelt stehen.

Ein fremder, junger Mann in einer gut geschnittenen ROTC-Army-Uniform stand in der Küche und machte Frühstück. Thunderbolt Ross saß derweil am Frühstückstisch, schlürfte Kaffee und winkte sie herein. Der junge Mann drehte sich um und grinste sie an. Er hatte schwarzes, mit Gel zurückgekämmtes Haar und ein bleistiftdünnes Oberlippenbärtchen, von dem er vermutlich annahm, es würde ihn älter aussehen lassen.

Da Betty nicht auf Besuch vorbereitet war, trug sie einen ziemlich kurzen Morgenmantel und ihr Haar war in einem chaotischen Zustand. Als sie bemerkte, dass ihr Morgenmantel offen stand, zog sie ihn schnell vor der Brust zusammen. Dann fuhr sie sich durch die Haare, in dem vergeblichen Versuch, sie irgendwie in eine Form zu bringen. »Äh … hallo. Bin ich gerade in einem Paralleluniversum aufgewacht, in dem du einen Sohn hast?« Der junge Mann an der Bratpfanne lachte. »Sie hat Humor. Sie haben mir nicht gesagt, dass sie Humor hat.« Er sah Betty an. »Wie mögen Sie es am liebsten?«

»*Es*?«, fragte sie, unsicher, ob sich hinter der Frage möglicherweise eine Zweideutigkeit verbarg.

»Ihr Frühstück. Mit oder ohne Eier?«

»Ah! Äh, mit Eiern … ich glaube … Dad …?«

Ross, der in seine Zeitung vertieft war, nickte abwesend. »Ja, du magst Eier, soweit ich weiß.«

»Nein, das weiß ich selbst, ich meinte …« Und sie drehte den Kopf in Richtung des jungen Mannes.

»Ich glaube, sie meint, wer ist dieser blendend aussehende junge Mann, der gerade die Eier zubereitet.«

Betty musste schmunzeln. »Das mit dem blendenden Aussehen lassen wir mal dahingestellt sein, aber …«

»Das ist Glen Talbot«, unterbrach Thunderbolt Ross. »Er besucht hier seinen Onkel, Colonel Talbot.«

»Ah. Okay, also … willkommen in Fort Meade, Maryland«, sagte Betty und versuchte, so freundlich zu sein, wie es eben ging am frühen Morgen. »Die Gegend ist berühmt für … na ja … nicht für sehr viel, wenn man es genau nimmt.«

»Soviel ich gehört habe, ist das ja nun bald kein Problem mehr«, sagte Glenn und rührte die Eier in der Pfanne.

Sie sah ihn irritiert an. »Warum nicht?«

Ross ließ die Zeitung sinken. »Ja, ähm … ich wollte noch mit dir darüber sprechen, Betty.«

»Oh!« Talbot sah ein wenig zerknirscht aus. »Sorry, tut mir Leid. Habe ich die Überraschung verdorben?«

»Überraschung?« Ihre Verwirrung wuchs.

Ross räusperte sich und sagte: »Wir sind wieder versetzt worden.«

»Ohhh nein.« Betty ließ sich auf einen Stuhl fallen und schlug die Hände über dem Kopf zusammen. »Nicht *schon* wieder. Ich hatte mich gerade eingewöhnt.«

»Ich weiß, es ist nicht leicht«, sagte Talbot verständnisvoll, als er die Eier auf ihren Teller schaufelte. Sie musste zugeben, dass sie wirklich lecker dufteten. Sie stocherte ein wenig mit der Gabel darin herum und nahm einen Bissen. Schmeckten auch lecker.

»Ich glaube, diesmal wird es gar nicht so unangenehm«, erklärte Ross. »Es wird sogar ein bisschen wie in alten Zeiten.«

Sie wurde plötzlich hellhörig. »Italien? Wir gehen zurück nach Italien?« Sie hatte die Zeit in Italien geliebt. Zwei Jahre war es nun her und sie fand es wahnsinnig schade, dass es nur ein paar Monate gewesen waren.

»Nein, nicht Italien. Die Wüstenbasis.«

Langsam ließ Betty ihre Gabel sinken. »Das ist nicht dein Ernst.«

»Doch, das ist mein Ernst.«

»Müssen wir wirklich dahin zurück?«

Talbot sah neugierig von Betty zu ihrem Vater. »Gibt es irgendein Problem mit der Wüstenbasis? Ich habe gehört, Nevada soll eigentlich ganz schön sein.«

»Wir haben ein paar unerfreuliche Erinnerungen daran, das ist alles«, sagte Ross.

»Ja, wenn man es als *unerfreulich* bezeichnen will, dass wir dort beinahe getötet worden wären, als alles in die Luft flog, und dass zwei Wochen später Mama dort starb.«

Sie konnte einen gewissen Sarkasmus in ihrer Stimme nicht unterdrücken, obwohl sie wusste, dass sie damit ihren Vater zur Weißglut trieb. Aber er behielt die Fassung, wohl auch deshalb, weil sie einen Gast hatten.

»Sorry«, murmelte Talbot. »Das konnte ich nicht wissen.«

Ihre Laune war wieder versöhnlicher, als sie sagte: »Ist okay. Konnten Sie wirklich nicht wissen. Aber wenigsten wird es ja wohl nur vorübergehend sein, so wie ich die Army kenne …«

»Nein, auf Dauer«, sagte Ross. »Jedenfalls so dauerhaft solche Sachen sein können.«

Betty konnte es nicht fassen. Sie waren an so vielen wundervollen Orten gewesen und ausgerechnet in der verdammten Wüste mussten sie sich jetzt niederlassen? »Ich dachte, sie hätten dort alles dem Erdboden gleichgemacht!«

»Sie haben es wieder aufgebaut. Ich werde dort das Kommando übernehmen.«

»Oh Gott«, stöhnte sie, überzeugt davon, dass kein Teenager in der ganzen Welt einen schlimmeren Tag haben konnte als sie.

Bruce Krenzler war völlig in seine Studien im Schul-Laboratorium vertieft, als seine Aufmerksamkeit von den Objekten unterm Mikroskop auf eine ganz andere Spezies gelenkt wurde. Genauer gesagt auf ein sehr hübsches Mädchen, das gerade in den Raum gekommen war und etwas scheu in seine Richtung blickte. Bruce war so aufgeregt, dass er beinahe ein paar Reagenzgläser umgestoßen hätte.

Sie hieß Alice und war ihm schon öfter aufgefallen. Er dagegen schien bisher nur Luft für sie gewesen zu sein. Als er ein- oder zweimal versucht hatte, sie nach dem Unterricht nach der Uhrzeit zu fragen, war sie einfach wortlos an ihm vorbeigerauscht. Doch jetzt kam sie herübergeschlendert, als wären sie die besten Freunde der Welt.

»Hi Bruce. Was gibt's da zu sehen?«

»Das ist total cool. Äh, hier kann man die DNA sehen, weißt du, die Proteine.«

»Kann ich mal sehen?« Alice schien wirklich interessiert.

»Klar.«

Alice lehnte sich über das Mikroskop und er konnte ihr schweres Parfum riechen. »Weißt du«, sagte sie, »das macht mich ziemlich an, wenn einer mehr so der vergeistigte Typ ist.«

Bruce trat einen Schritt zurück. Er konnte kaum glauben, was sie da eben gesagt hatte. Jahrelang war er nur ein unsicherer, verklemmter Typ gewesen, der bei Mädchen keinen geraden Satz rausbrachte, und jetzt hatte ihn dieses superhübsche Mädchen angesprochen und war nett zu ihm, und sie konnten vielleicht zusammen ausgehen, und wer weiß, was dann noch passieren könnte, und das war wahrscheinlich das Unglaublichste, was bisher in seinem Leben passiert war …

Und bei diesem Gedanken stolperte Bruce, der immer noch im Rückwärtsgang befindlich war, über einen Stuhl. Er riss ihn mit sich zu Boden, in einem heillosen, schmerzhaften Durcheinander von Körperteilen und krachendem Metall. Und als er da lag, hörte er plötzlich Gelächter. Er drehte sich mühsam um und sah eine Gruppe von Schülern, die offensichtlich alles genau beobachtet hatten. Mit wachsendem Unmut erkannte er, dass man ihn reingelegt hatte, und dass Alice nur zu ihm gekommen war, weil sich ein paar ihrer Freunde einen Spaß machen wollten.

»Armer Bruce«, sagte Alice, die am lautesten von allen lachte. »Du bist echt so ein Loser.«

Bruce wurde rot vor Zorn. Sein ganzer Körper begann zu beben. Er griff nach der Kante eines Tischs und versuchte, sich daran hochzuziehen. Dabei riss er ihn zu Boden, samt einer brennenden Bunsenflamme. Der Brenner fiel in die Flüssigkeit aus einem der zerbrochenen Reagenzgläser und setzte sie sofort in Brand. Blitzschnell war ein Feuer ausgebrochen und die anderen rannten schreiend aus dem Raum.

Bruce kam wankend auf die Beine und starrte ins Feuer. Die Flammen spiegelten sich in seinen Augen, während sein Körper von Krämpfen geschüttelt wurde. Er kämpfte dagegen an – *mach es platt, schlimme Dinge werden sonst passieren, hau es platt* – so wie er es immer tat; aus Gründen, die er lange vergessen hatte, die aber tief in ihm verwurzelt waren. Aber das Bild der lachenden Schüler verfolgte ihn und er wollte es herauslassen, einmal, nur ein einziges Mal …

… und plötzlich begann der automatische Feueralarm zu schrillen. Die Sprinkleranlage an der Decke sprang an und durchnässte Bruce bis auf die Haut. Er blieb stehen und ließ das Wasser herabströmen. Es löschte das Feuer vor ihm … und das Feuer in ihm. Zumindest für den Moment.

Verlangen

Betty überquerte eilig die Hauptstraße der Wüstenbasis. Der glühend heiße Wüstenwind schlug ihr ins Gesicht, aber das störte sie ihm Moment weniger. Ihr Vater kam hinter ihr hergelaufen und schrie: »Sofort stehen bleiben, junge Dame! Wir sind noch nicht fertig mit unserem Gespräch!«

Betty bewegte sich mit einer trotzigen Eleganz. Sie steckte in einer hautengen Jeans und trug ein Metallica-T-Shirt, das für ihren Vater ein rotes Tuch war. Ein paar Soldaten blickten verstohlen zu ihr hinüber, aber Betty fuhr sie scharf an: »Augen gerade aus, Soldaten!« Die Soldaten richteten ihre Aufmerksamkeit sofort auf etwas anderes, als sie Thunderbolt Ross hinter ihr aufkreuzen sahen.

»Ich sagte, wir sind noch nicht fertig mit reden!«, bellte er.

Sie drehte sich um und starrte ihn wütend an. Sie war vermutlich die einzige Person auf dem Gelände, von der er sich das bieten ließ. »Haben wir überhaupt *angefangen* zu reden? Fangen wir überhaupt jemals an, richtig zu reden? Du redest, ich höre zu. So läuft das hier doch!«

»Und es ist gut, dass es so läuft«, befand Ross. »Stimmt das, was Glen mir gesagt hat? Du hast mit ihm Schluss gemacht?«

Sie straffte ihren Rücken. »Ja, das stimmt.«

»Warum zum Teufel machst du so was?«

»Weil ich nur mit ihm ausgegangen bin, um dir einen Gefallen zu tun. Er hat dauernd vom Heiraten gesprochen. Und davon, sich zusammen was aufzubauen.«

Ross zog die Augenbrauen hoch. »Und was ist daran nicht in Ordnung? Er ist ein Lieutenant mit besten Aussichten. Ich habe ihn hergebracht, weil er mal Karriere machen wird und …«

»Und weil du mich mit ihm verkuppeln wolltest. Ich

bin doch nicht blöd, Dad. Du hast ein Auge auf ihn geworfen, seit er in Maryland bei uns war.«

»Und wenn es so wäre? Ich will doch nur das Beste für dich.«

»Das wäre vielleicht das Beste für mich, wenn wir noch 1962 leben würden! Du willst, dass ich heirate und eine brave, kleine Army-Frau werde, die nette, harmlose Partys schmeißt, wenn ihr Göttergatte seine Offizierskollegen mit nach Hause bringt, und die so viele Kinder großzieht, wie ihrem Mann einfällt zu produzieren und ansonsten ihre große Klappe hält!«

»Deiner Mutter war das gut genug!«

Ihr Gesicht wurde aschfahl und sie konnte sehen, dass er seine Worte bereits bereute, als sie ihm über die Lippen kamen. Bevor er sie zurücknehmen konnte, sagte sie kalt: »Ich bin nicht wie Mama. Tut mir Leid, dass ich ihrem Vorbild nicht genüge. Vielleicht hätte ich lieber auch sterben sollen, dann wärst du jetzt glücklicher.«

»*Betty!*« Er wirkte tief getroffen. »Das sagst du nur, weil du versuchst mir wehzutun, nicht wahr?«

So war es tatsächlich, und nun tat es ihr Leid, so wie es kurz zuvor ihm Leid getan hatte. Aber sie wollte einfach nicht klein beigeben, nicht jetzt. Sie starrte auf die Spitzen ihrer Sneakers und sagte: »Du verstehst es einfach nicht, das ist alles.«

»Dann erklär es mir. Wir sind beide intelligente Menschen. Du solltest in der Lage sein, mir zu erklären, warum du jemanden wie Glen Talbot einfach fallen lässt, warum du …«

Sie stöhnte genervt. »Dad, Glen ist nicht das, für was du ihn hältst.«

»Aha? Und für was halte ich ihn?«

»Du hältst ihn für dich. Du denkst, er sei eine jüngere Ausgabe deiner selbst. Aber das ist er nicht, glaub mir. Ich habe ihn kennen gelernt, näher kennen gelernt. Er ist immer dabei, Pläne zu machen …«

»Und was ist daran nicht in Ordnung? Wir brauchen immer fähige Strategen bei der …«

Sie schüttelte den Kopf. »Strategien meine ich nicht. Und *Pläne* ist wahrscheinlich auch nicht das richtige Wort. *Intrigen* trifft es vielleicht am besten. Ich meine, er hat immer ein paar Asse mehr im Ärmel stecken. Ich meine … Dad, wir beide haben weiß Gott unsere kleinen Meinungsverschiedenheiten …« Er rollte angesichts dieser Untertreibung die Augen, aber sie ließ sich nicht beirren. »… doch es gibt eine Sache, an der ich nie gezweifelt habe, und das ist deine Liebe zu diesem Land. Du stellt unser Land und die Sicherheit seiner Bürger über alles andere in deinem Leben. Auch über mich.«

»Das stimmt nicht, Betty.«

»Doch, es stimmt«, sagte sie und versuchte zu lächeln.« Das ist ja nicht von vorneherein etwas Schlechtes. Wer weiß, eines Tages, wenn ich älter bin, werde ich es vielleicht auch nicht mehr so persönlich nehmen. Aber der eigentliche Punkt ist«, fuhr sie fort, bevor er ihr ins Wort fallen konnte, »Glen ist ein Opportunist. Er ist ein Opportunist und ein Machtmensch. Ich weiß es. Ich weiß es einfach. Pass auf dich auf, wenn ich nicht mehr da bin.«

»Ach, wirklich. Und wo willst du hingehen?«

Sie holte tief Luft und bereitete sich auf den großen Sprung vor. »Sie haben mich in Berkeley angenommen.«

»*Was?*« Er starrte sie mit offenem Mund an. »Das ist

absurd. Was willst du auf der Universität. Du hast doch gerade erst mit der High School angefangen …!«

»Hast du dir eigentlich *jemals irgendeines* von meinen Zeugnissen angesehen? Ich habe alle zusätzlichen Kurse besucht und mit Erfolg absolviert. Während du damit beschäftigt warst, die Wüstenbasis aufzubauen, habe ich die High School im Schnelltempo durchlaufen. Ich habe alle Prüfungen bestanden und sie haben eingewilligt, mich früher an der Uni zuzulassen.«

»Du konntest dich gar nicht bewerben«, sagte Ross triumphierend. »Ein Elternteil muss den Antrag unterschreiben …«

»Das hast du getan. Ich hab ihn dir einfach untergeschoben, als du Papierkram erledigt hast. Du bist so daran gewöhnt, unter alles eine Unterschrift zu setzen, auf dem ein Post-It Zettel klebt, dass es kein Problem war.«

»Aha«, sagte er und versuchte sich zu sammeln. »Und die Aufnahmegebühren? Woher hattest du das Geld?«

»Von Glen, im Austausch für sexuelle Gefälligkeiten.«

»Betty!«

Sie konnte nicht anders und musste lachen, als sein Gesicht plötzlich knallrot wurde. »Ich hab es von Kelly geliehen. Ich hab ihr versprochen, dass sie es zurück bekommt, sobald dein kleiner Ausraster über meine erfolgreiche Bewerbung abgeklungen ist.«

»Ich bin General der Vereinigten Staaten von Amerika, Elizabeth«, sagte er steif. »Ich neige nicht zu *kleinen Ausrastern.*«

»Dad …« Sie ging einen Schritt auf ihn zu, aber er schien so erstarrt in seiner Wut, dass sie nicht wagte, ihn zu berühren. »Dad, ich möchte Wissenschaftlerin werden. Keine Army-Frau. Ich will irgendwo in einem privaten Labor arbeiten, in der Forschung. Und ich will mein eigenes Leben leben. Nicht dein Leben oder das Leben des Sohnes, den du nie hattest. Sie haben mir ein Stipendium angeboten, ich werde mich selbst finanzieren können. So beeindruckt waren die von mir.« Sie hielt kurz inne und fügte dann mit leiser Stimme hinzu: »Warum kannst *du* das nicht auch sein?«

Einen Moment lang standen sich die beiden schweigend gegenüber. Sie konnte fast spüren, wie er sich innerlich von ihr entfernte.

»Mach, was du willst«, sagte er schließlich, drehte sich um und ließ sie ohne ein weiteres Wort stehen.

Es war das Letzte, was sie für ein halbes Jahrzehnt von ihm hören sollte.

Bruce Krenzler lag auf dem Teppich in seinem Zimmer. Er hatte stapelweise Bücher um sich herum verteilt und las. Er sah auf, als seine Mutter hereinkam und sich auf dem Boden neben ihn niederließ.

»Hey, Mam.«

Marion Krenzler warf einen Blick auf das Chaos im Raum. Es stand in deutlichem Kontrast zu der peniblen Ordnung, die Bruce normalerweise hielt. »Bruce«, seufzte sie. »Willst du wirklich jetzt schon auf die Uni.« Sie fuhr ihm zärtlich durch die Haare. »Ich werde dich furchtbar vermissen. Aber eines Tages wirst du ein bedeutender Wissenschaftler sein, das weiß ich.«

Bruce packte die Gelegenheit beim Schopf. »Wie mein Vater?«

Langsam zog sie die Hand aus seinem Haar. Es

schien, als sei die Raumtemperatur schlagartig um ein paar Grad gesunken. »Erinnerst du dich an ihn?« In der Stimme seiner Adoptivmutter lag eine gewisse Vorsicht.

»Nein, aber du hast mal gesagt, er wäre Wissenschaftler gewesen.«

»Habe ich das?« Sie schien überrascht und versuchte sich zu erinnern. Sie sah ihn nachdenklich an und beugte sich dann zu ihm hinüber. »Eines Tages wirst du entdecken, dass du etwas ganz Besonderes in dir trägst. Irgendeine Art von ... spezieller Größe, da bin ich mir ganz sicher. Eines Tages wirst du diese Größe mit der ganzen Welt teilen.«

Bruce schloss sie fest in seine Arme. Er konnte nicht sehen, wie sich ihre Augen dabei merkwürdig verengten, wie in einer Mischung aus Traurigkeit und stillem, distanziertem Nachdenken. Als wäre Bruce nicht nur der geliebte Sohn, der das Haus verlässt, sondern auch eine Art Projektentwurf, der in ein neues Stadium tritt.

TEIL ZWEI: EGO

Repression

Die kleine Berghütte schien der ideale Rückzugsort zu sein.

Betty hatte sie schon öfter erwähnt. Ihr Vater hatte das Blockhaus mit eigenen Händen erbaut und für sie waren viele schöne Erinnerungen damit verbunden. Erinnerungen an eine Zeit, als sie noch ein kleines Mädchen war und unter der Veranda Verstecken spielte. Die Ross-Familie hatte dort ihre glücklichsten Zeiten verlebt.

Aber nach dem Tod von Bettys Mutter hatte Thunderbolt gänzlich das Interesse an dem Ort verloren. Betty hatte immer vermutet, dass er ihm keine Freude mehr machte, weil ihn dort alles an seine verstorbene Frau erinnerte. Das war verständlich. Ihre Mutter hatte jeden Zentimeter der Hütte selbst eingerichtet; aber während diese Art von Erinnerung für Betty ein Trost war, fand ihr Vater es irritierend, ja belastend. Irgendwann hatte er Betty mitgeteilt, dass sie die Hütte als ihr Eigentum betrachten könne, er habe keine Verwendung mehr dafür und es sei eine Schande, sie einfach verkommen zu lassen. Sie hatte ihn damals beim Wort genommen und nun hatte sie Bruce übers Wochenende mit hierher gebracht.

Mittlerweile war Betty in ihren späten Zwanzigern

und eine attraktive junge Frau. Sie hatte viele Ähnlichkeiten mit ihrer verstorbenen Mutter – was ihren Vater oft schmerzlich berührte. Wenn sie redete, zeugten ihre Worte von natürlichem Selbstvertrauen, ihre Bewegungen waren fließend und kraftvoll wie die einer Tänzerin, obwohl sie nie Tanzunterricht erhalten hatte. Und das Schönste an ihr war, dass sie überhaupt nicht wusste, wie umwerfend sie eigentlich war.

Sie wusste nur, dass dieses Wochenende perfekt werden sollte. Das einzige Problem dabei war, dass sie im Labor wie eine Verrückte hatte schuften müssen, um sich das Wochenende frei zu schaufeln. Für die meisten Leute wäre das kein Problem gewesen, aber Betty hatte die Tendenz, ihre Arbeitszeit auf vierundzwanzig Stunden sieben Tage die Woche auszudehnen. Jetzt fühlte sie sich ausgepumpt. Ihre Haare waren stumpf und hässlich – zumindest glaubte sie das – und normale Kosmetika würde wohl nicht mehr ausreichen, um ihre müdes, bleiches Gesicht etwas aufzupeppen.

Beide trugen Outdoor-Klamotten – Hosen mit vielen praktischen Taschen und karierte Hemden. Betty und Bruce posierten für ein Selbstauslöser-Foto, und Betty, die sich überhaupt nicht fotogen fühlte, grinste scheu in die Kamera.

Bruce war wie immer unempfänglich gegenüber allem, was man ihm nicht direkt ins Gesicht brüllte, und so spürte er nichts von Bettys Unbehagen. Die Nachwirkungen des Blitzlichts waren noch nicht auf ihrer Netzhaut verblasst, als er schon unterwegs war, um den Selbstauslöser neu einzustellen.

»Lass uns noch eines versuchen.«

»Bitte nicht«, protestierte Betty. »Ich bin müde.« Sie fuhr sich mit den Fingern planlos durchs Haar, als könne sie sich durch reine Willenskraft ein wenig attraktiver machen.

Bruce bekam nichts davon mit. Er war in die Mysterien des Auslösemechanismus vertieft und so profanen Dingen, wie den Gefühlen seiner Freundin, nicht mehr zugänglich. Eigentlich kein Wunder, dachte sie, wenn man überlegte, wie wenig ihm schon seine eigenen Gefühle bedeuteten. Wenigstens machte er in dieser Hinsicht keinen Unterschied. Dann, als hätte er lange Sekunden gebraucht, um über das nachzudenken, was sie gesagte hatte, beteuerte er: »Du bist vielleicht müde, aber du siehst dabei klasse aus.«

Sie lächelte traurig. Es bestand kein Zweifel daran, dass er es aufrichtig meinte. Aber wenn ein Mann einer Frau ein Kompliment machte, schwang darin normalerweise das ganze Spektrum der Gefühle mit, die er für sie empfand. Doch Bruce war einfach … Bruce. Nicht zum ersten Mal überlegte sie, ob er vielleicht schwul sei. Er hatte die Kamera wieder eingerichtet und setzte sich neben sie. Den Arm um ihre Schultern gelegt wartete er, bis die Kamera das Bild gemacht hatte. Dann sah er sie an und strich ihr Haar zurück. »Hey, was ist denn los?«

Betty hatte nicht die Absicht gehabt, ihm davon zu erzählen, aber dann platzte es aus ihr heraus, ehe sie etwas dagegen tun konnte.

»Es sind diese Träume. Sie sind einfach schrecklich. Sie kommen immer wieder.«

»Dann mach es wie ich: Schlaf nicht.« Es war eine gezwungene Fröhlichkeit in seiner Stimme, aber er konnte Betty nicht täuschen.

Sie legte ihre Hand auf seine. »Keine echte Option. Und sollte es für dich auch nicht sein«, sagte sie ernst.

Es fiel ihm nicht schwer, wieder ernst zu werden. Es war sein natürlicher Zustand. Alles andere war gespielt, für Betty. Er zog sie mit einer beschützenden Geste an sich. »Erzähl mir von deinen Träumen.«

Sie mochte die Schwere seines Armes um sich und kuschelte sich noch dichter an ihn. Sie fühlte sich bei ihm gut aufgehoben, wie ein Teil eines Puzzles, das genau zu einem anderen Teil passt. Sie fühlte sich so entspannt, dass sie zum ersten Mal seit Jahren über ihre Träume sprechen konnte. »Es beginnt mit einer Erinnerung. Ich glaube, es ist meine früheste Erinnerung überhaupt. Ein Bild aus der Zeit, wo ich etwa zwei Jahre alt war. Da ist dieses ... dieses kleine Mädchen ...«

»Du?«

Sie nickte mit einem leichten Lächeln. »Dir entgeht auch gar nichts, oder? Klar bin ich das. Ich bin in einem Eissalon. Und ich werde in die Luft geworfen, immer und immer wieder.«

»Von wem?«

»Meinem Vater. Er ist in Uniform. Er wirkt so ...« Sie hielt inne und überlegte, wie sie es ausdrücken sollte. »Er wirkt so, wie ich ihn als Kind immer gesehen habe. Groß, stolz, unbesiegbar. Übermenschlich.«

»Ich wäre vorsichtig mit Dingen, die übermenschlich sind, wenn ich du wäre.« Er machte eine Pause und schien nachzudenken. »Also, du bewegst dich auf und ab und dein Vater ist beteiligt. Klingt irgendwie nach Freud.«

»Ach, du!« Sie stieß ihm den Ellbogen in die Brust und wurde mit einem überraschten Aufstöhnen belohnt. »Noch so einen Kommentar von dir und ...«

»Tut mir Leid,« sagte er und rieb sich die Brust.

»Okay, also … dein Vater … unbesiegbar, etc. Und was dann?«

»Also, dann ist da plötzlich dieser Jeep und Soldaten, die meinen Vater rufen. Alles Weitere geht dann wild durcheinander, wie das eben in Träumen so ist. Gerade bin ich noch im Eissalon und dann plötzlich in der Wüste. Und dann ist da ein Haus mit einem kleinen Jungen, der oben aus einem Fenster schaut, und dann bin ich schon wieder im Eissalon. Aber während ich es träume, macht es alles Sinn.« Sie hatte jetzt die Bilder wieder deutlich vor Augen, als würde ein Film ablaufen. »Er setzt mich ab. Ich weine. Und da ist dieses donnernde Geräusch, als würde ein Sturm aufziehen, aber es ist kein Sturm. Dann ist da diese Wolke, die irgendwie grünlich aussieht. Es ist fast so, als wäre sie lebendig …«

»Glaubst du, dass es eine echte Erinnerung ist oder nur ein Traum?«

Sie schüttelte den Kopf. »Ich glaube, es ist wirklich passiert, mit mir und meinem Vater, draußen auf der Wüstenbasis, als ich noch klein war.«

»Wüstenbasis? Das ist doch da, wo sie die Aliens und UFOs aufheben, oder?«

Ihr war klar, dass er den Unterschied genau kannte, trotzdem lachte sie. Sie freute sich, weil er versuchte, sie ein bisschen aufzuheitern.

»Das ist Area 51, Dummerchen. Die Wüstenbasis ist noch geheimer. Jedenfalls …« Ihre Gedanken kehrten zu ihrem Traum zurück, und während sie zu erzählen begann, traten ihr die Bilder wieder klar vor Augen. »Der Traum geht noch weiter. Ich bin plötzlich allein. Ich weine und weine, und dann legt sich eine Hand über mein Gesicht.«

»Die deines Vaters?«

Sie schüttelte den Kopf und wagte kaum, ihm in die Augen zu sehen, als sie zärtlich sagte: »Deine.«

Er rückte von ihr ab. Sie hatte erwartet, dass er so reagieren würde. Sie wandte sich ihm zu und erwartete einen verletzten oder ängstlichen oder sogar angewiderten Ausdruck auf seinem Gesicht ... *irgendeinen* Ausdruck. Aber wie immer war sein Gesicht auf erschreckende Weise ausdruckslos.

»Das ist ja furchtbar.« Er klang geradezu fassungslos, als wäre die Vorstellung vollkommen abwegig. »Du weißt, dass ich dir nie wehtun könnte.«

»Hast du aber schon«, sagte Betty voll verzweifelter Leidenschaft.

»Wie?«

»Du brichst mir das Herz.«

Sie beobachtete seine Augen, während sie das sagte. Wieder suchte sie nach ... Überraschung? Schmerz? Wut?

Nichts. Immer noch die gleiche erschreckende Ruhe, als wäre jede Reaktion, die etwas von seinen tieferen Gefühlen verraten könnte, mit einem schrecklichen Fluch beladen. »Ich verstehe nicht, warum du so etwas sagst.« Er hatte den gleichen, leicht konsternierten Ausdruck, wie wenn eines seiner Experiment nicht funktionierte.

»Liebst du mich, Bruce?«

»Aber klar. Das weißt du doch.«

»Siehst du! Genau das!«

Endlich eine Gefühlsregung: Echtes Erstaunen. »Genau was?«

»Genau die Art, wie du eben *›das weißt du doch‹* gesagt hast. Die Frau, die dich liebt, will wissen, was du für sie empfindest, und du antwortest darauf so unbeteiligt, als würdest du verkünden, dass es gleich zu regnen anfängt.«

»Ich bin nicht unbeteiligt«, versicherte er ihr.

»Stimmt das wirklich, Bruce?« Sie drückte seine Hand noch fester. »Wir reden über so vieles, wir machen Pläne, aber ich habe dabei nie das Gefühl, dass du in irgendeiner Form emotional beteiligt bist.«

»Ich dachte, du würdest mich besser kennen.«

»Oh, ich kenne dich ... wahrscheinlich besser, als du dich selbst kennst.«

»Nein.«

Betty war überrascht über die Entschlossenheit in seinem Tonfall. Es war, als hätte sich etwas, vielleicht nur eine Winzigkeit, in ihm bewegt. Als hätte sich ein Vorhang um ein paar Zentimeter gelüftet und den Blick auf etwas Unerwartetes und Überraschendes freigegeben ...

Und dann, so plötzlich wie es gekommen war, verschwand es wieder. Der Schleier lag wieder über seinen Augen und er sagte beherrschter denn je: »Nein. Das siehst du falsch, Betty. Ich weiß mehr über mich, als irgendjemand es je könnte.«

»Aber genau davon lebt doch eine Beziehung. Dass man dem anderen alles mitteilt, was man über sich selbst weiß.«

»Wenn das so ist, haben wir offensichtlich keine Beziehung.«

Sie wirkte wie vor den Kopf geschlagen. Selbst Bruce schien leicht überrascht über das, was da über seine Lippen gekommen war. Aber er machte keinen Versuch, es zurückzunehmen oder weiter auszuführen. Nur sein Adamsapfel begann zu hüpfen, als hätte er gerade einen großen Brocken hinuntergeschluckt.

»Ist … es das, was du möchtest, Bruce?«

»Nein«, sagte er leise. »Aber offensichtlich ist es nun mal so.«

»Aber warum? Warum kannst du dich nicht für mich öffnen und mich hereinlassen?«, fragte sie mit wachsendem Ernst. Sie wollte verstehen, warum diese Beziehung, die das Beste in ihrem Leben war, ihr durch die Finger zu gleiten schien.

»Es hat nichts damit zu tun, dich nicht hereinlassen zu wollen.« Er stand auf, die Hände in seinen Taschen zu Fäusten geballt. »Wirklich nicht.«

»Was ist es dann?«, wollte sie wissen. »Du schuldest mir wenigstens eine Erklärung. Also, wenn es nichts damit zu tun hat, mich hereinzulassen …«

»Hat es nicht. Es hat damit zu tun, mich selbst nicht herauslassen zu können.«

Er sagte das wie ein Arzt, der eine tödliche Krankheit diagnostiziert. »Ich verstehe dich nicht«, sagte sie.

Bruce lief zur Tür und blieb dort stehen, die Klinke in der Hand. »Ich auch nicht«, sagte er, gleichermaßen zu ihr und zu sich selbst. Dann ging er hinaus und schloss vorsichtig die Tür hinter sich.

Als er einige Stunden später zurückkam, hatte Betty geweint und neues Make-up aufgelegt. Sie blieben die Nacht über in der Hütte – sie im Schlafzimmer, er auf der Couch. So hatte sie sich das Wochenende nicht vorgestellt. Spät in der Nacht kamen ihr noch einmal die Tränen. Sie schluchzte unglücklich in ihr Kissen. Sie wusste nicht, ob Bruce sie hören konnte, aber es war ihr auch egal.

Ein Jahr später …

Benny Goodman war ein Typ, der keiner Fliege etwas zu Leide tun konnte.

Er war Anfang sechzig, trug einen Bart und lächelte permanent. Er hatte einen gewissen Sinn für Humor, was auch nötig war, da man ihn ständig mit dem Benny Goodman Orchestra aufzog. Benny war stolz darauf, niemanden in der Welt zum Feind zu haben. So öffnete er auch ohne Argwohn, als es an diesem Abend an seiner Haustür klopfte.

Draußen stand ein Mann, der etwa die gleiche Statur hatte wie er und einen Bart trug, der dem von Benny nicht unähnlich war. Drei angsteinflößende Hunde gruppierten sich um den Mann. Die Hunde waren offensichtlich gut trainiert, denn sie blieben gehorsam an ihrem Platz.

»Benny Goodman?«, fragte der Mann.

»Ja.«

»Der Benny Goodman, der als Hausmeister unten in den Lawrence Berkeley Laboratorien arbeitet?«

Benny fühlte sich plötzlich leicht alarmiert. »Gibt es ein Problem unten im Labor?«

»Nein, nein. Es ist nur … meine Hunde haben einen Mordshunger.«

Benny starrte die Tiere an. Sie knurrten böse. »Ich … ich hab nichts da für sie.«

»Kein Problem. Wir werden improvisieren.« Der Mann schnippte kurz mit den Fingern und in Windeseile waren die Hunde über Benny hergefallen. Einer von ihnen, ein Pit Bull, versenkte seine Zähne in Bennys Kehle, noch bevor dieser einen Laut von sich geben konnte. Der Mann trat durch die Türe ins Haus, während die Hunde Benny zu Boden zerrten. Benny lag bereits in Todeskrämpfen, als der alte

Mann sagte: »Übrigens … ich liebe *ihr Orchester«. Damit ließ er die Tür hinter sich ins Schloss fallen.*

Nicht zum ersten Mal beschlich Bruce das merkwürdige Gefühl, als würde er im Spiegel nicht sein eigenes Gesicht betrachten, sondern das eines anderen. Eigentlich fühlte es sich sogar mehr so an, als würde er sein eigenes Gesicht betrachten, aber die Augen eines anderen würden zurückstarren, neugierig, bohrend und … hasserfüllt.

Warum hasserfüllt?

»WARUM NICHT?«

Die Frage und die Antwort hierauf jagten durch seinen Kopf, stolperten übereinander und die Wucht ihres Zusammenpralls hätte ihn beinahe aus seinen Tagträumen geworfen. Sein Bewusstsein schien auf merkwürdige Weise gespalten. Es war, als hätte er seinen Körper verlassen und könne sich selbst von außen betrachten. Wahrscheinlich hätte er auf jemand, der von außen durchs Fenster hineingesehen hätte, ziemlich lächerlich gewirkt. Da stand er mit nacktem Oberkörper, ein Handtuch um seine Hüften geschlungen und starrte in den Spiegel, als wäre sein Spiegelbild das absolut Unwiderstehlichste, was er je gesehen hatte. Ein Beobachter hätte ihn für einen absoluten Ego-Maniac gehalten. Oder einen Narzissten. Oder einen *Schauspieler*, fügte er im Geiste hinzu und versuchte über die Vorstellung zu lachen. Komisch, aber es gelang ihm nicht.

Sein glattes, schwarzes Haar war noch nass von der Dusche, aber seine Haut war schon getrocknet. Er studierte sein Gesicht etwas genauer. Seine Ohren standen auf beiden Seiten etwas ab. Er fand, dass er den Eindruck eines einigermaßen intelligenten Menschen machte, fragte sich dann aber, ob diese Einschätzung nicht nur aus seiner ausgeprägten Selbstbezogenheit herrührte.

Bruce sah ein bisschen älter aus, als er sich fühlte. Er hielt seinen Körper in Form, ohne es zu übertreiben. Er hatte nicht allzu oft die Gelegenheit zu trainieren, denn die Arbeit im Labor hielt ihn fast immer in Beschlag. Normalerweise war seine Haut leicht gebräunt, aber in der letzten Zeit hatte er im Laboratorium gegessen, geschlafen, geatmet; und manchmal war Bettys Drängen der einzige Grund, warum er überhaupt noch nach Hause ging.

Etwas flimmerte in seinen Augen, als er an Betty dachte. Er wusste nicht, was es war, und das bereitete ihm Kopfzerbrechen. Er dachte daran, wie sie gemeinsam auf dem Weg hinauf zur Hütte gewesen waren. Betty hatte ihn liebevoll angesehen und davon gesprochen, dass die Augen die Fenster der Seele seien. Bruce hatte gelacht und leichthin gefragt: »Ja, aber zu wessen Seele?« Und als Betty ihn gefragte hatte, was er damit meine, hatte er keine Erklärung dafür gehabt. Er hatte immer noch keine.

»Mein Gott, Bruce«, sagte er laut. Obwohl die Jalousien im Bad heruntergelassen waren, konnte man bereits das Licht der Morgendämmerung durchschimmern sehen. »Kann man seine Zeit noch sinnloser vergeuden, als du es gerade tust?«

Dann wartete er aus irgendeinem merkwürdigen Grund, ob er sich selbst darauf eine Antwort geben würde.

Man sagt immer: Es ist nicht bedenklich, mit sich selbst zu sprechen; erst wenn man anfängt, sich selbst Antworten zu geben, hat man ein Problem.

Er gab sich selbst keine Antwort, was ihn, zumindest vorübergehend, etwas beruhigte.

Er entschied, dass er schon viel zu viel Zeit vertrödelt hatte, seifte sein Gesicht ein und begann sich zu rasieren. Er tat das in derselben vorsichtigen, methodischen Art, in der er – nun ja, eigentlich alles tat, was er tat. Betty hatte mal gesagt, es würde nur einen kleinen Schubs brauchen und er würde im Reich der Zwangsneurosen landen. »Ich könnte niemals Neurotiker werden«, versicherte ihr Bruce. »Dazu bin ich viel zu analverklemmt.« Betty hatte gelacht und das Thema wurde fallen gelassen. Fallen gelassen, aber nicht vergessen, weder von Bruce noch von Betty.

Der Rasierer bewegte sich in seinem Gesicht. Er beobachtete ihn aufmerksam. Dabei wurde ihm schleichend bewusst, dass etwas mit seinem Spiegelbild nicht stimmte, aber er konnte nicht ergründen, was es war. Schließlich fiel es ihm auf: Der natürliche Lidschlag seiner Augen hatte aufgehört. Er war so fixiert auf das, was er tat, dass seine Augen nur noch starrten, wie die Pupillen einer Schlange. Oder die eines Verrückten.

Er zwinkerte. Es kostete ihn einige Mühe, aber es gelang. Ein Lidschlag, langsam, methodisch und dann wieder offen … und da waren sie wieder, diese Augen, und *verdammt*, es war, als würde jemand anderes ihn anstarren.

Du drehst durch, Bruce.

»JA. Du DREHST DURCH.«

Er zuckte zusammen, als er sich erneut selbst antworten hörte, mit einer Stimme, die direkt aus dem Zementmischer der Hölle zu kommen schien, und er schnitt sich mit dem Rasierer.

Und da war Blut, überall Blut, es sprudelte heraus, es war schrecklich, einfach entsetzlich, und tief drinnen wühlte etwas, das sich verkrochen hatte, aus Angst und Wut, und es sah ihm in die Augen, starrte ihn durch seine eigenen Augen hindurch an, mit brennendem Hass …

Es war nur ein kleiner Schnitt. Kein Blutschwall. Keine Verletzung. Nur ein Kratzer. Er hielt ein Papiertuch darauf und die Blutung hörte fast augenblicklich auf.

Er begann zu kichern, als er sah, wie winzig der Schnitt war. »Das sind die Risiken, wenn man soviel arbeitet«, sagt er laut, aber niemand war da, der es hätte hören können. Und dann, gegen seinen Willen, sah er wieder in *diese Augen* und wusste, dass da jemand da, der zuhörte. Jemand, der nicht er selbst war.

So schnell er konnte, beendete er die Rasur, nahm ein feuchtes Handtuch in sein Gesicht und entfernte den Rasierschaum. Als er das feuchte Tuch herunternahm, waren seine Augen wieder die alten, sie gehörten wieder ihm und nur ihm. Er war wieder allein. Allein mit seinen Gedanken darüber, was eine allzu lebendige Fantasie und der Mangel an Morgenkaffee so alles auslösen konnten.

Das Labor auf dem Lawrence Berkeley Gelände, in dem Bruce arbeitete, war ein recht amüsanter Ort. Zumindest für jemanden wie Bruce. Immer, wenn er in Filmen Laboratorien sah, waren die Arbeitsplätze der Wissenschaftler blitzblank aufgeräumt und bestens organisiert. In den Laboratorien, in die er selbst seit seiner Schulzeit gekommen war, hatte dagegen völliges Chaos geherrscht. Irgendwie hatte er immer darauf gehofft, eines Tages erwachsen zu werden, und dann auch so ein Film-Laboratorium sein Eigen nennen zu können, wo man nicht dauernd zwischen oder unter irgendwelchen Versuchsaufbauten herumklettern musste, um sich fortzubewegen.

Und da war er nun, ein erfahrener Projektleiter und führender Wissenschaftler in einem der wichtigsten Projekte auf dem Gelände, und seine organisatorischen Fähigkeiten hatten sich kein bisschen weiterentwickelt. Sie waren eher noch verkümmert.

Es wäre theoretisch der Job seines Assistenten Jake Harper gewesen, Bruce hier hilfreich unter die Arme zu greifen. Aber das war eben nur *theoretisch* so, in der Praxis war davon kaum etwas zu spüren. Harper war ein mindestens ebenso hoffnungsloser Fall wie Bruce.

Betty hätte das Ganze natürlich ohne weiteres in den Griff bekommen. Sie hatte diese Art von praktischem Verstand. Aber sie hatte Bruce gleich zu Anfang klipp und klar gesagt, wenn er darauf warte, dass sie seine Sachen in Ordnung bringe, könne er warten, bis er schwarz werde. Eher würde sie verflucht sein wollen, als eine dieser Frauen zu werden, die ihren Männern immer hinterherräumten.

So kam es, dass Bruce und Harper nichts anderes übrig blieb, als gelegentlich den Versuch zu starten, den Laden selbst in Ordnung zu bringen, während Betty dabei stand, den Kopf schüttelte und abfällige Schnalzlaute von sich gab.

Harper – mit seinen schütteren Haaren, seiner Brille, die verwegen schief auf seiner Nase hing und seiner dauerhaft bleichen Gesichtsfarbe – war einige Jahre jünger als Bruce, aber um Lichtjahre nervöser. Sicher rührte diese Nervosität aus einem Mangel an Selbstvertrauen her, dessen Ursache Bruce nicht wirklich nachvollziehen konnte. Harpers Kompetenz-Tests hatten alles geschlagen, er hatte in allen Abschlüssen die bestmöglichen Noten. Seine Doktorarbeit über Zell-Regeneration war so bahnbrechend, dass niemand anderer als Doktor Henry Pym, die oberste Koryphäe auf diesem Gebiet, ihm persönlich die Hand geschüttelt und ihn für die gute Arbeit beglückwünscht hatte.

Aber während wichtiger Versuche rannte Harper vollkommen nervös und wie aufgezogen durchs Labor, als mache er sich Sorgen über seine eigene Unfähigkeit oder vielleicht auch über die Möglichkeit, das irgendetwas vor seiner Nase in die Luft fliegen und seine Nase dabei mitnehmen könne. Immerhin erledigte er den Job besser als die meisten, mit denen Bruce es vorher probiert hatte, und so wurden Harpers kleine Macken stillschweigend toleriert. Glücklicherweise ließ es Bruces Naturell auch nicht zu, dass ihn etwas gleich aus der Ruhe brachte …

Außer dein eigenes Spiegelbild …

Verärgert darüber, dass sich die merkwürdige Spiegel-Erfahrung schon wieder in sein Bewusstsein drängte, fegte er all diese irrelevanten Überlegungen beiseite und konzentrierte sich auf die Gamma-Sphäre.

Die runde Kammer stand glänzend vor ihm. Sie war das Ergebnis von zwei Jahren sorgfältigster Planung und Labortätigkeit. Durch eine dicke Glaswand abgeschirmt, waren an ihrem unteren Ende glänzende Platten angebracht. Es waren Reflektoren, die entwickelt worden waren, um die Strahlen zu bündeln und zu lenken, die die Wissenschaftler von außen hinein schickten.

In der Mitte der Gamma-Sphäre hockte ein Frosch,

der teilnahmslos aus einer gläsernen Halbkugel herausglotzte. Die Halbkugel war mit mikroskopisch kleinen Luftlöchern versehen, die es dem Frosch ermöglichten zu atmen und es gleichzeitig zuließen, dass Gase eindringen und das Testobjekt erreichen konnten. Ein Hohlspiegel war direkt über der Halbkugel angebracht.

Bruce sprach von dem Frosch schlicht als *Nummer Elf*. Was Harper überhaupt nicht gefiel, denn er bestand allen Einwänden zum Trotz darauf, jedem Testobjekt einen Namen zu geben. Den Frosch hier hatte er *Freddie* getauft. Bruce hielt das für unprofessionell. Er war der Meinung, dass man Testobjekte nicht vermenschlichen durfte. In der Kantine hatte er einmal ziemlich lautstark verkündet, es wäre vollkommen sinnlos und eine Verschwendung emotionaler Energien, sich einem Wesen verbunden zu fühlen, das Versuchszwecken diene. Woraufhin Betty von ihrem Thunfischsandwich aufgesehen und gefragt hatte, wem in aller Welt man sich denn verbunden fühlen solle, wenn nicht den Versuchstieren oder seinen Mitmenschen. Harper hatte leicht verwirrt geblickt, und Betty hatte süß gelächelt. Aber Bruce wusste nur zu gut, wem diese kleine Spitze galt.

Was wollte sie von ihm? Warum konnte sie nicht einfach akzeptieren, dass er anders war als sie? Wie kam es, dass Frauen immer den Ehrgeiz hatten, Männer, die sie liebten, ändern zu wollen?

So stand es also um ihre Kenntnis seiner Person. Wenn sie ihn wirklich gekannt hätte, dann hätte sie eingesehen, dass es ein aussichtsloses Unterfangen war, Bruce Krenzler ändern zu wollen. Er befand sich auf einem klar vorgezeichneten Weg. Er war schon zu lange der Mann, der er war, um noch andere Möglichkeiten zu sehen. Persönliche Transformationen waren nicht sein Ding. Da konnte man jeden fragen.

Bruce checkte zum letzten Mal die Instrumente und blickte dann quer durch den Raum, um zu sehen, wie weit Harper war. Harper hatte seinen Instrumentencheck gerade abgeschlossen und nickte kurz. Auch er war startbereit.

»Harper, lassen Sie die Nanomeds rein.«

Harper nickte und öffnete das Einlassventil. Es gab ein zischendes Geräusch, als die Kammer sich mit Gas füllte.

Freddie der Frosch glotzte. Er konnte die Nanomedikamente nicht sehen. Dazu hätte er die Augen eines auf dem Planeten Krypton geborenen Superhelden gebraucht. Immerhin hörte er das leise Zischen des Gases. Er ließ kurz seine Zunge hervorschnellen, offensichtlich um zu testen, ob sich irgendetwas Nahrungsähnliches in dem Gas befand.

»Okay.« Bruce holte tief Luft und ließ sie dann langsam wieder ausströmen. »Gib Freddie die Gamma-Strahlung.«

Harper hämmerte Befehle in eine Tastatur und murmelte dabei etwas vor sich hin. Bruce konnte zuerst nicht verstehen, was es war. Aber als Harper die Worte wie ein Mantra wiederholte, verstand er es schließlich: »Lass es funktionieren, lass es funktionieren, lass es funktionieren ...« Bruce musste lächeln, wenn auch nur ein bisschen. Er fragte sich, ob Harper so darauf hoffte, dass es funktionierte, weil er sich einen Erfolg für das Projekt wünschte oder ob er sich Gedanken über das Schicksal des Frosches machte, im Falle eines Fehlschlags.

Eine winzige Dosis Gamma-Strahlung traf den Hohlspiegel über dem Frosch. Wie ein Lichtblitz zuckte sie ihm quer über die Brust. Das arme Tier wurde auf den Rücken geschleudert. Dort ruderte es für einige Momente mit seinen kleinen Armen und Beinen, bis es sich wieder erholt hatte und sich umdrehen konnte. Hätte Luft aus der Kammer ins Labor dringen können, wäre zweifellose der Geruch von verbranntem Fleisch in der Luft gelegen. Auch das Geräusch wäre sicher nicht sehr angenehm gewesen. Aber so waren Bruce und Harper vollständig von ihrem Versuchsobjekt abgeschlossen, und das Einzige, was sie erkennen konnten, war eine hässlich klaffende Wunde, die auf der Brust des Frosches zurückgeblieben war.

Freddie tapste immer noch herum und wirkte leicht desorientiert. Er blinzelte wild, und fragte sich vermutlich, ob das der erste Schritt dazu war, ihn in eine leckere Vorspeise zu verwandeln, oder ob er vielleicht seine Beine an irgendeinen Feinschmecker verlieren sollte.

Einen Moment lang geschah gar nichts. Bruce wartete ab. Und dann, langsam und wie durch ein Wunder, begann sich die Wunde zu schließen. Und dort, wo sie sich schloss, bildete sich eine Zone aus pulsierendem, fluoreszierendem Grün. Es war das neu entstandene, leuchtend-farbige Hautgewebe.

Bruce konnte es kaum glauben. Neben ihm gluckste Harper vor Glück, und dann hörte er eine weibliche Stimme, so dicht bei seinem Ohr, dass er den Atem spürte. »*Ja!*«

Er drehte sich um und stellte überrascht fest, dass es Betty war. Er hatte keine Vorstellung, wie lange sie schon da gestanden hatte, aber offensichtlich lange genug, um das Ergebnis des Versuchs mitzubekommen. Er hatte nicht geahnt, dass sie auf dem Gelände war, sonst hätte er den Test gar nicht durchgeführt. Er hatte sie weit weg auf irgendeiner Konferenz vermutet, und jetzt war sie hier, in natura. Es war im Grunde auch nicht wirklich überraschend. Sie hatte es sich mittlerweile zur Angewohnheit gemacht, große nationale Konferenzen einfach mit der Begründung abzusagen, die Forschungen, die sie und Bruce durchführten, seien schon zu weit über den normalen Wissensstand hinaus gewachsen, als dass es sich noch lohne, dort nach Tipps und Anregungen Ausschau zu halten.

Sie war so nahe, dass er ihr Parfüm riechen konnte. Er hatte nie wirklich verstanden, warum Frauen lieber nach Blumen oder Palmen oder Abendregen riechen wollten, als einfach nach Frau.

Trotzdem war er nicht schlecht, der Duft …

Er sah sie an, lächelte unwillkürlich und kehrte dann zu seiner Tätigkeit zurück. Er studierte die Anzeigen des Scanners, der direkt unter dem Frosch angebracht war. Der Frosch zitterte leicht, aber das konnte durch ein Dutzend verschiedener Dinge verursacht sein, am wahrscheinlichsten durch die Vibrationen, die …

Der Frosch explodierte.

Harper stieß einen kurzen Schrei aus, als die Innereien des kleinen Amphibiums an die Wände des Behälters klatschten. Betty gab ein frustriertes »Oh!« von sich. Nur Bruce ließ sich, wie üblich, keinerlei Enttäuschung anmerken. Er spürte nur, wie sich seine Schultermuskeln verkrampften, etwas, das häufig geschah, wenn er mit einer schwierigen Situation konfrontiert wurde. Er zwang sich, sie wieder zu entspannen, aber er schmeckte förmlich das Gefühl der Enttäuschung.

Andere Frösche waren bereits viel früher so genannten *schweren Rückschlägen* erlegen – was ihm Klartext hieß, dass sie qualvoll verendet waren. Und das hatte Bruce zu der Hoffnung verleitet, dass Freddie als *Nummer elf* vielleicht den Durchbruch schaffen könnte.

Er drehte sich zu den anderen um, seufzte und sagte: »Mittagspause.«

»Oh, gut.« Harper betrachtete mit bleichem Gesicht die Überreste des Frosches, die langsam von den Glaswänden des Behälters tropften. »Wisst ihr, weil … ich hab jetzt so richtig Appetit.«

Es gab eine Cafeteria im Labor und ein paar akzeptable Restaurants in der Gegend, aber Bruce entschied sich meistens dafür, an seinem Arbeitsplatz zu essen. Da Betty diese Angewohnheit kannte, folgte sie ihm einfach, als er auf den Laborkühlschrank zusteuerte.

»Ich hab meinen Vater in den Nachrichten gesehen«, sagte sie.

»Ach?« Ihre Bemerkung überraschte ihn. Es war ausgesprochen selten, dass Betty ihren Vater erwähnte.

»Hmm. Er kriegt einen Orden oder so was, vom Präsidenten.« Sie zuckte mit den Schultern. »Er hat schon so viel an seiner Uniform baumeln, keine Ahnung, wo er den noch unterbringen will.«

»Wirst du anrufen und gratulieren?«

»Ich hab darüber nachgedacht.«

Er stutzte kurz, und als er sich zu ihr drehte, entdeckte er einen verschmitzten Ausdruck auf ihrem Gesicht. »Wirklich? Das wäre aber ungewöhnlich.«

»Na ja, ich denke, er *ist* nun mal einfach mein Vater.

Und da ich das weiß, dachte ich, ich könnte einfach mit gutem Beispiel voran gehen.«

Erst hatte Bruce keinen Schimmer, auf was sie eigentlich hinauswollte, aber dann wurde es ihm schlagartig klar. Er seufzte, langte in den Kühlschrank und holte eine braune Papiertüte heraus. »Sind wir jetzt wieder bei diesem Thema?«, fragte er mit müder Ironie in der Stimme, als sie zurück zu seinem Schreibtisch gingen.

»Ja, wir sind wieder bei diesem Thema«, gab sie, seinen Tonfall imitierend, zurück. »Denk doch einfach mal darüber nach. Interessiert es dich denn gar nicht, wer deine leiblichen Eltern sind und wo du herkommst? Es ist heute kein Problem mehr, Einblick in seine Adoptionspapiere zu erlangen. Es könnte dich öffnen für mehr Gefühle.«

»Will ich denn mehr Gefühle?« Bruce kam sich vor wie der Blechmann aus *Der Zauberer von Oz*.

Bettys Antwort kam in einem unerwartet ernsten Tonfall. »Ich darf doch stille Wünsche haben, oder?«

Er spürte ein leichtes Schuldgefühl, als sie das sagte, und etwas davon musste in seinem Gesicht zu sehen gewesen sein, denn Betty sah plötzlich etwas zerknirscht aus, als würde sie bereuen, was sie gesagt hatte. Er hätte ihre Bemerkung gerne ignoriert, aber nun stand sie im Raum, und es war wie in der bekannten Geschichte vom rosa Elefanten, der mit am Tisch saß und keiner konnte so tun, als wäre er nicht da.

Trauriger und wehmütiger, als er es sich selbst zugetraut hätte, sagte er: »Ich wünschte mir wirklich, ich könnte jemand sein, der mehr Gefühle hat, mehr ausdrückt. Wenn ich so wäre, dann könnten wir wieder zusammen sein, oder?«

»Ich weiß es nicht.« Betty blickte betreten zu Boden. »Ich fürchte, das liegt nicht in meinen Händen. Es ist eben einfach nicht so leicht für mich, dich jeden Tag zu sehen und mit dir zu arbeiten, jetzt, wo wir nicht mehr zusammen sind. Ich fühle mich dabei einsamer als je zuvor.« Sie seufzte. »Aber was kann man machen?«

»Ich kann dich immer noch schätzen, dich bewundern, dein Freund sein ...« Er unterbrach sich und dachte: *Mein Gott, ich komme ihr hier mit dem typischen wir-können-für-immer-Freunde-bleiben-Schmus. Das ist doch völlig lächerlich.*

Aber Betty schien davon nicht weiter abgestoßen, sie wirkte nur noch ein bisschen trauriger. »Ich wollte, ich könnte sagen, das wäre genug.«

Niemals hatte Bruce eine tiefere, gähnendere Leere in seinem Inneren gespürt, als in diesem Moment. Er wollte sie berühren, sie halten, ihr so vieles erzählen, Gefühle und Empfindungen mit ihr teilen. Das Problem war nur, er wusste nicht, ob er Dinge sagen würde, die er wirklich fühlte ... oder ob er einfach nur versuchen würde, das zu sagen, was sie von ihm hören wollte.

Stattdessen zwang er sich zu lächeln und sagte so locker wie er konnte: »Ich glaube, ich hab hier was.«

Sie zog fragend die Augenbrauen hoch, während er schwungvoll die Papiertüte öffnete und einen Becher herauszog. »Chocolate-Chip-Eiscreme.«

Betty lächelte ein Lächeln, so strahlend wie Gamma-Strahlen ...

Wie Gamma-Strahlen? Oh Gott, konnte er nicht einmal den Wissenschaftler in sich vergessen ...?

Er wusste die Antwort schon in dem Moment, als er sich die Frage stellte.

Betty hasste die *Kleine Tierschau.*

So nannte sie die halbjährlichen Treffen des Vorstandes, bei denen sie und Bruce in einfachen Worten erklären mussten, was sie da gerade machten und vor allem, was *die praktische Nutzanwendung* davon war. Diese zwei Worte raubten ihr den letzten Nerv. Sie hatte sie schon so oft gehört, dass sie sie angeblich bereits im Schlaf gemurmelt hatte. Immer wollten die etwas über die *praktische Nutzanwendung* hören, was übersetzt nichts anderes hieß als: »Wie können wir mit Ihrem letzten Experiment schnelles Geld machen?«

Die kapierten einfach nicht, dass das nicht so leicht ging. Viele der entscheidenden Fortschritte in der Wissenschaft, die ganzen praktischen und nützlichen Entdeckungen der Menschheitsgeschichte, waren zufällig zu Stande gekommen, quasi als Nebenprodukt anderer Studien. Bei Experimenten ging es um das Ausloten von Möglichkeiten. In der Forschung ging es immer um die Frage: *Was wäre wenn?* So hatten die Gegner des Raumfahrtprogramms immer über die riesigen Summen gejammert, die da verschwendet würden, um einen Mann auf den Mond zu bringen. Aber sie waren völlig blind dafür, wie viele nützliche Dinge des Alltags sich ausschließlich Technologien verdankten, die für die Raumfahrt entwickelt worden waren. Von interaktiver Software über Sportschuhe und Wasserfilter, bis hin zu Isolierstoffen für den Hausbau. Alles Dinge, die erst durch die Raumfahrttechnik ermöglicht wurden.

Aber wie sollte man das diesen wandelnden Rechenmaschinen erklären, die nach Resultaten verlangten, als könne man Preisschildchen auf den Fortschritt kleben.

Diese Meetings waren die einzigen Momente, in denen Betty Bruce um seine emotionslose Haltung beneidete. Sie war diesen Leuten gegenüber immer cool geblieben, wenn es darauf angekommen war. Aber es hatte sie viel Mühe gekostet. Bruce erreichte den gleichen Effekt, nur wirkte es bei ihm viel müheloser ... und das war es für ihn wahrscheinlich auch.

Nichts von dem, was ihr durch den Kopf ging, war ihr bei der Präsentation anzumerken. Dazu war sie viel zu professionell. Stattdessen beobachtete sie die fünfzehn Männer, die alle piekfeine Maßanzügen und teure Seidenkrawatten trugen und sich um einen Tisch gruppierten, auf dem Betty Resümees und Statistiken für sie ausgelegt hatte. Sie nahm an, und das zu Recht, dass keiner von ihnen auch nur ein Wort davon verstehen würde. Doch sie führte sie Punkt für Punkt durch das Material und machte sich selbst dabei noch einmal klar, dass sie diesen Leuten gegenüber keinen Groll hegen sollte, nur weil mindestens die Hälfte von ihnen nichts von Forschung, dafür aber umso mehr von Dollars und Cents verstand. Sie waren einfach ein notwendiges Übel.

Mit einem freundlichen Dauerlächeln im Gesicht nahm Betty ihre Erläuterungen wieder auf. »Um die Zellen zu trennen, beschießen wir sie mit Gamma-Strahlen.« Hinter ihr waren auf einer Projektionsleinwand gestochen scharfe Farbbilder von bewegten Zellhaufen zu sehen. »Unsere winzigen molekularen Maschinen, die Nanomeds, werden vom Organismus inhaliert und wandern dann durch die Körpergewebe. Sie bleiben passiv, bis wir sie mit Gamma-Strahlen wekken. Einmal geweckt, reagieren sie augenblicklich auf zelluläre Gefahrensignale, beispielsweise eine Wunde, und beginnen sofort, Kopien der gesunden Zellen anzufertigen und kaputte Zellen zu beseitigen.« Sie hielt inne, um zu sehen, ob man ihr folgen konnte. Es war etwas zu dunkel im Raum für ihren Geschmack, und sie konnte die Gesichter nicht genau erkennen, aber sie hatte das Gefühl, dass alle es kapiert hatten. Währenddessen hatte die Projektion gewechselt: Zu sehen waren nun die Nanomeds bei der Arbeit.

»Das Hauptproblem«, fuhr sie fort, »ist, herauszufinden, wie ein lebender Körper die enormen Kräfte überleben kann, die die Nanomeds freisetzen. Wir müssen erst noch etwas finden, das nicht nur den Energieschub überlebt, den die rasche Erneuerung der Zellen mit sich bringt, sondern auch den Ausstoß von Abfallprodukten, hauptsächlich Wasser und Kohlendioxid, die entstehen, wenn die beschädigten Zellen abgebaut werden.«

Es hätte sie schon sehr gereizt, ihnen das Bild eines explodierenden Frosches vorzusetzen, einfach nur um zu sehen, wie sie darauf reagieren würden. Aber gegen diese kleine, humorvolle Note in ihrem Vortrag hatten Bruce und Harper ihr Veto eingelegt. Und so erlebte der Vorstand lediglich eine zelluläre Explosion. »Wir versuchen, die beiden Funktionen auszubalancieren. Wenn das gelingt, werden wir eines Tages das Versprechen einer nahezu augenblicklichen Selbstreparatur des Körpers wahr machen können.« Sie sah zu Bruce hinüber, während sie dachte: *Na, wie hört sich das an? Nahezu augenblickliche Selbstreparatur des Körpers. Das sollte doch genug praktischen Nutzeffekt für euch haben.* »Dr. Krenzler.« Sie gab ihm ein Zeichen. Bruce stand auf und kam nach vorne, während sie einen Schritt zur Seite trat. Sie stellte überrascht fest, dass sie das Bedürfnis verspürte, seinen Arm zu berühren, aber sie unterließ es. Es hätte einfach nur ein simples »Los, zeig es ihnen« zum Ausdruck bringen sollen, aber sie befürchtete, dass dem mehr Bedeutung zugemessen worden wäre … und vor allem wusste sie, dass es mehr Bedeutung hatte. Also behielt sie ihre Hand bei sich und nickte Bruce zu, um ihm ein Gefühl von Unterstützung zu vermitteln. Er erwiderte das Nicken und betrat das kleine Podium, das man eigens im Raum errichtet hatte.

»Vielen Dank, Dr. Ross«, begann Bruce und ließ seinen Blick durch den Raum schweifen. Er lächelte. Betty kam der Gedanke, dass dies genau die Situation war, in der Bruce sich am wohlsten fühlte. Keine Emotionen, keine persönlichen Einlassungen. Wissensvermittlung pur. Er würde wahrscheinlich einen verdammt guten Lehrer abgeben. Er tippte einen Moment lang nachdenklich aufs Rednerpult und sagte dann: »Wir haben in der letzten Zeit viel nachgedacht im Labor, über Erinnerung und Vergessen, und über die Rolle, die sie in unserem Leben und bei unserem Tod spielen. Der Tod, so könnte man sagen, ist eine Art des Vergessens.«

Betty blickte sich um. Sie schienen an seinen Lippen zu kleben. Bruce fuhr fort, sich langsam seinem Thema nähernd. »Jedes Mal, wenn sich eine menschliche Zelle teilt, verliert sie ein bisschen mehr DNA an den Enden ihrer Chromosomen, bis sie irgendwann so viel verliert, dass sie ihre Funktion vergisst: die Fähigkeit, mit Verletzungen fertig zu werden und die Fähigkeit, sich zu reproduzieren. Leben ist im Gegensatz dazu die Fähigkeit, sich zu erneuern und aus der Erinnerung heraus zu handeln.« Er trat einen Schritt neben das Pult, legte einen Ellenbogen darauf und wirkte dabei sehr entspannt. *Er kann soviel besser mit Wissenschaft umgehen wie mit Menschen,* seufzte Betty innerlich. »Wenn also unsere Arbeit erfolgreich sein sollte und die Nanomeds mehr und mehr diesen Prozess übernehmen, wird man sich fragen müssen – bist du es, der lebendig ist oder sind es die Milliarden von artifiziellen Kreaturen in dir?«

Er machte eine Pause. Das Interesse der Männer am Konferenztisch war mehr als deutlich, und Betty konnte ihre Fragen förmlich spüren: *Wann wird es fertig? Wann können wir es an Krankenhäuser, Ärzte und Expertenkommissionen verteilen und tonnenweise Geld damit scheffeln?* Auch Bruce schien das zu spüren, denn er zog ein warnendes Fazit am Ende seines Vortrags.

»Im Moment sind unsere nanomedizinischen Therapien tödlicher als die Krankheiten, die sie heilen sollen«, gab er zu. »Möglicherweise rührt das daher, dass die Nanomeds sich zu perfekt an ihre Instruktionen erinnern. Vielleicht gehört es zur natürlichen Balance unseres Lebens, dass wir vergessen müssen, in gleichem Maße, wie wir uns erinnern.«

Es entstand eine Pause. Dann sagte einer der Männer aus der Dunkelheit: »Wir danken Ihnen für das professionelle Update. Wir werden die Daten bewerten und dann unsere Empfehlungen aussprechen.«

Betty verkniff sich ein Lachen. Oh ja, ihre Empfehlungen wären sicher wieder sehr hilfreich. Möglicherweise würden sie sogar in eine völlig neue Richtung weisen, auf die sie in Jahrmillionen nicht gekommen wären. Oder wenigstens würden wieder ein paar Bäume sinnlos ihr Leben lassen müssen, damit der Vorstand genug Papier hatte, um seine Empfehlungen darauf zu verbreiten. Aber Bruce, unerschütterlich wie immer, nickte nur und sagte: »Vielen Dank. Das wäre für uns von großer Bedeutung.«

Kurz darauf waren sie draußen im Gang und Betty starrte ihn ungläubig an. »Das wäre für uns von großer Bedeutung?«

Bruce zuckte mit den Achseln. »Warum denn nicht?«

»Bruce! Die haben nichts Sinnvolles zu unser Arbeit beizutragen! Das weißt du doch. Die werden uns Dinge vorschlagen, die wir vor sechs Wochen schon probiert haben. Deren Vorstellung von Unterstützung ist lächerlich!«

»Stimmt«, erwiderte Bruce. »Aber Lachen ist gesund, und jeder, der dazu Anlass gibt, sollte willkommen sein.«

Sie wollte etwas darauf entgegnen, aber dann erkannte sie den gespielten Ernst in seinem Gesicht und musste lächeln. Sie verbeugte sich leicht. »Ich bin überwältigt von Ihrem Verstand und Ihrer tiefen Einsicht.«

»Das solltest du auch«, sagte er.

»Kommst du mit ins Labor?«

»Gleich. Ich muss noch ins Büro, ein paar Anrufe erledigen. Geh bitte schon vor, wenn du willst. Aber vielleicht willst du auch den Rest des Tages frei nehmen, um dich von unserer, wie hieß das noch gleich, zu erholen …?«

»Kleine Tier …«

»Richtig, Kleine Tierschau.« Er sah sie fragend von der Seite an. »Und welches Tier bin ich in der Schau?«

»Äh … ein Pony.«

»Warum?«

»Ich hab mir immer ein Pony gewünscht.«

Er öffnete seinen Mund, dann schloss er ihn wieder.

Er musste unfreiwillig lächeln und zeigte dann vage in Richtung seines Büros. »Ich … werde ein paar Anrufe machen.«

»Ich bin im Labor und lasse Frösche platzen.«

»Betty«, sagte er vorwurfsvoll.

»Ich hoffe, dass ich mich langsam nach oben arbeiten kann und dann noch anderes platzen lassen kann. Krokodile vielleicht.«

Bruce sah sie prüfend an. »Das war hoffentlich ein Witz, oder?«

Ihr Haar keck zurückwerfend sagte Betty: »Komm doch mal im Labor vorbei und finde es heraus. Besser, du bringst deine Galoschen mit.«

Während sie davonstolzierte, hörte sie Bruce brummen: »Galoschen? Wer sagt denn heute noch Galoschen?«

Sie stoppte vor dem Snack-Automat, verpasste ihm einen ordentlichen Schlag an der richtigen Stelle und schnappte sich das Päckchen Erdnüsse, das unten herausfiel. Sie war so geübt darin, dass es kaum mehr als einen Augenblick dauerte, bis sie ihren Gang fortsetzen konnte. Sie nickte Kollegen zu, an denen sie vorbeiging und einer winkte in ihre Richtung und rief: »Ich hab gehört, du hast sie platt gemacht heute im Meeting.«

»Das hoffe ich doch sehr«, sagte sie fröhlich.

Sie bog gerade um die Ecke, als sie hinter sich eine Stimme vernahm, die sie nicht gleich erkannte – wohl auch deshalb, weil sie sie nicht erkennen wollte.

»Betty«, rief die Stimme, »Betty Ross!«

Sie überlegte und überlegte und wollte es einfach nicht wahr haben. Langsam drehte sie sich auf dem Absatz um. »Glen?«, sagte sie.

Es war Glen Talbot. Genau so, wie sie in ihn in Erinnerung hatte. Sein Gesicht war voller geworden, aber das ließ ihn etwas erwachsener und sogar ein bisschen charaktervoller erscheinen. Sein Haar war länger geworden, er trug nicht mehr den militärischen Kurzhaarschnitt, wie zu den Zeiten, als sie zusammen gegangen waren. Aber das durchtriebene Funkeln in seinen Augen war noch da. Ebenso wie die Art, sie von oben bist unten zu mustern, dass ihr ein leichter Schauer über den Rücken lief. Am meisten aber überraschte sie, dass er einen modisch geschnittenen blauen Anzug trug, ein lachsfarbenes Hemd und etwas, das nach einem Halstuch von Pierre Cardin aussah.

Sie wusste nicht, was sie sagen sollte, denn sie war nicht im Mindesten auf sein Erscheinen vorbereitet und hatte auch keine Idee, was er hier wollte. In gewisser Weise fühlte es sich so an, als sei überhaupt keine Zeit vergangen, seit sie ihn das letzte Mal gesehen und sich unter wenig erfreulichen Umständen von ihm getrennt hatte. Es war eine merkwürdige Erfahrung für sie: dieses Gefühl, als hätte sie ihn erst kurz zuvor gesehen und gleichzeitig die eindeutigen physischen Beweise, dass eine Menge Zeit vergangen war. Das Erste, was sie spontan sagen wollte, war: »Oh, das ist aber unangenehm.« Doch das war natürlich kein geeigneter Eröffnungssatz.

Verzweifelt nach einem rettenden Gesprächsthema suchend, fragte sie: »Was ist aus deiner Uniform geworden?« Sofort begann sie sich innerlich dafür zu ohrfeigen und betrat das Labor, um etwas Abstand zu gewinnen.

Talbot blickt überrascht, als hätte sie ein äußert heikles Thema angesprochen, doch dann trat er mit einem herausfordernden Lächeln einen Schritt zurück, hob die Arme und drehte sich einmal um die eigene Achse wie ein Modell auf dem Laufsteg. Betty konnte ihn in seiner ganzen strahlenden Pracht bewundern. »Ich habe die Seiten gewechselt«, sagte er und folgte ihr ins Labor. Er blickte sich taxierend um. Sie konnte es einfach nicht leiden, wie er Dinge ansah. Sie hätte am liebsten Tücher über alles geworfen, um es vor seinen Blicken zu schützen. »Ich arbeite immer noch mit deinem Dad zusammen. Aber du weißt ja, das Militär vergibt jetzt alle interessanten Aufgaben nach draußen, und der eigene Kontostand spielt natürlich auch eine Rolle. Ich bin mittlerweile für fast alle Labore auf der Basis zuständig.«

Natürlich hatte sie von all dem nicht das Geringste gewusst. Es war schließlich nicht so, dass sie regelmäßig mit ihrem Vater am Telefon sprach. Oder dass sie überhaupt mit ihm sprach. Und sie vermutete, dass Glen das auch sehr genau wusste. Talbot tat so, als sei ihm gerade eingefallen, ihr Äußeres noch eingehender würdigen zu müssen, und nach einem kurzen prüfenden Blick sagte er anerkennend: »Hey, du siehst klasse aus.«

Betty neigte leicht den Kopf, das Kompliment zur Kenntnis nehmend. Es gab keinen Grund unfreundlich zu werden, solange sie noch nicht wusste, was er im Schilde führte. »Also, warum bist du hier?«

Aber die Neutralität ihrer Reaktion und der Mangel an Begeisterung angesichts seines plötzlichen Auftauchens hatten bereits für sich gesprochen. Seine Stimme tropfte vor Sarkasmus, als er sagte: »Ich hab dich auch sehr vermisst.«

»Immerhin hattest du meinen Vater«, erwiderte Betty nicht weniger sarkastisch. Und wie in allen sarkastischen Äußerungen, lag auch in dieser ein Kern von echten Emotionen. Es war ihr nie entgangen, wie abgöttisch der alte Thunderbolt Glen geliebt hatte. In all den Gesten und kleinen Aufmerksamkeiten für ihn war deutlich geworden: Talbot war der Sohn, den seine Frau ihm nie schenken konnte.

Das war es, was wirklich dahinter steckte. Betty war damals nicht in der Lage gewesen, es in seiner ganzen Tragweite zu verstehen oder es gar in Worte fassen zu können. Aber jetzt, Auge in Auge mit Talbot, und mit dem geschärften Bewusstsein einer Wissenschaftlerin und Erwachsenen, verstand sie, was das wirkliche Problem war. Wenn Talbot der Sohn war, den Thunderbolt nie hatte, was blieb dann für sie? Jedes Mal, wenn sie Talbot ansah, sah sie in ihm ein Symbol dessen, was sie ihrem Vater nicht sein konnte: kein Y-Chromosom, keine Army-Karriere. Er stand für all das, was Thunderbolt Ross sich eigentlich gewünscht hatte … und womit er sich hatte zufrieden geben müssen.

Natürlich war es nicht fair, das alles Glen anzulasten. Aber Betty pfiff auf Fairness. Sie wollte nur, dass Talbot ihr Leben so schnell und plötzlich verließ, wie er es wieder betreten hatte.

Talbot hatte das Gesicht verzogen und tat so, als hätte ihre Bemerkung ihn bis ins Mark getroffen. »Autsch. Du verlierst keine Zeit, die alten Sticheleien wieder aufzuwärmen, was?«

Sie musste an den alten Witz denken, in dem der eine sagt: *»Wie kommt es, dass mich alle immer gleich ablehnen?«* woraufhin der andere erwidert: *»Das spart Zeit.«* Sie musste lächeln, aber dann dachte sie daran, dass Talbot das möglicherweise falsch auslegen könnte. Sie fuhr sich mit der Hand über den Mund, um ihr Lächeln zu verdecken und runzelte wieder die Stirn.

»Du wirst es verkraften«, sagte Betty.

»Ich schon«, versicherte Talbot, in keiner Weise irritiert. »Aber zu dem alten Mann bist du zu hart. Er ist ein guter Kerl. Es ist eine Ehre, mit ihm arbeiten zu dürfen.«

Betty hätte salutieren mögen. Oder kotzen. Sie konnte sich nicht recht entscheiden. Sie griff einen früheren Gedanken wieder auf und sagte: »Ich weiß. Und du bist wie ein Sohn für ihn. Was dich ...«, und sie übertrieb etwas, um den Nachgedanken zu betonen, »zu einer Art Bruder für mich macht.«

Zu ihrer Überraschung und zu ihrem Unbehagen kam er einen Schritt auf sie zu. »Vielleicht können wir *Cousin küsst Cousine* daraus machen.«

Seine plötzliche Nähe und sein veränderter Ausdruck ließen Alarmglocken in Bettys Kopf läuten. Instinktiv wollte sie zurückweichen, aber sie mochte ihm nicht das Gefühl geben, sie habe Angst vor ihm, egal, wie nervös er sie machte. *Immer leicht und locker, immer leicht und locker,* ging es ihr durch den Kopf. Und als ob es nichts für sie bedeute, sagte sie: »Tut mir Leid, aber das haben wir schon mal probiert, und es könnte zu Inzest führen, und das will doch keiner von uns, oder?«

Talbot schien bemüht zu ergründen, ob ihr Kommentar ernst gemeint war oder nicht. Und langsam kam es ihr so vor, als ob er so wenig Sinn für Humor habe, dass Bruce im Vergleich dazu fast wie ein Standup-Comedian wirkte. Dann zuckte er mit den Schultern, als wäre es nicht der Mühe wert, weiter darüber nachzudenken. »Du bist die Expertin für Gene.« Und er fügte mit einer deutlichen Spur von Ungeduld in seiner Stimme hinzu: »Es tut mir Leid, dass ich der einzige Mann bin, der je die Zustimmung deines Vaters fand. Aber ich kann daran nichts ändern, oder? Warum beginnen wir also mit unserem Gespräch nicht noch mal von vorne. Lass uns auf die Zukunft schauen, statt auf die Vergangenheit.«

Er klang aufrichtig. Verdammt noch mal, er klang immer so aufrichtig. So hatte es angefangen. Aber das war noch lange kein Grund paranoid zu werden. Und doch, wie ging dieser Spruch: Paranoia zu haben, ist keine Garantie, dass nicht wirklich einer hinter dir her ist.

»Klar«, sagte sie und hatte das Gefühl, dass ihre ganzen Bemühungen locker zu wirken, sie am Ende nur noch verkrampfter erscheinen ließen.

»Also, wie läuft das Geschäft?«, fragte Talbot.

Sie wollte gerade anfangen und Smalltalk machen, als sie merkte, dass dieses ganze Spiel für sie nicht mehr funktionierte. Vielleicht sollte sie wirklich mehr wie Bruce werden. Der Mann hatte so ein Pokerface, dass selbst die steinernen Jungs von Mount Rushmore noch was von ihm lernen konnten. Und alle Vorwände beiseite lassend, fragte sie trocken: »Spuck's aus. Was willst du?«

Er setzte ein öliges Lächeln auf. Alleine dafür hätte sie ihm am liebsten eine Ohrfeige gegeben, aber immerhin waren die Spielchen jetzt vorbei.

»Gut, lass uns zur Sache kommen.« Er kam einen Schritt auf sie zu, als wolle er ein vertrauliches Gespräch mit ihr führen. »Ich habe spannende Sachen gehört über das, was ihr hier so treibt. Dafür könnte es wirklich interessante Anwendungen geben.« Seine Stimme hatte plötzlich etwas Einschmeichelndes. »Wie würde es dir gefallen, für Atheon zu arbeiten, zehn Mal soviel wie jetzt zu verdienen und einen Anteil an den Patentrechten zu haben?«

Wenn irgendjemand anderes auf diesem Planeten mit einem solchen Angebot gekommen wäre, hätte Betty wahrscheinlich einen Handstandüberschlag gemacht und sich dann gleich die Kleinanzeigen besorgt, um endlich diesen perfekten kleinen BMW zu kaufen, der da draußen irgendwo auf sie wartete. Doch weil es Glen war, zögerte sie nicht mit ihrer Antwort.

»Glen, nur zwei Worte: die Tür.«

Und wie durch eine übersinnliche Eingebung ging in diesem Augenblick die Tür auf und Bruce stand im Türrahmen.

Die drei starrten sich wechselseitig an und es war einer dieser wundervollen Momente, die sich ins Unendliche dehnen. Bruce sah zwischen den beiden anderen hin und her und fragte sich offensichtlich, ob er dem neuen Gesicht in absehbarer Zukunft vorgestellt würde.

»Bruce«, sagte Betty höflich, »das ist Glen Talbot. Ich habe dir schon von ihm erzählt.«

»Nein, hast du nicht.« Bruce langte hinüber und schüttelte Talbots Hand. Offensichtlich war sein Handschlag nicht kraftvoll genug, denn Talbot blickte auf Bruces Hand, als hätte man ihm gerade eine tote Makrele überreicht.

»Glen«, fuhr Betty fort, »das ist Bruce ...«

»Krenzler«, vervollständigte Talbot. »Ich bin ein großer Fan von Ihnen, Dr. Krenzler. Und bitte, nennen Sie mich Glen. Und darf ich Sie ...?«

»Einfach Dr. Krenzler,« gab Bruce zurück. »Komisch, ich hätte nie gedacht, dass ich mich auf einem Arbeitsfeld tummle, wo man Fans gewinnen kann.«

Selbst wenn Talbot durch die offenkundige Abfuhr verärgert worden war, er zeigte es zumindest nicht. Mit ungebrochenem Enthusiasmus sagte er: »Sie sehen auf alle Fälle gerade einen vor sich. Ihre Studien zur Zellregeneration sind bahnbrechend.«

»Ja, das sind sie.« Bruce sah Betty fragend an. »Du hast ihn mal erwähnt?«

»Wir … haben uns öfter mal getroffen, auf privater Ebene«, sagte sie so neutral wie möglich.

Bruce starrte Glen mit einem durchdringenden Blick an, offensichtlich versuchte er, ihn irgendwo einzuordnen, und sagte dann plötzlich: »Ach! Warte. Könnte das dieser Army-Clown sein, von dem du erzählt hast? Du warst mit ihm vor dem College zusammen, oder so?«

Betty bedeckte ihr Gesicht mit der Hand. Talbots eisige Miene ließ darauf schließen, dass sein Stimmungsbarometer noch mal um 20 Grad gesunken war.

Bruce schien das alles nicht zu tangieren. »Sorry. Das Fehlen der entsprechenden Uniform hat mich einfach irritiert.«

»Heute ist Dienstag, und da gebe ich mein Clownskostüm immer in die Reinigung, damit ich es am Wochenende frisch und sauber zurück habe«, sagte Glen angriffslustig. Aber dann begann er überraschenderweise zu lächeln, als würde ihn das Ganze amüsieren. »Also, ich habe gehört, Sie und Betty arbeiten zusammen.«

»Richtig.«

»Und kann sie auch in Ihrem Namen sprechen.«

Bruce starrte ihn irritiert an. »Ich glaube, ich bin

durchaus im Stande, für mich selbst zu sprechen. Um was geht es denn …?«

»Es ist mein Fehler, Doktor Krenzler«, sagte Talbot und blickte, obwohl er mit Bruce sprach, dabei immer noch Betty an. »Ich habe mit Doktor Ross über Atheon gesprochen, die Firma für die ich arbeite. Ich weiß nicht, ob Sie schon von uns gehört haben …?«

»Sie stapeln tief, oder Sie haben irgendwelche verborgenen Absichten«, sagte Bruce in ruhigem Ton. »Jeder der irgendetwas mit Forschung am Hut hat, hat schon von Atheon gehört. Aber Ihre ausgesprochen starke Verbindung zum Militär …«

»Wir haben keine starke Verbindung zum Militär, Dr. Krenzler. Die haben eine starke Verbindung zu uns. Das ist ein großer Unterschied.«

»Ich bin mir sicher, dass das für Sie einen großen Unterschied macht, Mr. Talbot«, sagte Bruce. »Aber für mich ist es eine kleine semantische Haarspalterei, sonst nichts.«

»Das mag sein, Dr. Krenzler. Aber wenn Sie mich noch kurz auf meinen eigentlichen Punkt zu sprechen kommen lassen …«

»Wenn uns das hilft, schneller wieder an die Arbeit zu kommen, bin ich ganz Ohr«, sagte Bruce.

»Der Punkt ist der: Ich habe Dr. Ross angeboten, für Atheon zu arbeiten …«

»Tatsächlich?« Bruce sah mit gehobenen Augenbrauen zu Betty.

»… und was ich noch nicht gesagt hatte«, fuhr Talbot fort, »war, dass wir Sie natürlich auch gerne an Bord hätten. Unsere Nachforschungen haben gezeigt, dass sie beide ein ausgezeichnetes Team sind. Es wäre dumm von uns, sie zu trennen. Das Angebot, dass ich dir gemacht habe, Betty«, er nickte ihr kurz zu, »gilt natürlich gleichermaßen für Dr. Krenzler. Und da Sie bereits erwähnt hatten, dass dringende Arbeit auf Sie wartet, werde ich Sie jetzt verlassen. Betty wird Ihnen sicher helfen, die verlorene Zeit einzuholen, Dr. Krenzler.«

Er streckte seine Hand aus und Bruce schüttelte sie ohne große Begeisterung. Dann macht Talbot eine halbe Verbeugung, als wäre er ein mittelalterlicher Höfling, zückte zwei Visitenkarten mit dem in Gold und Rot gedruckten Atheon-Logo und überreichte sie den beiden lächelnd. »Betty, hast du heute Abend schon was vor?«

»Schlafen.«

»Alleine?«

Bruce bemerkte, dass Betty ihn ansah, aber er bewahrte seine stoische Miene. Ihre Lippen schürzten sich ärgerlich. »Du gibst wohl nie auf, Glen.«

»Welcher Mann, der bei Verstand ist, könnte das je?«, lächelte er. »Wie wäre es mit einem kleinen Dinner, heute Abend, wir drei?«

»Ich bin nicht interessiert, und Betty auch nicht«, sagte Bruce entschlossen, aber an dem Ausdruck in Bettys Augen merkte er sofort, dass er einen Fehler gemacht hatte. Ohne deswegen ins Straucheln zu geraten, schob er nach: »Natürlich könnte ich da auch falsch liegen. Ich hab keinen Einblick in den sozialen Terminkalender von Dr. Ross.«

Ohne zu zögern sagte Betty zu Talbot: »Lädt Atheon ein?«

»Versteht sich.«

»Könnte doch eine nette Abwechslung vom Junk Food aus der Maschine werden oder von den gelegentlichen kleinen Eiscreme-Rationen. Und bezahlen muss eine Firma, die ich nicht mag. Da sagt irgendwas *ja* in mir.«

Bruce wusste, dass sie ihn provozieren wollte. Er war sich nicht sicher warum, aber er würde sich dadurch nicht aus der Fassung bringen lassen. Er zuckte mit den Achseln. »Ich denke, es könnte stimulierend sein. Amüsiert euch gut.«

Talbot wirkte einen Moment lang ziemlich überrascht, aber das hinderte ihn nicht daran, weiter seine Absichten zu verfolgen. »Gut … Betty, wie wäre es, wenn ich dich abhole, sagen wir so um sechs?«

»Gut«, sagte sie. »Ich sehe eigentlich keinen Grund, Angebote ungeprüft abzulehnen. Richtig, Bruce?«

Er nickte, sein Gesicht stoisch wie immer. Und nicht zum ersten Mal beschlich Bruce das unheimliche Gefühl, als ob irgendetwas oder irgendjemand hinter seinen Augen lebendig würde und sehr verärgert knurrte, wie die Dinge sich entwickelten.

Er fand das auf seltsame Weise verstörend. Und, was vielleicht noch seltsamer war, er fand es auch sehr tröstlich.

Spuren von Eifersucht

Die Räder des Wägelchens mit den Putzutensilien quietschten unaufhörlich. Das Geräusch hätte jeden anderen in den Wahnsinn getrieben, aber der Hausmeister schob es unbeeindruckt den Flur des Lawrence Berkeley Labors hinunter. Menschen liefen an ihm vorbei, ohne ihn eines Blickes zu würdigen, was ihm sehr entgegenkam. Er hatte ihnen nichts zu sagen und sie ihm wahrscheinlich auch nichts. Als Hausmeister gehörte er zur Gattung der unsichtbaren Menschen. Höchstens nickte einer mal vage in seine Richtung und vergaß noch im gleichen Moment, dass er ihn überhaupt gesehen hatte. Auch das kam ihm sehr entgegen.

Er hielt den Kopf gesenkt, seine ganze Aufmerksamkeit auf den Boden und das Wägelchen gerichtet. Ab und zu hob er den Kopf und sah sich um. Seine Augen schienen mit einer beängstigenden Intensität zu glühen. Wenn ihm jemand direkt in die Augen gesehen hätte, wäre er irritiert gewesen, wahrscheinlich sogar verängstigt. Glücklicherweise tat es niemand.

Er brachte seinen kleinen Wagen zum stehen und entnahm ihm einen Wassereimer und einen Mopp. Er benutzte den gleichen Eimer, um seinen Mopp einzuseifen und dann wieder zu reinigen, und das Wasser darin hatte ein hässliches Grau angenommen. Er tat dem Flur nichts wirklich Gutes, als er mit seinem Mopp darüber wischte, aber das schien ihn nicht sonderlich zu kümmern.

Mehr Menschen tauchten auf dem Flur auf, und er nahm einen abwesenden und gelangweilten Ausdruck an, während er den Boden mit schmutzigem Wasser flutete. Einige Mitarbeiter des Labors wollten in seine Richtung, aber als sie sahen, mit was er beschäftigt war, drehten sie ab, um einen anderen Flur zu benutzen.

Das war genau das, was er wollte. Es ermöglichte ihm, die Gespräche mitzuhören, die ihn interessierten.

Apathisch zog er seinen Mopp über den Flur bis zu dem Labor, von dem er wusste, dass Bruce Krenzler es gewöhnlich benutzte.

»Entschuldigung.« Die Frauenstimme hinter ihm erschreckte ihn so, dass er beinahe seinen Mopp hätte fallen lassen. Er trat einen Schritt zurück, damit die Frau – Dr. Ross – vorsichtig die nasse Fläche umgehen konnte. Sie trug einen Mantel und über ihrer Schulter hing eine Tasche, die mit Berichten und ähnlichem voll gestopft war.

Der Hausmeister hielt den Blick weiter starr auf den Boden gerichtet. Er grunzte. Die Situation passte ihm gar nicht. Sie nahm ihn wahr, und es war nicht von Vorteil für ihn, wahrgenommen zu werden. Sie blieb einen Moment stehen und er überlegte kurz, ob er sie mit dem Mopp erschlagen sollte. Aber er entschied, dass dies letztlich keine gute Idee wäre.

Es war ein Glück, dass er sich so entschieden hatte, denn sie öffnete jetzt die Türe zum Labor und trat ein. Die Türe fiel hinter ihr ins Schloss und entzog sie seinem Blick. Aber ihre Stimme war nach wie vor zu hören. Und kurz darauf auch seine.

Seine …

»Meine«, murmelte der Hausmeister und lächelte. Sein Lächeln war schrecklich.

Irgendwo in Bettys Hinterkopf hatte es ein leises Warnsignal gegeben, als sie an dem Hausmeister vorbeigegangen war. So, als ob ihr Unterbewusstsein auf etwas reagiere. Aber sie hatte sich eingeredet, dass dies nur wegen der feuchten Stellen auf dem Boden war und hatte dem keine weitere Bedeutung zugemessen.

Stattdessen richtete sie ihre ungeteilte Aufmerksamkeit auf Bruce, der sie nicht einmal hatte hereinkommen hören. Er arbeitete im Projektionsraum und es schien nicht allzu gut zu laufen. Sie rückte die Tasche auf ihrer Schulter zurecht. Sie konnte sich nicht entscheiden, ob sie sich schuldig fühlen sollte, weil sie mit Talbot ausging oder ob sie sich deswegen dumm vorkommen sollte. Oder ob sie einfach wütend auf Bruce sein sollte, weil sie eigentlich nur eingewilligt hatte, um ihn zu irgendeiner Reaktion zu provozieren. Und dabei natürlich wieder mal gescheitert war.

Sie seufzte innerlich und sagte sich, dass die Dinge nun mal so waren, wie sie waren, und dass man sich deswegen nicht verrückt machen durfte.

»Hey. Ich mach jetzt Schluss.«

Brucc nickte. Er würdigte sie kaum eines Blickes.

Sie ließ die Schultern hängen. »Bist du wütend?«

»Nein, überhaupt nicht.« Er hätte kaum unbeteiligter wirken können.

»Ach richtig, ich vergaß, du wirst ja nie wütend. Schau mal, Glen mag ein echter Blödmann sein, aber du solltest wenigstens darüber nachdenken. Wir hätten zumindest mehr Mittel und mehr Geräte zur Verfügung.«

»Bitte, ich würde mich gerne konzentrieren. Auf die Arbeit. Nicht auf Profit, militärische Nutzanwendung und Politik. Nur auf die Arbeit.«

Sie war sich nicht ganz sicher, ob er gerade über die allgemeine Zielsetzung seiner Karriere sprach, oder ob er einfach nur wollte, dass sie die Klappe hielt und aus dem Labor verschwand, damit er seine ungeteilte Aufmerksamkeit wieder der Arbeit zuwenden konnte. Aber was es auch immer war, es hatte sicher nichts mit irgendwelchen Gefühlen zu tun, die er wegen ihrer

Verabredung mit Glen hatte. Wenn er denn überhaupt welche hatte.

Sie seufzte und murmelte: »Es ist albern«, ohne zu bemerken, dass Bruce sie hören konnte.

»Was?«, fragte Bruce automatisch.

»Ich hab mir gerade gewünscht, du würdest mal ein winziges bisschen Eifersucht zeigen«, sagte Betty. Natürlich reagierte er nicht darauf. Wahrscheinlich hatte er es nicht mal gehört. Frustriert wandte sie sich zum Ausgang und hielt dann noch mal inne. Sie ging zu ihm rüber und fuhr im durch die Haare.

»Du müsstest mal wieder zum Frisör.«

Zu ersten Mal schenkte ihr Bruce seine volle Aufmerksamkeit. Er warf einen klinischen Blick auf ihre Haare, so als würde er Zellproben studieren. »Du auch.« Es schien ihm nicht entgangen zu sein, wie düster und ernst er klang, denn er zeigte jetzt ein Lächeln. Betty lächelte zurück.

»Gute Nacht.«

Er nickte, ohne etwas zu sagen. Sie drehte sich um und ging Richtung Tür. Dann wandte sie sich noch einmal um, um ihm noch etwas anderes zu sagen.

Aber er war schon nicht mehr anwesend, sondern wieder in seiner eigenen Welt versunken. Wahrscheinlich wusste er nicht mal mehr, ob sie schon weg war oder nicht.

Wahrscheinlich interessierte es ihn auch gar nicht.

Kopfschüttelnd verließ sie den Projektionsraum, vorsichtig die Türe aufstoßend, damit sie nicht mit dem Hausmeister zusammenstieß …

Sie blieb stehen. Er stand mit dem Rücken zu ihr, aber plötzlich fiel bei ihr der Groschen. Wäre sie nicht so mit Bruce beschäftigt gewesen, wäre es ihr sicher schon vorher aufgefallen. Sich an den Rücken des Hausmeisters wendend, fragte sie: »Hey, äh, was ist eigentlich mit Benny los? Hat er noch die Nachtschicht?«

Es entstand eine Pause, dann ein schweres Ausatmen, als sei die Aufgabe Worte zu formen eine extreme Anstrengung, die er nur auf sich nehme, um sie zufrieden zu stellen. »Benny ist tot. Ich bin der Neue«, sagte er mit einer so distanzierten Haltung, als wolle er Bruce Krenzler Konkurrenz machen, Sachverhalte mit vollkommener Teilnahmslosigkeit zu übermitteln.

Das mit Benny traf sie. Er war ihr so gesund vorgekommen, als sie ihn das letzte Mal gesehen hatte. Er pfiff immer irgendeine nette, kleine Melodie. Und jetzt war er tot, einfach so? »Oh«, war alles, was sie herausbrachte. Und dann, weil sie das Gefühl hatte, dass noch irgendetwas gesagt werden sollte, fügte sie hinzu: »Freut mich, Sie kennen zu lernen.«

»Mich auch.«

Es konnte Einbildung sein, aber sie hatte den Eindruck, als läge leichter Spott in seiner Stimme. Sie schob den Gedanken beiseite, als sie nach draußen ging. Traurige Gedanken zogen durch ihren Kopf, über den toten Benny und die Tatsache, dass man nie genau wissen konnte, wann die eigene Zeit ablief …

… sie ahnte dabei nicht, dass ihre eigene Zeit um ein Haar viel früher abgelaufen wäre als erwartet.

Die Nacht ließ bereits lange Schatten durch Bruce Krenzlers Büro wandern, als er sein Buch zur Seite legte. Es enthielt Listen mit Resultaten und DNA-Rekombinationen, in denen irgendwo die Lösung ihres Problems verborgen liegen musste. Er lehnte sich in seinem Stuhl zurück und rieb den Nasenrücken zwischen Daumen und Zeigefinger. Die Müdigkeit fing an ihm Streiche zu spielen und er hatte das Gefühl, dass er die Lösung niemals finden würde, auch wenn sie direkt vor seiner Nase läge.

Er ließ seine Gedanken schweifen, was er normalerweise verabscheute. Jetzt war es allerdings so, dass es ohnehin nichts Wichtiges gab, auf was er sie hätte lenken müssen. Er dachte an Betty und daran, dass sie mit Talbot ausging, und er fand das …

Ärgerlich. Ja, das war es. Er drehte und wendete die Sachlage, betrachtete sie aus allen möglichen Blickwinkeln, und ja, wirklich, er war wütend.

Betty wäre darüber wahrscheinlich in Ekstase geraten.

Wie Licht die Motten, zogen seine Gedanken an die Betty der Gegenwart Erinnerungen an die Betty von damals an. Unwillkürlich griff er in die Schublade seines Schreibtischs und zog das Foto heraus, das sie damals mit dem Selbstauslöser gemacht hatten.

Er starrte auf das Foto, während er seine Erinnerungen an dieses verpatzte Wochenende zurückwandern ließ. Sie hatten es zu sehr forciert, das war alles. Sie hatten versucht, eine Beziehung zu erzwingen, obwohl die Zeit dafür noch nicht reif war.

Und wann wäre die Zeit reif dafür gewesen? Wann wäre ich *reif dafür gewesen?*

Diese Gedanken kreisten wild durch seinen Kopf. Sie machten ihn verrückt, weil er rückblickend nichts mehr daran ändern konnte. Verrückt auch, weil ihn das Gefühl beschlich, er hätte damals mehr tun können. Aber es hatte keinen Sinn, seine Handlungen und Gefühle dauernd in Frage zu stellen. Sie waren nun mal so, wie sie waren.

Trotzdem fielen ihm ihre Worte wieder ein. *Du brichst mir das Herz*. Der Satz ließ ihn nicht los. Es kam ihm vor, als würde sie in ihm eine Art Monster sehen.

Er starrte lange und intensiv auf das Foto. Es war das Bild von zwei Leuten auf dem Scheitelpunkt einer Beziehung, die eigentlich hätte anders verlaufen sollen.

Nein, er war kein Monster. Aber vielleicht, so dachte er reuevoll, war er einfach ein Idiot.

Bruce legte das Foto zur Seite, schnappte sich seine Aktentasche und verließ das Büro. Er betrat den Hauptkorridor des Gebäudes. Er war still und verlassen, nur ein paar Lichter waren noch an und etwas Abendlicht fiel herein. Seine Sohlen quietschten auf dem frisch gereinigten Boden. An einer Stelle wäre er beinahe ausgerutscht, aber er fing sich im letzten Moment.

Dann hörte er ein leises Wimmern. Überrascht blieb er stehen und lief dann in die Richtung, aus der das Geräusch kam. Das Wimmern wurde stärker. Er bog um die Ecke. Da saß ein kleiner, verwahrloster Pudel ganz allein mitten im Flur. Er konnte sich nicht erinnern, jemals etwas so Mitleid erregendes gesehen zu haben.

Bruce ging langsam und mit ausgestreckter Hand auf das Tier zu. »Na du«, sagte er sanft und beruhigend, »wer bist du denn?« Er blickte sich um und versuchte irgendwo den Eigentümer auszumachen. Es war niemand zu sehen.

Der Hund starrte ihn unverwandt an. Er wedelte mit dem Schwanz, aber Bruce konnte sich nicht mehr genau erinnern, ob das bedeutete, dass der Hund zutraulich war oder eher nervös. Er hatte zu beiden Auffassungen Artikel gelesen. Seine Zunge hing heraus, seine Augen leuchteten.

Er streckte die Hand aus, um den Hund zu streicheln. Plötzlich fletschte der Pudel die verfaulenden Zähne, knurrte böse und schnappte nach ihm. Bruce machte einen Satz nach hinten und riss seine Hand weg, bevor der Hund sie zwischen seine vergammelten Kiefer bekommen konnte.

»Okay, okay!«, sagte er, sich langsam zurückziehend. Er sah sich erneut um, in der Hoffnung, jemand zu erspähen, dem diese Miniaturausgabe des Hundes von Baskerville gehörte. Aber niemand zeigte sich. Er zog sich weiter zurück, den Hund immer sorgsam im Auge behaltend, für den Fall, dass dieser scharf auf ein schönes Stück von seinem Bein sein sollte. Aber der Hund stand unbeweglich da, knurrte nur warnend, und Bruce atmete erleichtert auf, noch mal davon gekommen zu sein.

Er verließ das Gebäude. Der Himmel war wolkenlos und der Mond hing dort oben wie ein großes, starrendes Auge. Er überlegte, ob das nicht vielleicht die Erklärung sein könnte: Ein Pudel schlich als Mini-Werwolf durch die Gebäude. Das wäre nicht abwegiger als so vieles andere. Plötzlich kam ihm der Gedanke, dass vielleicht ein Rudel wilder Hunde in der Gegend unterwegs war. Sicher war es ein ganzes Rudel, sie waren doch immer zu mehreren unterwegs.

Bruce lief mit eiligen Schritten hinüber zu den Fahrradständern und behielt dabei die Schatten der Gebäude im Auge. Trotz des Mondlichts schien die Dunkelheit um ihn herum immer undurchdringlicher zu werden. Und aus Gründen, die ihm nicht klar waren, oder von denen er nichts wissen wollte, assoziierte er mit dieser Undurchdringlichkeit Dinge, die ihn frösteln ließen. Er verwarf diese Gedanken sofort, als er einen stämmigen Wachmann auftauchen sah. Die Anwesenheit des Wachmannes und die Nähe seines Fahrrads sorgten dafür, dass ihn eine Woge der Erleichterung durchströmte.

»Hallo«, rief er, »Da … da drin ist ein Pudel …« Im gleichen Moment wurde ihm bewusst, wie dämlich das klang.

Das entging auch dem Wachmann nicht, der Bruce anstarrte, als wolle er sagen, *Gott schütze mich vor diesen durchgeknallten Wissenschaftlern.* Und als hätte er es mit einem Kind oder einem Volltrottel zu tun, sagte er: »Ein Pudel. Klar doch. Wir schaun uns die Sache mal an.«

Mit dem Gefühl, ein kompletter Vollidiot zu sein – an sich keine ganz leichte Sache für einen Mann mit einem IQ von 187 –, stieg Bruce auf sein Rad und strampelte davon.

Der Hausmeister lächelte, als er den Generalschlüssel in das Schloss schob und ihn mit einem satten Klick herumdrehte. Er stellte sich vor, der Schlüssel wäre ein Messer und das Schloss die Brust von Frau Doktor Betty Ross.

Er hätte sie erwürgen können. Er hatte alles so sorgfältig geplant. Benny, der Hausmeister, war nicht gerade sein Zwillingsbruder, aber es gab immerhin gewisse äußere Ähnlichkeiten, die er hatte nutzen können. Die Haare färben und etwas kunstvolles Make-up auftragen, das hatte gereicht, um eine ausreichende Ähnlichkeit mit dem Foto im Ausweis von Benny Goodman zu erzeugen.

So weit war alles gut gelaufen. Der Wachmann an der Pforte hatte ihn keines zweiten Blickes gewürdigt und der Ausweis mit dem Magnetstreifen hatte ihm Zugang zum Gelände verschafft. Er hatte sich sofort zu den Schränken des Reinigungspersonals begeben, die Putzutensilien geholt und angefangen, seinen Job zu tun. Er war niemandem aufgefallen. Warum hätte er auch? Er war nur ein Hausmeister, ein einsamer Arbeiter, dessen Gesicht niemanden interessierte.

Und dann kam diese verdammte Ross-Tante.

Diese *Schlampe.*

Er hätte ihr das Genick brechen sollen, als er die Gelegenheit dazu hatte.

Wieso kennt sie auch den Namen des verdammten Hausmeisters? Wieso interessiert sie sich für ihn? Er verdankte seine Anwesenheit hier ausschließlich der Tatsache, dass niemand vom Tod Bennys wusste. Wenn diese Ross herumschnüffeln und Fragen stellen würde, konnte das sehr unangenehm werden. Er hoffte, es würde nicht dazu kommen. Und wenn es doch dazu käme, würde er hoffentlich die Gelegenheit erhalten, sich an ihr für die Scherereien zu rächen, die sie ihm gemacht hatte.

Vielleicht einfach ein Messer in sie reinrammen, dachte er jetzt. Oder irgendwas Kreativeres. Das wäre eine echte Option. Er musste unbedingt im Kopf behalten, dass ihr Menschen etwas bedeuteten; sonst wäre ihr nie aufgefallen, dass es nicht Benny war, der den Mopp durch die Gegend schob. Sie hatte es zwar nicht gleich beim ersten Mal bemerkt, aber dann beim zweiten Mal.

Wie auch immer. Man musste der Situation nur den richtigen Dreh geben. Anstatt sich weiter Gedanken über seine mögliche Enttarnung zu machen, beschloss er, das abzuspeichern, was er mitbekommen hatte: über Bettys Anteilnahme an anderen Menschen im Allgemeinen und über Bruce Krenzler im Speziellen. Das konnte später nützlich werden, wenn es darauf ankam.

Und da er gerade bei nützlichen Dingen war …

Wie ein Schatten glitt der Hausmeister in Bruces Büro. Zuerst wollte er kein Licht machen, aber dann fand er, dass es keinen Grund dafür gab. Es gehörte schließlich zu seinem Job, hier zu sein. Wenn er in der Dunkelheit sauber machen würde, nur vom Mondlicht angeleuchtet, wäre das womöglich aufgefallen. Er langte hinüber, knipste das Licht an und musste wegen der plötzlichen Helligkeit blinzeln.

Ohne Zeit zu verlieren, sah er sich um. Er hob den Abfallkorb auf, untersuchte ihn und leerte ihn mit einem angewiderten Grunzen in die Tonne seines Wagens. Dann fuhr er fort, das Büro zu inspizieren, mit schmalen Augen, die direkt und durchbohrend wie Laser waren. Er brauchte nicht lange, um das zu finden, was er suchte. Vorsichtig, fast zärtlich, fuhr seine Hand über den Bürostuhl, fand ein Haar, hob es auf … und hielt es gegen das Licht.

Er lächelte. Das tat er nicht häufig und es war kein schöner Anblick.

Bruce war nicht mehr in der Nähe und konnte daher das Lächeln des Hausmeisters nicht auf seine Qualitäten hin beurteilen. Vielmehr saß er, kräftig strampelnd, auf seinem Rad und raste einen der Berkeley-Hügel hinunter, wobei ihm ein scharfer Wind ins Gesicht blies und seine Haare nach hinten peitschte. Als er am Ende der Abfahrtsstrecke ankam, nutzte er den Schwung, um auf der anderen Seite so weit wie möglich hochzukommen, ohne Einsatz von Muskelkraft. Es dauerte trotzdem nicht lange, bis seine sportlichen Defizite ihre Wirkungen zeigten. Er schnaufte und keuchte den Berg hinauf zu seiner Wohnung. Und er fragte sich, ob der Wunsch, sich Muskeln anzutrainieren und mehr Ausdauer zu bekommen, nicht ewig ein Wunschtraum bleiben würde. Vielleicht war er einfach einer dieser Menschen, die niemals in Topform kommen würden, egal was sie taten. Vielleicht war er genetisch dazu verdammt, für immer Schlaffi-Krenzler zu bleiben.

Was man über alte Soldaten sagt

Thaddeus *Thunderbolt* Ross begann sein Alter zu spüren.

Und das machte ihn fuchsteufelswild. Niemand hatte einen umfassenderen und härteren Fitness-Plan als er. Joggen, Gewichte heben, Kampfsport. Er tat so viel, um in Form zu bleiben, dass er fast davon überzeugt war, sich einen Anspruch auf Immunität gegen die Leiden des Alters erworben zu haben – allein schon aus Anerkennung für all seine Mühen.

Gott im Himmel schien allerdings nicht ganz dieser Auffassung zu sein.

Das war zweifellos auch der Grund dafür, dass seine Augen zu brennen anfingen, wenn er bis in den Abend hinein arbeitete. Nicht nur das, er musste auch immer wieder mal aufstehen und seine Beine strecken, weil er merkte, dass er sonst einen Krampf bekam. Krämpfe in den Beinen, brennende Augen. Er fing an, wirklich sauer auf diesen Körper zu werden. Er hatte das Gefühl, von ihm verraten und im Stich gelassen zu werden. Er lehnte sich in seinem Stuhl zurück, streckte erneut die Beine aus und überlegte, ob er seinen Körper wegen Befehlsverweigerung vor ein Kriegsgericht stellen sollte.

Einer seiner Adjutanten, Lieber, kam mit einem Ordner herein. Lieber blickte düster, was Ross sofort alarmierte, denn Lieber hatte ein gutes Gespür dafür, was Ross in Unmut versetzen konnte. Und seine aktuelle Miene signalisierte sofort: Ross wird nicht erfreut sein.

Ross warf sich in seinem Stuhl zurück und sein Gesicht war ein Fragezeichen. »General«, sagte der Adjutant, »Talbot wollte, dass sie das sehen. Es geht um das Labor, das Atheon kaufen und auf die Wüstenbasis verlegen will.«

»Warum läuft das nicht über das NSC?«

Lieber räusperte sich. »Es, ähm, betrifft ihre Tochter, Sir.«

»Meine Tochter?« Diese Antwort hatte Ross als letzte erwartet. Er nahm den Ordner und blätterte ihn durch, als befürchte er, etwas daraus könne ihn plötzlich anspringen.

Und dann verdunkelte sich sein Gesicht wie eine drohende Gewitterfront und er ließ keinen Zweifel daran, woher sein Spitzname rührte.

»Finden Sie Talbot«, donnerte er.

»Also, wie findest du mich, nach all den Jahren?«, fragte Talbot.

Betty saß ihm gegenüber im *Chez Robin*, einem französischen Restaurant, pulte gedankenverloren in ihren Schnecken und fragte sich, warum in aller Welt sie so was bestellt hatte. Ein paar Tische weiter legte sich ein Geiger bei einem jungen Pärchen ins Zeug. Die junge Frau lächelte mit perfekten Zähnen, während der Bogen des Geigers geschickt über die Saiten jagte und ihr Begleiter beiläufig in seinen Taschen nach ein paar Dollarnoten für ein Trinkgeld kramte. Aus irgendeinem Grund fand Betty die Szene komisch. Sie sah zu Glen hinüber und bemerkte, dass er sie etwas gefragt hatte. Sie stellte sich vor, er sei Bruce, als sie sagte: »Entschuldige … was hast du gesagt?«

Er nahm einen Schluck von dem Wein, den er bestellt hatte, und ließ sie dabei nicht aus den Augen. Sie musste zugeben, dass sie das Lokal mochte. »Ich habe dich gefragt, was du über mich denkst«, wiederholte er.

Das brachte sie zum Lachen. »Das muss man dir lassen, Glen«, sagte sie und legte die winzigen Utensilien beiseite, das Schnecken-Experiment endgültig abschreibend. »Die meisten Männer wären sicher so naiv, sich nach der Frau zu erkundigen, die ihnen gegenüber sitzt. Aber du nicht. Du kommst gleich mit der guten alten, aber-genug-über-mich-lass-uns-über-dich-sprechen-wie-findest-du-mich-Tour. Damit gewinnt man immer.«

»Ich wollte dich nicht in irgendeiner Art und Weise *gewinnen*, Betty«, sagte er. Die flackernde Kerze auf dem Tisch spiegelte sich in seinen Augen und aus irgendeinem Grund lief ihr ein kalter Schauer den Rücken herunter. »Ich habe höchstens versucht, euer beider Talent für Atheon zu gewinnen. Ich meine«, er nahm noch einen Schluck und lehnte sich zurück, »gibt es einen Teil in mir, der sich gewünscht hätte, dass es zwischen uns anders gelaufen wäre? Ja, natürlich. Aber ich bin nicht jemand, der mit der Vergangenheit hadert oder wünscht, er könnte alles ändern. Was geschehen ist, ist geschehen. Ich kümmere mich nur um die Zukunft. Genau wie Atheon.«

In diesem Moment ging sein Piepser los. Automatisch checkte Betty ihren, aber Talbot zog seinen schon aus der Tasche und blickte entschuldigend. Er schaute auf die Nummer und seufzte. »Entschuldige bitte. Ich bin gleich zurück.«

»Brauchst du ein Telefon?«

»Nein, ich hab ein Handy. Ich gebe nur die Nummer nicht weiter, nur die vom Piepser. Außerdem hasse ich es, wenn Leute beim Essen sitzen und die ganze Zeit in ihr Handy quatschen, du nicht?«

»Ich hab noch nicht drüber nachgedacht.«

Er stand auf und beeilte sich, einen ungestörten Platz zum telefonieren zu finden. Betty sah ihm nach. Dann fiel ihr ein Mann mittleren Alters am Nebentisch auf, der viel zu laut in sein Handy sprach. »Hey«, fuhr sie ihn an, »könnten Sie vielleicht ein bisschen leiser sein? Merken Sie nicht, wie das nervt.«

Der Mann machte eine obszöne Geste, drehte ihr den Rücken zu und sprach mit unverminderter Lautstärke weiter. Sie überlegte, ob sie ihm ein Glas Wein über den Schädel kippen sollte, fand das aber dann zu plump.

Es schienen lange Minuten zu vergehen, bis Talbot endlich zurückkam. Betty sah zu ihm hoch und er schien etwas verärgert. »Gibt es ein Problem?«, fragte sie.

»Ah, nein. Nichts, was ich nicht regeln könnte. Es war übrigens eine Nachricht von jemandem, der dich interessieren könnte.«

»Wirklich.« Sie schien weder sonderlich interessiert, noch hörte sie sich so an.

»Ja. Es war dein Vater. Er wollte plaudern.«

Betty hätte beinahe ihr Glas umgestoßen. Sie fing den Wein gerade noch auf, bevor er sich über das makellose, weiße Tischtuch ergießen konnte. Sie nahm sehr wohl wahr, dass Glen ein Grinsen über ihre Reaktion zu verbergen versuchte, was ihm aber nicht sonderlich gut gelang. »Tatsächlich? Wollte er das? Wie schön für euch beide. Mit *mir* hat er schon länger nicht mehr plaudern wollen.«

»Hättest du ihm denn zugehört oder ihm zuhören wollen, wenn er es versucht hätte?«

Die Frage war für ihren Geschmack etwas zu persönlich. Unwillig gab sie zurück: »Ich weiß nicht, ob dich das was angeht, Glen.«

»Du hast Recht. Du hast natürlich völlig Recht.« Er beugte sich vor. »Aber du gehst mich etwas an. Du und Bruce.«

»Wer von uns beiden interessiert dich denn mehr?«

Er lächelte. »Ich will nur dein Bestes. Das wollte ich immer. Als du jünger warst, hast du das nicht verstanden, glaube ich. Aber vielleicht jetzt, wo wir beide älter und weiser sind.«

»Weißt du, was komisch ist, Glen? Es gibt Leute, die älter werden … aber nicht weiser.«

»Das ist absolut richtig.«

»Und …«, sie ließ den Wein in ihrem Glas kreisen, »Über was genau wollte mein Vater mit dir *plaudern*?«

»Also Betty.« Glen nutzte sofort die Gelegenheit, es

ihr mit gleicher Münze heimzuzahlen. »Ich weiß nicht, ob dich das was angeht.«

Sie verzog leicht das Gesicht, dann nickte sie. »Touché, Glen. Touché.«

Der Geiger hatte plötzlich begonnen, direkt in ihr Ohr zu spielen. Sie drehte sich um, warf ihm einen finsteren Blick zu und sagte dann mit zuckersüßer Stimme: »Wenn Sie sich nicht auf der Stelle von hier verziehen, werde ich Ihnen Ihren Fiedelbogen sonst wohin stecken.«

Er zog ab.

»Das habe ich immer an dir geliebt«, sagte Talbot und hob sein Glas, um mir ihr anzustoßen. »Du triffst immer den richtigen Ton, bei jeder Gelegenheit.«

Das restliche Dinner verlief in etwa so, wie Talbot es erwartet hatte. Was ungünstig für ihn war, jedoch nicht überraschend kam. Betty machte höflich Konversation und blieb völlig unverbindlich, was den Wechsel zu Atheon betraf. Aber sie musste sich offensichtlich stark zurückhalten, um sich nicht bei ihm nach ihrem Vater zu erkundigen.

Glen schüttelte in stiller Verwunderung den Kopf. Egal wie intelligent eine Frau war oder für wie intelligent sie sich hielt: Letztlich waren sie sich doch alle gleich. Sie waren so berechenbar, auch wenn sie noch so sehr glaubten, ein Mysterium für Männer zu sein. Gut, für einige Männer waren sie das wohl auch. Aber er hatte das Mysterium vor langer Zeit entzaubert, und er wusste genau, was er sagen musste und wie er es zu sagen hatte.

Betty lehnte sein Angebot ab, sie nach Hause zu bringen. Talbot war einverstanden, denn er hatte alles erreicht, was er wollte. Er wusste, dass sie Atheon zuerst spontan abgelehnt hatte, und dass sie sich jetzt nicht mehr so sicher war. Und er wusste, dass sie diese Unsicherheit auf Krenzler übertragen würde. Das war genau das, was Talbot erreichen wollte. Und Glen Talbot war es gewohnt, das zu bekommen, was er wollte.

Als er kurz darauf vor seinem Apartmenthaus ankam, stellte er den Wagen auf den reservierten Parkplatz und schaltete den Motor ab. Er stieg aus dem Wagen und hielt für einen Moment inne. Dann griff er plötzlich in seine Jacke und zog eine bläulich glänzende Smith and Wesson heraus. Er drehte sich um und zielte auf die schattenhafte Figur, die sich ihm genähert hatte, und die jetzt wie angewurzelt stehen blieb.

Dann blickte er mit schmalen Augen in die Dunkelheit, ließ die Waffe sinken und sagte in einer Stimme, als hätte er zufällig einen alten Freund bei einem Vergnügungsspaziergang auf der Flaniermeile von Atlantic City getroffen: »Agent Krenzler, so wahr ich lebe und atme …«

»… und ich um ein Haar nicht mehr.« Agent Krenzler trat aus dem Schatten in den Lichtkegel einer Straßenlaterne. Ihr Gesicht wirkte verbrauchter und sorgenvoller als beim letzten Mal, bei dem ihr Adoptivsohn Bruce sie gesehen hatte. »Schnell mit der Waffe bei der Hand in diesen Tagen, Mr. Talbot.«

»Man kann nicht vorsichtig genug sein, Monica. Überall lauern Monster.« Er ließ den Colt zurück ins Schulterhalfter gleiten und verdeckte ihn mit seinem Jackett. »Also, was führt Sie nach Berkeley? Hat man Ihnen wieder einen Job gegeben?«

»Nein, ich bin auf der Durchreise. Ich wollte nur …« Sie räusperte sich und kam etwas näher. Ihre Hände schienen sich in vagen Mustern zu bewegen. »Ich wollte nur wissen, wie es Bruce geht.«

»Woher soll ich das wissen?«

Ihr Ausdruck wurde hart. »Behandeln Sie mich nicht, als ob ich eine Idiotin wäre. Ich weiß von der Abhöraktion. Ich weiß, dass Sie jede seiner Bewegungen aufzeichnen, rund um die Uhr, sieben Tage die Woche. Ich weiß, was Sie von ihm wollen. Wenn Bruce nur Zahnschmerzen hat, wissen Sie es, noch bevor er den Zahnarzt anruft.«

»Und warum gehen Sie nicht einfach selbst zu ihm und finden heraus, wie es ihm geht, wenn es Ihnen so wichtig ist? Oder Sie rufen ihn einfach mal an? Er würde sich sicher freuen, mal wieder was von seiner guten alten Mutter zu hören.«

»Sie wissen genau warum«, sagte sie tonlos.

Er grinste ein wölfisches Grinsen. »Ich habe keine Idee, ehrlich … oder doch! Moment. Vielleicht hängt es damit zusammen, dass Ihre Vorgesetzen das Gefühl hatten, Sie hätten ihren Auftrag zu nahe an sich herankommen lassen.«

»Meinen *Auftrag*.« Monica Krenzler tat, als wären das die witzigsten Worte, die sie je gehört hatte. Nur dass der Witz düster und bedrückend war. »Versuchen Sie das doch mal. Versuchen Sie mal, die Adoptivmutter eines Kindes zu sein und das als nüchternen Auftrag zu behandeln. Mit einer Regierungsbehörde im Nacken, die darauf wartet, dass das Kind irgendeine Art von abweichendem Verhalten auf genetischer Ebene zeigt. Versuchen Sie mal, für jemanden zu sorgen, ihn zu unterstützen, ihn auf einen guten Lebens- und Karriereweg vorzubereiten, wenn Sie nicht das tun dürfen, was das Beste für ihn wäre, sondern das tun müssen, was Vorgesetzte anordnen, die ihre eigenen Pläne mit ihm haben. Versuchen Sie das alles, ohne es *zu nahe an sich herankommen zu lassen*, und schauen Sie, wie erfolgreich Sie damit sind.«

»Vielleicht werde ich das«, sagte Talbot ganz ohne Sarkasmus. »Hört sich an wie ein interessantes intellektuelles Experiment.« Er ging ein paar Schritte auf sie zu, bis ihre Nasenspitzen sich fast berührten. »Sie müssen lernen, wann ein Auftrag für Sie abgeschlossen ist. Es ist vorbei. Er ist nicht mehr Ihr Problem. Jetzt ist er meins.«

»Sein ganzes Leben lang haben immer andere hinter seinem Rücken sein Schicksal bestimmt.« Ihre lang unterdrückte Wut war kurz davor überzukochen. »Wann wird er endlich sein eigenes Leben führen können?«

»Wann wird das je irgendeiner von uns können?«, fragte Talbot. »Viele werden Ihnen erklären, dass ihr Leben von Gott gelenkt wird.«

»Sie und Ihre Leute sind nicht Gott.«

Talbots Lächeln wurde breiter. »Was ihren Adoptivsohn anbetrifft, Monica, sind wir Gott, Satan, Himmel und Hölle, alles in einem.« Er hob die Hand, um ihr väterlich die Wange zu tätscheln, aber sie fegte sie mit einer schnellen Bewegung zur Seite und starrte ihn feindselig an. »Ich wünsche Ihnen weiterhin eine erfolgreiche Karriere, Agent Krenzler.« Er schlenderte davon, und ließ sie zitternd vor Wut auf dem Parkplatz stehen.

Er lachte immer noch in sich hinein, als er die Treppe zu seinem Appartement hinaufstieg. Aber anstatt es zu betreten, zog er einen Schlüssel hervor und schloss die Tür zum Nachbarappartement auf. Es war nur schwach beleuchtet und er sah eine Ansammlung von diversen elektronischen Geräten auf einer Seite des Raums. Außerdem waren überall Pizzakartons und Verpackungen vom China-Take-Away verstreut. Es gab keine Anzeichen dafür, dass jemand anwesend war. Er rief leise: »Sitwell?«

Die Toilettenspülung rauschte und kurz darauf kam ein dünner, blonder Mann mit einer dicken Brille heraus, der sein Hemd in die Hose stopfte. »Bin nur dem Ruf der Natur gefolgt«, sagte er entschuldigend. »Wie war das Dinner?«

»Mehr oder weniger wie ich es erwartet hatte.«

Sitwell grunzte und kehrt zu dem Sammelsurium von elektronischen Geräten zurück, wo er sich einen Kopfhörer überstülpte. Offensichtlich konnte er Talbots Gedanken lesen, denn er sagte: »Keine Angst, ich hatte einen Recorder laufen, falls irgendwas mit Bruce gewesen wäre in der Zwischenzeit. Aber es scheint ja nie was zu passieren.«

»Ist er im Moment zu Hause?«

»Äh … ja. Aber er macht so gut wie nichts. Keine Anrufe. Keine Gesellschaft. Die übliche aufregende Nacht im Haushalt Krenzler. Oder sollen wir ihn Banner nennen?« Sitwell stellte die Frage mit einer nach oben gezogenen Augenbraue.

»Wie auch immer.« Talbot zuckte mit den Schultern. »Ja, ich weiß schon, er ist nicht gerade der aufregendste Mensch der Welt. Warum glaubst du, hab ich so hart daran gearbeitet, Betty in sein Leben zu bringen? Ihr einen Job im gleichen Labor wie Banner besorgt. Die Fäden gezogen, dass sie mit ihm zusammenarbeitet. Ich habe eigentlich alles getan, was möglich ist, außer im Vorlesungssaal Liebesbriefe zwischen den beiden hin und her wandern zu lassen.«

Mit einem bitterem Lachen sagte Sitwell: »Sie bezahlen mich, um Leute abzuhören, Mr. Talbot; nicht um herauszufinden, warum Leute das tun, was sie tun. Ich habe also nie darüber nachgedacht.«

»Es ist ganz einfach«, erklärte Talbot. »Wir wollen sehen, was passiert, wenn Banner sich aufregt, so wie es in den Unterlagen seines Vaters beschrieben ist. Aber Brucielein lässt nichts raus. Also brauchten wir jemanden, der ihm unter die Haut geht, um ihn zu kriegen. Und glaub mir, Sitwell, niemand, aber wirklich niemand, geht dir so unter die Haut wie Betty Ross.«

»Ich bring sie um«, knurrte Thunderbolt Ross und marschierte wütend in seinem Büro auf und ab. »Nein … besser, ich bring Talbot um. Nein, noch besser ich bring sie alle beide um. Das spart Zeit.«

Lieber sah ruhig zu, wie der General mit großen Schritten das Büro von einer Seite zur anderen durchquerte, ohne im Tempo nachzulassen. »Verzeihen Sie, General, aber warum ist das die Schuld Ihrer Tochter, wenn Atheon sich für die Berkeley Labore interessiert?«

»Weil Atheon etwas vorhat, Lieber«, sagte Ross scharf. »Eigentlich arbeiten wir alle für die gleichen Leute, aber hier läuft etwas hinter den Kulissen, das spüre ich genau. Und ich kann das Ganze deshalb nicht ganz leidenschaftslos betrachten, weil es meine Tochter betrifft. Wenn sie nur nicht darauf bestanden hätte, für diesen verdammten Laden zu arbeiten, dann hätte ich jetzt nicht das Problem!«

»Aber … ist sie nicht früher mit Talbot gegangen? Wäre es nicht noch schlimmer, wenn sie jetzt mit ihm verheiratet wäre?«

Ross starrte ihn böse an. »Ich kann mich nicht erinnern, Sie darum gebeten zu haben, hier ein Worst-Case-Szenario auszubreiten, Lieber. Abtreten.« Lieber riss die Hand hoch, salutierte und verließ auf schnellstem Wege das Büro. Ross blieb zurück, über seinem Ärger und seiner Frustration brütend.

Immerhin käme Talbot bald zurück und vielleicht konnten sie die ganze Sache dann bereinigen. Wenn nicht, dann würde das weitreichende Konsequenzen haben, und Thunderbolt Ross hatte vor, dabei seine Schäfchen in jedem Fall ins Trockene zu bringen.

In seinen Träumen erscheint ihm die Wahrheit nur als unstete Erinnerung

Als er zu Hause ankam, stellte Bruce sein Rad vor der Tür ab und humpelte hinein. Er überlegte, ob er ein heißes Bad nehmen und seine schmerzenden Beine etwas einweichen sollte, aber die Gedanken in seinem Kopf ließen ihn nicht zur Ruhe kommen. Er hatte ein vages Gefühl von Hunger. Aber als er sich kurz darauf mit dem Miniatur-Zen-Garten auf seinem Schreibtisch beschäftigte, fiel ihm auf, dass er sich bereits etwas zu Essen gemacht haben musste, denn sein Magen fühlte sich voll an.

Er legte seine Gärtnerwerkzeuge beiseite, ging in die Küche und fand im Mülleimer die leere Verpackung eines Fertiggerichts. Sicher, ein Fertiggericht aus dem Gefrierfach war kein besonders denkwürdiges Abendessen, trotzdem schien es ihm bedenklich, wie schnell er vergaß, dass er wenige Minuten zuvor ein Essen zubereitet und verspeist hatte.

Dann fiel ihm plötzlich die Lösung für eine der Gleichungen ein, über denen er die ganze Zeit gebrütet hatte, und er schob die Gedanken über seine Geistesabwesenheit beiseite. Bereits fünf Minuten später drängte sich ihm erneut die Frage auf, wie es sein konnte, dass er nicht mehr hungrig war. Aber er war zu sehr damit beschäftigt, Zahlen, Gleichungen und DNA-Sequenzen aufs Papier zu kritzeln und schloss mit dem Thema endgültig ab.

Nach einer Weile erhob sich Bruce und streckte sich. Er kratzte sich abwesend unter dem Kinn und überlegte, wie lange er wohl gearbeitet hatte. Er war so gegen sieben nach Hause gekommen und hatte nun wie lange gearbeitet? Eine Stunde? Maximal zwei? Er sah auf die Uhr, rieb seine Augen und sah noch mal hin. Die Uhr zeigte immer noch die gleiche Zeit an: 2:27. Die kleinen digitalen Zahlen glühten rötlich im Halbdunkel.

War die Zeit so schnell vergangen? War das möglich?

Es war ja auch egal, ob es möglich war oder nicht, es war einfach so, Ende der Diskussion. Er streckte die Arme, gähnte, lockerte die verkrampften Muskeln in den Beinen und bewegte sich hinüber zum Fenster.

Eine Sache, an die Bruce sich gewöhnt hatte – und die sogar eine seiner Stärken als Wissenschaftler ausmachte – war, dass er in allem, was um ihn herum vorging, Ordnungsmuster entdeckte. Manchmal waren sie vollkommen sinnlos: wie etwa ungewöhnliche Zahlenfolgen in einer Kontonummer oder Buchstabensequenzen, die, aus ihrem Zusammenhang gerissen und mit anderen kombiniert, einen völlig neuen Sinn ergaben. Manchmal war das Ergebnis aber auch ein plötzlicher Erkenntnisschub, der zu hektischer Aktivität führte, die wiederum neue und noch interessantere Einsichten brachte. Betty verglich ihn wegen dieser Fähigkeit immer mit einer Figur aus einem Film, einem Mathematiker, der psychotisch wurde. Ein Vergleich, der Bruce nicht wirklich begeisterte.

So überraschte es ihn auch nicht, als er in dem Baum vor seinem Fenster ein verschlungenes Netzwerk aus Formen und Mustern entdeckte. Es war, als hätte ihm die Natur einen Rohrschach-Tintenklecks-Test vorgelegt. Die Formen veränderten sich ständig, weil die Zweige sich im Wind bewegten. Mal waren es die Fangarme eines Tintenfischs, die durch die Luft peitschten, mal waren es die langen, ineinander verflochtenen Finger eines Stummfilm-Bösewichts, der sich hämisch die Hände rieb, in der Erwartung, dass sein teuflischer Plan aufginge.

Und jetzt sahen sie aus wie eine Treppe und jetzt wie zwei sich überlagernde Gesichter von … von …

Bruce starrte und starrte und hörte nicht auf zu starren. Und obwohl die Zweige sich schon ein Dutzend Mal anders formiert hatten, war das eine Bild in Bruces Hirn eingefroren wie ein Schnappschuss, den seine grauen Zellen gemacht hatten. Zwei Gesichter, ineinander verflochten, aber es waren keine menschlichen Gesichter. Sie waren wie … wie von zwei Tieren. Tiere, die …

Eine Assoziation tauchte in seinem Bewusstseinsstrom auf, und sie wäre ihm beinahe wieder entwischt, aber im letzten Moment griff er danach und hielt sie fest. Er dachte: *Stoffpuppen.*

Ja. Das war es. Das Schattenspiel hatte Ähnlichkeit mit zwei Puppen aus Stoff. Aber was waren das für Puppen? Und wem gehörten sie? Er wusste es nicht. Aus irgendeinem Grund nahm er an, es wären seine. Aber er konnte nicht sagen, wann er sie bekommen hatte und, noch wichtiger, von wem.

Dann ein Lidschlag, ein kurzes Abwenden vom Fenster, nur, um gleich darauf den Kopf wieder hin zu drehen. Denn Bruce war sich sicher, da draußen etwas erkannt zu haben, das kein Schatten war, sondern eine menschliche Gestalt, hochaufgerichtet, mit breiten Schultern, die, *könnte man es melodramatischer sagen?*, etwas Böses ausstrahlte.

Aber so intensiv Bruce auch auf die Stelle starrte, wo er die Gestalt gesehen hatte, er konnte nichts erkennen außer bewegten Zweigen.

Vielleicht war da nie jemand gewesen? Vielleicht war es einfach der Mangel an Schlaf, der ihn da etwas anderes als bewegte Schatten von Ästen sehen ließ? Und das wäre, wie er fand, eindeutig der Variante vorzuziehen, dass um 2:30 am Morgen jemand da draußen herum schlich und ihn beobachtete …

Halb drei am Morgen. Um Gottes Willen.

»Ich brauche dringend Schlaf«, sagte er, wohl hauptsächlich, um sich selbst von der Notwendigkeit zu überzeugen. Ihm wurde klar, wie müde er war, als er kurz darauf feststellte, dass er bereits seinen Pyjama angezogen hatte und ins Bett geklettert war, ohne sich daran auch nur im Geringsten erinnern zu können. Es kam ihm vor, als würde sich seine Persönlichkeit gelegentlich aus- und wieder einblenden, als wäre für einen Teil seiner Aktionen jemand anderer verantwortlich. Was natürlich eine lächerliche Vorstellung war.

Er entschied, das Ganze pragmatisch zu sehen: Wenn wirklich was dran war an der Sache mit dem *anderen* in ihm, dann war das nicht allzu tragisch. Denn alles was er tat, war dafür zu sorgen, dass Bruce in seinen Pyjama kam. Also kein Grund zur Aufregung.

Bruce warf sich auf den Rücken, zog die Decke hoch und lag da.

Und lag.

Er starrte an die Decke, bis er sich dabei ertappte, die Löcher im Putz zu zählen. Woraufhin er sich auf die Seite warf und seinen Kopf ins Kissen rammte. Während er so dalag, fiel ihm auf, dass er seinen Herzschlag hören konnte. Oder vielleicht war es nur sein Puls. Jedenfalls war es da und pochte und pochte und pochte, und er begann zu überlegen, ob es seinen Herzschlag noch beschleunigen würde, wenn er sich Betty nackt vorstellte, und wenn dem so wäre, wie stark ein Mensch sein Herz durch reine Willenskraft beschleunigen konnte, und ob es vielleicht möglich wäre, ein ganzes Aerobic-Programm zu entwickeln, das darauf basierte, dass Informationen und Bilder direkt ins Gehirn eines Schlafenden gespeist wurden, damit derjenige …

Er warf sich auf die andere Seite und zog die Beine an, bis er fast in einer embryonalen Stellung lag, und war es nicht sehr interessant, wie viele sprachliche Bilder sich aus dem Bereich der menschlichen Fortpflanzung ableiteten, etwa wenn man davon sprach, dass Ideen *geboren* wurden oder dass bestimmte andere Ideen *Totgeburten* seien …

Bruce sah auf die Uhr.

Es war 3:30.

Er hatte nicht eine Sekunde geschlafen. Sein Bewusstsein hatte sich von einer Vorstellung zur Nächsten gehangelt. Vielleicht musste er nur seine Augen müde machen. Ja, das könnte funktionieren. Sich auf dieses verzweifelte Vorhaben stürzend, das ihm endlich Schlaf bringen sollte, nahm er ein paar Blätter mit Daten vom Nachttisch. Er machte nicht mal die Nachttischlampe an und zog es vor, bei Mondlicht zu arbeiten. Das schien der ideale Weg, die Ermüdung der Augen zu beschleunigen.

Nach wenigen Minuten folgten weitere Seiten mit Zahlen, und nach einer Stunde war das Bett mit ihnen übersät. Es schien Bruce, als wäre in diesem Moment das einzige Geräusch auf der Welt, das andauernde Kratzen des Bleistifts auf der Schreibunterlage, und dummerweise begann dieses Geräusch ihn wahnsinnig aufzuregen.

»Verdammt«, sagte er, schleuderte den Bleistift weg und dachte, *also gut, in Ordnung.* Erst hatte er versucht zu schlafen, dann hatte er versucht, sich Tricks auszudenken, um einschlafen zu können. Jetzt blieb nur noch eins: wach bleiben.

Er blieb einfach im Bett sitzen und starrte sein Spiegelbild im Fernsehgerät auf dem Regal gegenüber an. Er würde einfach warten, bis die Sonne aufging und ein neuer Tag begann. Es blieb ihm nichts anderes übrig.

Er saß da und bemühte sich wach zu bleiben, und noch bevor die glühenden Ziffern der Digitaluhr 4:48 anzeigten, waren seine Augen zugefallen. Wirklichkeit und Fantasie begannen sich wild zu vermischen und er *hörte das unheimliche Echo von Schritten, und von irgendwoher das Gewinsel eines Hundes, und ein kleiner Junge, vier Jahre alt, spielte mit zwei Puppen mit langen Nasen, hängenden Ohren, riesigen Füßen, und er jauchzte vor Vergnügen, als er sein Spielzeug in die Luft warf und es wieder zu Boden krachen ließ, und er stieß kleine Überraschungsschreie aus, die sich mit selbst gemachten Aufprall- und Schleudergeräuschen mischten, und während er die Puppen so bewegen ließ, nahmen sie immer mehr Leben an, nicht so sehr ihr eigenes, sondern Züge seines Lebens, und sie begannen, sich ganz sacht zu bewegen, zwinkerten und nickten und lächelten, und dann runzelten sie die Stirn, weil sie, genau wie Bruce, Stimmen gehört hatten, erwachsene Stimmen, einen Mann und eine Frau, aber er konnte nicht verstehen, was sie sagten, nur dass die Stimmen immer lauter und wütender wurden, und es gab Geschrei, und ein unheimlicher, urgewaltiger Schrei drang aus der Kehle des Jungen …*

Und Bruce war auf den Beinen, raus aus dem Bett, als wäre er von irgendeinem inneren System gewarnt worden, das ans Übernatürliche grenzte. Ohne zu verstehen warum, ging er zum Fenster, und die Gestalt war wieder da.

Es musste leicht geregnet haben in der Zwischenzeit, denn es lagen Dunstschleier in der Luft. Aber trotz des Dunstes konnte er ihn genau sehen, und der Mann erschien noch größer, noch stärker, als ob er, so haarsträubend und lächerlich es auch klingen mochte, eine Art dämonische, physische Energie aus den Qualen von Bruces schlafendem Bewusstsein gezogen hätte.

Du bist kurz davor durchzudrehen, dachte Bruce und ließ die Jalousie herunterrasseln. *Du bist ein vernünftiger Mensch, ein Wissenschaftler, und wenn da draußen ein*

Freak ist, der dein Haus beschattet, dann knöpf ihn dir vor, oder besser noch, ruf die Polizei, aber fang nicht an, hier wahnhafte Ideen auszubrüten, über geistige Energie absaugende Vampire. Er holte ein paar Mal tief Luft, um seinen Kopf wieder klar zu kriegen. Und während er mit einer Hand die Lamellen der Jalousie spreizte, um hindurchzuspähen, langte er mit der anderen nach dem Telefon, um die Polizei zu verständigen.

Die Dunstschwaden wogten und drehten sich draußen, als wären sie lebendig, und im Nebel konnte er den Mann noch einmal sehen. Er entfernte sich vom Haus und war von drei Hunden umgeben. Für den Bruchteil einer Sekunde dachte Bruce, er hätte den Pudel aus dem Labor wiedererkannt. Aber es hätte auch irgendeine andere kleine Hundeart sein können. Was auch immer es war, einen Augenblick später war es zusammen mit den beiden anderen Hunden und seinem Herren vom Nebel verschluckt und verschwunden.

Ein Mann, der seine Hunde Gassi führt.

Bruce Krenzler, Doktor, Wissenschaftler, brillanter Theoretiker, hatte sich von einem schlechten Traum und von einem Typ, der frühmorgens seine Köter Gassi führte, zum Narren halten lassen. Er fragte sich, was Betty wohl dazu gesagt hätte, und das lenkte seine Gedanken auf Betty, und auf Talbot, was ihn ärgerte.

Also stieg er wieder ins Bett, in der festen Überzeugung, dass es absolute Zeitverschwendung war, heute noch an Schlaf zu denken und fiel prompt in einen tiefen, traumlosen Schlummer.

Der Mann mit den Hunden entriegelte das Vorhängeschloss und stieß die Gartentür zu einem heruntergekommen Reihenhaus auf. Die Hunde rannten hinein, schnappten und knurrten gefährlich. Dann drehten sie sich um und sahen ihn erwartungsvoll an, als würden sie auch mit ihm Vorlieb nehmen, wenn nicht bald etwas geschah. Aber er war vorbereitet; er kannte seine Babys. Er griff in seine Tasche und kramte Fleischbrocken und altes Gemüse aus einer Plastiktüte, die luftdicht verschlossen gewesen war, um zu verhindern, dass der Gestank nach außen drang. Er warf ihnen die Brocken hin und sie machten sich sofort darüber her; sie kämpften um jeden Fetzen, der vor ihnen auf den Boden fiel. Während die drei Hunde – ein Mastiff, ein Pitbull und ein Pudel mit fauligen Zähnen – beschäftigt waren, öffnete der Mann ein weiteres Vorhängeschloss und betrat das abgewrackte Haus, das wie eine hässliche Eiterbeule in der Nachbarschaft wirkte. Es hatte ursprünglich Benny Goodmann gehört; erstaunlich, wie schnell ein Haus zur Abrissreife verkommen konnte.

Das Innere wurde von einer einzigen Glühbirne erhellt, die an einem nackten Kabel von der Decke hing. Die Inneneinrichtung Möblierung zu nennen, wäre übertrieben gewesen. Früher hatte es hier Möbel gegeben, aber der Hunde-Mann hatte sie alle beseitigt. In seinem Leben hatte es einmal eine Zeit gegeben, in der er ähnlich eingerichtet gelebt hatte, und er wollte absolut nicht daran erinnert werden. Alles, was er übrig gelassen hatte, war eine durchgelegene, fleckige Matratze und einen langen, abgenutzten Tisch, auf dem sich Papiere, Bücher und Notizhefte stapelten. Der Hunde-Mann entledigte sich seines Mantels und warf ihn auf einen Kleiderhaufen, auf dem sich auch die Hausmeisterkluft befand. Anschließend ging er zu seinem Arbeitsplatz und räumte einen Stapel Material zur Seite. Ein silbrig glänzendes, superflaches Notebook kam zum Vorschein.

David Banner klappte den Bildschirm auf, drückte einen Knopf und setzte sich. Das Licht des Bildschirms beleuchtete sein Gesicht und ließ es wie eine grinsende Halloween-Maske aussehen. An die Wand hinter dem Bildschirm waren zahlreiche Bilder und Ausschnitte aus Zeitungen geheftet: alles Momente aus Bruce Banners Leben und Karriere, inklusive Jahrbuchfotos und Abgangszeugnis.

Einen Moment lang saß Banner bewegungslos da, gespannt wie eine Klaviersaite. Es sah aus, als würde ihn der Druck seiner ganzen angestauten Bedürfnisse jeden Moment platzen lassen. Dann hob er die Hand und berührte eines der Fotos.

»Bruce«, sagte er sanft. »Mein Bruce.«

Er zog eine Schublade heraus und entnahm ihr einen kleinen Behälter, der in einer speziellen Salzlösung gelegen hatte. Banner hielt ihn gegen das Licht, kniff die Augen zusammen und zeigte ein böses Grinsen. Er stellte den Behälter wieder hin, drehte den Deckel auf und holte mit einer Pinzette geschickt ein Haar aus der Lösung. Einem Außenstehenden hätte sich hier ein erstaunliches Bild geboten: Zweifellos hätte er den alten Mann mit den grauen Haaren und dem wirren Blick für einen ausgebrannten Alkoholiker gehalten, dessen Händen so zittrig waren, dass sie kaum den nächsten Drink halten konnten.

Aber das war hier keineswegs der Fall. Es gab kein Zögern in seinen Bewegungen, als er mit sicherer Hand das Haar auf eine Glasplatte legte und es mit einer Rasierklinge in winzige Stückchen zerteilte.

Dann nahm er ein kleines Reagenzglas aus einem

Ständer. Es war mit einer milchigen Flüssigkeit gefüllt und er warf einige der Haarstückchen hinein.

Er ließ sie kurz einweichen, dann steckte er das Gläschen in eine Apparatur, die er den DNA-Spalter nannte. Es hatte Jahre gedauert, ihn aus den diversen Teilen zusammenzubauen, die er überall hatte mitgehen lassen. Aber die zweifelhafte Herkunft hielt ihn nicht davon ab, größtes Vertrauen in die Apparatur zu setzen. Er überprüfte die Kabelverbindung zu seinem Computer und stellte sicher, dass sie in den richtigen Datenport gesteckt war. Der Apparat summte und vibrierte.

Die Nacht war ruhig, bis auf das leise Geklapper der Computertastatur und das gelegentliche Knurren der Hunde.

Zufall oder Schicksal?

Bruce musste an den Witz von dem alten Mann denken, der sich damit brüstet, dass er als Kind jeden Tag fünf Kilometer zur Schule lief und zwar in beide Richtungen bergauf. Ihm kam das gar nicht mehr so lustig vor, denn die Radstrecke, die er auf dem Weg *zum* Labor bewältigen musste, war nicht weniger anstrengend, als die vom Labor nach Hause. Er musste tatsächlich wieder bergauf fahren. Sicher, es war ein anderer Hügel, den er hoch musste, aber seinen Beinen war das ziemlich egal.

Weil er nicht sonderlich gut geschlafen hatte, war es auch mit seiner Ausdauer nicht allzu weit her. Als er endlich im Labor ankam, spürte er einen stechenden Schmerz zwischen den Rippen. Das Atmen war eine echte Anstrengung. Er stellte sein Rad ab und versuchte, seinen Kreislauf wieder in den Griff zu kriegen.

Als er das Labor betrat, sah er etwas, dass ihn nicht gerade einen Freudentanz vollführen ließ. Da standen Talbot und Betty, plauderten und schienen die besten Kumpels zu sein. Er fragte sich, und das nicht zum ersten Mal, wie wohl ihr zwangloses Abendessen verlaufen war. Nicht, dass ihn das etwas anging, aber trotzdem …

»Bruce«, sagte Betty, »Glen schaut nur kurz vorbei …«

»Was will er hier?«, platzte Bruce heraus und hasste sich prompt für seinen Ton. So angriffslustig, so infantil. Aber er konnte sich einfach nicht beherrschen.

Warum musst du dich eigentlich immer beherrschen können? Die Stimme in ihm kochte fast über vor Wut. *Sie vergleicht dich wahrscheinlich die ganze Zeit mit ihm. Sie glaubt, er ist dir überlegen, weil er wegen jedem Mist seine Gefühle zeigt, während du als erwachsener Mensch die Kontrolle behältst. Sie lehnt dich ab deswegen. Ist das fair? Sicher nicht. Warum tolerierst du es dann? Und warum tolerierst du ihn? Er hat hier nichts zu suchen …*

»Wissen Sie, Dr. Krenzler, wir haben bisher einfach noch nicht die Gelegenheit gehabt, uns richtig kennen zu lernen«, sagte Glen freundlich.

Bruce spürte ein Pochen hinter seinen Augen. *Mach, dass er verschwindet. Zeig ihm, wer hier der Boss ist. Das ist dein Territorium, nicht seines. Verschwinde! Geh weg!*

»Weil ich Sie nicht kennen lernen will. Gehen Sie.«

Bruces förmlicher Ton verriet nur wenig von dem Hass, der tief in ihm brodelte.

Er konnte an Bettys Gesichtsausdruck ablesen, dass sie über die Schärfe in seinem Ton erschrocken war. »Bruce …«, begann sie.

Jetzt. Jetzt, verdammt. Bring ihn dazu, dass er verschwindet.

»Jetzt«, sagte Bruce.

Talbot schien kein bisschen verärgert. »Okay, no problemo«, imitierte er einen falschen spanischen Akzent und hielt dass zweifellos für ziemlich witzig. Er näherte sich dem Eingang, wo Bruce immer noch wie angewurzelt stand. Er machte Talbot ein wenig Platz, um ihn vorbeizulassen und Talbot drehte sich so, dass ihre Nasen sich beinahe berührten. Sie waren außerhalb Bettys Hörweite. Das Grinsen schien Dr. Krenzlers selbst ernannten *Fan* ins Gesicht zementiert, aber er sprach hastig, mit leiser Stimme und die Worte überschlugen sich fast. »Lassen Sie mich Ihnen einen kleinen Rat geben. Es ist nur ein winziger Schritt von einer freundlichen Offerte zu einer feindlichen Übernahme. *Töte ihn.* Ich habe sehr wohl meine Hausaufgaben gemacht. Was Sie hier machen, ist Dynamit. *Hau ihm in die Fresse, mach ihn platt.* Stellen Sie sich vor: Soldaten, die mit einer Technologie ausgestattet sind, mit der sie ihren Körper auf dem Schlachtfeld selbst reparieren können. Und das ausschließlich in unserer Hand. Damit ist ein Wahnsinnsgeschäft zu machen.« *Armselige Gestalt. Zeig ihm, wer hier das Sagen hat. Mach ihn platt, vernichte ihn, reiß ihm die Glieder einzeln raus.*

Mit mentalen Herkuleskräften gelang es Bruce, der inneren Stimme zu widerstehen, die ihn um ein Haar dazu gebracht hätte, auf Talbot einzuprügeln, auch wenn er dabei wahrscheinlich den Kürzeren gezogen hätte. »Das ist nicht unsere Aufgabe«, sagte Bruce und bemühte sich gelassen zu bleiben. »Wir machen hier Grundlagenforschung im Dienste der Allgemeinheit.«

Talbot schüttelte den Kopf. Er sah Bruce an, als hätte er es mit irgendeinem niederen Organismus zu tun und nicht mit einem der renommiertesten Forscher der Westküste. »Wissen Sie, ich werde ein Buch schreiben. Es wird folgenden Titel tragen: »Wie alberne Ideale intelligenten, mittellosen Forschern im Wege stehen«. *Du musst dir das nicht anhören. Mach ihn platt. Jetzt. Ramm ihm deine Faust mitten ins Gesicht, du armseliger Loser!* Bis dann, Bruce, ich lasse von mir hören.« *Und du wirst von mir hören, du brechreizerregender, kleiner Wurm!*

Er spürte einen leichten Schmerz im rechten Arm und holte ein paar Mal tief Luft, um sich zu beruhigen. Er wusste nicht genau warum, aber er hatte das Gefühl, wenn er das jetzt nicht täte, würde es noch viel mehr Schmerzen geben und … noch viel schlimmere Dinge. Viel schlimmere. Seine Sehkraft ließ für einen Augenblick nach, als hätte er eine massive Migräne. Als er wieder klar sehen konnte, war Talbot verschwunden und Betty stand unmittelbar vor ihm. Sie starrte ihn mit einer Mischung aus Verwirrung und Erstaunen an.

»Das lief doch ausgezeichnet, oder?«, sagte er, klatschte kurz in die Hände und fügte hinzu: »Was ist mit unseren ruhmreichen Forscher-Taten?«

Der Helikopter wartete auf einem kleinen, privaten Flughafen, genau wie General Ross es gesagt hatte. Ein Soldat stand bereit und wartete auf ihn. Talbot salutierte in einer knappen, souveränen Art, die erkennen ließ, dass er Army-Vergangenheit hatte, auch wenn er jetzt in Zivil steckte. *Man kann einen Mann aus der Army nehmen, aber nie die Army aus dem Mann*, dachte Talbot, als er in den Hubschrauber kletterte.

Der Pilot nickte und gab ihm zu verstehen, dass er sich anschnallen solle. Kaum war das geschehen, begannen die Rotoren sich schneller zu drehen und der Hubschrauber stieg senkrecht in den Himmel. Augenblicke später drehte er ab Richtung Wüstenbasis. Talbot wusste, dass Thunderbolt Ross wütend war. Aber das ließ ihn kalt. Er kannte den alten Mann nur zu gut, und wusste, wie er ihn zu nehmen hatte. Ross hatte Pläne und er hatte Pläne; und Talbot wusste, wer sich am Ende durchsetzen würden.

Betty konnte kaum fassen, dass sie schon *wieder* eifersüchtig auf Talbot war. Nicht nur kam es ihr so vor, als hätte er den besseren Draht zu ihrem eigenen Vater. Jetzt musste sie sich auch noch damit auseinandersetzen, dass sie Bruce in all den Jahren nicht ein einziges Mal aus der emotionalen Reserve locken konnte, und schon bei der zweiten Begegnung mit Talbot schien er bereit, den Kerl zu verprügeln. Nicht dass sie ernsthaft daran gezweifelt hätte, wer aus einer Schlägerei als klarer Sieger hervorgegangen wäre. Glen Talbot war, Zivilist hin oder her, in Nahkampf und Selbstverteidigung ausgebildet. Bruce Krenzler dagegen eher in den Wissenschaften und Künsten. Wenn es darum gegangen wäre, in verbaler Schlagfertigkeit zu punkten oder alle chemischen Elemente auf der Perioden-Tafel zu nennen, hätte Bruce klar den Sieg davongetragen. Aber bei einem Kampf Mann gegen Mann sah es etwas anders aus.

Jedenfalls, so lächerlich es auch sein mochte, war sie

eifersüchtig darauf, dass Talbot solche emotionalen Wallungen in ihm auslösen konnte, während alles, was sie erzeugte, passive Teilnahmslosigkeit war.

Sie versuchte den Gedanken abzuschütteln und sich auf die Vorbereitungen für das nächste Experiment zu konzentrieren. Ein neuer Frosch saß auf dem Ehrenplatz in der Gamma-Sphäre, auf dem schon so viele seiner Gattung zerplatzt waren. Harper hatte ihn Rick getauft. Die Werte waren gleichmäßig. Sie warf einen Blick auf Bruce und sah, dass er vollkommen konzentriert war …

Nein, war er nicht. Er schien abwesend und schaute immer wieder zu der Tür, durch die Talbot verschwunden war. Betty musste keine Hellseherin sein, um zu erkennen, was, oder besser wer, ihn beunruhigte. Sie wollte das nicht einfach so auf sich beruhen lassen, dazu bedeutete ihr Bruce zu viel. Außerdem war es nicht gut, wenn der leitende Wissenschaftler bei einem so wichtigen Experiment nicht richtig bei der Sache war. Das konnte böse Folgen haben.

Aber es war kaum mehr Zeit …

Die Zeitfrage klärte sich, als Harper von seiner Kontrollstation aus rief: »Okay, noch fünfzehn Sekunden. Wir bereiten uns auf doppelte Strahlendosis vor«, nur um kurz darauf unterdrückt zu fluchen und frustriert zu murmeln: »Ähm … hmm … so was.«

Betty machte sich auf den Weg zu Harper und sah auf dem Monitor die blinkende Nachricht: *Interlock Negativ*. Sie wusste, was das zu bedeuten hatte. Unter anderem, dass es eine kurze Verzögerung geben würde, bis sie mit der Arbeit weitermachen konnten. Sie sah also keinen Grund, warum sie nicht kurz mit Bruce sprechen und die Situation bereinigen sollte.

»Harper, gibt's ein Problem?«, fragte Bruce.

Harper seufzte, als Betty an ihm vorbeikam. »Der Interlock-Schalter hat sich verabschiedet. Dauert nur eine Sekunde.«

Das Interlock wieder in Ordnung zu bringen, hatte Priorität. Es war die Vorrichtung, die dafür sorgte, dass sich die Halbkugel automatisch schloss, wenn die Gamma-Strahlen hineingejagt wurden. Es war eigentlich eine ausfallsichere Vorrichtung und es war ungewöhnlich, dass etwas damit nicht in Ordnung war.

Nachdem Harper sich eine Atemmaske geschnappt und die Luftschleuse zur Gamma-Sphäre betreten hatte, schlenderte Betty rüber zu Bruces Arbeitsplatz. Er saß vor den Monitoren und beobachtete jede Veränderung mit einer raubvogelhaften Intensität. »Bruce, ich denke, wir sollten reden. Über Glen.«

»Da gibt es nichts zu bereden.« Bruce klang immer noch verärgert. Erstaunlich, dass Glen ihn soweit hatte bringen können. Und dann auch wieder nicht.

So freundlich sie konnte, sagte sie: »Hey ... ich bin's.«

Bruce beobachtete gerade Harper, der sich ins Innere der Gamma-Sphäre gezwängt hatte und den Interlock-Schalter untersuchte. Aber er nahm sich kurz Zeit, Betty anzusehen und zu lächeln. Er hatte ein schönes Lächeln. *Er sollte es öfter zeigen.*

»Sorry«, sagte Bruce.

»Mach dir keine Gedanken wegen ihm, okay? Ich kümmere mich darum.«

Bruce sah sie misstrauisch an. »Wie?«

»Ich rufe meinen Vater an. Er kann Druck auf ihn ausüben.« Sie konnte selbst kaum glauben, was sie da sagte.

Bruce Banner *(Eric Bana)* und
Betty Ross *(Jennifer Connelly)*
forschen in den gentechnischen Labors
auf dem Berkeley-Gelände.

Glen Talbot *(Josh Lucas)*, Bettys Ex-Freund,
versucht das erfolgreiche Forscherduo
für seine Firma Atheon abzuwerben.

Betty Ross ist sich nicht sicher, welche Ziele Talbot mit seinen Annäherungsversuchen verfolgt.

Thaddeus Thunderbolt Ross *(Sam Elliott)*, General auf der Wüstenbasis, nimmt nach langen Jahren wieder Kontakt zu seiner Tochter Betty auf.

Ist der mysteriöse Alte mit den drei Hunden,
der immer wieder in Bruce's Leben auftaucht,
dessen Vater David Banner *(Nick Nolte)*?

Vater und Tochter Ross treffen sich mit unterschiedlichen Absichten zu einem Dinner.

Bruce dichtet mit dem eigenen Körper todesmutig ein Leck in der Gamma-Sphäre ab, und beobachtet kurz darauf merkwürdige Veränderungen an sich.

Langsam verlagerte sich seine gesamte Aufmerksamkeit auf Betty. Wenn sie ihm gesagt hätte, dass sie gerade Elvis' Geist an der Tankstelle begegnet wäre, hätte er sie kaum verwunderter ansehen können.

»Mein letzter Stand war, dass ihr nicht mehr miteinander redet, du und dein Vater.«

Betty zuckte mit den Achseln und versuchte lässig zu klingen, als würde es sich um das Banalste der Welt handeln. »Ein Grund mehr, ihn mal wieder anzurufen.«

Ihren Vater anzurufen, stand nicht gerade auf der Top-10-Liste der Dinge, die Betty am liebsten getan hätte. Es stand nicht mal auf der Top-100. Aber Bruces heftige Reaktion auf Talbot hatte sie dazu gebracht, ihre Einstellung noch mal zu überdenken. Sie selbst hatte diese Gefühle noch verstärkt, indem sie mit Talbot ausgegangen war. Das war sehr, sehr dumm von ihr gewesen. Nicht nur hatte sie Bruce verärgert, sie hatte Talbot auch noch in seinem aufgeblasenen Selbstbewusstsein bestärkt. Jetzt blieb ihr nichts anderes übrig, als zu versuchen, die Dinge wieder ins Lot zu bringen. Und wenn das bedeutete, ein bisschen von ihrem hohen Ross herunterzukommen und ihren Vater um Hilfe zu bitten, war das eben so.

Das Problem war nur, sie war sich gar nicht so sicher, ob ihr Vater ihr überhaupt helfen würde. Ihr Vater kannte Bruce nicht. Warum sollte er sich also für ihn einsetzen? Betrachtete man die Erfolgsgeschichte ihrer Beziehung, war es sogar wahrscheinlich, dass Thunderbolt Ross eher Glen in Schutz nehmen würde. Trotzdem, sie wusste, dass sie etwas unternehmen musste und ihr Vater schien ihr die einzige Möglichkeit zu sein.

In diesem Moment war Harper über Intercom zu

hören. »Ähm, ich glaube, der Stromkreislauf ist irgendwie durchgebrannt, oder ich weiß nicht was, vielleicht schaust du besser mal selbst.«

»Okay, bin gleich da.«

Bruce griff sich eine Atemmaske und betrat den Reinigungsraum. Betty verfolgte weiter Harpers Bemühungen am Interlock-Schalter, als es plötzlich einen Kurzschluss gab. Funken sprühten aus dem Schalter und Harper stieß einen kurzen, schrillen Schrei aus. Überall blinkten hektisch Lichter und von irgendwoher begann eine Frauenstimme vom Band einen Countdown zu zählen, der das Nahen einer umfassenden Katastrophe ankündigte.

Harpers Schrei ließ Bruce im Reinigungsraum kurz erstarren. Dann sah er die blinkenden Lichter, hörte den Beginn des Countdowns und konnte immer noch nicht fassen, was gerade geschah. *So fängt es also an,* dachte er. Er hörte den Countdown, der von zwanzig herunter zählte und dachte, dass er noch genug Zeit hätte, die vollständige und endgültige Katastrophe abzuwenden, wenn nur Harper endlich aus der Gamma-Sphäre herauskam …

Und genau in diesem Moment verfing sich Harper, der panisch versuchte die Gamma-Sphäre zu verlassen, mit seiner Atemmaske in einer Führungsschiene. Seine Verwirrung war offensichtlich so groß, dass er es nicht einmal bemerkte. Alles, was er wahrnahm, war, dass er plötzlich seinen Kopf nicht mehr richtig bewegen konnte. Er warf ihn wild hin und her, ruderte mit den Armen und sah aus wie ein wahnsinnig gewordener Strahlungsexperte, der versucht eine ganze Flotte von Taxis auf einmal herbeizuwinken.

Bruce war völlig ruhig. Sein Herzschlag war kein bisschen beschleunigt. Aber er dachte plötzlich, wie merkwürdig es doch war, dass Betty ihm immer seinen Gleichmut vorhielt. Harper hatte sich von seinen Emotionen übermannen lassen, und man konnte sehen, wohin es ihn gebracht hatte: Hilflos wie ein Fisch an der Angel zappelte er in einer Kammer, die bald so aufgeheizt sein würde, dass man darin einen Mammut in Sekundenbruchteilen hätte gar kochen können. Also, ein dreifaches Hurra auf die Emotionen.

Anstatt in Panik zu verfallen, sprintete Bruce zur Gamma-Sphäre und löste Harpers verhakte Maske. Harper wankte und Bruce fing ihn auf. Das Letzte, was er gebrauchen konnte, war, dass Harper stürzte und sich selbst k.o. schlug. Es war keine sehr verlockende Aussicht, Harpers bewusstlosen Körper aus der Sphäre schleppen zu müssen.

»Bruce! Das Interlock!«

Er wirbelte herum und erkannte sofort das Problem. Betty hatte keineswegs panisch reagiert, dafür war sie viel zu professionell. Sie arbeitete unter Hochdruck und versuchte verzweifelt, von Harpers Platz aus das System herunterzufahren, das sich aber auf Grund zahlreicher Kurzschlüsse nicht mehr herunterfahren ließ.

»Schließen Sie jetzt sofort die Interlock-Tür«, kam die hilfreiche Erinnerung durch den Countdown. »Zehn … neun … acht …«

Die Interlock-Tür stand weiter offen, was das gesamte Laborgelände in äußerste Gefahr brachte, wenn die Gamma-Kanone losging und ihre Partikel in die Luft entlud. Betty hämmerte auf die Tastatur des Computers ein, in einer Art, die jedem vertraut sein dürfte, der einmal einen größeren Computer-GAU hatte. Nur waren die Risiken hier beträchtlich höher, als eine Festplatte zu verlieren. Hier wären sie alle verloren, wenn es nicht gelang, das Interlock zu schließen.

»… sieben … sechs …«

Rick der Frosch sah mit bestenfalls mildem Interesse zu.

»… fünf …«

Bruce sah Harper an, dann Betty, dann das Interlock, dann die Maske in seiner Hand …

Und ließ die Maske fallen. Es blieb keine Zeit mehr. Sie hinderte ihn nur daran zuzupacken.

»… vier … drei … zwei …«

In einer verzweifelten Aktion stieß Bruce den schwankenden Harper nach hinten und sorgte so dafür, dass er aus der Gamma-Sphäre heraustaumelte.

»… eins … zero … Nanomeds wurden freigesetzt … Gamma-Kanone eingeschaltet …«

Er hörte das Zischen in der Gamma-Sphäre. Es war lauter, als er gedachte hätte. Er hatte es immer nur durch dickes Glas hindurch gehört. Noch lauter war das Surren und Klicken der Gamma-Behälter, die eingeklinkt wurden und das Heulen der Gamma-Kanone, die aufgeladen wurde.

Als Junge hatte Bruce Krenzler einmal einen Kriegsfilm gesehen, in dem sich ein Soldat auf eine Granate warf, um das Leben seiner Kumpels aus dem Platoon zu retten. Es hatte damals lange und erregte Diskussionen unter den Jungs gegeben, ob sie wohl das Zeug dazu hätten, ihr eigenes Leben in einer einzigen heroischen Aktion zu opfern. Und sie waren damals alle zu dem Schluss gekommen, dass sie natürlich zu denen gehören würden, die den Hechtsprung auf die Bombe machten und nicht zu den Typen, die versuchten abzuhauen. Nur Bruce sagte: »Ich weiß nicht, was ich machen würde«, und natürlich machten sich alle über ihn lustig, weil er es zugegeben hatte. Aber er hatte tief in die Augen der anderen gesehen und sich eingebildet, in ihren Augen Angst und Unsicherheit erkennen zu können. Es war leicht, von Heldentaten zu träumen, etwas anderes war es, zu handeln, wenn die Zeit dazu gekommen war.

All das im Hinterkopf, stürzte sich Bruce nach vorn. Es geschah einfach automatisch, noch bevor er eine bewusste Entscheidung treffen konnte. Er hatte keine Ahnung, ob es funktionieren würde. Hier ging es um Strahlung, nicht um Kugeln oder Granaten. Es war völlig unvorhersehbar. Aber seine Mutter hatte immer gesagt: »Wer wagt, der gewinnt.« Das war alles, an was er jetzt dachte.

Er warf sich vor die Mündung der Gamma-Kanone und blockierte die Öffnung genau in dem Moment, als die Behälter ihren Inhalt freigaben. Er hörte Betty rufen und Harper alarmiert aufschreien, er hörte das Kreischen der Gamma-Kanone, überlagert von dem Schrei, der aus seiner eigenen Kehle drang, und da waren noch andere Schreie, Menschen rannten in Panik davon, ein Wüstenhimmel explodierte in Flammen, und ein kleines Mädchen schrie, und ein Mann und die Puppen schrien und verdrehten sich und brannten, und er hörte den befreienden Klick mit dem sich das Interlock endlich wieder bewegte und ihn einschloss, nachdem die Kanone abgefeuert worden war, und Betty schrie seinen Namen von draußen, hinter dem Plexiglas, und Bruce schrie immer noch vor Schmerz, nur war da noch viel mehr als Schmerz, da war noch … Triumph und Befriedigung und das Gefühl von »Endlich!«, das durch sein Bewusstsein drang, ohne irgendeinen Zusammenhang, und dann gab es noch mehr Schreie, und Banner dachte, sein Gesicht schmelze, und sein Fleisch rutsche einfach von den Knochen und bilde Pfützen rund um seinen Körper, nur dass es vielleicht wirklich passierte oder vielleicht auch nicht, aber er schrie trotzdem, es schien einfach das einzig Richtige zu sein, und Bruce fiel zappelnd um, wie eine auf den Strand geworfene Makrele, und er sah gleichzeitig, dass seine Haut noch ziemlich intakt war, aber er fühlte, dass irgendetwas anderes brach oder splitterte oder irgendwie auseinander geriet, und während er die Besinnung verlor, wurde ihm vage bewusst, dass er ein seltsames kleines Lächeln im Gesicht trug und er fragte sich, wer da wohl lächelte.

Die Heimkehr einer verlorenen Tochter und eines verlorenen Sohnes

Thunderbolt Ross hielt es nicht für nötig, sich von seinem Platz hinter dem Schreibtisch zu erheben, als Glen Talbot herein geschlendert kam. Jedes Mal, wenn er Talbot in den letzten Tagen begegnet war, hatte er sich gefragt , was er in diesem jungen Mann einmal gesehen hatte. Betty hatte ihn schon viel früher durchschaut. Sie hatte eben ein feineres Gespür für solche Dinge. Er war nur ein einfacher Army-Mann, der sich eingebildet hatte, Talbot hätte das Zeug zu Höherem. Was aber offensichtlich nicht der Fall war. Welcher Mann in Uniform, der eine sichere Zukunft in der Army vor sich hatte, würde das freiwillig aufgeben, um in die Privatwirtschaft zu gehen?

»General. Schön Sie zu sehen«, sagte Talbot lächelnd. »Ich hatte übrigens einen sehr angenehmen Flug, vielen Dank für …«

»Setzen!«, fuhr Ross ihn an, als wäre sein Gegenüber ein Cocker-Spaniel. Talbot schien kurz irritiert über den scharfen Tonfall, setzte sich dann aber gehorsam auf den Stuhl vor Ross' Schreibtisch. Ross hielt die Akte hoch, die sein Adjutant ihm vor kurzem gegeben hatte. »Würden Sie mir sagen, was das soll?« Er ließ die Akte über seinen Schreibtisch zu Talbot schlittern.

Talbot griff sich die Akte und blätterte sie durch. Ross beobachtete dabei genau sein Gesicht, um nach Anzeichen von Irritation zu suchen. Aber Talbot blieb völlig entspannt, wie ein Mann, der absolut nichts vor der Welt zu verbergen hatte. Das brachte Ross fast zum Platzen.

»Es scheint so, als wären das detaillierte Unterlagen über unsere Pläne für das Berkeley Laboratorium«, sagte Talbot gemächlich. »Warum zeigen Sie mir diese Akte? Ich fürchte, ich habe nicht die leiseste …«

Ross schlug mit der flachen Hand auf den Tisch und ließ den Briefbeschwerer und das Schreibset, das er von Colin Powell persönlich erhalten hatte, tanzen. Talbot dagegen erlaubte sich keinerlei Gefühlsreaktion. »Versuchen Sie nicht, irgendwelche Spielchen mit mir zu spielen. Es ist schon schlimm genug, dass sie hinter meinem Rücken die Hälfte aller Verhandlungen mit der Behörde für Nationale Sicherheit führen …«

»Ich hatte das nicht vor, aber manchmal bleibt mir nichts anderes übrig …«

Ross fiel ihm ins Wort. »… und dass Sie beabsichtigen, Dinge zu akquirieren, die ich nicht für notwendig halte. Das hier ist schon wieder so ein Fall. Warum haben Sie Berkeley im Visier?«

»Sir«, lachte Talbot. »Ich habe nichts und niemanden im Visier. Ich arbeite nun mal für Atheon …«

»Die Empfehlungen für die Akquisitionen kommen von Ihnen, Talbot.« Ross trommelte mit den Fingern auf dem Tisch. »Und zwar sehr dringliche Empfehlungen.«

»Und ich glaube, Sie verstehen warum, General.«

»Diese ganze Nanomed-Geschichte.« Ross schüttelte den Kopf. »Ein Science-Fiction-Trip.«

»Genau wie Captain Kirks Kommunikator einst Science-Fiction war, General. Und heute laufen wir alle mit einem Handy herum.«

Ross' Miene verdüstere sich beängstigend.

»Wir wissen doch beide sehr genau, dass es hier überhaupt nicht um diesen Nanomed-Unsinn geht, sondern ausschließlich um Betty.«

Talbot sah aus, als bemühe er sich, nicht laut loszulachen. »*Betty?* Betty Ross?«

»Nein, Betty Middler. Ja, natürlich Betty Ross. Ich werde Ihnen jetzt mal was sagen«, und er hob drohend einen Zeigefinger. »Ich würde es nur ungern sehen, wenn Sie meine Tochter belästigen, indem Sie sich erneut in ihr Leben drängen.«

Talbot sprang auf, und obwohl er sich weitaus besser im Griff hatte als Thunderbolt Ross, war sein Ärger deutlich spürbar. »Wissen Sie was, Herr General, es mag hart für Sie sein, aber es gibt ein paar Dinge, nur ein paar, bei denen es nicht um Ihre geliebte Tochter geht. Meinetwegen können Sie von den Forschungen im Berkeley Labor halten was sie wollen, aber Fakt ist, dass ich Atheon dieselben Empfehlungen machen würde, die ich hier mache, egal ob die in Berkeley ihre Tochter beschäftigen oder Wanda, das Mädchen mit dem Hundegesicht. Außerdem, auch wenn Sie das vielleicht nicht glauben werden, bin ich froh, dass Sie mich zu sich gebeten haben, weil ich vorhabe, Ihnen einen großen Gefallen zu tun.«

»Ach, tatsächlich.«

»Ja, General. Und sie werden mir dafür noch einmal sehr dankbar sein.«

Er langte in die Mappe, die er unter dem Arm trug, und zog einen blauen Umschlag heraus. Er enthielt einige Schwarz-Weiß-Fotografien. »Was ich Ihnen jetzt zeigen werde, unterliegt strengen Sicherheitsbestimmungen, und Sie verdanken es nur der guten Beziehung, die wir beide haben, dass ich Sie hier einweihe. Ich denke, als Vater von Betty sollten Sie darüber Bescheid wissen.«

»Einweihen? Von was reden Sie? Wo ist der Haken bei der Sache?«, fragte Ross misstrauisch.

»Kein Haken, General … gut, vielleicht ein kleiner«, gab er zu. »Der Haken ist, dass sie mich nicht fragen dürfen, woher ich die Bilder haben. Aber Sie sollten sich ohnehin mehr mit ihrem Inhalt befassen, als mit ihrer Herkunft.«

Er gab Ross die Fotos. Der General studierte sie mit gerunzelter Stirn. Es waren private Fotos von Betty und einem Mann, die offensichtlich bei irgendeiner Form von Observation entstanden waren. Sie zeigten die Beiden Arm in Arm beim Spazieren gehen oder irgendwo beim Entspannen, sie in anrührend-zärtlicher Haltung an ihn gelehnt. Das alleine brachte ihn schon zum Kochen.

»Talbot«, sagte er langsam, »ihr Haken ist mir scheißegal. Sie werden mir jetzt erklären, warum Sie meine Tochter observieren lassen ...«

»Tun wir nicht. Wir lassen *ihn* beobachten. Betty ist nur darauf zu sehen, weil sie mit ihm liiert ist. Und das, dachte ich, könnte Sie interessieren. Sie hatten Recht damit, dass auf Berkeley mehr abläuft als das Nanomed-Programm. Aber es hat nichts mit meiner früheren Beziehung zu ihrer Tochter zu tun. Es geht um diesen Typen hier.«

»Was ist an ihm so wichtig?« Ross starrte auf das Gesicht des jungen Mannes auf den Fotos. »Und warum kommt er mir so bekannt vor?«

»Sie kannten seinen Vater.«

»Ich kannte seinen ...?«

Dann begriff er und seine Augen weiteten sich. »Oh Gott. Soll das heißen ...?«

Talbot nickte und Ross starrte erneut auf die Fotos. »Das ist wie die Begegnung mit einem Geist«, flüsterte er. »Der Geist von jemandem, der noch lebt, aber irgendwo weg gesperrt ist ...«

»Nein.«

»Nein? Soll das heißen ...?« Ross sprang auf und schlug sich dabei das Knie an der Schreibtischplatte an. Er ignorierte den Schmerz. *»Der Vater läuft frei herum? David Banner? Dieser Irre? Warum?«*

»Die Anstalt hat ihn rausgelassen. Sie haben ihn von

einem Gutachter untersuchen lassen und haben entschieden, dass er keine Gefahr mehr darstellt.«

»Gott schütze uns vor diesen Liberalen und ihren Gutachten!«, knurrte Ross. »Und die haben keine Idee, wo er steckt? Glauben Sie, er ist unterwegs zu seinem Sohn?«

»Das ist gut möglich. Aber er könnte genau so gut mit einem Schlauchboot Richtung China unterwegs sein. Wir wissen es einfach nicht. Natürlich besteht die Möglichkeit, dass er versucht, wieder mit seinem Sohn Kontakt aufzunehmen, und wenn es so wäre, wäre unter Umständen Betty in Gefahr.«

»Nicht nur *unter Umständen*.« Er starrte auf die Fotos und schüttelte ungläubig den Kopf. »Nach all den Jahren … Bruce Banner.«

»Krenzler. So heißt er jetzt.«

Ross schüttelte immer noch den Kopf. »Ich habe damals schon gesagt, dass es Wahnsinn ist, den Jungen einfach nur irgendwo im Adoptionssystem verschwinden zu lassen. Aber ich hatte einen schlechten Stand, wegen des flammenden Infernos, das der Vater des Jungen auf meiner Basis angerichtet hatte. Keiner wollte auf mich hören.« Er hielt kurz inne. »Weiß er davon? Weiß er, wer er ist, und wo er herkommt?«

»Keine Ahnung. Schwer für mich, das einzuschätzen. Vielleicht weiß er es. Vielleicht hat er es auch verdrängt.«

»Also weiß Betty wahrscheinlich auch nichts, hat keine Ahnung, in was sie da hineingeraten ist. Mein Gott …« Er blickte Talbot an und sein Ausdruck wurde weich. »Sie hatten Recht. Verdammt, ich bin vielleicht mit einigen Ihrer Entscheidungen nicht ganz einverstanden, aber für dieses Mal stehe ich in ihrer Schuld.«

»Sie stehen nicht in meiner Schuld«, sagte Talbot bescheiden. »Sehen Sie, Betty und ich haben vielleicht nicht das Beste aus unserer Beziehung gemacht, aber das ist lange her und bedeutet nicht, dass ich nicht das Beste für sie will. Zumindest weiß ich nun, dass jemand, der sicher nur das Beste für sie will, einschreiten kann. Glauben Sie mir, Ihr Eingreifen könnte unter Umständen Bettys Leben retten.«

Ein zu großes Opfer?

Er hat mir das Leben gerettet, Bruce hat mir das Leben gerettet, und jetzt ist er tot, mein Gott, er ist tot …

Verzweifelt war Betty in ihrem Büro auf und ab gelaufen und war nur gelegentlich kurz am Fenster stehen geblieben, um nachzusehen, ob der Rettungswagen schon eingetroffen war. Sie wurde fast verrückt vor Angst, weil sie wusste, dass Bruce irgendwo lag und sie ihn nicht sehen durfte. Sie konnte sich vorstellen, wie er jetzt aussah, getroffen von einer tödlichen Strahlendosis, seine Haut durchlöchert und verbrannt, mit büschelweise ausfallendem Haar. Er war zu diesem Zeitpunkt wahrscheinlich schon blind und hatte starke innere Blutungen. Vielleicht war der Rettungswagen noch nicht da, weil es gar keinen Sinn mehr machte. Vielleicht war er schon …

Als das Telefon schrillte, zuckte sie zusammen und

stürzte sich sofort auf den Hörer. Sie hörte kurz zu, was die Stimme am anderen Ende zu sagen hatte, dann jagte sie aus dem Raum, ohne sich die Mühe zu machen, den Hörer richtig einzuhängen. Sie warf ihn einfach Richtung Telefon und war schon gar nicht mehr da, als er neben das Gerät krachte und zu Boden fiel.

Er will dich sehen.

Diese Worte klangen pausenlos in ihren Ohren, als sie den Flur entlang sprintete. Sie konnte immer noch nicht glauben, dass Bruce auf der Krankenstation des Labors war. Eine radioaktive Verseuchung auf der Krankenstation? Die waren da nicht im Entferntesten vorbereitet auf einen Unfall dieser Größenordnung. Es war so ähnlich, als würde man ein Kind, das einen Arm verloren hatte und aus dem Stumpf blutete, zur Schulschwester schicken, damit sie ihm einen warmen Kakao machte.

Betty wäre in der Eile fast an der Krankenstation vorbei gerannt. Sie blieb stehen, holte tief Luft und bereitete sich auf das Allerschlimmste vor. Sie hoffte, dass sie die Kraft haben würde, sich zusammenzunehmen. Das Letzte, was Bruce jetzt brauchen konnte, war eine Betty, die komplett die Fassung verlor. Denn so wie es aussah, war es wohl das letzte Mal, dass sie einander sehen würden, und sie musste jetzt einfach die Kontrolle behalten. Sie warf einen kurzen Blick auf ihr Spiegelbild in der Glastüre und hoffte, dass ihre Augen nicht zu heftig gerötet waren. Dann betrat sie die Krankenstation, in der Erwartung, hier Katastrophenschutzteams und tickende Geigerzähler vorzufinden.

Stattdessen erblickt sie Bruce, der mit nacktem Oberkörper auf einem Bett saß. Eine Schwester nahm gerade den Blutdruckmesser von seinem Arm, während eine große, geschäftig wirkende Ärztin, deren Anstecker sie als Dr. Chandler auswies, Eintragungen in eine Liste machte.

Betty schnappte nach Luft. Bruce hörte sie und drehte sich zu ihr um. Er schien voller Energie, fast ... glücklich.

»Bruce«, sagte Betty, und es klang mehr nach einer Frage als nach einer Begrüßung.

Er nickte und lächelte breit. Betty wusste nicht, was erstaunlicher war: die Tatsache, dass Bruce lebendig und bester Dinge war, oder dass er lächelte, denn ein Lächeln sah man bei ihm nicht allzu häufig, auch an seinen besten Tagen nicht.

»Ich bin bald wieder okay«, teilte er ihr fröhlich mit, während er sich erhob. »Wirklich. Das hat gerade mal für eine leichte Bräunung des Teints gereicht.« Dann setze er sich plötzlich wieder hin, als wäre ihm schwindelig. »Oh«, sagte er und klang dabei etwas irritiert, als sei er überrascht, dass seine Beine ihm den Dienst versagten.

Betty sah zur Schwester. Die Ärztin hielt den entwickelten Film aus Banners Strahlungsmesser in die Höhe und hob eine Augenbraue.

»Wir haben alles zweifach kontrolliert. Wenn es nach seinem Strahlen-Dosimeter ginge, müsste ihr Freund jetzt die Konsistenz von verbranntem Toast haben. Aber ich kann nichts Größeres bei ihm finden.«

Betty starrte Bruce an, und für einen Moment kam ihr der absurde Gedanke, dass er möglicherweise von Aliens entführt und ausgetauscht worden war. Ja. Das schien die einzig mögliche Erklärung. Nur ein nichtmenschliches Wesen wäre in der Lage, mit seinem Körper ein Leck zu schließen, aus dem reine Gamma-Strahlung austrat, und anschließend besser auszusehen als zuvor.

Es war unmöglich, einfach unmöglich. Es war, als hätte sein Körper sich einfach selbst repariert …

… sich selbst repariert …

Sie erstarrte und konnte kaum glauben, dass es so lange gedauert hatte, bis sie darauf gekommen war. Sie war so beschäftigt gewesen mit der Vorstellung, er könne tot sein, dass alles, was passiert war, bevor er sich vor die Strahlenkanone geworfen hatte, in einem Nebel verschwunden war. Jetzt erst wurde ihr die volle Konsequenz dessen klar, was geschehen war, und ihr Unglaube wich einer wachsenden Erregung.

»Würden Sie uns entschuldigen, nur für einen kurzen Moment?«, fragte Betty.

»Sicher.«

Dr. Chandler machte der Schwester ein Zeichen, ihr zu folgen, und verließ den Raum. Sehr behutsam und ohne den Blick von ihm zu wenden, näherte Betty sich Bruce. Er bemerkte, wie sie ihn anstarrte und musste lachen.

Lachen. Ja, die Alien-Theorie schien immer plausibler zu werden.

»Was denn?«, fragte er, da sie nichts sagte. »Mein Dosimeter war wahrscheinlich schon in der Fabrik einer Strahlung ausgesetzt gewesen, bevor ich es getragen habe.«

Er verdrängte offensichtlich, was geschehen war. Deshalb war er so ruhig, so fröhlich. Er begriff überhaupt nicht, was das ganze Tamtam um ihn sollte. Warum die Tatsache, dass er lebte, mehr als ein Wunder war.

»Du hast Harpers Leben gerettet. Und unser aller Leben.«

»Das ist doch Unsinn. Es war offensichtlich eine kleine Fehlfunktion. Ich habe wahrscheinlich eine kleine Dosis abbekommen, kaum mehr als die von fluoreszierendem Licht.«

»Nein, die Strahlung war heftig: Und ich denke vor allem an die Nanomeds. Wie hättest du ohne sie überleben können?«

Bruce begann erneut zu lachen, dann wurde er plötzlich wieder ernst, als ihm die Konsequenz dessen, was sie eben gesagt hatte, zu dämmern begann. »Moment, du denkst, dass ich Strahlen ausgesetzt war, und dass die Nanomeds mich repariert haben? Das glaubst du doch nicht im Ernst.«

»Ich finde keine andere Erklärung.«

Es fiel Betty keineswegs leicht, das einzugestehen. Sie war der Typ von Mensch, der immer gerne drei oder vier Erklärungen für ein Phänomen hatte und sich dann langsam der Wahrheit näherte, indem sie immer mehr Möglichkeiten ausschloss. Nur eine Version zu haben, schien irgendwie nicht wissenschaftlich. Das war für sie fast so, als würde man schummeln.

Bruce ließ seine Beine vom Bett herabrutschen und lehnte sich gegen die Bettkante. Er wirkt leicht entrückt.

»Wenn das stimmen sollte, dann haben sie funktioniert. Sie haben wirklich funktioniert.«

Sie hätte beinahe laut losgelacht. Er schien völlig perplex, obwohl es schließlich das Ziel des ganzen Nanomed-Projekts war, sie zum funktionieren zu kriegen. Trotzdem, so sehr sie sich auch für ihn – und für sie beide – über diesen Erfolg hätte freuen können, so wusste sie doch, dass sie mit Verstand vorgehen mussten, damit die Dinge nicht außer Kontrolle gerieten.

»Nein«, sagte sie. Und als er sie fragend ansah, begann sie die Kehrseite herauszustellen. »Wir haben sie nicht annähernd unter Kontrolle. Das weißt du. Es kam nur … durch dich.« Obwohl er versuchte, ihren Einwand sofort zu entkräften, fuhr sie entschlossen fort.« Sie hätten jeden anderen sofort zerstört. Bruce, es ist etwas in dir, das *anders* ist.«

Sie sah an seinen Augen, dass er diesen Gedanken nicht akzeptieren wollte. Er schüttelte den Kopf und sagte entschieden: »Wir müssen die Sache genau aufarbeiten, neue Studien machen, die genetischen Grundlagen analysieren. Und natürlich müssen wir versuchen, das Experiment zu wiederholen …«

»Wiederholen?«

»Wir müssen das Experiment nochmal durchführen«, erklärte er nüchtern. »Kein wissenschaftliches Experiment ist einen Pfifferling wert, wenn es nicht wiederholbar ist. Das weißt du, Betty. Wir müssen uns gleich an die Arbeit machen …«

In diesem Augenblick betrat Dr. Chandler, die offensichtlich die ganze Zeit in Hörweite geblieben war, den Raum. »Wir werden vorläufig gar nichts tun, Doktor Krenzler; außer zurück ins Bett gehen, wo ich Sie im Auge behalten kann. Ich habe bereits gegen die Anordnungen verstoßen, als ich Doktor Ross zu Ihnen ließ, aber jetzt ist Schluss. Sie gehen nirgendwohin, und wenn Sie es doch versuchen sollten, werde ich dafür sorgen, dass man Sie aufhält. Mir wäre lieber, wenn ich das nicht tun bräuchte.«

»Mir wäre auch lieber, wenn Sie das nicht tun müssten.« Er sah Betty entschuldigend an. »Tut mir Leid, aber ich glaube, wir müssen unsere Forschungen noch ein wenig aufschieben.«

»Mach dir keine Sorgen.« Sie nahm seine Hand und drückte sie voller Gefühl. »Ich bin nur ganz außer mir, dass du noch am Leben bist und ich weiter mit dir zusammen forschen kann.«

Seine Hand war kalt. Eiskalt. Was in seltsamen Kontrast zu seiner rosigen Gesichtsfarbe und seiner gesunden Ausstrahlung stand. Sanft ließ sie seine Hand los.

Gott, was ist nur mit ihm passiert?, dachte Betty.

Es war Nacht geworden. Die Krankenschwester schlief an ihrem Tisch.

Bruce setzte sich in seinem Bett auf. Er war mit mehreren Monitoren verbunden, die nichts Außergewöhnliches anzeigten. Er langweilte sich zu Tode. Es war zu Hause schon schlimm genug, wenn er nicht einschlafen konnte und nach Papier und Bleistift griff, um zu arbeiten. Aber hier war er in der Krankenstation und stand unter ständiger Aufsicht. Alle fünfzehn Minuten kam jemand vorbei, um ihn zum Schlafengehen zu überreden. Er kam sich langsam vor wie ein kleines Kind, oder zumindest schien man hier eines aus ihm machen zu wollen.

Er lehnte sich zurück und ließ die Ereignisse der letzten Tage noch einmal vor seinem geistigen Auge ablaufen. Er ging zurück zu dem Moment, wo er von den Gamma-Strahlen getroffen wurde und versuchte sich zu erinnern, was ihm dabei durch den Kopf geschossen war. Es waren nicht so sehr Worte gewesen, sondern verrückte Gedanken und Bilder, die wild durcheinander gewürfelt waren. Einige waren vertraut, andere weniger. Es kam ihm so vor, als würde er sich an etwas erinnern, das eigentlich ein anderer erlebte hatte …

Ein anderer …

Schon seit langer Zeit irritierte es ihn, dass seine frühen Kindheitsjahre in dichtem Nebel lagen. Die meisten Menschen hatten Bruchstücke von Erinnerungen an diese Zeit, wie geistige Schnappschüsse. Und diese Schnappschüsse konnte man immer in eine Art Rahmen oder Zusammenhang einsortieren. So etwas hatte es bei ihm nie gegeben. Manchmal hatte er mit seiner Mutter darüber gesprochen, aber sie schien ihm nicht weiterhelfen zu können. Sie begann nur zu lächeln, zuckte mit den Schultern und bot ihm ein paar frisch gebackene Kekse an. Es schien einfacher, sich darüber nicht den Kopf zu zerbrechen, und er hatte es seit längerer Zeit schon nicht mehr getan.

Aber in diesen letzten Momenten, bevor er sich zwischen die Gamma-Kanone und die anderen geworfen hatte, war sein Leben vor seinen Augen abgelaufen. Das war nicht unüblich. Der nahende Tod produzierte diesen rasenden Bilderfluss, bei dem der Hirn-Computer wie in einer letzten großen Reinigung die Festplatte komplett leert. Genauso war es bei ihm gewesen. Nur war er nicht gestorben, sondern die Erinnerungen waren zum ersten Mal seit langer Zeit wieder geweckt worden. Sie trieben durch seinen Bewusstseinsstrom wie aufgewühlter Schlamm. Und zum ersten Mal gab es einen Hinweis auf … familiäre Verbundenheit.

Sein Blick wanderte zum Telefon auf dem Nachttisch neben ihm. Er überlegte, ob das Ding angeschlossen war. Versuchsweise hob er den Hörer und wurde mit einem Freizeichen belohnt. Sein erster Versuch, eine Nummer zu wählen, wurde jedoch von einem Besetztzeichen unterbrochen. Dann erinnerte er sich daran, dass er eine 9 vorwählen musste, um rauszukommen.

Wenn man nur aus jeder Situation rauskommen könnte, indem man eine 9 wählt, dachte er. Dabei wählte er die Nummer der einzigen Person, mit der er jetzt Lust hatte zu sprechen.

Er hoffte, dass sie zu Hause war. Nicht nur das, er hoffte, dass sie nicht ausgegangen war. Und noch präziser: Er hoffte, dass sie nicht mit *ihm* ausgegangen war.

Das Telefon klingelte zweimal, dreimal, dann machte es Klick. Bettys Stimme sagte: »Hallo?«, und Bruce wartete kurz ab, um zu hören, ob es nur ihr Anrufbeantworter war. Nein. Es blieb still am anderen Ende der Leitung. Eine leicht unsichere Betty wiederholte: »Hallo?«, und Bruce stellte fest, dass er noch nie in seinem Leben so glücklich gewesen war, die Stimme eines anderen Menschen zu hören. Er fühlte, wie ein reines, starkes Gefühl in seine Brust drängte und er versuchte sich zu beruhigen.

»Hey.«

»Hey!«, antwortete Betty. Sie klang gut gelaunt, sogar ein bisschen erleichtert. »Wie geht es dir?«

»Mir geht's gut.«

Sie ließ eine Pause entstehen, so als mache sie sich Gedanken, ob er wirklich die Wahrheit sage. »Sicher?«

»Ganz bestimmt.«

Er hörte, wie sie leise Luft ausstieß. Sie seufzte erleichtert. Er konnte sie deutlich vor sich sehen: Ihr Lächeln, den Glanz ihrer Haare, die Art, wie sie ihn lebendig fühlen ließ, wenn sie ihn ansah. Allein ihre Stimme zu hören, ging ihm … wie sagte man das? … durch und durch.

»Was machst du?«, fragte sie.

»Ich hab nur hier herumgesessen und an dich gedacht. Und an deinen Traum.«

»Welchen Traum?«

»Den von der Wüste.«

Es entstand eine weitere Pause, dieses Mal ein wenig unbehaglicher. Schließlich fragte sie vorsichtig: »Und was hast du darüber gedacht?«

»Ich weiß es nicht.« Er vermied es zu sagen: »Ich dachte, ich würde sterben und währenddessen …« Die ganze Situation versetzte sie ohnehin schon genug in Anspannung. Er wollte sie nicht noch mehr aufregen. Sorgfältig seine Worte wählend sagte er: »Manchmal, wenn ich nicht an irgendwas im Speziellen denke, fallen mir Bilder daraus ein. Hab ich dir das schon mal gesagt?«

»Nein.«

»Es ist so, als ob … ich es selbst geträumt hätte.«

Am anderen Ende erklang ein sanftes Lachen. Er wusste, dass sie jetzt dachte, er gäbe sich Mühe lieb zu sein und wolle ihr zeigen, dass er Verständnis für ihre Gefühle und Probleme habe.

Frauen, seufzte er innerlich.

»Wie lautet denn dort deine Telefonnummer?«, fragte sie. »Nur für den Fall, dass ich mal dringend deine Stimme hören muss.« Er gab ihr die Nummer durch, die über der Tastatur stand. Sie wiederholte sie und sagte dann mit sanfter Stimme: »Du solltest jetzt schlafen. Träum was Schönes. Aber bitte eigene Träume.«

Er hielt den Hörer noch ans Ohr, als Betty schon lange aufgelegt hatte. Er hoffte irgendwie, dass er sie durch reine Willenskraft vor sich materialisieren könne. Als nach einer Weile der Wählton von einem dumpfen Summton abgelöst wurde, legte er schließlich auf und ließ sich auf dem Bett nieder. Der Summton setzte sich trotzdem in seinem Kopf fest und begann sein Hirn müde zu machen. Er widersetzte sich nicht. Im Gegenteil, es war ihm sehr willkommen. Er fand nur den Gedanken ziemlich deprimierend, dass er erst knapp am Tod vorbeischlittern und in einer Krankenstation landen musste, um endlich etwas Schlaf zu kriegen.

Die Welt um ihn herum begann wie im Nebel zu verschwimmen, er ließ die Gedanken wandern und genoss den Frieden, den der Schlaf nun bringen würde.

Er wusste nicht wie viel Zeit vergangen war, er wusste nur, dass er ein Winseln und ein Knurren gehört hatte. Er brauchte eine Weile, bis er die Geräusche, die aus der Wirklichkeit stammten, von seinen Träumen lösen konnte. Dann zwang er sich langsam die Augen zu öffnen. Das Licht der Straßenbeleuchtung fiel ins Zimmer. Es war, als ob die Traumwelt sich mit der Realität vermischt hätte.

Ihm gegenüber saß der Mann, der letzte Nacht vor seinem Fenster gestanden hatte. Der Mann, den er für ungefährlich gehalten hatte. Jetzt saß er vor ihm, in voller Lebensgröße, und Bruce war sich nicht ganz sicher, ob er gerade einen schrecklichen Albtraum träumte oder ob sich seine gestrige *Paranoia* als begründet erwies. Die Hunde waren auch da. Es waren drei, der seltsame Pudel, den Bruce letzte Nacht gesehen hatte, mit eingeschlossen.

Immerhin knurrte keiner der drei. Sie waren ruhig und wirkten in der Gegenwart des Mannes sogar zufrieden. Er tätschelte abwesend den Kopf des Mastiffs, der ein sanftes Geräusch in seiner Kehle machte, das fast wie das Schnurren einer Katze klang. Bruce empfand wieder diese traumartige Entfremdung; er spürte eine unmittelbare Bedrohung, fürchtete sich aber merkwürdigerweise nicht vor irgendwelchen Konsequenzen. Es war der falsche Mann und die falschen Tiere zur falschen Zeit am falschen Ort, und doch war das Ganze irgendwie … vertraut. Familiär. Sogar beruhigend, auf merkwürdige Art.

Und dann sagte der Mann etwas. Trotz seines beängstigenden Äußeren klang seine Stimme überraschend sanft, regelrecht freundlich.

»Dein Name ist nicht Krenzler. Du heißt Banner.«

Bis zu diesem Moment hatte Bruce es immer noch für möglich gehalten, dass er das alles nur träumte. Aber diese Stimme war zu real. Sie durchdrang den Nebel, der sein Bewusstsein umgab. Er schüttelte den letzten Rest von Schlaf ab und setzte sich auf, zum ersten Mal wirklich überzeugt, dass er es nicht mit einer Traumgestalt zu tun hatte. Aber die Worte des Mannes ergaben trotzdem keinen Sinn. »Was?«

»Dein Name. Du heißt Banner. Bruce Banner.« Er machte eine kurze Pause. Dann sagte er mit einer Wärme, die den Wissenschaftler erschauern ließ, ohne dass er wusste, warum: »Bruce.«

»Wie sind Sie hier hereingekommen?«

»Ich arbeite hier in den Labors. Spätschicht. Da kann ich immer in deiner Nähe sein. Du arbeitest immer so spät, mit deiner Freundin, Miss Ross.«

Bruce sah, dass der Mantel des Alten halb offen stand, und er konnte darunter die Uniform des Wartungspersonals erkennen. Aber die Kleidung des Mannes war für Bruce im Moment zweitrangig. Was ihn viel mehr beschäftigte, war die Art, wie er *Miss Ross* gesagt hatte. Da hatte unterdrückte Wut, ja Hass mitgeklungen. Etwas daran alarmierte Bruce, aber es fiel ihm schwer, sich darauf zu konzentrieren, da viele Dinge gleichzeitig um seine Aufmerksamkeit konkurrierten.

Bruce wollte sich aufsetzen, verhedderte sich aber in den Kabeln der Kontrollmonitore und in dem Infusionsschlauch, den man ihm gelegt hatte, damit er nicht dehydrierte.

»Nein, bitte nicht. Dir geht es noch nicht so gut.«

Der Mann kam zu Bruce und entwirrte den Kabelsalat, während er mit ihm sprach. »Du hattest einen Unfall«, sagte er in einem tröstenden Singsang, als wolle er ein Kind in den Schlaf wiegen. »Und du wunderst dich, dass du noch am Leben bist. Du denkst: In mir ist etwas, etwas das anders ist, etwas Unerklärliches.«

Der alte Mann mochte verrückt sein, aber die Bewegungen, mit denen er wieder Ordnung in die Kabel brachte, waren schnell und sicher. Sie hingen jetzt alle wieder säuberlich voneinander getrennt. Er trat zurück und sagte: »Ich kann dir helfen, das alles zu verstehen, wenn du mich lässt ... wenn du mir verzeihst.«

Ich habe es mit einem Verrückten zu tun. Er hält mich für jemand anderen.

»Sehen Sie, ich wüsste nicht, was ich Ihnen verzeihen sollte«, sagte Bruce und versuchte ruhig und sachlich zu klingen. Etwas, das ihm nach all den Jahren der Übung nicht schwer fiel. »Vielleicht ist es besser, wenn Sie jetzt gehen. Bitte, ich komme schon zurecht.«

Der alte Mann hielt sein Gesicht dicht vor das von Bruce und plötzlich tauchte ein unerwartetes Bild in seinem Bewusstsein auf. Es war das Gesicht des alten Mannes, aber jünger, viel jünger, *und größer, viel größer, und er warf ihm irgendwelche Puppen zu, und die Puppen kamen ihm bekannt vor, alles wirkte so vertraut, und er warf diese Puppen direkt in Bruces Gesicht …*

»Wie du meinst«, sagte der alte Mann und seine tief tönende Stimme brachte Bruce zurück in die Gegenwart. »Du hast die Augen deiner Mutter. Natürlich bist du mein Fleisch und Blut, aber andererseits …« Seine Stimme wurde noch tiefer und sein fauliger Atem stach Bruce so in die Nase, dass er sich fast übergeben musste. »Andererseits bist du auch ein Produkt meines Geistes.«

Der alte Mann stand genau zwischen Bruces Hand und der Notfallklingel, mit der man die Nachtschwester alarmieren konnte. »Sie irren sich«, sagte Bruce, was möglicherweise nicht die geschickteste Wortwahl war, angesichts dessen, dass er es hier mit einem Wahnsinnigen zu tun hatte. »Meine Eltern starben, als ich ein kleines Kind war.«

»Das haben sie dir eingeredet.« Der alte Mann erhob sich vom Bett und begann auf und ab zu gehen. Bruce hätte jetzt ohne weiteres den Klingelknopf drücken können, aber die Bewegungen des alten Mannes, die fiebrige Intensität, mit der er sprach, wirkten fast hypnotisch. Bruce war noch nie einer solchen Person begegnet: Er hatte es mit einem echten Psychotiker zu tun.

Trotz der unmittelbaren Gefahr gewann der Wissenschaftler in ihm die Oberhand, und er nahm eine observierende Haltung ein, neugierig, was der Alte als nächstes tun oder sagen würde. Währenddessen hatte dieser offensichtlich völlig in seiner eigenen Welt gefangen, ununterbrochen einen Redeschwall abgesondert.

»Die Experimente, der Unfall, alles streng geheim. Sie haben mich weggesteckt, dreißig Jahre. Weg von dir, weg von der Arbeit. Aber sie konnten mich nicht ewig einsperren. Schließlich bin ich völlig normal. Sie mussten es irgendwann zugeben.«

Die Hunde wurden langsam unruhig. Der Pitbull sah in Bruces Richtung und fing an zu knurren, und das war mehr als genug, um Bruces Hand wieder in Richtung Alarmknopf wandern zu lassen. Aber dann hob der alte Mann die Hand und die Hunde verstummten sofort. Bruce ließ den Alarmknopf sein und konzentrierte sich wieder auf den alten Mann. Der nächtliche Besucher sprach jetzt lauter und seine Stimme nahm an Dringlichkeit zu. Er hörte sich an wie ein verrückter Wissenschaftler aus einem alten Gruselfilm, der irgendwelche unsichtbaren Götter beschwor, ihn bei seinen wahnsinnigen Projekten zu unterstützen. Bruce begann sich zu fragen, ob es sich nicht doch um einen Traum handelte. Zuckende Blitze und rollender Donner waren das einzige, was der spukhaften Szenerie noch fehlte, als der Alte verkündete: »Siehst du, alles, was dein außergewöhnlicher Geist in all den Jahren gesucht hat, ist in dir. Und endlich werden wir es würdigen, werden es für unsere Zwecke nutzen …«

Das Telefon klingelte. Dieses banale Alltagsgeräusch war in diesem Moment überspannter Theatralik völlig fehl am Platz. Bruce sah zum Telefon hinüber, aber blitzschnell kam der Alte auf ihn zugeschossen. Seine Stimme war wieder sanfter, aber immer noch voll wahnsinniger Energie. »Miss Ross. Schon wieder. Nicht antworten. Es gibt etwas, das du unbedingt über sie wissen musst, Bruce. Etwas sehr Beunruhigendes … aber ich kann dich schützen vor ihr.«

Und plötzlich hatte Bruce genug.

Er begann am ganzen Körper zu zittern und schrie: *»Sie sind ja verrückt! Raus hier!«*

Ein hasserfüllter Ausdruck zuckte über das Gesicht des Vaters. Und als wären die Hund eine Art Echo ihres Herren, duckten sie sich zu einem Angriff.

Aber Bruce war so wütend über die Anspielungen auf Betty, dass es ihm vollkommen gleichgültig war, ob diese verfluchten Tiere ihn in Fetzen reißen würden. Er wollte nur eines: diesem Irren klarmachen, dass er sofort aus dem Raum verschwinden solle.

»Raus. Sofort.«

Merkwürdigerweise tauchte plötzlich ein Ausdruck der Zufriedenheit im Gesicht des Alten auf. Man hätte glauben können, dass er ehrlich froh war über diesen kurzen Gefühlsausbruch »Bei Fuß!«, befahl er den Hunden und die einschüchternden Bestien zogen sich prompt zurück.

Es entstand ein langer Moment, in dem der Alte Bruce zu taxieren schien. Dann sagte er mit mildem Spott in der Stimme: »Wir werden ein Auge auf deine kleinen Temperamentsausbrüche haben müssen.« Aus der Art, wie er es sagte, war nicht zu entnehmen, ob es eine gut gemeinte Warnung vor den gesundheitlichen Risiken übermäßiger Aufregung war, oder ob er Bruces Gefühlsausbrüche in Zukunft unter sorgfältige Beobachtung stellen wollte. Bruce hatte keine Gelegenheit mehr es herauszufinden, denn der Alte verließ das Zimmer. Seine Hunde folgten ihm gehorsam, wobei ihre langen Krallen klickende Geräusche auf dem frischpolierten Boden machten.

Das Telefon klingelte noch immer. Lauter und lauter. Bruce nahm es nicht wahr. Er blickte auch nicht in die Richtung, in die der Alte verschwunden war. Er starrte einfach nur regungslos auf die Stelle im Raum, wo der Mann vor kurzem noch gestanden hatte. Es war, als fürchte er, dass er sich plötzlich wieder materialisieren könne, wie ein Phantom oder eine wiederkehrende Halluzination.

Das Telefon hörte auf zu klingeln und die plötzliche Zäsur ließ Bruce in die Realität zurückkehren. Er riss sich den Infusionsschlauch aus dem Arm und rollte sich aus dem Bett. Einen Moment lang schwankte er, fing sich dann wieder und zwang sich gerade zu gehen. Er schaffte es bis zum Tisch der Nachtschwester. Sein plötzliches Erscheinen ließ sie aus dem Schlaf aufschrecken. Sie schien ziemlich verblüfft, ihn vor sich stehen zu sehen.

»Wo ist er hin?«, wollte Bruce wissen.

Die Schwester sah ihn beunruhigt an. »Wer?«

Bruce sah irritiert den Korridor in beide Richtungen hinunter.

Niemand.

»Vielleicht war es nur ein Traum«, sagte er leise. Ohne einen weiteren Kommentar schlurfte er zurück in sein Zimmer. Die Schwester folgte ihm und schloss ihn schweigend wieder an die Monitore an. Er lag einfach da, starrte an die Decke und war mit seinen Gedanken weit, weit weg. Als der Schlaf ihn schließlich überfiel – ein tiefer, fast narkotischer Schlaf –, begrüßte er ihn erleichtert.

Und während er schlief, spürte er wieder den Schmerz und eine blubbernde, brütende, lang unterdrückte Wut, eine Wut auf alle, die ihn verletzt hatten oder ihn ausgelacht hatten, und ein Meer von Gesichtern schwamm vor ihm, grinsend, kichernd, und die

Welt um ihn herum war tiefgrün gefärbt und in der tiefen Dunkelheit seiner innersten Ängste erwachte er plötzlich und stellte fest, dass der Rahmen seines Bettes vollkommen verbogen war und die Monitoranschlüsse durch seine wilden Bewegungen herausgerissen waren.

Er stellte sich auf seine schwankenden Beine und stolperte in die Dunkelheit. Er versuchte die Schwester zu rufen, aber seine Kehle war wie zugeschnürt. Diese dämliche Kuh musste ihren Platz verlassen haben oder wieder eingeschlafen sein. *Nutzlose, absolut nutzlose Frau, sollte sie platt machen, sollte sie …*

Er drängte diese Gedanken zurück, während er Richtung Bad schwankte. In der Dunkelheit stieß er eine Lampe um und registrierte kaum das Geräusch, als sie auf den Boden krachte. Mit äußerster Anstrengung schaffte er es ins Bad, machte das Licht an und blinzelte in der plötzlichen Helligkeit. Er starrte sein Gesicht an, als suche er nach etwas. Aber da war nichts.

Er sah hinunter auf seine Kleider. Die Nähte seines T-Shirts und seiner Pyjamahosen waren aufgerissen.

Da war irgendetwas Irritierendes, etwas Schreckliches, etwas, mit dem er nicht zurechtkommen würde …

Sein Blick ging zurück zum Spiegel und plötzlich war er von einem grauen Nebel umgeben. Er wollte ihn verscheuchen, aber es fehlte ihm an Willenskraft, und als er näher zum Spiegel rückte, glaubte er, einen grünen Schimmer in seinen Augen zu sehen. Dann überwältigte ihn der Nebel und raubte ihm das Bewusstsein …

Verbindungen

Das Mondlicht sickerte durch die Jalousie ihres Schlafzimmers. Sie legte den Hörer beiseite und starrte noch eine Weile auf das Telefon. Betty hatte es lange klingeln lassen, aber am anderen Ende hatte sich niemand gemeldet.

In gewisser Weise war sie sogar erleichtert, dass Bruce nicht abgehoben hatte. Was hätte sie ihm auch sagen sollen. »Hallo, Bruce. Betty hier. Also, ich hatte so einen Traum, dass du in großer Gefahr bist, und ich hab gedacht, ich ruf mal an und sag Hallo …« Ja, super, das wäre sicher ausgesprochen hilfreich gewesen. Es hätte ihm wahrscheinlich enorm dabei geholfen, sich zu erholen und wieder gesund zu werden.

Sie konnte der Gefahr, die ihm drohte, kein rechtes Gesicht geben. Immer wieder waren da die Bilder von Bruce, wie er schrie und schrie, und seltsamerweise sah er in ihren Träumen wie ein kleiner Junge aus. Betty war ein rational denkender Mensch und glaubte nicht daran, dass ihre Träume seherischer Natur waren. Die Erklärung für die Traumsymbole lagen für sie auf der Hand. Das Element der Gefahr rührte von dem Unfall her, den er gehabt hatte. Und die Visionen von Bruce als Kind entstammten ihren mütterlichen Gefühlen für ihn; hatte nicht jede Frau letztlich die Tendenz, den Mann, den sie liebte, zu bemuttern?

Sie beugte sich nach vorn und ihr Kinn berührte fast die Knie. *Der Mann, den sie liebte.* In ihren Fantasien war er das noch immer, auch wenn ihr klar war, dass seine seelische Verkümmerung es ihm nie erlauben würde, ihre Gefühle so zu erwidern, wie sie das wollte und brauchte. Aber dass sie ihn um ein Haar verloren hätte, brachte noch etwas Neues ins Spiel. Was für einen Mut hatte er bewiesen; er hatte sein Leben für andere riskiert. Nicht nur das, er hatte den sicheren Tod in Kauf genommen. Denn die Tatsache, dass er überlebt hatte, war reiner Zufall, ein absurder Glückstreffer mit einer Wahrscheinlichkeit von eins zu einer Million. Dieser Vorfall sagte etwas Bedeutsames aus über diesen Mann, zu dem sie eine Liebesbeziehung abgebrochen hatte, weil ... warum eigentlich? Weil er nicht gut genug für sie war? Weil er nicht genug lächelte und seine Gefühle oft nicht ausdrückte?

Er war ihr so fremd vorgekommen in der letzten Zeit, aber wie viel davon war ihr eigener Anteil? Wäre Bruce an einen Rollstuhl gefesselt, hätte sie ihm dann vorgeworfen, nicht laufen zu können? Natürlich nicht. Und wenn er nun einfach psychisch unfähig war, ihr das zu geben, was sie zu brauchen glaubte; war es nicht einfach unsinnig, es dann trotzdem von ihm zu verlangen?

Verzweifelt fuhr sich Betty mit den Fingern durch die Haare. Sie bekam das Bild, wie Bruce sich über die Gamma-Kanone geworfen hatte, einfach nicht aus ihrem Kopf. War sie ihm gegenüber undankbar ...?

Das Klingeln zerriss die Stille und erschreckt hielt sie den Atem an. Sie griff schnell zum Hörer. »Bruce?«, fragte sie.

Es entstand eine Pause. »Neiiiin. Hier ist nicht Bruce. Ist das in Ordnung?«

Verwirrt hielt sie den Hörer ans Ohr und wusste nicht, wer in aller Welt das sein konnte. Die Stimme klang tief und volltönend, und für einen Moment dachte sie, es wäre vielleicht ein obszöner Anruf ...

Plötzlich fiel der Groschen, sie wurde knallrot, und die Vorstellung, dass dieser Mann schmutzige Anrufe machen könne, erschien ihr nicht nur lächerlich, sondern hochgradig peinlich.

»Dad?«, sagte sie vorsichtig.

»Ja.«

»Äh. Hallo. Ich, äh … also. Häh.« Sie war völlig aus der Fassung. »Das kommt unerwartet. Ich hab ja schon länger nichts mehr von dir gehört.«

»Ich hatte deine Nummer nicht.«

»Oh. Richtig.«

»Und du stehst nicht im Telefonbuch.«

»Das, das ist auch richtig. Wie hast du sie bekommen?«

»Ich habe meinen Adjutanten angewiesen, sie aufzutreiben.«

»Verstehe. Und wie hat *er* sie bekommen?«

Am anderen Ende der Leitung ließ Thunderbolt Ross eine kleine Pause entstehen. »Das *wie* ist hier nicht entscheidend. Ich habe ihm gesagt, er solle sie besorgen und er hat sie besorgt. Alles andere ist unwichtig.«

Sie lachte, aber sie wirkte dabei nicht wirklich belustigt. »Schön zu sehen, dass du dich nicht verändert hast, Dad.« Dann schloss sie die Augen und holte tief Luft. Es war nicht der richtige Moment, um auf ihren Vater loszugehen. Sie hatte ihr Versprechen nicht vergessen: Sie wollte mit Ross Kontakt aufnehmen, damit er Talbot im Zaum hielt. Und nun hatte ihr Vater durch Zufall angerufen. Es war nicht der Zeitpunkt, ihn zu provozieren.

»Es ist schön, von dir zu hören, Dad. Es war einfach zu lang, wirklich.«

»Ja, das war es.« Seine Stimme klang überraschend

sanft, ja besorgt. »Ich habe gedacht, wir könnten uns treffen. Irgendwo Essen gehen. Wie sieht's mit deiner Zeit aus?«

Sie war völlig verblüfft. *Ist was passiert? Wird er bald sterben? Werde* ich *bald sterben?* Sie vergewisserte sich, dass immer noch ein Lächeln auf ihren Lippen war. Natürlich nicht, damit er es sehen konnte, aber wenigstens würde ihre Stimme irgendwie positiv klingen.

»Klar! Immer. An wann dachtest du? Soll ich zu dir kommen ...?«

»Nein. Nein, ich werde kommen. Ich lasse meinen Adjutanten die Details regeln und du hörst dann wieder von uns.«

Sie sah auf die Uhr. Es war kurz vor Mitternacht. Schlief dieser Mann nie? Wahrscheinlich nicht. Und sein Adjutant, wer immer dieser arme Teufel auch war, wahrscheinlich auch nicht. »Okay, ist in Ordnung.«

»Gut.« Eine weitere Pause. »Du klingst kräftig und gesund, Betty.«

»Danke. Ich hab trainiert.«

»Das ist gut zu hören.«

Die Verbindung wurde abrupt beendet. Bei jedem anderen hätte Betty gedacht, sie wäre unterbrochen worden. Bei ihrem Vater nicht. Thunderbolt Ross hatte nie die Technik entwickelt, *Auf Wiedersehen* zu sagen. Wenn alles Notwendige abgehandelt war, gab es für ihn keinen Grund, es durch sinnlose Nettigkeiten zu verlängern.

»Warum kann ich nicht einfach einen netten, normalen Vater haben?«, wunderte sie sich laut.

In dem düsteren Haus von Bruce Banners Vater schlichen die drei Hunde herum, leise und unruhig. Behälter verschiedener Größe standen in seinem Arbeitszimmer. Alle waren mit diversen Warnhinweisen beklebt. Und alle waren aus dem Labor von Doktor Bruce Krenzler gestohlen. David Banner zerrte einen Käfig unter dem Tisch hervor. Die Ratte darin ließ ein schrilles Quieken los, aus Protest gegen ihre Behandlung.

Banner platzierte den Käfig in einem durchsichtigen Behälter in der Mitte des Raums und ließ einen der Nanomed-Kanister hineinfallen. Es war nicht einfach gewesen, an die Kanister heranzukommen. Aber nichts was hier herumstand, war leicht zu stehlen gewesen. Es hatte viel Geduld und Raffinesse erfordert, aber es war die Mühe wert gewesen, denn er hatte alles bekommen, was er brauchte.

Er trat von dem Container zurück, lief in den Flur und suchte Schutz hinter einer Ecke. Er bediente einen Lichtschalter. Im Raum setzte sofort das Brummen der kleinen und notdürftig zusammengebastelten Ausgabe einer Gamma-Kanone ein.

Es war ziemlich wahrscheinlich, dass Banner selbst eine Dosis frei herumschwebender Gamma-Strahlen abbekommen würde. Er verfügte nicht über die nötigen Werkzeuge, um einen Sicherheitsbereich aus Plexiglas zu bauen, den man für solche Apparaturen normalerweise benötigte. Aber das Risiko eines radioaktiven Unfalls, bei dem sein eigenes Zellmaterial zerstört wurde, kümmerte Banner nicht. Es gab weit wichtigere Dinge, um die er sich kümmern musste.

Der Rattenkäfig der Ratte begann Funken zu sprühen und im gleichen Moment brach der Kanister mit den Nanomeds auf. David Banner hörte, wie die Ratte vor Schreck und Schmerz quiekte. Er blickte zu dem Spiegel, den der am anderen Ende des Raums aufgestellt hatte, und sah im Spiegelbild, wie die Ratte eine Rauchwolke einhüllte und noch mehr Funken aus dem Käfig schlugen. Er hatte nicht berechnet, dass es eine so starke Entladung geben könnte. Eine dumme Nachlässigkeit – er hätte das ganze Haus in Brand setzen können. Nicht, dass ihm das Haus sonderlich am Herz lag, aber seine Forschungsmaterialien waren unersetzlich. Er musste bei seinen zukünftigen Versuchen einfach mehr aufpassen.

Er blickte auf die Uhr und stellte zufrieden fest, dass genügend Zeit verstrichen war. Nachdem er den Strom abgestellt hatte, ging er vorsichtig zurück in den Raum und betrachtete den Käfig.

Es war ein spektakulärer Anblick. Da war die Ratte, übersät mit offenen Wunden, Verbrennungen und Schleim, den üblichen Folgen der Gamma-Strahlung. Aber sie war auch dreimal so groß wie vorher. Während sie vorher ausreichend Platz im Käfig gehabt hatte, war das wütende Tier nun zwischen den Gitterstäben eingezwängt, und riss und rüttelte gewaltsam am Käfig.

David Banner grinste. Und dann begann er zu lachen, lauter und lauter, und die ängstlichen Hunde entfernten sich kriechend von ihm.

Das Lachen hörte abrupt auf und er starrte die Vierbeiner mit einem boshaften Grinsen an.

»Hallo, Jungs«, sagte er. Wenn die Hunde nur einen Funken Verstand gehabt hätten, hätten sie sich so schnell wie möglich aus dem Staub gemacht, oder sie wären über ihn hergefallen und hätten ihn in Fetzen gerissen. Stattdessen schmiegten sie sich an ihn, während er abwesend ihre Köpfe tätschelte und die Kreatur im Käfig beobachtete.

Spuren mutagener Veränderung

Betty Ross und Doktor Chandler kamen langsam den Flur der Krankenstation herunter. Dr. Chandler schüttelte den Kopf und die Verwunderung war ihr deutlich anzumerken.

»Er scheint wieder völlig in Ordnung zu sein. Da ich nichts finden kann, was ihm fehlt, fürchte ich, ihn wieder gehen lassen zu müssen.«

Betty war sich nicht ganz sicher, wie sie darauf reagieren sollte. Normalerweise wäre das eigentlich ein Grund zur Freude gewesen. Bruce würde vollkommen wiederhergestellt sein. Irgendwie war es ihm gelungen, diesen radioaktiven Hammer zu verdauen, ob er das nun den Nanomeds verdankte, einem glücklichen Zufall oder einem himmlischen Wunder. Aber das Ganze war einfach zu schön, um wahr zu sein. Und es war Teil von Bettys Charakter, skeptisch zu sein.

»Also, es gibt da noch ein oder zwei Bluttests, die ich gerne bei ihm durchführen würde, bevor er rauskommt«, sagte Betty.

Chandler blickte skeptisch. »Doktor Krenzler scheint ziemlich entschlossen zu sein, die Station so bald wie möglich zu verlassen. Und wir haben auch kein echtes Argument mehr, ihn gegen seinen Willen hier zu behalten oder ihn neuen Tests zu unterziehen. Ich kann nicht sagen, dass er sehr kooperativ ist.«

»Aber ich.« Betty lächelte. »Ich kann sehr überzeugend sein.«

Bruce zuckte leicht zusammen, als Betty die Nadel herauszog, mit der sie ihm Blut abgenommen hatte. Das

Röhrchen hatte sich schnell gefüllt. »Hier«, sagte sie und zeigte auf seinen Arm. »Fest drücken.« Sie klebte ihm ein Pflaster auf und musterte ihn. »Bist du sicher, dass alles in Ordnung ist?«

»Sicher.« Bruce versuchte, sich den Schmerz im Arm nicht anmerken zu lassen. »Und wie geht's dir?«

Bruce kam es so vor, als ob sie aus irgendeinem Grund zögerte ihm zu antworten. Es war als ganz harmlose Frage gemeint gewesen, aber offensichtlich hatte sie eine weniger harmlose Antwort im Sinn. »Mein Vater hat sich gemeldet. Er kommt mich besuchen«, sagte sie schließlich.

Oh ja, das wird super! Ich muss Bruce unbedingt mit meinem Vater zusammenbringen! Ich bin sicher, sie werden sich prächtig verstehen! Vielleicht werden sie sich zusammen ein Haus am Meer nehmen und sich darüber austauschen, wie man glückliche und gesunde Kinder großzieht!

Er bewahrte einen neutralen Gesichtsausdruck, wenn auch nur mit Mühe. »Dein Vater? Wann?«

»Er landet in einer Stunde. Das komische daran ist, er hat mich angerufen.«

Bruce wusste nicht warum, aber er fand das irgendwie alarmierend. Es konnte gut sein, dass er überempfindlich war, was die Ankunft von Vätern oder Vaterfiguren betraf – vor allem nach der Begegnung von letzter Nacht. Aber durch lange Übung gelang es ihm, jede Spur von Besorgnis in seiner Stimme zu unterdrücken. »Bist du aufgeregt?«

»Ja«, sagte Betty nüchtern.

»Du wirst das schon schaffen.« Er nahm ihr das Röhrchen mit dem Blut ab. »Ich mach das selbst.«

Betty war sichtlich überrascht. Sie hatte ihm erklärt, welche Arten von Tests sie mit dem Blut machen wollte, um es auf Spuren mutagener Veränderungen hin zu untersuchen. Er hatte bereitwillig zugestimmt. Aber er hatte nicht versprochen, dass er sie diese Test durchführen ließe. Nun, da das Blut abgezapft war, schien es ihm, als habe er selbst das größte Anrecht darauf, etwas über seinen veränderten biologischen Aufbau herauszufinden. Und er hatte keine Lust es zum Diskussionsthema zu machen, denn er hielt das Röhrchen fest, auch als Betty versuchte es sich wieder zu schnappen.

»*Ich selbst*«, wiederholte er.

Kurz sah es so aus, als wolle sie mit ihm darüber streiten, aber dann zuckte sie mit den Schultern. »Solange es überhaupt gemacht wird.«

Den Rest des Tage verbrachte Bruce Krenzler – den Namen Banner versuchte er aus seinem Kopf zu verdrängen – damit, die Blutproben zu untersuchen. Irgendwas musste da zu finden sein, aber er wusste nicht was. Er fühlte sich wie ein Aborigine, der auf das Model eines DNA-Stranges starrt, und ahnt, dass es etwas Bedeutsames ist, aber nicht das Wissen und die Mittel hat, es wirklich zu verstehen. Die Computer-Analysen halfen ihm wenig weiter, denn auf alle Fragen und Tests hatte der Computer immer nur zwei Antworten:

Daten unvollständig und *Unbekannt.*

Wobei *Daten unvollständig* ihn weniger irritierte als *Unbekannt*. Vielleicht weil *Ersteres* immerhin die Möglichkeit offen ließ, dass mit der Zeit noch mehr Daten gesammelt und dadurch Antworten gefunden werden konnten. *Unbekannt* klang sehr definitiv und machte ihm kaum Hoffnung, noch mehr herausbekommen zu können.

Irgendwann lehnte er sich zurück, rieb den Rücken seiner Nase zwischen den Fingern und fluchte leise. Dann drehte er sich plötzlich um und blickte hinter sich. Aber es war niemand da.

Vielleicht war er da gewesen und schon wieder weg?

Unbekannt, das war auch hier die Antwort.

Die Joint Tactical Forces West war eine ausgedehnte Militärbasis etwa dreißig Kilometer außerhalb von Berkeley. Betty konnte sich gut an sie erinnern. Als sie noch klein war, hatte sie im Fernsehen gesehen, wie Studenten aus Berkeley vor der Basis demonstrierten und gegen das militärischen Engagement in irgendeinem fernen Land protestierten. Sie erinnerte sich daran, wie ihr Vater die jungen Menschen im Fernsehen verflucht hatte und Klein-Betty hatte prompt angefangen lautstark mitzufluchen. Ross war erst entsetzt über die wenig salonfähige Ausdrucksweise seiner Tochter, aber dann wurde ihm klar, dass sie das alles von ihm hatte und stieß ein herzliches Lachen aus. Selbst jetzt – als sie dem Wachposten an der Einfahrt der Basis ihre ID-Karte zeigte – war es immer noch eine der angenehmeren Erinnerungen an ihre Kindheit. Vermutlich weil es einer der seltenen Momente gewesen war, in denen sie ihn zum Lachen gebracht hatte.

Sie rief sich ins Bewusstsein, dass sie jetzt eine eigenständige Frau war, und dass es nicht ihre Aufgabe war, für die Unterhaltung ihres Vaters zu sorgen. Natürlich hätte sie auch die entsprechenden feministischen Phrasen dazu parat gehabt. Aber die würden ihr jetzt wenig dabei helfen, ihren Vater in die gewünschte Richtung zu lenken.

Nachdem sie ihren Wagen vor dem Offiziers-Kasino geparkt hatte, stieg sie aus, strich ihren Rock und ihre Bluse glatt und atmete in ihre geöffnete Hand. Sicherheitshalber warf sie noch ein Pfefferminz ein und machte sich dann auf den Weg zum Haupteingang des Kasinos.

Sie wurde an der Tür aufgehalten, und musste erneut ihre ID-Card vorzeigen. Aber selbst dann wollte sie man sie noch nicht hereinlassen, denn man hatte ihre Anmeldung unter *Ross, Elizabeth* statt unter *Elizabeth Ross* abgelegt.

Als der Zuständige jedoch ihren Namen sah und erkannte, zu wem sie gehörte, nahm er augenblicklich Haltung an. Ohne ein weiteres Wort zu verlieren, zeigte er in Richtung ihres Vaters. Thunderbolt Ross saß mit einem Drink in der Hand an einem kleinen Tisch, den Rücken gerade wie der Ladestock einer Kanone. Er starrte nachdenklich in seinen Drink, aber seine tief verwurzelte Soldatenwachsamkeit ließ ihn augenblicklich bemerken, dass Betty den Raum betreten hatte. Er sah in ihre Richtung und nickte knapp. Überschwänglich wie immer.

Sie schlenderte zu ihm, und er stand auf, um sie zu begrüßen.

»Hallo Dad.«

»Betty.« Ross musterte sie von oben bis unten. Sie widerstand der Versuchung zu salutieren. »Du hast deine Haarfarbe geändert.«

Nein, hatte sie nicht. »Schön, dass es dir aufgefallen ist. Danke«, sagte sie, als sie Platz nahm. »Es ist nett von dir, dass du den weiten Weg auf dich genommen hast.«

Er zuckte mit den Achseln. »Eine halbe Stunde mit

dem Helikopter. Keine echte Unannehmlichkeit, im größeren Maßstab der Dinge gesehen.«

Sie machten Smalltalk, während ihnen der Kellner erst die Karte und kurz darauf Brot und Butter in einem Drahtkörbchen brachte. Betty wollte ihren Vater nicht drängen, den Grund seines Erscheinens zu nennen. Sie kannte ihn gut genug. Er würde sicher selbst bald davon anfangen, denn Thaddeus Ross war nicht der Typ, der lange um den heißen Brei herum redete.

Kurz darauf gab er dann auch schon bekannt: »Also, ich will gleich zur Sache kommen.«

Betty hatte bereits überlegte, was ihr Vater wohl mit ihr zu besprechen hatte, und sie platzte mit dem heraus, was sie für am Wahrscheinlichsten hielt. »Es geht um Glen, stimmt's? Er hat in meinem Labor herumgeschnüffelt.«

»Glen sind ein paar Dinge aufgefallen«, sagte Ross vorsichtig. »Er hat mich gebeten, ein paar Erkundigungen einzuholen.«

Irgendetwas an der Art, wie Ross das sagte, weckte in Betty den Verdacht, dass es nicht die ganze Wahrheit war. Aber was machte das letztlich für einen Unterschied? Wie auch immer der Informationsfluss hier lief, ihr Vater und ihr ehemaliger Freund saßen an den gleichen Quellen.

»Du hast mich überwachen lassen!« Sie wusste nicht, warum sie das an diesem Punkt ihres Lebens noch so in Erstaunen versetzen konnte.

»Betty, hör zu.« Ross brachte offenkundig nicht das geringste Verständnis für ihre deutlich spürbare Verärgerung auf. Es war wieder mal typisch. Einfach über ihre Belange hinwegzugehen wie eine Dampfwalze. Betty ließ die Karte sinken und sah sich nach dem Ausgang um. Aber ihr Vater beugte sich zu ihr hinüber und legte ihr die Hand auf den Unterarm. Es war ihr nicht klar, ob er das aus väterlichen Gefühlen heraus tat, oder um sicher zu gehen, dass sie verdammt noch mal dort blieb, wo sie war.

»Wir sind da auf ein paar überraschende Dinge gestoßen. Dieser Krenzler, mit dem du zusammenarbeitest, weißt du eigentlich, wer er wirklich ist? Wie viel weißt du über ihn?«

Die Frage traf Betty völlig unvorbereitet, aber sie sorgte dafür, dass er ihr das nicht anmerkte. Trotzdem waren seine Worte alarmierend. Ihr Vater hatte Zugang zu Top-Secret-Informationen. Und offensichtlich ging es ihm nicht darum, dass Bruce nicht gut genug für sie sei, und dass sie besser mit einem Armee-Angehörigen ausgehen solle. Nein, seine Wortwahl konnte nicht eindeutiger sein: Er hatte etwas über Bruce herausgefunden.

Etwas, dass ihn so stark beschäftigte, dass er es für nötig hielt, Betty hierher zu zitieren und mit ihr unter vier Augen darüber zu sprechen. Das alleine reichte schon, um die Bedeutung dessen, was er zu sagen hatte, zu unterstreichen.

Aber möglicherweise ging es doch um etwas anderes. Ross arbeitete schließlich immer noch eng mit Talbot zusammen. So lächerlich es auch klingen mochte, vielleicht war es eine Art von Bündnis, um ihr Bruce abspenstig zu machen und sie zu jemandem zurückzubringen, der die Zustimmung ihres Vaters fand.

Vorsichtig sagte sie: »Ich glaube, die Frage ist eher, was weißt *du* über ihn?«

Ross lehnte sich zurück und räusperte sich. »Also, im Moment bin ich nicht befugt …«

Das hätte sie sich denken können. Die typische Masche. Erst ein paar vage Anschuldigungen vorbringen, und dann … für wie naiv hielt ihr Vater sie eigentlich? Ihm ins Wort fallend sagte sie: »… mir etwas darüber zu sagen. Richtig?« Sie war voller Verachtung für ihren Vater und ärgerte sich über sich selbst, weil sie so gutgläubig gewesen war, und sich in so etwas hatte hineinziehen lassen. »Weißt du, ich hatte gehofft, dass du mich ehrlich wieder sehen wolltest, um …«

Ross versuchte etwas erwidern, aber Betty wartete nicht ab. Stattdessen schob sie ihren Stuhl zurück. »Ach, ist doch egal.«

»Du bringst hier etwas durcheinander, Betty.«

Es war wirklich bemerkenswert. Er hielt die Fassade des besorgten Vaters länger aufrecht, als sie es erwartet hatte. Mit hochgezogener Augenbraue fragte sie: »Ist das so?«

»Ja. Ich wollte dich tatsächlich wieder sehen. Ich mache mir echte Sorgen um dich.«

Einen Herzschlag lang zögerte sie. Da war etwas in seiner Stimme, etwas in der Art, wie er sie ansah …

Dann blitzten die Medaillen auf seiner Jacke, als wollten sie Betty daran erinnern, wer er war, und wer sie war. Wissenschaft und Militär hatten immer auf Kriegsfuß gestanden und das hier war nur das jüngste Gefecht in einer lang andauernden Schlacht. Es war die älteste Strategie der Welt: Entzweien und schlagen. Entweder hatte Talbot ihrem Vater Lügengeschichten aufgetischt, und sie konnte sich gut vorstellen, welche. Oder ihr Vater hatte Pläne im Kopf, die sie betrafen, oder Bruce, oder das Projekt, oder … weiß der Himmel was.

Es machte sie schier wahnsinnig, dass sie ihrem Vater nicht vertrauen konnte. Aber das waren nun mal die harten Fakten. Und wer trug die Schuld daran? Nein, sie hatte keine Lust sich schuldig zu fühlen. Denn das war sie nicht.

Sie stand auf, genau in dem Moment als der Kellner kam, ihre Bestellungen aufzunehmen.

»Ich wollte, ich könnte dir vertrauen«, sagte Betty und versuchte die Traurigkeit in ihren Augen zu verbergen. Dann machte sie auf dem Absatz kehrt und ging ohne ihn eines weiteren Blickes zu würdigen.

Sie stieg ins Auto und fuhr so schnell sie konnte, bis sie die Basis hinter sich gelassen hatte. Erst dann hielt sie am Straßenrand. Sie schaltete die Scheinwerfer aus und begann zu schluchzen. Sie hasste es, wenn sie sich so fühlte. Sie hatte zu hoffen gewagt, dass die Begegnung mit ihrem Vater zu etwas Positivem führen könnte, vielleicht sogar der Anfang für eine neue Phase ihrer Beziehung wäre. Stattdessen war nur die Vergangenheit wieder aufgewirbelt worden, wie Schneeflocken in einem Schüttelglas.

Und doch …

Die Worte ihres Vaters ließen ihr keine Ruhe. Was, wenn es nicht nur der Versuch war, einen Keil des Misstrauens zwischen sie und Bruce zu treiben? Was, wenn er wirklich versuchte, ihr zu helfen, und ihr eigene Voreingenommenheit es verhindert hatte?

Sie starrte ihr Handy an, als könne es sie in irgendeiner Weise täuschen oder hintergehen. Dann griff sie danach und wählte Bruces Nummer im Labor. Sie wäre niemals darauf gekommen, dass er irgendwo anders anzutreffen sein könnte. Sie konnte ihn vor sich sehen, bis spät in die Nacht arbeitend. Schließlich hatte er jetzt etwas neues, das er erforschen konnte. Sich selbst.

Das Telefon klingelte ein paar Mal, dann schaltete sich sein Anrufbeantworter ein. »Bitte hinterlassen Sie eine Nachricht«, sagte er in seiner bekannt knappen Art. Sie wollte schon auflegen, aber die Worte ihres Vaters nagten an ihr.

»Bruce, bist du da?«, fragte sie in der Hoffnung, dass er vielleicht mithörte. Keine Antwort. Sein Anrufbeantworter war sprachgesteuert, und wenn sie eine Pause entstehen ließ, würde er sich abschalten. Also holte sie tief Luft und fuhr fort.

»Ich hab meinen Vater getroffen.« Sie zögerte einen Moment und fuhr dann fort. »Es ist, als würde er dich wegen irgendetwas verdächtigen.« Noch im gleichen Moment wünschte sie, sie hätte ihre Worte wieder zurücknehmen oder irgendwie von dem Gerät löschen können. Um Bruce sofort klar zu machen, dass sie ihn nicht irgendwelcher Übeltaten für fähig hielt, fügte sie hinzu: »Ach, ich weiß auch nicht. Ich war so ungeduldig, wie immer. Ich hätte ihn zu Ende anhören sollen. Ich glaube, die haben etwas vor, mit dem Labor, mit dir. Ruf mich einfach an, okay?«

Sie beendete den Anruf und im selben Augenblick tauchten die Scheinwerfer eines Fahrzeugs hinter ihr auf. Ein Wagen hielt dicht neben ihr, und sie war sich sicher, dass ihr Vater ihr nachgefahren war, um ihr noch mehr Lügen über Bruce zu erzählen und ihre Gedanken zu verwirren …

Ein rot-blaues Licht drehte sich auf dem Dach des Wagens. Es war ein Polizeiwagen. Durch einen Lautsprecher hörte sie: »Brauchen Sie Hilfe?«

Sie kurbelte das Fenster herunter, lehnte sich hinaus und signalisierte, dass alles o.k. war. Dann ließ sie den Wagen an und rollte zurück auf die Hauptstraße. Der

Polizist sah ihr nach. Irgendwie ein beruhigender Anblick, und sie fand es plötzlich deprimierend, wie wenig beruhigende Anblicke es in dieser Welt noch gab.

Einige Stunden später kam sie zu Hause an. Es war keine leichte Fahrt gewesen. Die ganze Zeit waren Krankenwagen unterwegs gewesen, es hatte wohl einen Unfall gegeben. Und nicht nur einen. Sie war überall in der Berkeley-Gegend auf Rettungswagen gestoßen. Bei ihrem sprichwörtlichen Glück war Betty gleich drei von ihnen begegnet. Sie hatte nach Autowracks oder ähnlichem Ausschau gehalten, aber es waren keine zu sehen.

Stattdessen hatte sie mehrere umgestürzte Bäume gesehen und einen Feuerhydranten, der umgefahren worden war und eine Wasserfontäne in den Himmel schickte. Überall waren Stopp-Schilder in der Mitte abgeknickt und der Asphalt an einigen Stellen aufgerissen. Es war, als hätte ein gewaltiger Sturm getobt. Sie hatte zwar nichts davon gehört, dass ein Tornado Berkeley heimgesucht hätte, aber es schien die einzige plausible Erklärung zu sein.

Als sie ihre Wohnung betrat, hörte sie sogleich den Anrufbeantworter ab. Es gab eine Nachricht von Glen und zwei von ihrem Vater, die sie löschte, ohne sie anzuhören. Keine Nachricht von Bruce. Warum bekam sie immer Nachrichten von Männern, mit denen sie nichts zu haben wollte, während der eine Mann, der ihr etwas bedeutete, sich nicht mal die Mühe machte, den Hörer abzunehmen – und das trotz des dringlichen Charakters ihres letzten Anrufs.

Es war lächerlich anzunehmen, Bruce könne jetzt noch im Labor sein, trotzdem versuchte sie es. Als niemand abhob, probierte sie es bei ihm zu Hause. Ebenfalls keine Antwort.

Sie begann sich ernsthaft Sorgen zu machen. Sie ging zu Bett, aber ihre Nacht war unruhig. Immer wieder rissen sie die quälenden Gedanken an Bruce, ihre Alpträume oder die gelegentlich vorbei rasenden Krankenwagen aus dem Schlaf.

Als sie Sonne aufging, fühlte sich Betty kaum ausgeruhter als beim Zubettgehen. Sie war viel früher wach als üblich, trotzdem schien es ihr unsinnig, noch länger da zu liegen und auf Schlaf zu hoffen. Also duschte sie, zog sich an und fuhr rüber zum Labor …

… und geriet in ein totales Chaos.

Das gesamte Gelände war von Einsatzfahrzeugen blockiert. Krankenwägen, Feuerwehr-Trucks und unzählige Polizeiautos standen kreuz und quer auf dem Areal. Ein paar Blocks vom Labor entfernt gab sie entnervt auf und parkte das Auto in einer Seitenstraße. Dann rannte sie los, so schnell sie konnte, bis ihr eine Barrikade und eine Gruppe unnachgiebig wirkender Polizisten den Weg versperrten.

»Aber ich arbeite da!«, erklärte sie ihnen.

»Sehen Sie, gute Frau …«, begann einer der Cops.

»Ich bin eine der *Doktoren* in diesem Labor«, gab sie ihm barsch zu verstehen.

Er zuckte mit den Achseln. »Schön. Sehen sie Frau Doktor, bis wir die Sache hier nicht geklärt haben, kommt hier keiner rein.«

»Was heißt *die Sache hier*? Was ist passiert?«

Dann entdeckte sie das klaffende Loch im Dach des Gebäudes und sie riss ungläubig die Augen auf, als sie feststellte, dass es sich direkt über dem Labor befand, das sie mit Bruce teilte.

Plötzlich sah sie ein Horrorszenario vor sich: Bruce hatte spät in die Nacht gearbeitet und versehentlich eine Explosion ausgelöst, die ...

Sie kämpfte gegen die wachsende Panik an. Die Cops konnten ihr nicht weiterhelfen. Sie entdeckte einige Leute vom Wachpersonal des Labors, aber sie waren zu weit weg, um ihr Rufen zu hören. Aber selbst wenn sie es gehört hätten, wären sie ihr keine große Hilfe gewesen. Einer von ihnen gestikulierte wild, hielt seine Hände weit auseinander, offensichtlich um die Größe von irgendetwas zu vermitteln. Er sprach über etwas Riesenhaftes und erntete ungläubige Blicke von den Polizisten, die sich die Geschichte anhörten. Vielleicht war es eine große Explosion, oder vielleicht ...?

Ihr war klar, dass sie nichts erreichte, wenn sie weiter hier herumstand und sich verrückt machte. Sie rannte zurück zu ihrem Wagen, manövrierte ihn wieder durch die Lücken zwischen den Einsatzfahrzeugen und raste dann zu Bruces Haus.

Bettys Gedanken überschlugen sich. Sie überlegte, wie sie reagieren würde, wenn sie Bruce nicht antraf. Denn das konnte nur heißen, dass er im Labor gewesen war und jetzt vermutlich nicht mehr lebte.

Als sie Minuten später sein Haus erreichte, sah sie sein Fahrrad angekettet draußen stehen, also war er offensichtlich nach Hause gekommen. Dieser Gedanken beruhigte sie ein wenig. Sie stieg aus, lief zur Eingangstüre und klopfte. Erst zögernd und dann, als sich drinnen nichts rührte, heftiger. Sie wusste nicht, ob sie wütend oder besorgt sein sollte, als sie in ihrer Tasche nach dem Schlüsselbund kramte. Sie ging die Schlüssel durch, fand den richtigen und steckte ihn ins

Schloss. Einen Augenblick später schob sie ihren Kopf durch die geöffnete Tür und rief vorsichtig: »Bruce?«

Keine Antwort.

Sie trat ein, schloss die Türe hinter sich und lief durch das Wohnzimmer. Alles wirkte ganz normal, aber das ließ die Dinge im Grunde noch unwirklicher erscheinen. Sie ging an einem der Flure vorbei, stutze, ging einen Schritt rückwärts und blieb wie angewurzelt stehen. Am anderen Ende des Flurs konnte sie die Hintertüre sehen: Sie schwang lose in ihren Angeln, aufgebrochen.

»Was zum Teufel …?«, murmelte sie.

Sie lief zu der Tür und versuchte sie zu schließen. Dabei hätte sie es fast geschafft, sie vollständig aus den Angeln zu heben. Die Küche glich einem Katastrophengebiet – alles lag kreuz und quer auf dem Boden verstreut. Sie folgte mit wachsendem Grauen der Spur der Verwüstung bis in Bruces Schlafzimmer.

Dort lag Bruce Krenzler, friedlich schlummernd wie ein Baby. Sein Oberkörper war nackt und vielleicht trug er auch sonst nichts, aber das war schwer festzustellen, denn er hatte sich völlig in die verknoteten Laken hineingewühlt. Er schlief tief und fest, etwas, das ihr nicht wirklich gelungen war.

»Bruce!«, sagte sie, sehr viel lauter und panischer, als sie es sonst sagte.

Bruce reagierte sofort und setzte sich abrupt auf. Er sah sich verwirrt um, unfähig auszumachen, aus welcher Richtung man ihn angeschrieen hatte. Dann erkannte er Betty, die vor ihm stand.

Und dann sagte er sehr langsam: »Ich denke … ich bin nicht Bruce Krenzler. Ich denke … mein Name ist *Banner.*«

Was bin ich?

Als Betty ihren Vater zum Dinner auf der Militärbasis traf, arbeitete Bruce Krenzler noch in seinem Labor auf dem Berkeley Gelände. Zumindest versuchte er es. Aber seine Gedanken kreisten unaufhörlich um ein Erlebnis, dass er in seiner Kindheit gehabt hatte: Im Sommer hatte er einmal am Strand eine hochschwangere Frau beobachtet. Offensichtlich keine Freundin dezenter Umstandskleidung, hatte sie einen knappen Bikini getragen und die von Schwangerschaftsstreifen gezierte Pracht ihres Bauches von der warmen Sonne bescheinen lassen. Während sie mit geschlossenen Augen völlig entspannt dalag, hatte er fasziniert auf die pralle nackte Kugel gestarrt und war langsam näher und näher gekrochen, bis er plötzlich mit einem Aufschrei zurückgefahren war.

Die Oberfläche ihres Bauches hatte sich deutlich gewellt, so als ob etwas von innen heraus durchbrechen wollte.

Die junge Frau hatte den erschreckten Schrei des Jungen gehört. Sie hatte die Augen geöffnet und über seine Reaktion gelächelt.

»Das Baby tritt mit seinen Füßchen, das ist alles. Du hast es gerade treten sehen.«

Auf gewisse Art hatte er natürlich gewusst, dass die Kinder im Bauch der Mutter waren, bevor sie auf die Welt kamen, aber er hatte noch nie einen so plastischen Beweis dafür gesehen.

Das bizarre Bild hatte sich in seinem Kopf festgesetzt und selbst heute, als Erwachsener, musste er noch staunen, wie gelassen werdende Mütter waren. Es schien ihnen gar nichts auszumachen, dass ein fremdes Wesen ihren Körper vollständig besetzte, und dass alle Erfahrungen, die sie bisher mit ihrem Körper gemacht hatten, plötzlich hinfällig wurden, weil er sich so stark veränderte. »Das ist die natürlichste Sache der Welt«, sagten sie immer, aber für Bruce blieb es ein komplettes Rätsel. Er war heilfroh, dass er keine Frau war und dass sein Körper nicht solch seltsamen Transformationen durchmachen musste.

Aber im Grunde hatte er genau das gleich Problem wie sie, auch wenn es bei ihm *nicht die natürlichste Sache der Welt* war. Im Gegenteil, bei ihm war es sogar höchst unnatürlich, und je genauer er die Ergebnisse seiner Bluttests studierte, desto mehr begann es hinter seinen Augen zu drücken und stechende Schmerzen zuckten durch seinen Kopf.

Er überprüfte die Ergebnisse wieder und wieder, starrte auf die Zellen, die unter dem Elektronenmikroskop tanzten und sich kombinierten und rekombinierten, so, wie er es noch nie zuvor irgendwo gesehen hatte. Seine Gedanken waren unzusammenhängend und wirr. Er versuchte verzweifelt, sich einen Reim darauf zu machen. *Die Zellen, chemische Verbindungen in der DNA, speichern zu viel Energie … unmöglich … unmöglich …*

Seine Rückenmuskeln fing an sich zu verspannen, seine Schläfen pochten. Von irgendwo weit her hörte er das Telefon klingeln und dann Bettys Stimme. Aber er achtete nicht darauf, weil die Erschöpfung und die Müdigkeit ihm einen Streich spielten: Es schien, als ob die Schatten im Raum sich bewegten.

Vielleicht war es dieser wahnsinnige Hausmeister? Sicher war er es. Der Verrückte mit den Hunden schlich hier herum, lauerte, wartete darauf, endlich zu … zu …

Er hätte zum Sicherheitsdienst gehen sollen. Warum war er nicht sofort zum Sicherheitsdienst gegangen? Warum hatte er nicht dafür gesorgt, dass man den Mann unter die Lupe nahm, ihn verhörte, ihn rausschmiss? Warum?

Weil du Angst hast, was dann alles herauskommen würde, du hast Angst …

Ich habe keine Angst.

Doch das hast du, du hast Angst vor uns, vor dir selbst, vor …

Bettys Stimme!

Endlich wurde seinem umnebelten Bewusstsein klar, dass Betty ihn gerade anrief und ihm auf Band sprach. Über was redete sie da? Irgendwas über ihren Vater, und was er über Bruce gesagt hatte, dass er ihn wegen irgendwas im Verdacht hätte …

Er sprang von seinem Arbeitsplatz auf und stieß einen Ständer mit Reagenzgläsern um. Egal. Er stürzte zum Telefon, hörte hinter sich etwas zu Boden krachen, stolperte, stürzte, fiel schmerzhaft auf die Knie, rappelte sich auf, reckte seine Hand nach dem Telefon wie ein Ertrinkender, in der Hoffnung Bettys erlösende Stimme zu hören.

Doch in dem Augenblick, als er den Hörer zu Greifen bekam, legte sie auf. Er stöhnte. Die Hoffnung auf Erlösung verschwand irgendwo im Äther, war weg, einfach so.

Er versuchte es mit der Rückruftaste, aber er bekam nur eine Aufzeichnung zu hören, dass die Person, die er anrief, gerade nicht erreichbar war. Sie hatte sicher von ihrem Handy aus angerufen, und jetzt war sie vielleicht schon wieder unterwegs und hatte keinen Empfang.

Bruce hörte schon wieder etwas krachen, dreht sich um und sah, wie ein Reagenzglas mit seinem Blut über den Tisch rollte und herunterfiel. Es schien in Zeitlupe zu geschehen und er saß völlig gebannt da. Er wusste, es war zu weit weg, um es noch aufzufangen zu können, trotzdem konnte er seinen Blick nicht davon abwenden. Das Reagenzglas drehte sich in der Luft und schlug dann auf dem Boden auf. Es zersplitterte und erzeugte eine dunkelrote Pfütze, die sich langsam auf dem Boden ausbreitete. Er starrte auf die Stelle, gebannt vor Schreck, und war sich sicher, dass er sein eigenes Herz schlagen hörte, schneller und schneller.

Draußen im Gang hörte er ein Geräusch. Die Hunde? Der Hausmeister? Bettys Vater? Talbot? Oder vielleicht Monster, die zu schrecklichem Leben erwachten, ausgespuckt von den nächtlichen Schatten.

Er rannte auf den Flur, konnte aber niemanden entdecken. Das beruhigte ihn nicht. Er lief eilig durch die verlassenen Hallen, durch die Flure, um Ecken, sah sich um, suchte. Er prallte gegen einen Handwagen mit Ersatzteilen und in seinen Knien, die er sich kurz zuvor bei dem Sturz verletzt hatte, flammten neue, stechende Schmerzen auf. Doch das hielt ihn nicht auf. Er rannte weiter, stolperte, prallte gegen eine Wand und schlug sich die Lippe blutig. Die Welt begann sich um ihn zu drehen.

Er verlor jede Vorstellung davon, wer er war, oder wo er war, und er richtete sich auf und stieß einen tiefen animalischen Schrei aus. Der Schrei hallte durch die Gänge, Bilder fluteten durch sein Bewusstsein: Er sah den alten Mann und die knurrenden Hunde und

Bettys Gesicht, und er war wütend auf sie und eifersüchtig, und da waren Soldaten, die Gewehre auf ihn richteten, weil es ihnen ein Mann befohlen hatte, den Bruce nicht kannte, von dem er aber instinktiv wusste, dass er Bettys Vater war und Blut floss in all diesen Bildern, sein Blut, dick und zäh und rot, aber dann leuchtet es plötzlich und wechselt die Farbe, von Rot zu dunklem Grün … und dann überfiel ihn Raserei, riesig, vernichtend: *Brich durch die Wand, mach sie platt, fühl wie Widerstand unter der Stärke bricht, Wut, Raserei, Pochen, Tier, Knurren, Muskeln, Kraft, wachsend, in sich verschlossen sein, explodieren, loslassen, ja, gut, platt machen reindonnern platt machen platt machen platt machen …*

… und die Gamma-Sphäre flog durch die Nachtluft über dem Labor, aus ihrer Verankerung gerissen und hinauf geschleudert in animalischer Raserei und mit unvorstellbarer Kraft. Die Gamma-Sphäre stieg in hohem Bogen himmelwärts, stand einen Moment bewegungslos in der Luft, so als würde sie der Schwerkraft trotzen, und ging dann in den Sturzflug über. Sie traf das Dach eines geparkten Sicherheitsfahrzeugs, durchschlug es und zwang die Federung des Wagens krachend in die Knie. Erstaunlicherweise funktionierte das Alarmsystem des Wagens noch, das Blaulicht begann sich zu drehen und der Wagen heulte, als wäre er ein verletztes Wesen.

Platt machen laufen nicht laufen bewegen schneller stopp Mann töten Mann töten platt machen Mann nein ja nein platt machen zerstören in Stücke reißen zerfetzen nein kann nicht nein …

Die Augen des Monstrums richteten sich auf den alten Mann, der am anderen Ende des Labors stand, ruhig, ohne Angst. Der alte Mann grinste im unmittelbaren Angesicht des Todes, schwankte kein bisschen unter dem vernichtenden Blick der Furcht einflößenden grünen Augen, er ging einen Schritt nach vorn und streckte eine Hand aus …

… ihm die Hand rausreißen platt machen zu Brei stampfen platt machen in Stücke reißen nein nein ja nein nein ja JA JA …

… und das Monstrum schlug nach der Hand und der alte Mann taumelte rückwärts und war sich plötzlich seiner Überlegenheit nicht mehr so sicher. Er stolperte, fiel zu Boden, und nun konnte man die Sirenen hören, die näher kamen …

… Schreie Geräusche Schreie Leute Schreie überall Schreie Geräusch soll aufhören geh weg geh weg GEH WEG …

… die Leute schreien und riefen etwas, und sie kamen immer näher, immer näher, aber das Monstrum wirkte überhaupt nicht wie ein gehetztes Tier, sondern es versuchte zu entscheiden, ob es die Zeit und die Mühe wert wäre, alle zu vernichten, die sich ihm da näherten und …

… bah …

… als die Entscheidung fiel, geschah es wie aus einer Laune heraus, und es hätte eben so gut auch anders ausgehen können. Aber das tat es nicht. Das Monster hatte sich entschieden, eine andere Richtung einzuschlagen.

Der Sicherheitsmann, der als erster den Raum betrat, konnte gerade noch einen Blick auf das kolossale dunkelgrüne Etwas werfen, da war es schon verschwunden, direkt nach oben. War durch die Decke gebrochen und ließ Trümmer von oben herab regnen, die alle zurücktrieben.

Es herrschte fassungsloses Schweigen, während das Mondlicht durch das Loch in der Decke fiel, das eben noch nicht da gewesen war. »Was«, stieß der Sicherheitsbeamte hervor, »was war das … eine Art von …«

»… von Monstrum«, sagte der alte Mann, und im Dunkel des Schattens konnte niemand das Lächeln sehen, das auf seinen Lippen spielte. »Ein gewaltiger Klotz von einem Kerl. Ein Hulk. Erzählen Sie es den Leuten«, und seine Stimme hob sich, »dass ein monströser Hulk da draußen ist.«

»Los«, drängte er den Beamten, der immer noch dastand und ungläubig an die Decke starrte, auf den Schaden, den die Kreatur soeben verursacht hatte. »Was warten Sie noch? Los! LOS!«

Der Sicherheitsmann löste sich aus seiner Erstarrung und setzte sich in Bewegung. Er murmelte: »Ein Hulk«, während er die anderen, die jetzt nachdrängten, aufforderte, verdammt noch mal vom Ort des Geschehens weg zu bleiben – offensichtlich in der Annahme, es könne ihm gelingen, hier Spuren eines Verbrechens zu sichern. Den alten Mann, der ziemlich zufrieden mit sich selbst schien, ließ er im Schatten zurück.

»Ich hab dem Jungen schon mal einen Namen gegeben«, sagte der Alte zu sich. »Es ist mein gutes Recht, ihm noch mal einen zu geben.«

Als die Einsatzfahrzeuge eintrafen, verschwand der gewaltige Schatten zwischen den Bäumen der Hügel Berkeleys …

… geh weg von hier geh weg geh weg …

… und von Zeit zu Zeit landete er, gleichgültig, welche Zerstörung er auf dem Boden anrichtete, und dann war er schon wieder weg. Manchmal sahen ihn Leute, wenn er herunterkam, und hielten ihn für einen herabstürzenden Satelliten oder ein Stück von einem Flugzeug oder von einem UFO. Sie rannten weg, wenn er aufschlug, blieben dann aber verdutzt stehen, weil das herabgestürzte Objekt gleich darauf schon wieder weg war. Denn auch wenn ihnen klar war, dass alles, was hoch flog, irgendwann auch wieder tief fallen musste, war doch keiner auf den umgekehrten Fall vorbereitet, und im Grunde war es der Kreatur auch völlig gleichgültig, denn sie war einfach …

… frei frei endlich frei …

Bruce Krenzler hörte, wie jemand seinen Namen aussprach und nahm wahr, dass er in seinem eigenen Bett lag; die völlig zerwühlten Laken um sich herum. Verwirrt und ohne rechte Orientierung drehte er sich um und erkannte, dass es Bettys Stimme war, die aufgeregt seinen Namen rief. Er starrte sie an und seine Augen brannten wie verrückt. Tageslicht, das da nicht hätte sein dürfen, fiel auf sein Gesicht, denn es war ja mitten in der Nacht, und er war im Labor … nur … nur … wie kam sein Bett ins Labor?

Langsam richtete er sich auf, blinzelte ein paar Mal, um das Brennen in den Augen los zu werden, und als Betty diesmal seinen Namen sagte, klang das schon viel lauter und ziemlich panisch.

Ohne genau zu wissen warum, sprach er einfach das Erstbeste aus, was ihm in den Sinn kam, und seltsamerweise war ihm völlig klar, dass es die Wahrheit sein musste. Er erzählte ihr, dass er glaube, sein Name sei eigentlich Bruce Banner. Er hatte keine Idee, warum er ihr das sagte, oder ob er es überhaupt hätte tun sollen. Ihm war nur klar, dass er sich besser fühlen würde, wenn er es ihr erzählte, so, als ob er dann ganz aufrichtig mit ihr wäre …

Aber es funktionierte nicht. Es machte ihn nur noch konfuser und ängstlicher, als habe er gerade eine Tür aufgestoßen, die sich nie wieder schließen würde.

Treffen mit weitreichenden Folgen

Eine Stunde war vergangen, und Bruce und Betty saßen am Tisch des Esszimmers. In der Zwischenzeit hatte Bruce geduscht und sich angezogen. »Um mich wieder wie ein Mensch zu fühlen«, hatte er gesagt, ohne den Hintersinn zu begreifen, der in diesen Worten lag. Während der Dusche hatte er sich bemüht, Ordnung in die Bilder zu bringen, die chaotisch durch sein Bewusstsein zuckten. Aber was er auch tat, es gelang ihm nicht.

So lange er zurückdenken konnte, hatte er immer das Gefühl gehabt, als gäbe es noch ein zweites Ich in ihm, das sich irgendwo verbarg. Aber die Gedanken und Impulse, die von diesem Ich kamen, waren bisher immer verständlich und erklärbar gewesen. Jetzt aber schien irgendeine Art von Barriere entstanden zu sein, die ihn abschnitt von …

… sich selbst?

Betty beobachtete Bruce aufmerksam, als er – frisch geduscht und angezogen – langsam eine Tasse Koffeinfreien leerte, der einzige Kaffee, den er trank. Er versuchte Betty zu erklären, was passiert war, aber es war extrem schwierig, weil er es selbst nicht ganz verstand. Betty saß da, hörte zu, nickte; aber immer wieder wanderte ihr Blick zu der Hintertüre, die zersplittert am Türrahmen lehnte. Sie dachte an die Dinge, die ihr Vater ihr erzählt hatte, und je länger Bruce sprach, desto mehr hatte sie das Gefühl, als ahne ihr Vater gerade mal die Hälfte von dem, was hier vor sich ging. Es war nicht so, dass Bruce irgendeine Art zwielichtiger Spion oder Agent oder Saboteur war. Er war ... er war ...

O mein Gott. Sie wusste einfach nicht, was er war.

Zunächst war ihre größte Sorge gewesen, dass Bruce bei irgendeiner Explosion ums Leben gekommen wäre. Jetzt aber hatte er so viele wirre Erinnerungen an eine Freisetzung gewaltiger physischer Kräfte, gemischt mit langen Blackouts, als würde er sich an etwas erinnern, das jemand anderem zugestoßen war, aber dieser andere war gleichzeitig auch er selbst. Sie hätte es einfach als Fantasiegespinst, als zu lebendige Traumbilder abgetan, wenn sie nicht alles mit eigenen Augen gesehen hätte, von dem zerstörten Labor, bis zur aufgebrochenen Tür seines Hauses. Es wäre Unsinn gewesen, zu glauben, dass dafür etwas verantwortlich sein könnte, was nicht wissenschaftlich erklärbar war. Sie und Bruce hatten sich immer bemüht, Fantasien und Tatsachen auseinander zu halten, aber jetzt hatten sie echte Schwierigkeiten bei dieser normalerweise so simplen Aufgabe.

»Vielleicht war er es.« Bruce sprach von dem seltsamen Hausmeister, der ihm einen Besuch abgestattet hatte. »Er hat gesagt, er sei mein Vater. Es ist, als hätte ich davon geträumt. Er war da, aber ich kann mich nicht daran erinnern.«

»Aber du … du warst dort, im Labor?« Betty war sich nicht sicher, weil seine Berichte so verwirrend waren. Manchmal erwähnte er, dass er dort gewesen sei, dann deutete er an, dass er nicht dort war, oder dass er dort war und zugleich nicht dort war … es machte sie schwindelig im Kopf, wenn sie versuchte ihm zu folgen.

»Nein, nicht ich, sondern etwas«, sagte er mit der gleichen Nerv tötenden Unbestimmtheit. »Betty, was passiert mit mir?«

Mit dieser Frage war er bei ihr an der falschen Adresse. Sie hatte schon Mühe seinen Erzählungen zu folgen, noch weniger konnte sie eine rationale Erklärung dafür anbieten. Es gab nur eine Möglichkeit etwas Näheres darüber herauszubekommen. Zwar zog sie diese Möglichkeit unter den gegebenen Umstände äußerst ungern in Betracht, aber es war das Einzige, was ihr einfiel. »Vielleicht könnte *er* es dir sagen.«

Er starrte sie einen Moment ratlos an, und dann dämmerte es ihm. Verstehen … und Angst. Sie wusste, dass es ein äußerst heikler Vorschlag war. Sie wollte sich an einen Mann wenden, dessen bloße körperliche Präsenz für Bruce erschreckend war, und der alle möglichen Dinge in ihm hochkommen ließ, die er nicht verstand und mit denen er nicht umgehen konnte. Wenn der Hausmeister aber gar nicht verrückt wäre, wenn seine Vaterschaftsansprüche gerechtfertigt waren, vielleicht …

Es klopfte mehrmals lautstark an die Eingangstür. Bruce und Betty sahen sich verwirrt an. Betty stand auf und öffnete die Türe, ohne zu wissen, was sie erwartete.

Zwei Militärpolizisten drängten herein, gefolgt von Thunderbolt Ross und weiteren Militärpolizisten. Ross' Blick schweifte routinemäßig durch das Zimmer, um sofort potentielle Gefahrenquellen identifizieren zu können. Seine Augen weiteten sich, als er Betty erblickte. Er hatte sie hier offensichtlich nicht erwartet. Sie fragte sich, ob er sie für eine Art Verräterin hielt, die den Feind unterstützte – denn die Art, wie er Bruce ansah, zeigte, dass er ihn für genau das hielt: für einen Feind. Aber Ross gewann schnell die Fassung wieder, räusperte sich und befahl dem Militärpolizisten, der neben ihm stand: »Mitchell, Sie eskortieren meine Tochter nach draußen. Ich komme gleich nach.«

Meine Tochter. Nicht etwa *Doktor Ross* oder *Betty*, ja nicht mal *die junge Dame*. Nein, er hatte gleich von Anfang an die Besitzverhältnisse klargestellt, sie war ein Teil seines Eigentums. Das wurmte Betty maßlos, und sie wollte gerade sagen: »Aber ...«

»Sofort!«, unterbrach sie Ross. »Ich meine es ernst.« Er klang dabei mehr wie ein Vater, nicht wie ein General.

Sie blickte zu Bruce, fest entschlossen, an seiner Seite zu bleiben, wenn nur das kleinste Anzeichen dafür spräche, dass er ihren Beistand benötigte. Sie war bereit, sich notfalls abführen zu lassen, wenn es sein musste.

»Ich schaffe das schon alleine«, sagte Bruce leise, aber sehr entschieden.

Bruce machte im Moment wirklich nicht den Eindruck, als könne er etwas *gut alleine* schaffen. Doch als Betty sich weiter unwillig zeigte den Raum zu verlassen, nickte er fest in ihre Richtung, was eindeutig heißen sollte, es wäre am Besten, wenn sie ginge.

Sie schickte einen letzten, verächtlichen Blick in Richtung ihres Vaters. Sie wollte ihn wissen lassen, auf wessen Seite sie stand, und dass sie nicht ging, weil *er* es so wollte, sondern weil Bruce es so wollte. Dann marschierte sie hinaus. Es war sicherlich kein überwältigender moralischer Sieg, den sie hier verbuchen konnte, aber immerhin, sie hatte ihr Möglichstes getan.

In Thunderbolt Ross entdeckte er Betty wieder.

Das belustigte Bruce. Obwohl Betty so und so oft wütend über ihren Vater hergezogen war und immer wieder betont hatte, dass sie nichts, aber auch gar nichts gemein hatten, konnte Bruce sofort die Familienähnlichkeit erkennen. Klar, Betty war sicher um einiges hübscher, aber ein gewisser Zug um die Nase herum, dann die Grundform des Gesichts und die Augen – mein Gott, sie hatten die gleichen Augen; sie strahlten bei beiden innere Gewissheit aus, dass sie Recht hatten, und zwar ausnahmslos. Bei Betty hatte das einen durchaus charmanten Aspekt. Bei ihrem Vater weniger.

Ross hielt etwas hinter seinem Rücken verborgen. Bruce überlegte kurz, ob es eine Waffe war. War Ross schon so durchgedreht, dass er vorhatte, Bruce hier auf der Stelle zu erschießen? Wartete er nur noch, bis Betty draußen war, um ihn zu eliminieren?

»Bruce Krenzler?«, fragte Ross.

Wie komisch, dass er das fragte. Natürlich musste Ross genau wissen, wer er war. Er wollte wahrscheinlich ein kleines Spiel mit Bruce spielen. So ein Katz-und-Maus-Spielchen. Bruce zuckte innerlich mit den Achseln. Der Mann hatte in dieser Situation schier unbegrenzte Möglichkeiten seine Machtfülle zu demonstrieren, aber wenn es das war, was er wollte, würde Bruce nicht mitspielen.

»Ja«, sagte er trocken.

»So, so. Das ist also Bruce Ba…« Ross machte eine Kunstpause und erwartete offensichtlich eine Reaktion von Bruce, doch Bruces Pokerface bewegte sich keinen Millimeter. »… Krenzler«, brachte Ross seinen Satz zu Ende, und für einen Moment lang stand ihm eine leichte Enttäuschung ins Gesicht geschrieben. Bruce hatte nicht mitgespielt; der kleine Verplapperer hatte den Wissenschaftler nicht aus der Reserve gelockt.

Aber Ross war noch nicht am Ende. Tatsächlich hatte er noch gar nicht richtig losgelegt. »Ich glaube, Sie haben gestern im Labor etwas verloren.« Er hielt die zerrissene Rückseite von Bruces Jeans hoch; aus der Gesäßtasche zog er Bruces Geldbörse. Dann sagte er nichts mehr, sah Bruce nur an und wartete.

Bruce starrte mit undurchdringlicher Miene auf die Hose. Ihm war klar, auf was Ross hinauswollte. Es gab Leute, die man nur mit einer unangenehmen Tatsache konfrontieren musste, schon fühlten sie sich genötigt, alle möglichen Erklärungen heraus zu plappern und sich um Kopf und Kragen zu reden. Ross spekulierte eindeutig darauf, dass Bruce versuchen würde, irgendeine Erklärung dafür zu liefern, dass man einen Fetzen seiner Hose im Labor gefunden hatte. Natürlich hätte Bruce sofort drei oder vier Erklärungen parat gehabt, die diese merkwürdige Tatsache auf nette, rationale Art begründen konnte. Aber keine davon wäre die Wahrheit gewesen, denn er war sich selbst nicht sicher, was die Wahrheit war. Außerdem hätte er Ross damit nur einen Anlass geliefert, verbal auf ihn einzuschlagen, und das wäre nicht zu seinem Vorteil gewesen. Also zog er es vor zu schweigen.

Ein paar endlos lange Sekunden vergingen und dann begann Ross' Gesicht wütend zu zucken. »Behaltet ihn im Auge«, bellte er die Militärpolizisten an. »Ich bin gleich zurück.«

Ross dreht sich um und stampfte aus dem Raum. Banner warf einen milden Blick zu den MPs, deren Gesichter so unbeweglich waren, als wären sie aus Marmor gemeißelt.

»Ich bin sicher, er kann richtig nett sein, wenn man ihn näher kennen lernt«, sagte Bruce trocken.

Ihre Gesichtsausdrücke dementierten das.

Als kleines Mädchen hatte Betty immer das Gefühl gehabt, ihr Vater könne Gedanken lesen. Was auch immer sie gerade dachte, seine Augen bohrten sich einfach in ihren Kopf und holten die Informationen heraus, die er brauchte. Und so war es nicht verwunderlich, dass das kleine Mädchen in Betty erschrocken zusammenzuckte, als Ross ihr quer über den Parkplatz hinterher brüllte. Ihr erwachsener Verstand sagte ihr, dass ihr Vater nicht wissen konnte, was sie gerade dachte, und dass sie Informationen besaß, zu denen er keinen Zugang hatte.

Trotzdem erstarrte sie für einen Moment, als könne er durchschauen, was sie vorhatte und mit welcher Person ihr Bewusstsein gerade vordringlich beschäftigt war.

Du bist eine erwachsene Frau, verhalte dich auch wie eine, dachte sie, während Ross näher kam. Sie holte tief Luft und drehte sich ihm zu.

»Was ist?«, fragte sie.

»Bleib stehen und hör mir zu.« Er wollte ihr die Hände auf die Schultern legen, aber ihre Körpersprache signalisierte eindeutig, dass das nicht willkommen war. Er stand für einen Moment unsicher mit ausgebreiteten Händen da, dann ließ er sie wieder sinken. Aber es lag eine gewisse Leidenschaft in seiner Stimme, als er sagte: »Es ist wichtig, dass du mir vertraust. Und wenn es nur für die nächsten paar Tage ist. Ich werde alles unternehmen, um die ganze Angelegenheit in Ordnung zu bringen. Und ich verspreche dir, ich werde dafür sorgen, dass man sich um deinen Freund kümmert, egal in welchem Schlamassel er steckt.«

Sie hätte lachen mögen über diese Zusicherung. Thunderbolt Ross hatte sich in den letzten Jahren nicht mal um die eigene Tochter gekümmert, und jetzt wollte er sich in seiner übermenschlichen Güte auch noch um den Ex-Freund seiner Tochter kümmern? Das wirkte nicht sehr überzeugend.

Ihr Vater fuhr entschieden fort: »Aber im Moment müssen wir ihn erst mal von der Außenwelt abschirmen. In den nächsten Tagen wirst du dich diesem Ort hier nicht nähern.«

Ihr Drang zu lachen wuchs noch. Wer zum Teufel glaubte er, dass er war?

Dann sah sie die Militärpolizisten, die überall bis an die Zähne bewaffnet herumstanden. Ihr wurde klar, dass sie wohl die Hilfe eines Anwalts in Anspruch nehmen musste, um an Bruce heranzukommen. Und genau das hatte sie vor, sobald sie sich um ein letztes Problem gekümmert hatte. Und von der Lösung dieses Problems erhoffte sie sich Antworten auf viele Fragen über Bruce Krenzler alias Bruce Banner, auch für sich selbst.

Sie zuckte mit den Achseln, und ohne ihrem Vater eine Antwort zu geben, stieg sie in ihr Auto und raste davon.

Ein Plan begann in ihrem Kopf zu reifen, als ihr Handy klingelte. Abwesend griff sie danach, denn sie wusste ohnehin, dass es nicht Bruce sein konnte, und mit jemand anderem hatte sie im Moment keine Lust zu sprechen.

»Ja?«

»Fahren Sie rechts ran«, sagte eine Stimme in scharfem Ton.

»Wer ...?« Und dann wurde es ihr schlagartig klar, und sie lenkte den Wagen an den Randstein, noch bevor ihr Bewusstsein die Information vollständig verarbeitet hatte. »Sind Sie das ...?«

»Ja.«

»Wie haben Sie ...?« Sie blickte sich rasch um, um zu sehen, ob er da irgendwo stand, hinter einem Baum, mit seinen bizarren Hunden, von denen Bruce erzählt hatte. »Haben Sie mich ... beobachtet?«

»Nein, Doktor Ross, mein Spionagesatellit ist leider zur Zeit in Reparatur«, sagte er sarkastisch.

»Wo haben Sie meine Handy-Nummer her?«

»Sie haben letzte Nacht im Labor angerufen. Anrufer-Identifikation ist eine tolle Erfindung, oder?«

»Sie waren letzte Nacht dort, als Bruce ...?« Sie unterbrach sich, weil sie plötzlich fürchtete, etwas verraten zu können.

»Ja«, sagte er mit samtweicher Stimme. »Ich war dort. Eine Wahnsinnsshow. Und ich nehme an, Sie würden gerne alles darüber wissen. Übrigens, weiß ich, dass Sie gerade vorhatten, sich über mich zu informieren. Sie wollten rüber ins Labor, meine Personalunterlagen kontrollieren und so was. Und bitte sparen Sie sich die Mühe, es abzustreiten.«

»Ich streite es gar nicht ab«, sagte Betty mit fester Stimme. »Obwohl mich vor allem interessiert, woher Sie das alles wissen?«

»Weil ich brillant bin, Doktor Ross. So brillant wie Bruce. Wenn nicht sogar noch brillanter.«

»Und bescheiden sind sie auch.«

»Das ist der Fluch, mit dem ich leben muss«, sagte er traurig und dann kicherte er. Wie schön, zu wissen, dass er sich so gut amüsierte. »Doktor, ich werde uns beiden unnötige Zeitverschwendung ersparen, denn Sie werden das, was Sie suchen, auf die Art sicher nicht finden. Glauben Sie mir, die Personalunterlagen werden Ihnen nicht weiterhelfen. Ich war in dieser Hinsicht viel zu gründlich. Aber wir können uns gegenseitig nützliche Dienste erweisen, weil wir beide sehr interessiert an Bruce sind. Jeder auf seine Weise. Wenn wir zusammenarbeiten, haben wir beide etwas davon. Haben Sie Papier und Bleistift?«

»Ja.«

»Dann schreiben Sie sich die folgende Adresse auf …«

Sie notierte. Es war eine Adresse in der Jones Street drüben in Oakland. Sie kannte den Teil der Stadt; es war kein besonders gutes Viertel. Sie hatte mal einen Platten dort gehabt, und die fünfzehn Minuten, die es gedauert hatte, den Reifen zu wechseln, waren ihr wie die längsten ihres Lebens vorgekommen. Also war sie nicht gerade Feuer und Flamme, sich noch mal auf den Weg dorthin zu machen. Aber ihr war klar, dass sie keine andere Wahl hatte.

»Ich werde Sie sehen, wenn sie kommen«, sagte die Stimme. »Und Doktor Ross …«

»Ja.«

»Sie sind eine Forscherin. Das wird eine Entdeckungsreise. Also … lächeln Sie.«

Die Leitung war plötzlich tot.

Hoffentlich würde sie das nicht auch bald sein.

Gemeinsame Interessen

Die Gegend war genauso unangenehm, wie sie es in Erinnerung hatte. *Du bist wahnsinnig, du wirst sterben, mach, dass du hier wegkommst.* Ihr gesunder Menschenverstand hörte nicht auf, sie zu warnen, auch noch, als sie den Motor abstellte und den Wagen verließ. Um ihr Sicherheitsbedürfnis irgendwie zu befriedigen, befestigte sie die Lenkradsperre am Steuer, einfach zur zusätzlichen Sicherung. Als sie den Riegel einrasten ließ, tat sie das mit einem gewissen schwarzen Humor: Ihr Körper würde zerstückelt im Hinterhof dieses Hauses liegen, sauber abgenagt von aasfressenden Kötern, zur hämischen Freude eines psychotischen alten Mannes, aber der Wagen stände immer noch da, gut gesichert gegen alle Eventualitäten. Super.

Sie hatte kurz überlegt, ob sie jemanden mitbringen sollte, aber sie wusste einfach nicht wen. Ihren Vater, einen seiner Militärpolizisten? Sicher nicht. Die Polizei? Mit welchem Grund? Niemand legte diesem Mann irgendwas zu Last. Die Polizei hätte keinen

Grund gehabt, ihn zu verhören und sie hätte ihnen unmöglich alles erklären können.

Was sie gebraucht hätte, wäre einer dieser bulligen Privatdetektive gewesen, die es immer in den billigen Krimis gab. Die Art, die gern den Helden bei hilflosen jungen Frauen spielte, die in Bedrängnis geraten waren. Aber weder hielt sich Betty für hilflos, noch hatte sie Zeit, das Branchenbuch nach jemandem zu durchforsten, auf den dieses fiktive Bild passte. Im Moment geschah viel zu viel viel zu schnell, und Bruces Zukunft, ja sein Leben, stand auf dem Spiel. Mit diesen unschönen und vielleicht etwas überzogenen Gedanken im Kopf, ging sie langsam auf die Eingangstür zu.

Sie blieb stehen, holte tief Luft und wollte gerade an die Tür klopfen, als sie sich von alleine öffnete.

Er war es tatsächlich. Der Hausmeister, der ihr erzählt hatte, dass Benny gestorben sei. *Ob er Benny umgebracht hat*, dachte sie, verdrängte den Gedanken aber, weil er ihr zu paranoid erschien.

Sie war überrascht, dass er ein wirklich nettes Lächeln hatte. Betty hatte eine gewisse Ähnlichkeit mit Bruce erwartet, nur lächelte Bruce so gut wie nie, und es gab von daher keine Basis, auf der sie die beiden wirklich hätte vergleichen können. Er deutete eine Verbeugung an, ganz so, als wäre sie eine Gräfin oder so was in der Art und sagte mit leiser, fast zärtlicher Stimme: »Doktor Ross. Bitte.« Er machte ihr ein Zeichen einzutreten, und für einen Augenblick schien es ihr, als könne sie eine transsylvanische Stimme die berühmten Worte sprechen hören: »Treten Sie ein, frei und aus eigenem Willen.« Aber der Mann, der sich Banner nannte, lächelte nur noch einmal, und machte ihr ein Zeichen, über die Schwelle zu treten.

Das tat sie. Drinnen sah sie sich um, aber die Beleuchtung war dürftig und ihre Augen hatten sich noch nicht an die Dunkelheit gewöhnt. Auf unnötigen Smalltalk verzichtend sagte sie: »Sie sind also sein Vater.«

»Das hat er Ihnen gesagt.« Es war schwer zu sagen, ob ihn diese Mitteilung befriedigte oder eher ärgerte.

»Er erwähnte, dass Sie mit ihm gesprochen haben.« Betty entschied, dass es wohl das Besten wäre, Banner so wenig Informationen wie möglich zu geben. Sie wusste immer noch nicht, ob sie dem Mann trauen konnte, und ihre Instinkte rieten ihr eher zur Vorsicht. »Das hat mich natürlich interessiert, weil ich immer dachte, vielleicht, wenn er seine Vergangenheit wieder zu einem Teil seiner selbst machen könnte …«

»… wäre er ein geeigneterer Partner für Sie«.

Eine elektrische Spannung lag plötzlich in der Luft, eine spürbare Feindseligkeit. Aber als sie ihn ansah, war sie ebenso plötzlich wieder weg. Er hatte den gleichen sanften, ausgeglichenen Gesichtsausdruck.

»Gut, ja, vielleicht«, gab sie zu.

Er sprach in einer Art Singsang, und sein Ton hatte etwas Einschmeichelndes. So etwa hörte sich wahrscheinlich Satan an, wenn er versuchte, einen armen Teufel davon zu überzeugen, dass seine Seele nur eine nutzlose Last war. »Aber zunächst wollen Sie wissen, was mit ihm nicht stimmt. Sie wollen ihn kurieren, wieder gesund machen. Ihn verändern.«

»Ich …« Sie unterbrach sich, weil sie nicht in eine Diskussion darüber verwickelt werden wollte, ob sie einen anderen Menschen aus Bruce machen wollte. Es war ein persönlicher, innerer Kampf, den sie mit sich austrug; und wie oft hatte sie sich schon schuldig gefühlt, weil sie von Bruce gefordert hatte, offener und emotionaler zu werden. Entschlossen, diesen heiklen Punkt ganz zu umgehen, sagte sie: »Ich möchte ihm helfen.«

»Und deshalb haben Sie Ihren Vater auf ihn gehetzt.« Es klang bitter und verächtlich, und Betty konnte ihm nicht mal böse dafür sein, weil sie etwas Ähnliches fühlte. Ihr Interesse an Bruce und ihre Zusammenarbeit mit ihm hatten dazu geführt, dass ihr Vater und Talbot anfingen, sich für Bruce zu interessieren. Und das hatte zu nichts Gutem geführt. Sie gab sich nicht allein die Schuld daran, denn sie spürte, dass irgendwo im Verborgenen noch mächtigere Kräfte am wirken waren. Trotzdem fühlte sie sich zu einem gewissen Grad verantwortlich, und Banner war clever genug, das auszunutzen.

»Wie wenig Sie doch verstehen, Miss Ross. Und wie gefährlich ihre Ahnungslosigkeit geworden ist.«

Sie blinzelte, weil sie nicht recht folgen konnte. »Wie meinen Sie das?«

Er machte ihr ein Zeichen sich zu setzen. Betty ließ sich auf einem Stuhl nieder, der alles andere als bequem war. Ihre Augen begannen sich langsam an das Halbdunkel zu gewöhnen. Sie konnte etwas wie einen Arbeitsplatz erkennen, und an der Wand hingen Bilder. Bilder von Bruce. In der Luft hing ein beißender Geruch, der sie leicht das Gesicht verziehen ließ. Es roch definitiv nach Hund. Sie hörte kein Knurren und hatte auch nicht den Eindruck, dass die Hunde irgendwo lauerten. Aber der Geruch war unsäglich, und das bestätigte ihr, dass Bruces Beschreibungen des Mannes der Wahrheit entsprachen. Es war heiß im Raum, fast drückend, und Betty zog ihren Mantel und den Schal aus und legte sie auf die Rücklehne ihres Stuhls.

Da kein zweiter Stuhl da war, hockte der alte Mann ihr gegenüber auf dem Boden. Und so wie er da hockte, hatte er eine verblüffende Ähnlichkeit mit einem Wasser speienden Dämon. Seine Augen standen eng, und sie hatten überhaupt nichts Sanftes oder Freundliches mehr. Sie hatte eher etwas Beängstigendes. Sie verheimlichten etwas.

»Mein Sohn ist einzigartig.« Er senkte seine Stimme, als würde jemand sie belauschen. Er klang besorgt, ja fast paranoid, ähnlich wie Bruce, als er Betty von seinen Erlebnissen der vergangenen Nacht erzählt hatte.

Sie hätte Banner gerne über das befragt, was letzte Nacht geschehen war: Welche seltsame Veränderung Bruce durchgemacht hatte; und welche Kräfte ihm diese Verwandlung verliehen hatte, dass er wie ein Ein-Mann-Tornado hatte wüten können. Aber sie schwieg, zunehmend gebannt von der Besessenheit des Mannes.

»Und weil er einzigartig ist, wird die Welt seine Existenz nicht dulden. Ich fürchte, unsere Rettungsversuche kommen zu spät. Es gibt nichts, was ich oder Sie noch für ihn tun könnten. Davon abgesehen, hat er klar gemacht, dass er mit mir nichts mehr zu tun haben will. Es ist seine Entscheidung.« Er erhob sich mit knackenden Gelenken. »Und jetzt werden Sie mich entschuldigen, Miss Ross. Ich habe zu tun.«

Das war *es*? Deshalb hatte er sie herbestellt? Um ihr mitzuteilen, dass Bruce rettungslos verloren war? Das schien völlig verrückt …

Dann sah sie den Ausdruck in seinen Augen und erkannte, dass nicht nur diese einzelne Aktion verrückt war, sondern dass der Wahnsinn diesen Mann bereits vollständig im Griff hatte. Für einen Moment hatten seine Augen verraten, was sich wirklich in ihm abspielte. Es war der reinste Albtraum, es war schlimmer als die allerschlimmste Ansammlung von Ekeltieren, die unter einem umgedrehten Stein zu Tage kam. Bettys Entschluss war folgerichtig: Wenn sie jetzt nicht sofort gehen würde, würde sie vielleicht nie mehr in ihrem Leben irgendwohin gehen.

»Natürlich«, sagte sie, erhob sich rasch und griff nach ihrem Mantel. Sie beeilte sich so sehr, dass sie nicht bemerkte, wie ihr Schal herunterfiel und auf dem schmutzigen Boden landete. Sie wollte noch irgendetwas Unsinniges sagen wie »Auf Wiedersehen« oder »Schönen Abend noch«, aber die albernen Floskeln blieben ihr im Halse stecken. Sie schüttelte stattdessen nur den Kopf und rannte aus der Tür, so schnell sie konnte.

Sie hörte ein leises Lachen, als die Tür hinter ihr zufiel. Sie war sich sicher, dass gleich irgendetwas oder irgendjemand über sie herfallen würde, während sie zu ihrem Auto rannte, aber nichts dergleichen geschah. Betty sprang in den Wagen, schlug drei Kreuze, als der Motor ansprang und raste mit Vollgas davon. Sie hatte mit dem Teufel getanzt und den Tanz überlebt. Was sie noch nicht ahnte: Es sollte nicht ihr letzter Tanz gewesen sein.

Bruce fühlte, wie die Wut in ihm hoch stieg, als er die verächtlichen Blicke von Ross und seinen Offizieren sah. Aber er hatte lange Übung im Unterdrücken seiner Gefühle und sorgte dafür, dass die Wut rasch wieder verflog.

Die Situation entsprach dermaßen einem Klischee, dass Bruce beinahe laut losgelacht hätte, wenn er nicht der Zu-Verhörende gewesen wäre. Sie hatten sogar eine Lampe angeschleppt, mit einer extra starken Birne, mit der sie ihn blendeten, damit er … was? Bräunte?

Ross seufzte lautstark, wie jemand, der signalisieren will, dass er am Ende seiner Geduld sei. »Nehmt ihr ihm vielleicht diesen Quark über verdrängte Erinnerungen ab?«, fragte er die anderen Offiziere.

»Ich *kann* mich nicht erinnern.« Bruce zeigte sich nicht im geringsten verärgert über ihre deutlich geäußerten Zweifel. Immerhin unterstellten sie ihm, er sei ein Lügner. Aber das brachte Bruce nicht aus der Ruhe. Man hatte ihn schon als viel Schlimmeres hingestellt, unter viel schwierigeren Umständen. »Wie oft soll ich es Ihnen noch sagen? Ich würde Ihnen ja gerne helfen, aber ich weiß nicht wie.« Es klang fast schon entschuldigend.

Ross beuge sich über ihn. »Sie wissen, wer ich bin, Banner, richtig?«

»Wissen Sie es denn nicht?«

»Banner …«, sagte Ross drohend.

Aber Bruce grinste nur in sich hinein. »Vielleicht leiden Sie selbst unter einem Verdrängte-Erinnerungen-Syndrom. Böse Sache, oder? Aber Sie werden lernen, damit zu leben. Ich hab es auch geschafft.«

»Banner …!«

Bruce hatte sich noch nicht daran gewöhnt, auf diesen Namen zu reagieren, aber er wusste, dass er die Situation bereits bis zum Limit ausgereizt hatte. »Sie sind Bettys Vater. Ein hochrangiger General.«

»Hören Sie mit dem Mist auf«, bellte Ross und begann um Bruce herumzugehen. Dabei kam er immer näher, um ihn in seiner Bewegungsfreiheit einzuschränken. Wenn das ein Versuch sein sollte, Bruce einzuschüchtern, dann blieb er wirkungslos. Soweit Bruce wusste, war sich-nicht-erinnern-können keine Straftat, und das war im Moment das Einzige, was man ihm hätte zur Last legen können. Ross allerdings schien das Fehlen nachweisbarer Verstöße bei seinem Vorgehen nicht im mindesten zu stören. »Ich bin der Mann, der dafür gesorgt hat, dass man Ihren Vater weggesperrt hat, und dazu noch einen Haufen anderer Typen. Und ich werde das Gleiche mit Ihnen machen, wenn mir danach ist. Verstanden?«

Bruce musste sich eingestehen, dass es anfing, interessant zu werden. »Mein Vater? Sie sagten, sein Name sei Banner?« Er wusste, dass das der Name war, den der Hausmeister, oder der Hunde-Mann, oder wie immer man ihn nennen wollte, als den wirklichen Nachnamen von Bruce bezeichnet hatte. Das konnte kein Zufall sein.

»Jetzt arbeiten wir zusammen«, sagte Ross, der Bruces Versuch, Klarheit in seine Gedanken zu bringen, für die Bereitschaft hielt, zu kooperieren. »Aber Sie sagten, Sie hätten Ihre Eltern nie kennen gelernt.«

»Hab ich auch nicht.«

»Versuchen Sie keine Tricks. Sie waren vier Jahre alt, als sie sahen, wie …«

Diese Worte ließen etwas in Bruce erstarren. Plötzlich hatte er das Gefühl, als stünde er vor einer Tür, hinter der sich Dinge verbargen, die vieles klären konnten. Dinge, die das große, klaffende Loch in ihm schließen konnten. Das Problem war nur, er war sich nicht sicher, ob er durch diese Türe gehen wollte, denn er ahnte instinktiv, dass es keinen Weg mehr zurück gab. Und an dem alten Spruch, Unwissenheit sei ein Segen, war schon etwas dran.

Er versuchte, sich die Frage zu verkneifen, aber schließlich platzte es aus ihm heraus. »Was soll ich gesehen haben?«

Ross starrte ihn ungläubig an. »Sie waren *selbst dabei*! Wie kann man etwas Derartiges *vergessen*?«

»Was meinen Sie damit?«

Der General merkte nicht, dass sein Gegenüber langsam immer wütender wurde, und sagte mit deutlicher Verachtung in der Stimme: »Oh, noch mehr verdrängte Erinnerungen?«

Bruce sah sich aus dem Stuhl aufspringen, *sich auf Ross stürzen, ihn zu Boden reißen, auf sein Gesicht einhämmern, und seine Fäuste wurden größer, machtvoller mit jedem Schlag, und Ross' Gesicht war eine blutige Masse, aber Bruce war es egal, denn er brüllte vor Wut und lachte und machte ihn platt, machte ihn einfach platt …*

Bruce rutschte noch tiefer in seinen Stuhl. Er schloss die Augen, um die schreckliche Vision zu beenden, die seine Fantasie hervorgebracht hatte. Er fing an zu zittern, die unterdrückte Wut wurde buchstäblich physisch sichtbar. »Bitte, sagen Sie es mir«, war alles, was er mit erstickter Stimme hervorbrachte.

Etwas in seiner Stimme, seinem Verhalten, schien Ross zu berühren, zumindest ein bisschen. Eine Art tieferes Verständnis schien sich kurz in seinem Gesicht zu spiegeln. »Tut mir Leid, mein Lieber«, sagte er mit einem tiefen Seufzer und blickte die anderen Offiziere enttäuscht an. »Sie sind ja noch kaputter, als ich dachte.«

Bruce sah zu ihm hoch und spürte, dass dies das Maximum an Sympathie war, das er von Ross erwarten konnte. Er war sich nicht sicher, ob der General seinen Beteuerungen, sich an nichts erinnern zu können, glaubte. Aber im Moment schien er zumindest bereit, ihn nicht länger mit seinen Fragen zu quälen.

Ross räusperte sich lautstark und straffte die Schultern. Der kurze Moment der Sympathie war vorüber.

»Solange wir diese Sache nicht gründlich untersucht haben, bleibt ihr Labor militärisches Sperrgebiet. Sie werden keine Erlaubnis erhalten, dorthin zu gehen. Und sie gehen auch nicht in irgendein anderes Labor. Zumindest nicht, wenn es auch nur im Entferntesten mit etwas zu tun hat, was aufregender ist als die Entwicklung eines neuen Kräuterhaarwassers.« Dann näherte er sich ihm, bis sein Gesicht das von Bruce fast zu berühren schien. Sein Atem stank nach Zigarre. »Und noch eins«, fauchte er. »Wenn Sie sich meiner Tochter auf weniger als tausend Meter nähern sollten, werde ich sie für den Rest Ihres Lebens wegsperren.«

Bruce sagte nichts mehr. Es schien nicht viele Möglichkeiten zu geben, etwas Sinnvolles darauf zu entgegnen.

Mein Leben gerät außer Kontrolle, dachte Betty, während sie auf die Eingangstüre ihrer Wohnung zuging und in der Tasche nach ihrem Schlüssel kramte. Es fiel ihr gar nicht leicht, sich das einzugestehen. Schließlich war es als Wissenschaftlerin ihre Aufgabe, Mittel und Wege zu finden, wie man die Umwelt kontrollierbarer und beherrschbarer machen konnte. Sie musste sie auf berechenbare Einheiten reduzieren, sie analysieren, vermessen und wiederholbare Experimente entwickeln, die anderen als Anhaltspunkt für die eigene Forschung dienen konnten. So, wie es für Bruce wichtig war, seine Gefühle kontrollieren zu können, war es für Betty wichtig, ihre Welt fest im Griff zu haben und zu verstehen, was sie zum Ticken brachte. Im Moment hatte sie keine Ahnung mehr, was sie zum Ticken brachte, sie wusste nicht mal mehr, was da eigentlich tickte.

Bevor sie den Schlüssel ins Schloss stecken konnte, öffnete sich die Türe von selbst. Sie machte überrascht und verängstigt einen Satz nach hinten. Dann sah sie zwei Militärpolizisten aus ihrer Wohnung marschieren, als hätten sie jedes Recht dort zu sein. Zu allem Überfluss hatten sie auch noch ihren Computer und eine Kiste mit Papieren dabei. Einer der MPs sah etwas betreten aus, es schien ihm unangenehm zu sein, dass sie sie ertappt hatte. Dem anderen schien es schnurz egal zu sein, denn er starrte Betty nur an, als ob sie ihm im Wege herumstände.

»Was zum Teufel machen Sie da?«

»Sorry, Miss«, sagte der betreten Aussehende. »Order von Oben. Alles was mit dem Labor zusammenhängt wird beschlagnahmt.« Es klang ein bisschen Schuld bewusst.

Auf der gegenüber liegenden Straßenseite entdeckte sie einen weiteren Militärpolizisten, der in seinem Auto saß und einen Donut kaute. »Und der?«, fragte sie.

Der MP, dem alles egal schien, ergriff das Wort. »Zu Ihrer eigenen Sicherheit«, informierte er sie mit einer monotonen Robo-Cop-Stimme.

»Hätte ich mir denken können.«

Sie war überhaupt nicht in der Stimmung, sich von ihrem Vater beschützen zu lassen. Im Moment hätte er ihr ein Riesengefallen damit getan, wenn er sich hinter ihr Auto auf die Straße gelegt hätte, damit sie beim Ausparken über ihn drüber rollen konnte.

Betty machte auf dem Absatz kehrt, sprang in ihr Auto und fuhr los. Sie sah in den Rückspiegel, und, wie nicht anders zu erwarten, folgte ihr der Wagen mit dem Militärpolizisten. Offensichtlich waren ihm die Anweisungen ihres Vaters doch wichtiger, als das Verlangen seinen Donut gänzlich zu vertilgen.

»Na gut«, brummte sie. Sie war wirklich stinkig, und jetzt hatte sie jemanden, an dem sie es auslassen konnte. Die untergehende Sonne blendete und es war eine gefährliche Zeit Auto zu fahren. Das kam ihr gerade recht.

Betty rollte auf eine Kreuzung zu. Sie verlangsamte das Tempo, als die Ampel auf Gelb schaltete … und gab genau in dem Moment, als sie Rot wurde, Vollgas. Sie raste über die Kreuzung, während von beiden Seiten bereits Autos auf die Kreuzung fuhren. Die Fahrer stiegen auf die Bremsen, als Betty an ihnen vorbei donnerte.

Der plötzliche Tempowechsel kam unvorbereitet für den Militärpolizisten, und mühevoll versuchte er, zu folgen. Aber die Kreuzung war durch die anderen Autos blockiert, die wild hupten, als er versuchte vorbeizukommen. Betty blickte in den Rückspiegel und sah das Auto immer kleiner werden. Erst, als es ihm gelungen war, die anderen Wagen zu umrunden, wurde es langsam wieder größer.

Gut, dachte sie. *Wäre auch schade, wenn das schon alles gewesen wäre.*

Ihr Wagen war ein kleiner sportlicher Flitzer mit Handschaltung, und sie hatte ihren kleinen Flitzer bisher im Zweiten gefahren, um ihn warm laufen zu lassen. Jetzt schaltete sie runter in den Ersten, stieg aufs Gas und zog ab wie eine Rakete. Es war der größte Spaß seit langem. Genau genommen, war es überhaupt der erste Spaß seit langem.

Als sie einige Stunden später verzweifelt um ihr Leben kämpfte, sollte sie sich selbst verfluchen, dass sie den MP in dieser filmreifen Verfolgungsjagd abgehängt hatte; der Spaß daran würde ihr sehr weit weg erscheinen.

Unkluge Provokationen

Glen Talbot war bester Laune.

Gerade als die untergehende Sonne den Horizont berührte, hielt sein Wagen vor dem Haus von Bruce Banner. Lächelnd grüßte er die beiden Militärpolizisten vor dem Eingang. »Wie geht's unserem Freund?«

Einer der MPs wies mit dem Kinn auf Banners Fenster und Talbot war nicht sehr erfreut über das, was er da sah. Die Jalousien öffneten und schlossen sich wieder, öffneten sich, schlossen sich wieder und ließen dabei jedes Mal das helle Licht aus dem Wohnzimmer heraus. Es war, als würde Bruce eine Art Morsesignal senden. Aber Talbot kannte das Morse-Alphabet – und natürlich auch das Winkeralphabet, für was auch immer das gut sein mochte – und die Buchstaben, die Bruce aufleuchten ließ, waren völlig willkürlich.

Es sei denn, es handelte sich um einen vollständig neuen Code. Das war natürlich möglich. Bruce Banner hatte vielleicht eine völlig neue Version eines herkömmlichen Übermittlungscodes entwickelt und benutzte ihn nun, um verzweifelte Nachrichten an einen Verbündeten zu senden.

Entweder das, oder es war völlig bedeutungslos, und Bruce versuchte nur, sie zu verwirren. Talbot begann sich wieder zu entspannen, und dann schoss ihm durch den Kopf, dass es genau das war, was Banner sie glauben machen wollte. Was bedeuten würde, dass …

Glen Talbot war nicht mehr in der guten Stimmung von vorhin. Er war plötzlich sehr, sehr wütend auf Banner, und das würde Banner nun auch gleich zu spüren bekommen.

Bruce fragte sich, was sie damit erreichen wollten, dass sie ihn in seinem Haus einsperrten. Vielleicht wollten sie, dass er nervös wurde, oder dass er in Panik geriet bei der Vorstellung, was sie wohl alles Schreckliches mit ihm anstellen würden.

Sie hatten einfach keine Ahnung. In seinem Haus herumzusitzen, machte ihm gar nichts aus. Und was immer sie mit ihm vorhatten, es hatte keinerlei Bedeutung. Die Vorstellung, dass sie ihm seine Sonderausweise abnahmen, ihn aus seinem Beruf drängten, etc., etc. … Alles völlig bedeutungslos.

Er hatte im Moment ganz andere Sorgen. Er war beunruhigt wegen der Stimmen in seinem Kopf: Die rasende Wut gewann immer mehr Eigenleben. Deshalb konnten Androhungen, die sein altes Leben betrafen, ihm nichts mehr anhaben, denn er wusste, dass es in dieser Form nicht mehr existierte. Es blieb nur abzuwarten, in welcher Form es nicht mehr existierte.

In diesem Moment hörte er das schwache Klingeln eines Telefons.

Es verwirrte ihn, weil es sich nicht wie das Klingeln

seines eigenen Telefons anhörte. Er fragte sich, ob Ross oder einer der MPs sein Handy hatte liegen lassen, aber er konnte keines entdecken. Um sicher zu gehen, hob er den Hörer seines Telefons ab, aber es klingelte ungehindert weiter. Es wäre auch eher ein Wunder gewesen, wenn es sein Telefon gewesen wäre, denn man hatte das Kabel durchtrennt, wie er jetzt erstaunt feststellte. Ross und seine Jungs waren wirklich gründliche Leute.

Das änderte jedoch nichts an der Tatsache, dass es weiter klingelte und klingelte und Bruce langsam auf die Nerven ging. Er suchte überall nach der Ursache, und entdeckte sie schließlich unter dem Kissen auf seinem Stuhl. Es war ein winziges Handy. Er sah es genau an, drückte einen Knopf und hielt es ans Ohr. »Hallo?«, fragte er vorsichtig, denn er nahm an, dass das Handy Ross oder einem seiner Leute gehörte.

Er war verblüfft, als er die Stimme des Mannes hörte, der sich als sein Vater ausgab. Leise, aber bedrohlich sagte er: »Bruce?«

Da Bruce nicht antwortete, redete der Alte weiter, als wäre Bruces aktive Teilnahme am Gespräch nicht nur nicht erforderlich, sondern sogar eher hinderlich. »Die denken also, sie könnten dich einfach ausrangieren, wie mich damals.«

Banner lief zum Fenster und blickte hinaus. Die Wachen liefen auf und ab und hatten offensichtlich nichts von dem Anruf mitbekommen. »Was stimmt nicht mit mir?«, flüsterte Bruce. »Was … hast du mit mir gemacht?«

David Banner – sofern er es wirklich war – gab darauf keine Antwort. Stattdessen erwiderte er so trocken, als würde er den Wetterbericht von Guam verlesen: »Ich hatte heute Besuch. Einen sehr unangenehmen Besuch. Ich fürchte, man will mich zu etwas zwingen.«

Bruce wollte sich nicht ablenken lassen. »Was hast du mit mir gemacht?«

Ein teuflischer Lacher ertönte vom anderen Ende der Leitung. »Das würdest du wohl gerne wissen, nicht? Ich glaube, die eigene Erfahrung wird dich eher darauf bringen, als jeder Versuch, es dir zu erklären. Im Übrigen weiß ich es selbst nicht ganz genau«, gab er Bruce zu verstehen. »Wenn man mich damals in Ruhe hätte arbeiten lassen ... aber meine Vorgesetzten wollten das nicht ...«

»Deshalb hast du an dir selbst experimentiert«, riet Bruce. Es war eigentlich nicht wirklich geraten; denn seit der Alte die Vaterschaft für sich reklamiert hatte, hatte Bruce genug Zeit gehabt, sich auszumalen, was damals geschehen sein musste. Vor der nächsten Frage machte er eine Pause, weil er die Antwort fürchtete, aber gleichzeitig die Antwort wissen wollte. »Und du hast etwas auf mich vererbt. Was genau?«

Am anderen Ende entstand eine Stille, die sich ins Unendliche zu dehnen schien. Bruce dachte schon, die Verbindung wäre unterbrochen, da begann der Alte wieder zu sprechen. Bruce vermutete, das sein *Vater* ihn bewusst hatte zappeln lassen.

»Eine Deformation, so könnte man es nennen. Aber auch eine ungeheure Kraft.« Bruce konnte ihn am anderen Ende förmlich grinsen hören. »Und jetzt, wo sie entfesselt ist, werde ich endlich die Früchte ernten.«

Der Alte hätte kaum etwas sagen können, das Bruce mehr beunruhigt hätte. »Du wirst gar nichts ernten« sagte Bruce scharf. »Ich werde es isolieren und mich selbst behandeln. Ich werde es entfernen und eliminieren – bevor es wirklichen Schaden anrichten kann.«

Diesmal gab es keine Kunstpause oder sonstige Tricks. David reagierte heftig und unmittelbar. Seine Stimme tropfte vor Sarkasmus, als er sagte: »Das kann ich mir vorstellen, dass ihr es gerne zerstören würdet, du und deine Betty. Aber würdest du dabei soweit gehen, dich selbst zu töten? Wohl eher nicht, oder?«

Bruce war sich da nicht so sicher. Langsam wurde ihm klar, was da in seinem Blutkreislauf unterwegs war und wie es durch die kombinierte Wirkung von Nanomeds und Gamma-Strahlen zum Leben erwacht war. Wäre er nicht solchen außergewöhnlichen Umständen ausgesetzt gewesen, hätte er vielleicht ein ganz normales Leben führen können – unterstützt durch seine Fähigkeit, Emotionen und Ängste zu unterdrücken. Sicher wäre es ein einsames Leben ohne echte Gefühle gewesen, aber eben ein normales Leben. Gut, ein relativ normales Leben.

Es schien ihm eindeutig, dass die Nanomeds und die Strahlen wie ein Katalysator gewirkt hatten und biologische Veränderungen bei ihm ausgelöst hatten, über die er nur spekulieren konnte. Aber genauso wie diese Faktoren eine plötzliche Veränderung in seiner biologischen Struktur hervorgerufen hatten, konnte man die Wirkung vielleicht auch umkehren. Warum sollte das, was geschehen war, nicht wieder ungeschehen gemacht werden können? Das klang doch zunächst mal recht plausibel.

Doch dann sagte David Banner etwas, das die Dinge wieder sehr, sehr kompliziert machte. »Was Betty betrifft«, erklärte er hämisch kichernd, »so wird sie bald einen Überraschungsbesuch von meinen vierbeinigen Freunden bekommen.«

Der Raum schien sich schlagartig zu verdüstern und in eine gefährliche Schräglage zu geraten. Plötzlich spürte er einen pochenden Puls an den Schläfen und er musste sich anstrengen, die Worte zu verstehen, die vom anderen Ende der Leitung kamen. »Ich habe es geschafft, eine Kultur deiner DNA anzulegen. Die Resultate sind noch instabil, aber schon sehr überzeugend.«

»Was ist mit meiner DNA?«

Sein Vater überging die Frage. »Wir werden sehen, wie Betty mit meinen bisherigen Ergebnissen fertig wird!«

»Nein!«, schrie Bruce. »Du bist wahnsinnig! Das werde ich nicht zulassen! Du ...!« Er blickte auf das kleine Display des Telefons und sah, dass die Verbindung beendet worden war. Sein Vater hatte aufgelegt.

Rasend stürzte er zur Eingangstüre und riss sie auf ... Glen Talbot stand vor ihm und grinste.

»Rein mit dir, du Penner. Ich will mit dir reden«, sagte Talbot.

David Banner pfiff *Betty, my Angel*, einen Schlager aus den späten 50ern. Er nahm das Headset vom Kopf und schlenderte hinaus in den Hinterhof. Alles lief wie geschmiert, jedes Teilchen passte perfekt. Er hatte auf einmal das Gefühl, dass alles, was ihm an Schlechtem zugestoßen war, vielleicht doch einen Sinn hatte. Als ob eine höhere Kraft einen verborgenen Plan verfolgte. Es war schon komisch. Er hatte sich nie für einen demütigen oder gläubigen Menschen gehalten. Aber so wie es jetzt lief, war vielleicht doch was dran an diesem Ding mit Gott.

Warum auch nicht? Der Mensch war schließlich als Gottes Ebenbild erschaffen worden. Warum sollte er es da nicht seinem Schöpfer in Punkto Kreativität gleichzutun. Und David Banner hatte sich in dieser Hinsicht ja schon hervorgetan.

Im Hinterhof wurde er von einem bösartigen Knurren begrüßt. Drei verwilderte Hundekehlen röhrten so tief, dass es eher von einem Truck mit löchrigem Auspuff zu kommen schien, als von lebendigen Wesen. Er pfiff noch immer *Betty, my Angel* und dachte daran, dass Betty bald wirklich bei den Engeln sein würde, sollte sich doch Gott mit ihr herumschlagen.

Er hielt Bettys Schal hoch. Seit sie ihn hier vergessen hatte, war er in einem Plastikbeutel verpackte gewesen, so dass er nicht die geringste Spur eines anderen Geruchs hatte annehmen können. Jetzt schwenkte er den Schal und ließ die Hunde danach springen. Er hielt ihn aber sorgfältig außerhalb ihrer Reichweite, auch wenn sie dieses Spiel in schiere Raserei versetzte.

Als er sie scharf gemacht hatte, ließ er den Schal los. Riesige Zähne, die aus kräftigen Kiefern ragten, bohrten sich in ihn, und Flocken grünlichen Sabbers flogen aus ihren Mäulern.

»Und jetzt, los!«, sagte David Banner, und die Hunde wussten genau was das hieß. Sie waren gut trainiert und die Prozedur, der er sie unterzogen hatte, hatte sie nur intelligenter gemacht ... und bösartiger. »Los, und lasst euch von nichts aufhalten!«

Die Sonne war noch nicht untergegangen, aber der Vollmond stand schon hoch über dem Horizont. Die Hunde setzten sich auf ihre Hinterläufe und heulten den Mond an, wie gewaltige gamma-bestrahlte Wölfe.

Glen Talbot hätte in das triumphale Geheul der Hunde einstimmen können, wenn er es gehört hätte.

Alles, was er bis zu diesem Zeitpunkt in die Wege geleitetet hatte, die ganze Planung, das Taktieren, die präzise, weitsichtige, gottgleiche Manipulation aller Beteiligten, die Art, wie er Bruce und Betty zusammengebracht hatte, wie er dafür gesorgt hatte, dass man Bruces durchgeknallten Vater aus dem Irrenhaus entlassen hatte, damit die Schrauben noch enger angezogen werden konnten – das alles griff jetzt in reibungsloser Perfektion ineinander, wie die Zahnräder einer großen Maschine. Vor seinem inneren Auge konnte Talbot bereits sehen, wie Bruce zwischen den Zahnrädern zermalmt wurde und dabei gewaltige, bisher unerschlossene Energien frei wurden.

Natürlich hatte Talbot den Unfall nicht vorhersehen können, der die Gamma-Strahlen und die Nanomeds in Bruces Kreislauf gejagt hatte. Aber darin lag die wahre Schönheit eines großen Plans: Wenn irgendetwas Unvorhergesehenes passierte, fügte es sich reibungslos in den Gesamtplan ein.

Jetzt, wo er diesem verwirrten Wissenschaftler gegenüberstand, der sich sicher für so viel intelligenter hielt als Talbot, hätte er am liebsten laut losgelacht und ihm ins Gesicht geschrieen, dass er nur ein armseliger Bauer in einem großen Schachspiel war, in dem Talbot alle Züge bestimmte.

»Talbot, hören Sie! Mein Vater ist hinter Betty her. Wir haben nicht viel Zeit.« Bruce hätte beinahe angefangen zu stottern, so aufgeregt war er.

Talbot machte einen Schritt in den Raum, schob die Tür mit dem Fuß hinter sich zu und näherte sich Banner. »Du wolltest mich also hinter meinem Rücken bei

Ross schlecht machen.« Er sorgte dafür, dass seine Stimme bei dieser absurden Unterstellung, die allein den Zweck hatte, Bruce noch mehr zu verwirren, aggressiv klang.

Banner blinzelte wie eine Eule im Scheinwerferlicht. »Ich weiß nicht, was Sie meinen. Ich habe Ihnen doch gesagt, wir müssen sofort Hilfe holen …«

Ein genau platzierter Fußtritt Talbots fegte Bruce von den Beinen. Er fiel krachend auf den Rücken und Talbot presste seinen Schuh auf Bruces Gesicht. »Du armselige Missgeburt«, fauchte er Hass erfüllt. »Morgen, wenn ich mit Ross gesprochen habe, verschwindest du für den Rest deines Lebens in einer winzigen Einzelzelle. Aber vorher«, und sein Ton wurde noch aggressiver, »erzählst du mir, was im Labor passiert ist. Du hast letzte Nacht nicht zufällig irgendetwas Wichtiges mitgehen lassen?«

Talbots Absatz presste sich in Bruces Mund. *»Bitte glauben Sie mir doch, Betty soll umgebracht werden.«* Talbot war beeindruckt von Bruces Hartnäckigkeit. Alles, was der Kerl im Kopf hatte, war diese Frau. Er war sich nicht sicher, ob Bruce die Wahrheit sagte, aber letztlich war es ihm auch völlig egal und er trat noch fester zu. »An deiner Stelle würde ich mir mehr Gedanken um die eigene Gesundheit machen.«

Bruce versuchte verzweifelt Talbots Beine zu packen und freizukommen, aber Talbot war zu stark und zu geschickt, und sein Fuß rammte sich nur noch fester in Bruces Gesicht. Talbots Aktionen waren so kühl berechnend, dass der Wissenschaftler ihn eigentlich hätte darum beneiden müssen – wenn er nicht gerade das Problem gehabt hätte, dass sein Gesicht zermalmt wurde.

Talbot hatte die Unterlagen von Bruce Banner, alias

Krenzler, zu genau studiert, um aus reinem Selbstzweck so brutal vorzugehen. Sicher, er hatte seinen Spaß, aber das war nur ein netter Nebeneffekt. Wenn man den Akten glauben durfte, hatten in Banners bizarrer Geschichte Stress-Situationen eine entscheidende Rolle gespielt. Bruce war so gepolt, dass er jede innere Reaktion unterdrückte, die eine kritische Situation hätte auslösen können. Aber mittlerweile hatten die Dinge ihre Eigendynamik entwickelt. Talbot hatte dazu beigetragen, die emotionale Achterbahn bei Bruce in Gang zu setzen; jetzt konnte er zurückgelehnt die Fahrt genießen.

Er musste nur aufpassen, dass Bruce nicht ohnmächtig wurde, bevor er mit den Informationen herausrückte. Also nahm er den Fuß von Banners Gesicht und gab ihm einen letzten genüsslichen Tritt. Banner rollte stöhnend zur Seite und richtete sich dann mühevoll auf.

»Talbot …«, blubberte er durch seine aufgeschwollenen, blutigen Lippen.

Talbot zog amüsiert eine Augenbraue hoch. »Ja?«

»Sie machen mich wütend.«

»Ach wirklich?« Talbot war kurz davor, laut loszulachen.

Banner nickte unter Schmerzen. Er versuchte offensichtlich, bedrohlich zu wirken, was beachtlich war für ein Fliegengewicht, dem man gerade das Leben geschenkt hatte.

»Ich glaube nicht, dass es Ihnen gefallen würde, wenn ich wütend werde.«

Banner kam schwankend auf die Beine, und Talbot machte einen schnellen Schritt nach vorn, um Banner einen Schlag in den Bauch zu verpassen.

Aber der Schlag kam nicht an.

Denn genau in diesem kurzen, schrecklichen Moment musste Talbot feststellen, dass seine Faust von einer Kraft gestoppt wurde, die seine eigene um ein Vielfaches übertraf, und die mit jeder Sekunde ins Unermessliche wuchs. Und er verstand plötzlich den Sinn des alten Sprichworts: »Sei vorsichtig mit deinen Wünschen, sie könnten dir erfüllt werden.«

… Schmerzen Mann macht mir Schmerzen macht uns Schmerzen mach ihm auch Schmerzen zerquetsch ihn mach ihn platt lass es raus endlich raus mach ihn platt ja ja …

… der Schweiß lief an Banners Körper herab, durchnässte seine Kleider, dann platze sein Hemd auf und er fühlte …

… Schmerzen so viel Schmerzen ausstrecken verbiegen reißen zerfetzen platt machen …

… eine Art Ekstase, eine ungeheure Erlösung, und Bruce Banner, der sein ganzes Leben lang blind gewesen war, hatte plötzlich eine Vision, und es war eine Vision voller Raserei und Wut und Lust und Wildheit, pure ungehemmte Wildheit, ein Vulkan, der explodierte, ein Meer, das alle Dämme durchbrach, und da war Talbot, zitternd und sichtlich panisch, aber das war ihm völlig gleichgültig, alles war ihm völlig gleichgültig, außer …

… Betty …

… ihr Name drang durch Banners gewaltigen Schmerz und gab ihm eine Richtung, ein Ziel …

… mach ihn platt mach ihn platt MACH ALLES PLATT …

Talbot wimmerte wie ein kleines Baby.

Er hatte alles so sorgfältig geplant, er war so überzeugt davon gewesen, dass er alles bedacht und vorhergesehen hatte, und hatte dabei nicht die leiseste Ahnung gehabt, mit was er es eigentlich zu tun hatte.

Auf einmal bekam er eine Vorstellung davon, welche Wirkung die ersten Atombomben-Tests auf ihre Erfinder gehabt haben mussten. Sie hatten einem nie da gewesenen Vernichtungspotential ins Auge gesehen, dem sie geholfen hatten, sich zu entfesseln.

Er dagegen sah einem Etwas ins Auge, das grün war, böse fauchte und voll ungezügelter Wut war.

Das Gesicht hatte immer noch Ähnlichkeit mit dem Banners, aber es dehnte sich in die Breite und wurde flacher. Es war, als könne man sehen, wie sich der Homo-Sapiens zurückentwickelte, die Stufenleiter der Evolution Sprosse für Sprosse hinabpurzelte. Stoff begann zu reißen, sein Hemd platzte längs der Rückennaht auf, die Ärmel hingen in Fetzen. Er trug eine Trainingshose, die sich dehnte, der untere Teil der Beine wurde ebenfalls aufgerissen.

Banner schrie, aber es war schwer zu sagen, ob es wegen der Schmerzen war oder aus einem euphorischen Freiheitsgefühl heraus. Seine Hautfarbe veränderte sich, sie wechselte von Rosa über ein helles Grün hin zu einem satten Jadegrün. Er lachte dröhnend, animalisch, dann kamen mehr Schmerzen und mehr Transformationen, er wurde größer und größer und stieß schließlich ein Ohren betäubendes Brüllen aus.

Talbot war nicht direkt zu Banners Wohnung gefahren, er hatte einen Umweg über das Labor gemacht. Dort hatte unter den Sicherheitsleuten hinter vorgehaltener Hand ein Name die Runde gemacht. Ein Name, der von den Männern, die die monströse, klotzige Bestie angeblich mit eigenen Augen gesehen hatten, nur angstvoll flüsternd ausgesprochen wurde. Talbot hatte diese Berichte über den *Hulk* für Fantasieprodukte gehalten. Er war davon ausgegangen, dass Bruce irgendwie transformiert und neue Kräfte gewonnen hatte, aber man musste immer die Tendenz zu Übertreibungen berücksichtigen, selbst bei Augenzeugen.

Jetzt sah er, dass es keineswegs übertrieben gewesen war. Sie hatten tatsächlich den Hulk gesehen.

… hat mich getreten hat mir Schmerzen gemacht tritt ihn auch mach ihn platt tritt ihn …

Talbot fiel rückwärts auf die Couch und riss die Arme hoch, als könne ihn diese lächerliche Verteidigungshaltung vor dem sich nähernden grünen Goliath schützen. Ohne auch nur einen Moment zu zögern, landete der Hulk einen gewaltigen Tritt gegen das Sofa und beförderte es samt Talbot durch das krachende und splitternde Fenster hinaus in den Vorgarten.

… raus hier raus zu Betty raus hier …

Angetrieben von etwas, das tief aus seinem Unterbewusstsein kam und das er weder richtig verstand noch artikulieren konnte, verließ der Hulk das Haus auf dem direktesten Weg: Er ging einfach durch die Wand. Das splitternde Holz und das einstürzende Mauerwerk bildeten keinerlei Hindernis für ihn. Trümmer flogen durch die Luft, und dann stand er draußen in der Dunkelheit, mit weißem Staub überdeckt und stieß ein markerschütterndes Geheul aus, als wäre er einer seiner Vorfahren aus der Urzeit.

Die Militärpolizisten hatten kaum Zeit, sich mit dem plötzlichen Erscheinen Talbots auf seiner fliegenden

Couch vertraut zu machen, als sie sich dem brüllenden Monster gegenüber sahen. Es blickte sich mit animalischer Intensität um, als würde es nach etwas suchen, das es mit seinen gewaltigen Händen in Stücke reißen konnte.

Fast synchron zogen sie ihre Waffen und begannen zu schießen. Der Hulk zuckte zusammen. Aber es schien mehr wegen des Geräuschs zu sein. Vielleicht auch wegen einer vagen Erinnerung daran, dass diese kleinen fliegenden Kugeln tödlich sein konnten, doch sie waren alles andere als das. Es schien höchstens leicht irritierend, wie sie da völlig wirkungslos von seiner grünen Haut abprallten, und so machte er große, ausholende Bewegungen mit seinen Armen, als wolle er einen lästigen Mückenschwarm verscheuchen.

… Schmerzen ein bisschen Schmerzen ihnen machen …

Irgendwo in den tieferen Schichten seines Hirns stellt der Hulk eine Verbindung zwischen den lästigen Bleikügelchen und den Männern, die mit glänzenden Metallstücken in der Hand auf ihn zeigten, her. Sie waren etwa fünf Meter weg, aber diese Entfernung bot ihnen keinerlei Schutz. Mit einem Satz war der Hulk bei ihnen und fegte sie beiseite. Einer landete auf der Seite, und das laute Knacken beim Aufprall ließ vermuten, dass er sich mehrere Rippen gebrochen hatte. Der andere, der verzweifelt versucht hatte auszuweichen, wurde von etwas, das sich wie ein Baumstamm anfühlte, emporgehoben und flog dann quer über den Rasen, um in einem Erdhaufen zu landen.

Talbot war sprachlos. Er lag zusammengekrümmt auf der kaputten Couch und hätte sich am liebsten unsichtbar gemacht. Er wagte kaum mehr zu atmeten. Selbst sein Herzschlag kam ihm schon zu laut vor.

Aber seine Angst war unbegründet. Nach der ersten Attacke verlor der Hulk vollständig das Interesse an ihm. Stattdessen weiteten sich seine Nasenflügel, als ob er Witterung aufnähme …

… *Betty Betty Betty* …

… ihr Name hämmerte in seinem Schädel. Aber er konnte keine Verbindung mehr herstellen zwischen diesem Namen und dem, was ihr durch seinen Vater drohte. Er hatte keine klare Vorstellung mehr davon, dass Betty, die Frau, die er liebte, in tödlicher Gefahr schwebte. Ihr Name war nur noch ein Wort, das mit elementaren Gefühlen wie Hunger, Schmerz oder Wut verbunden war, und diese Gefühle dominierten sein Bewusstsein vollständig …

… *Betty* …

… und es wäre auch Bruce Banner mit all seinen analytischen Fähigkeiten nicht gelungen herauszufinden, was der Hulk als Nächstes vorhatte. Seine Sinne waren durch die Transformation hyperaktiv, so dass er Bettys Geruch in der Luft erschnüffeln konnte. Vermutlich funktionierte das Bewusstsein des Hulk auf der Basis bruchstückhafter Erinnerungen an eine glücklichere Zeit.

Als die Straßenlaternen angingen, blickte die Kreatur sich kurz um. Die Lichter hatten ihn einen Moment lang irritiert, aber das war ebenso schnell wieder vergessen.

Der Boden unter seinen Füßen begann zu vibrieren, als würde sich ein Erdbeben nähern, und der Hulk begann schneller zu atmen. Sein gesamter Körper spannte sich. Er kauerte sich zusammen, warf den Kopf in den Nacken und stieß ein ungehemmtes, animalisches Geheul aus.

Und dann hob er ab. Der Absprung ließ die Erde beben. Im gesamten Viertel wackelten die Häuser, die Fenster klirrten und die Leute taumelten hin und her, als hätte eine seismische Erschütterung beträchtlichen Ausmaßes stattgefunden.

Und die hatte tatsächlich stattgefunden. Eine Gewalt war freigesetzt worden, die in gewisser Weise ebenso vernichtend war wie die der Atombomben, die man über Hiroshima und Nagasaki abgeworfen hatte. Die Leute im Viertel hatten sie erlebt – auch wenn sie nicht wussten, was es gewesen war und sich glücklich schätzen konnten, es überlebt zu haben.

Auch der Hulk wusste wenig über das, was mit ihm geschah. In einem gewaltigen Satz flog er zwei Meilen durch die Luft, bevor seine Flugbahn sich senkte und er donnernd aufschlug. Wo auch immer er landete, auf Autobahnen, Eisenbahnschienen oder zwischen Häusern, überall hinterließ er völlige Rat- und Hilflosigkeit, um sich dann erneut in den Himmel zu katapultieren. Sein Bewusstsein wurde nur von zwei Dingen beherrscht …

… Betty … platt machen … Betty …

… und niemand hätte sagen können, ob er etwas vernichten wollte, das Betty bedrohte oder ob Betty selbst das Ziel seiner Zerstörungswut war.

Die Sterne spiegelten sich auf seiner Haut und erzeugten bizarre Muster, während er in der Nacht verschwand.

DRITTER TEIL: ALTER-EGO

Höllenhunde

Was Betty am meisten an der Berghütte schätzte, war die Stille. Keine Polizeisirenen, kein Babygeschrei, keine schimpfenden Menschen. Alles war ruhig und friedlich. Das Einzige, was man hörte, waren die Geräusche der Natur. Früher hatten diese Laute sie oft irritiert. Manchmal wurde sie nachts vom Schrei einer Eule oder dem Heulen eines Coyoten aufgeschreckt. Und wahrscheinlich war *Stille* auch nicht die richtige Bezeichnung, denn das Leben im Wald kam eigentlich nie zur Ruhe. Aber mittlerweile hatte sich Betty an diese Geräuschkulisse gewöhnt und konnte sie sogar genießen. Beim Einschlafen wurde sie regelrecht davon eingelullt, und so war es auch in dieser Nacht.

Sie hatte sich ein schönes Kaminfeuer angezündet, war in bequeme Klamotten geschlüpft und hatte sich gemütlich auf den Teppich vor den Kamin gelegt. Sie sah ins Feuer und dachte über die Ereignisse der letzten Tage nach. Sie wusste, dass jederzeit ein Militärpolizist vor der Hütte auftauchen konnte, denn ihr Vater kannte diesen Rückzugsort. Aber sie hatte ihren letzten *Bewacher* in einer rasanten Verfolgungsjagd abgeschüttelt, hatte dabei mehrfach heftig das Tempolimit überschritten und war – als absolutes Highlight – unter einer Eisenbahnschranke durchgedonnert, die gerade heruntergelassen wurde. Vielleicht war man sogar bei der Army in der Lage, das als eine klare Ansage zu verstehen.

Ihre Gedanken schweiften ab und sie dachte an Bruce und seinen Vater. Sie erinnerte sich an die Zeit, als sie mit Bruce hier herauf gekommen war und wie sie sich in seine Arme gekuschelt hatte. Ein kurzer Moment, in dem ihre Beziehung eine Chance zu haben schien; es war erstaunlich, wie schnell sich das wieder in Luft aufgelöst hatte.

Sie musste auch an ihre kurze Begegnung mit David Banner denken. Irgendwie hatte sie das Gefühl, noch mal knapp mit dem Leben davongekommen zu sein. Gleichzeitig beschlich sie aber der Gedanke, dass sie etwas übersehen hatte, und dass die Gefahr womöglich noch nicht vollständig gebannt war.

Betty versuchte, ihr Vorgehen für die nächste Zeit zurechtzulegen, aber ihre Gedanken waren unzusammenhängend und sie konnte sich nicht richtig konzentrieren. Ihre Augen, die wie gebannt ins Feuer starrten, wurden bald müde, und sie versank in tiefem Schlummer.

Kurz darauf ließ sie etwas aufschrecken. Doch es war kein Geräusch.

Es war vielmehr die völlige Abwesenheit von Geräuschen.

Als sie erwachte, spürte sie instinktiv, dass irgendetwas nicht stimmte. Das Feuer war heruntergebrannt, aber es fiel immer noch helles Mondlicht in den Raum. Licht, Wärme, ein sicherer Ort … alles war, wie es sein sollte, aber etwas irritierte sie.

Dann fiel es ihr auf. Im Wald herrschte Stille.

Absolute Stille.

Alle Wesen im Wald – ob es ein kleines Tier auf der Suche nach einem Versteck war oder ein größeres Raubtier, das den Wald nach Beute durchstreifte – alle hatten sie aufgehört, Geräusche zu machen. Entweder waren sie aus der Gegend geflohen oder sie verharrten in völliger Stille, um keine Aufmerksamkeit auf sich zu ziehen.

Aber wessen Aufmerksamkeit?

Dann hörte sie ein Geräusch, und für einen Moment war sie erleichtert, denn es schien zu signalisieren, dass alles normal war. Doch das Geräusch, ein Rascheln, schien von etwas zu stammen, das größer war, als es hier normalerweise üblich war. Etwas in der Größe eines Bären. Vielleicht sogar noch größer.

Außer dem Rascheln war nichts zu hören.

Betty musste an diese klassische Szene in Horrorfilmen denken, wo die dämliche Heldin, alleine und völlig planlos, mitten hinein in die Gefahrenzone stiefelte und dabei noch wild mit der Taschenlampe fuchtelte. »So was Bescheuertes«, hatte sie an dieser Stelle immer gemurmelt, während ihre Freunde wie gebannt zugeschaut hatten.

Deshalb war sie auch etwas erstaunt über sich selbst, als sie panisch nach der Taschenlampe griff, sie fest umklammerte, ihre Autoschlüssel in die Tasche stopfte und die Blockhütte verließ, um nachzusehen, was sich da näherte. Natürlich war es Wahnsinn, was sie da machte. Aber andererseits, was hätte es für einen Sinn gehabt, sich in der Hütte zu verstecken? Wenn es wirklich ein riesiges Tier war, hätte es ohne weiteres durch ein Fenster einbrechen und sie in der Hütte in die Enge treiben können. In ihrem Auto wäre sie wenigstens beweglich.

Das galt auch für den Fall, dass sie von etwas noch Gefährlicherem als einem Tier bedroht wurde: zum Beispiel von einem menschlichen Wesen. Nachdem sie alle ihre Optionen im Eiltempo durchgegangen war, kam sie zu dem Schluss, dass das, was sie tat, das Sinnvollste war – auch wenn es völlig wahnsinnig erschien.

Niemand fiel über sie her, als sie die Blockhütte verließ und den Strahl der Taschenlampe über die Bäume wandern ließ. Vielleicht war es einfach ein dummes Tier, das zufällig durch irgendetwas aufgeschreckt worden war. Nur um ihre Nerven zu beruhigen, lief sie weiter Richtung Auto und drehte sich dabei immer wieder im Kreis, um die Umgebung genau im Blick zu haben. Als sie beim Auto ankam, lehnte sie sich mit dem Rücken dagegen und beobachtete genau den düsteren Waldrand und das dunkle Wasser des Sees, der vor ihr lag.

»Hallo?«, rief Betty vorsichtig.

Sie wartete und lauschte. Der Wind rauschte sanft, aber sonst war nichts zu hören, nicht einmal das Rascheln von vorhin. Der bleiche Strahl der Taschenlampe tastete sorgfältig die dicken Stämme der Redwood-Bäume ab, die die Hütte umgaben. Nichts.

Betty musste über sich lachen. Da stand sie, bereit in ihr Auto zu springen und davon zu rasen, obwohl nichts Bedrohliches geschehen war.

Sie war kurz davor, wieder zurück zum Haus zu laufen, da stoppte sie plötzlich und drehte sich noch einmal um. Als der Lichtstrahl der Taschenlampe das letzte Mal über die Bäume geglitten war, hatte sie aus dem Augenwinkel etwas gesehen. Sie war sich nicht sicher, was es war, aber irgendetwas hatte da nicht gestimmt.

Sie runzelte die Stirn und ließ den Lichtstrahl zurückwandern. »Was, zum Teufel …?«, murmelte sie.

Da standen zwei dicke Redwood-Bäume, aber dazwischen war noch etwas anderes – irgend ein merkwürdiger Baum oder Busch. Es war so dick wie ein Baum, aber die Oberfläche schien weicher und glatter zu sein als Rinde. Es hatte eine ziemlich merkwürdige grüne Farbe, und es …

Es atmete.

Es war lebendig.

Unmöglich. Sofort zum Auto, schnell. Unmöglich.

Doch ihre Füße verweigerten den Dienst. Sie stand da wie angewurzelt. Nur ihr einer Arm bewegte sich noch und ließ langsam den Lichtstrahl nach oben wandern und Betty erkannte entsetzt, dass sie die Brust einer lebenden, atmenden Kreatur anleuchtete. Sie ließ den Strahl weiterwandern, über Brustmuskeln so groß wie Wassermelonen und Arme mit dem Umfang von Kanonenrohren, dann weiter nach oben Richtung Gesicht. Betty hatte keine Vorstellung, was für ein Anblick sie erwartete. Wenn im Lichtstrahl irgendein Verrückter erschienen wäre, der sich vor Lachen ausgeschüttet und dabei einen von innen beleuchteten Halloween-Kürbis geschwenkt hätte, hätte sie das kaum überrascht.

Das Gesicht des grünhäutigen Wesens blieb im Schatten verborgen. Trotzdem konnte sie die Umrisse der Kreatur erkennen und vor allem die grünlich glühenden Augen, die sie anstarrten. Die Augen näherten sich einander und der Blick schien eine gewisse Unsicherheit und ein leises Misstrauen auszudrücken. Das Wesen sah sie an, als würde sie ihm irgendwie bekannt vorkommen … vermutlich erkannte es in ihr seinen Mitternachts-Snack.

Betty stieß einen Schrei aus, ließ die Taschenlampe fallen und machte einen Schritt rückwärts, als das Monster plötzlich auf sie zukam. Und es war wahrhaftig ein *Monster*.

Unzweifelhaft war diese Bestie nichts, was die Natur hervorgebracht hatte. Ein abgrundtief hässliches, dämonisches Etwas, das sie ohne zu Zögern in Stücke reißen würde.

Im Zurücklaufen stolpert sie über eine Baumwurzel. Sie fiel, ihre Arme ruderten hilflos in der Luft, und das Monster war augenblicklich über ihr; es griff nach ihr, *natürlich weil es ihr die Arme ausreißen wollte* … und hielt sie.

Das war alles. Es hielt sie einfach. Es war ein verrückter Anblick, sie standen da wie zwei Tänzer, die in einer graziösen Bewegung erstarrt waren. Allerdings war nichts sonderlich Charmantes in der Art, wie das Monster sie auf seiner riesigen Hand hielt.

Sie versuchte sich zu bewegen, aber es ging nicht. Nicht, dass das Monster sie festgehalten hätte, sie war einfach starr vor Angst. Und das Monster blickte sie an, als wäre das, was es suchte, irgendwo in ihren Augen verborgen.

So verharrten sie eine Weile. Und dann, ganz sanft, wie eine Mutter, die ihr Kleines in die Wiege legt, stellte die Kreatur Betty wieder auf ihre eigenen Füße. Dabei ließ es sie nicht aus den Augen. Es schien sie von irgendwoher zu kennen. Aber woher? Normalerweise verbrachte Betty nicht allzu viel Zeit in Gesellschaft von riesigen, grünen, walddurchstreifenden Monstern.

Sie schnappte überrascht nach Luft, als das Monster sie auf das Dach ihres Autos hob. Sie konnte die enorme Kraft in seinen Armen spüren; es hätte sie wie eine reife Frucht zerquetschen können. Stattdessen behandelte es sie mit einer geradezu rührenden Feinfühligkeit.

Vom Dach des Autos aus hatte sie einen neuen Blickwinkel. Sie konnten sich jetzt direkt in die Augen sehen. Das Wesen starrte sie an, als versuche es, etwas über sie herauszufinden.

Plötzlich bemerkte Betty, wie das Monster in einer Mischung aus Angst und Wut das Gesicht verzog. Es drehte sich um und sog schnüffelnd die Luft ein. Es war geradezu lächerlich, mit ihm reden zu wollen; trotzdem setzte sie an, es zu fragen, was los sei. Schnell legte es seine Hand über ihren Mund, und instinktiv setzte sie sich zur Wehr, aus Angst, das Monster könne ihr die Kehle zudrücken. Aber es schien ihren Widerstand nicht mal wahrzunehmen, und dann hob es sie hoch und hielt sie in seinen Armen, als wolle es sie vor etwas beschützen.

Es herrschte absolute Stille, genau wie vorher. Es schien, als wäre die Welt zu einem völligen Stillstand gekommen und nur sie beide wären noch lebendig.

Betty entdeckte sie zuerst.

Sie wurde leichenblass. Sie hatten sich am Waldrand wie grüne Phantome schlagartig materialisiert. Drei Hunde, aber Hunde im weitesten Sinne des Wortes. Es waren gewaltige, grüne Kreaturen, mit gesenkten Köpfen und hängenden Kiefern. Ihre Augen blitzten vor Hass auf eine Welt, die im Stande war, so etwas wie sie hervorzubringen. Aus ihren Mäulern tropfte pausenlos der Speichel. Aus ihren Kehlen drang ein tiefes Grollen, wie das Geräusch eines vorbeidonnernden Güterzugs; nur schienen sie nicht die Absicht zu haben, ebenso schnell wieder zu verschwinden wie ein vorbeifahrender Güterzug. Sie blieben, wo sie waren, und sie waren absolut Furcht einflößend.

Und dann griffen sie an.

Als würden ihre Bewegungen von einem einzigen Hirn synchronisiert, kamen die drei Bestien in schnellen Sätzen auf Betty und ihren Beschützer zugestürmt. Und dann, in einem einzigen unglaublichen Sprung, überwanden sie die letzten zehn Meter. Betty hatte den Angriff noch nicht richtig realisiert, da war ihr Beschützer schon hinter ihr Auto gesprungen. Das schien ihm so leicht zu fallen, dass Betty die Hoffnung schöpfte, er könne den anstürmenden Monstren entkommen und sie vielleicht sogar mitnehmen.

Aber das dumpfe, wütende Grollen, das aus seiner Brust drang, sagte alles. Wegrennen schien nicht seine Sache zu sein. Und noch etwas fiel Betty auf: Sie hatte aufgehört, von ihm als *Es* zu denken.

Die monströsen Hunde schossen über ihr Ziel hinaus, als wären sie noch nicht vertraut mit ihren Körpern, und dem, was sie mit ihnen anstellen konnten. Genau in dem Moment, als sie über sie hinwegflogen, stieß der Gigant Betty gegen das Auto. Betty riss automatisch die Türe auf und warf sich in den Wagen. Er würde ihr zumindest ein Minimum an Schutz bieten. Er schlug die Tür hinter ihr zu und das Blech zerknitterte unter seinem mächtigen Zugriff. Dann wirbelte er herum und nahm die Hunde ins Visier. Er stieß einen gewaltiges Gebrüll aus, als wolle er sie herausfordern. Die Hunde waren ein paar Meter vom Auto entfernt gelandet und hatten sich blitzschnell gedreht. Sie fauchten zurück, als würden sie seine trotzige Herausforderung annehmen. Er ging in die Hocke, und es sah für einen Moment so aus, als würde er sie anspringen, doch dann katapultierte er sich senkrecht in die Höhe wie eine Rakete. Betty legte den Kopf in den Nacken, um durch die Windschutzscheibe seine Flugbahn verfolgen zu können, aber er war verschwunden.

Die Hunde taten ihr Bestes, um ihm zu folgen. Sie sprangen in die Höhe, fielen aber gleich wieder zu Boden. Schnell war Betty klar warum: Ihre Körper waren konstruiert worden, um möglichst effektiv Entfernungen in der Horizontalen zu überwinden und nicht in der Vertikalen. Menschen dagegen waren Kreaturen die aufrecht gingen und sich vertikal orientierten. Betty kam daher zu der Überzeugung, dass ihr Retter – wer immer der mysteriöse Unbekannte auch war – etwas Menschliches an sich hatte.

Die drei Hunde drehten sich ein paar Mal irritiert um die eigene Achse und wussten einen Augenblick lang nicht, was sie tun sollten. Doch dann stockte Betty der Atem, als einer der drei seine Aufmerksamkeit auf das Auto richtete. Unter ihren hochgezogenen Lefzen wurden faulig-grüne Zähne sichtbar, ihre Augen glühten böse und dann setzten sich die drei in Bewegung.

In diesem Augenblick kam der jadegrüne Gigant von oben herabgedonnert und landete zielsicher auf dem Rücken eines der Hunde. Er riss ihn zu Boden und zermalmte ihn unter seinem Gewicht. Man hörte ein entsetzliches Krachen und das Tier stieß einen gequälten Schrei aus, der selbst Betty Mitleid empfinden ließ. Doch nur für einen kurzen Augenblick. Die anderen beiden Hunde machten sich schon wieder daran, den grünen Gigant einzukreisen, und er entzog sich erneut durch einen Senkrechtstart. Betty beobachtete entsetzt, wie das Fleisch des zermalmten Hundes zu dampfen und zu schmelzen begann. Es war, als ob die

Natur sich dieses abartigen Wesens schämen würde. Die verbleibenden zwei rannten aufgepeitscht im Kreis. Sie wussten nicht, worauf sie sich konzentrieren sollten – auf die sichere Beute im Auto, auf ihren toten Artgenossen oder auf den fliegenden grünen Peiniger, der jeden Moment zurückkehren konnte.

Plötzlich wich eine der Kreaturen zur Seite aus, scheinbar ohne jeden Grund. Doch schnell wurde deutlich warum. Der Gigant landete erneut, mit einer Wucht, die den Boden erzittern ließ. Aber diesmal hatte sein Zielobjekt ihn in letzter Sekunde erahnt und sich so das Schicksal seines Artgenossen erspart.

Der Kampf begann nun hitziger zu werden. Einer der Hunde verbiss sich im Fußgelenk des Giganten. Er stieß ein Ohren betäubendes Gebrüll aus, das eigentlich alle Bäume der Umgebung hätte entwurzeln müsse; jedenfalls schien es Betty so. Der Gigant versuchte, den Hund abzuschütteln, während die zweite Bestie die Gelegenheit nutzte und sich in seinen Hals verbiss.

Betty schrie ängstlich auf. Es war unglaublich, wie schnell die Dinge sich umgekehrt hatten. Zuerst hatte sie in dem bizarren grünen Eindringling eine unvorstellbare Bedrohung gesehen, die ihren schlimmsten Albträumen entsprungen schien, und jetzt war er ihr entschlossener Verteidiger, ihre einzige Chance, aus dieser wahnwitzigen Situation lebend herauszukommen.

Aber die Lage war hoffnungslos. Seine Angreifer waren in der Überzahl, und einer hielt seine Kehle in einer tödlichen Umklammerung.

Der Gigant schwankte. Mit einer schnellen Bewegung seines Beins schüttelte er den einen Hund ab. Dann gelang es ihm, die Kiefer des anderen aufzubiegen. Betty sah zerwühltes Fleisch am Hals des Giganten, und grünes Blut begann aus der Wunde zu spritzen, als der Riese ausholte und den Hund wegschleuderte. Er fasste sich an den Hals, offensichtlich, weil er etwas Warmes herabfließen fühlte, und sah überrascht auf die zähe, grüne Flüssigkeit, die sich in seiner Handfläche sammelte.

Der Hund, den er von seinem Knöchel geschüttelt hatte, richtete jetzt seine Aufmerksamkeit auf Betty, und sie schrie erneut auf. Der Gigant wollte ihr zu Hilfe zu kommen, doch der andere Hund versperrte ihm den Weg. Er taumelte rückwärts und sein Überlebenstrieb schien plötzlich Überhand über die rasende Wut auf die Bestien zu gewinnen. Er machte einen Satz nach hinten und katapultierte sich vom Dach der Hütte auf einen nahe gelegenen Baum.

Die Hunde verloren sofort das Interesse an ihrem Widersacher und umkreisten lauernd das Auto. Betty fuhr mit den Händen in die Taschen und kramte verzweifelt nach ihren Schlüsseln … und entdeckte sie dann etwa zehn Meter vom Auto weg auf dem Waldboden, spöttisch im Mondlicht glitzernd. »Oh … super«, knirschte sie. Ihr sicherer Zufluchtsort war plötzlich nur noch ein Haufen von dünnem Blech und Glas und ein völlig unzureichender Schutz bei einem entschlossenen, gemeinsamen Angriff dieser … dieser …

… gamma-bestrahlten … natürlich, das ist es … sie haben enorme Fähigkeiten und Widerstandskraft … wurden von jemandem künstlich erzeugt, ähnlich, wie das, woran wir geforscht haben … man müsste sie genau untersuchen …

Sie staunte über sich selbst. Und ein bisschen war sie sogar stolz auf sich. Da saß sie in der Falle, und hatte wahrscheinlich nicht mehr lang zu leben, aber sie würde wissenschaftlich denkend abtreten. Das war ein kalter Trost, aber besser als gar keiner.

Plötzlich donnerte eine gewaltige Pfote gegen die Windschutzscheibe und Betty fuhr in ihrem Sitz zurück. Dann wurde ihr die Sicht vollständig von einem knurrenden Maul mit einer langen heraushängenden Zunge verdeckt. Eine zweite Pfote kam hinzu, schlug gegen das Glas und erzeugte dabei tiefe Kratzspuren und ein schrilles, Nerv tötendes Quieken. Wie Spinnweben breiteten sich Risse auf der Windschutzscheibe aus.

Dann vernahm sie einen dumpfen Schlag und der Kopf des Hundes wurde flach gegen die Scheibe gequetscht. Blut spritzte. Zuerst verstand Betty nicht, was geschehen war, aber dann sah sie es.

Der Gigant war nicht etwa vor den Hunden geflüchtet, er hatte nur nach einer Waffe gesucht, mit der er sich besser verteidigen konnte. Was er gefunden hatte, war recht primitiv, aber in seinen Auswirkungen vernichtend: ein entwurzelter Redwood-Baum. Er hatte mit der Präzision eines Baseball-Spielers ausgeholt und den Vierbeiner auf der Scheibe platt gedroschen.

Betty beobachtete durch das Blut verschmierte Fenster ihren Beschützer, der festzustellen versuchte, wo der zweite Hund abgeblieben war. Das wurde ihm schlagartig klar, als der Mastiff ihn von hinten ansprang und direkt in seinem Nacken landete. Der grüne Riese schwang den Baumstamm, aber er hatte kein Glück und traf ins Leere. Er schleuderte den Baum beiseite und versuchte den Hund zu packen. Das Biest wich geschickt seinen suchenden Händen aus, und so sah der Gigant nur eine Möglichkeit: Er warf sich mit aller Kraft auf den Rücken, in der Hoffnung, den Hund zu zerquetschen

Es war im Prinzip ein guter Gedanke, aber er scheiterte an der Ausführung. Denn kurz bevor er auf dem Boden auftraf, war der Hund blitzschnell auf seine Brust gekrochen. Er versuchte, seinen gewaltigen Kiefer in den Hals des Riesen zu rammen, aber der erwischte ihn gerade noch rechtzeitig. So rollten sie in einer tödlichen Umarmung über den Waldboden, brüllten und fauchten, bissen und würgten sich.

Und plötzlich erwachte der Hund auf der Windschutzscheibe, den der Gigant halb tot geprügelt zu haben schien, zu neuem Leben. Das fast erloschene Licht in seinen Augen flammte böse funkelnd auf. Mit einem gewaltigen Sprung zerschmetterte er die Scheibe – genau in dem Moment als Betty den Kipphebel für die Lehne des Sitzes nach oben riss. Die Rücklehne krachte samt Betty nach hinten um, während der Kiefer de Bestie knirschend über ihr zusammenschlug. Sie schloss die Augen, teils um sich vor den umher fliegenden Glassplittern zu schützen, aber vor allem, um die widerwärtige Fratze nicht sehen zu müssen, die jetzt auf sie herabstürzte.

Sie krallte ihre Hände in den Sitz und betete, dass es schnell vorüber wäre.

Aber es war nicht schnell vorüber.

Sie verharrte einige Sekunden lang in dieser Haltung, dann wagte sie es die Augen zu öffnen. Der Kopf des Hundes hing schlaff herunter, sein Maul stand offen. Seine letzte Attacke war im wahrsten Sinne des Wortes die Letzte gewesen: Er war den Verletzungen erlegen, die der Gigant ihm zugefügt hatte. Sein Körper begann zu blubbern und zu schmelzen, so wie der des anderen Hundes. Rasch kroch Betty rückwärts, um ihre Beine frei zu bekommen. Sie wusste nicht, ob es irgendwelche giftige oder ätzende Wirkung hatte, aber sie hatte auch keine Lust es herauszufinden.

Von der anderen Seite der Lichtung her hörte sie es immer noch brüllen und fauchen, aber sie konnte nicht unterscheiden, welche Geräusche von dem Tier und welche von dem grünen Gigant kamen. Die Geräusche wurden heftiger und der Kampf immer wütender, bis plötzlich ein hohes durchdringendes Wimmern zu hören war, das nur aus der Kehle des Hundes stammen konnte. Betty wollte aus dem zersplitterten Fenster sehen und berührte nur voller Abscheu den Hund, um ihn aus dem Weg zu schaffen. Durch das Blut und die ganze widerwärtige Masse hindurch konnte sie die Umrisse des Giganten erkennen, der den Hund am ausgestreckten Arm von sich weg hielt. Es schien unmöglich, aber trotzdem wirkte es, als sei der grüne Riese noch gewachsen. Er war tatsächlich gewachsen. Seine Faust war jetzt groß genug, um die Kehle des Hundes vollständig zu umgreifen. Plötzlich ballte sich die Faust und das Gewimmer des Hundes ging in ein schrilles Angstgeheul über. Es folgte das Geräusch von splitternden Knochen und zerreißendem Fleischs.

Wäre Betty in einem annähernd normalen Bewusstseinszustand gewesen, hätte sie sich unweigerlich übergeben müssen. Aber ihre Nerven waren so hoffnungslos überreizt, dass sie das Gefühl hatte, als könne sie nie wieder in ihrem Leben etwas schocken.

Tot tot platt gemacht keine Hunde mehr Betty sicher Betty Betty sicher geschafft aber müde so müde … aber … aber Betty … ist … in Sicherheit … Betty ist … in Sicherheit …

In den Berkeley-Labors sorgt der Ausbruch des Hulk für Panik.

Betty entdeckt Bruce's Geheimnis und versucht ihm zu helfen, indem sie ihn an den Ort seiner Kindheit führt.

Der skrupellose Talbot hat Bruce Banner in seine Gewalt gebracht,
während Betty weiter nach einem Ausweg sucht.

An einem Abrams-Panzer demonstriert der Hulk seine Stärke.

Als sich der Hulk Richtung San Francisco bewegt, mobilisiert Thunderbolt im Kontrollzentrum alle verfügbaren Einsatzkräfte.

Der Hulk in den Straßen von San Francisco

David Banner versucht seinen Sohn
für seine größenwahnsinnigen Pläne zu gewinnen.

»Betty … ist in Sicherheit …«

Er sagte die Worte, ohne ihren Sinn völlig zu erfassen. Der Drang zu handeln war tief aus seinem Inneren gekommen, seine Aktionen hatten für ihn keinen logischen Zusammenhang gehabt.

In seinem Kopf herrschte immer noch Nebel. Er setzte sich in Bewegung und stolperte Richtung Flussufer. Beinahe wäre er gestürzt, aber er konnte sich rechtzeitig mit seinen starken Armen abstützen. Er kroch zum Wasser und starrte ausdruckslos auf sein Spiegelbild. Sein Verstand kämpfte gegen das weiße Rauschen in seinem Kopf. Da war sein Spiegelbild im Wasser, und das Wasser bewegte sich in Wellen, nur … es war nicht das Wasser, das sich in Wellen bewegte, denn das Wasser war ruhig, bis auf die vereinzelten Regentropfen, die kleine Kreise auf der Wasseroberfläche erzeugten – es war sein Gesicht, das sich so merkwürdig wellte; nur war es gar nicht sein Gesicht, denn es war groß und grün und entstellt, und es war doch sein Gesicht, denn jeder Mensch weiß tief in seinem Innersten von seinem verborgenen Gesicht, seinem Schattengesicht.

Da war dieses Gesicht, und es starrte zurück. Doch langsam begann es zu schrumpfen und sich zu verschieben. Es wellte sich noch mehr und wurde zu einem anderen Gesicht, das schwach und verwirrt wirkte. Der Anblick dieses Gesichts ärgerte ihn einerseits, andererseits erleichterte es ihn unendlich. Der grüne Farbton seiner Haut wurde fleckig und verschwand dann völlig, bis seine Haut wieder ihre normale Farbe hatte …

Eine Stimme tönte in seinem Kopf. Es war seine eigene, aber da war auch noch eine zweite, eine tiefe, kehlige Stimme. Und für einen kurzen Augenblick hatten diese beiden Stimmen das gleiche Anliegen …

Betty …

Der Regen klatschte auf die kaputte Windschutzscheibe und sorgte dafür, dass das Blut in langen Schlieren herab lief. Teilweise war es schon soweit abgewaschen worden, so dass Betty wieder nach draußen sehen konnte.

Sie glaubte, den Giganten Richtung Flussufer gelaufen sehen zu haben, und sie befürchtete, er könne tödlich verletzt worden sein. Aber er hatte seine tief aufgerissene Kehle nicht mehr umklammert gehalten. Diese Verletzung alleine hätte ihn normalerweise töten müssen, aber der Blutfluss schien auf erstaunliche Weise gestoppt worden zu sein. So, als ob die tiefen Risse innerhalb kürzester Zeit von selbst geheilt wären …

… selbst geheilt … Gamma-Strahlen … O Gott! … Oh, mein Gott …

Während sie den Giganten auf die Knie sinken sah, begann sie zu verstehen, was sie gerade erlebt hatte. Ihr dämmerte plötzlich, welche irrwitzige Dimension die Realität angenommen hatte. Und während sie verfolgen konnte, wie die Haut des Giganten sich wellte und schrumpfte, und sein Fleisch entgegen aller physikalischer Gesetzen weg schmolz wie Butter in der Sonne, wollte sie es immer noch nicht recht glauben.

Mein Gott, was haben wir da bloß entfesselt, dachte sie, abgestoßen und fasziniert zugleich.

Die Welt schien stillzustehen, als der Mann sich vorsichtig wieder aufrichtete und schwankend im Regen stand. Es war, als hätte der herabströmende Regen die äußere Hülle des Monsters weggewaschen und den

Mensch zurückgelassen. Wie eine Taufe, die seine Menschlichkeit wiederhergestellt hatte. Und als er sich ihr zuwandte und sie in das vertraute Gesicht sah, wurde die Grenzlinie zwischen Fantasie und Wirklichkeit plötzlich ganz dünn und zerriss schließlich ganz. Ein altes Kinderlied fiel ihr ein, nur wegen des Refrains: »*Das Leben ist nur ein Traum.*«

Wie ein Betrunkener wankte er auf sie zu. Als er den Wagen erreichte, zog er an der Türe, die das Monster zugeschlagen hatte. So unermesslich stark er vorher auch gewesen war, so Mitleid erregend wirkte er jetzt, wie er tropfnass mit seiner ganzen, nicht mehr vorhandene Kraft, an der Türe zerrte. Nach vielen Versuchen schaffte er es schließlich, und Betty stolperte aus dem Wagen und in seine Arme. Sie sah, dass er Blut beschmiert war und verfiel in Panik, bis sie merkte, dass es ihr eigenes Blut war. Umher fliegende Glassplitter und ein letzter Hieb der verendenden Bestie hatten ihre Haut aufgerissen.

Sie sanken auf den Boden, der durch den herabströmenden Regen schlammig geworden war, und hielten sich gegenseitig fest umklammert; auf der Suche nach etwas, das ihnen ein Stück Vertrautheit wiedergeben konnte, in einer Welt, in der alles irrealgeworden war. Sie hatte ihn fest an sich gezogen und hielt ihn in ihren Armen. Er betrachtete seine Hände wie ein Neugeborenes. Erst in diesem Moment schien er wirklich zu begreifen, dass sein gewaltiges grünes Alter-Ego verschwunden war und dass er wieder er selbst war. Es musste furchtbar für ihn sein, zu erkennen, dass er die personifizierte Raserei war, eine völlig außer Kontrolle geratene Gewalt …

Und dann lachte er.

Das war nicht die Reaktion, die Betty erwartete hatte. Das Lachen kam völlig unvorbereitet und schockte Betty mehr als der Angriff der gamma-bestrahlten Hundebestien. Er schüttelte die Faust, die er gerade noch angestarrt hatte und kam dabei Bettys Gesicht gefährlich nah. Das Beängstigende war, dass er das nicht einmal zu bemerken schien. Der Regen floss an seiner Stirn herab in seine Augen und sein Haar klebte tropfnass am Kopf. Es schien ihm gleichgültig zu sein. Er lachte erneut, und diesmal klang es fast besessen, wie ein … verrückter Wissenschaftler.

Betty zuckte zusammen und zog sich instinktiv von ihm zurück. Es schien ihm gleichgültig zu sein, so beschäftigt war er mit seinem irren, selbstzufriedenen Geglückse. Er war kein bisschen panisch oder abgestoßen oder irgendwie besorgt über die Konsequenzen dieser Ereignisse. Er war glücklich. *Glücklich!* Glücklicher als sie ihn jemals zuvor erlebt hatte. Schlimmer noch, glücklicher, als sie ihn jemals hatte machen können.

»Bin ich wach?«, fragte Bruce. Betty nickte zögernd. »War ich das? Ich habe sie getötet, oder? *Ich habe sie getötet!*«

Bruce hatte immer ein gewisses Maß an Verständnis für Bettys Gefühle aufgebracht, trotz seiner ganzen emotionalen Schwierigkeiten. Aber der Mann, der früher einmal Bruce Banner gewesen war, schien sich dafür nicht mehr im Mindesten zu interessieren. Er legte ihr einfach die Hand über den Mund, um ihr zu zeigen, was er meinte. »Schau, so! Ich habe einfach ihr Genick gebrochen!«

Entsetzt stieß Betty ihn von sich. Er schien irritiert.

»Bruce!«

Er sah sie an, blinzelte im Regen und presste dann den Rücken seiner Nase zwischen Zeigefinger und Daumen, als müsse er sich darauf konzentrieren, wer er war und wo er war.

Zaghaft und etwas ängstlich neigte sich Betty vor und flüsterte: »Du hast es nicht unter Kontrolle, oder?« Sie meinte nicht nur die Transformationen. Er konnte das wahnsinnige Hochgefühl nicht mehr kontrollieren, dass ihn bei der Vorstellung befiel, zwei lebende Wesen brutal zermalmt zu haben. Aber es schien besser, sich auf die körperliche Veränderung zu konzentrieren, als auf seinen momentanen Gefühlszustand. »Kannst du dich daran erinnern, wie es angefangen hat?«

Ein Ausdruck echter Angst zeigte sich in seinen Augen. Endlich begann er die volle Tragweite dessen zu erfassen, was geschehen war. Es war, als würde sich nach einer totalen Sonnenfinsternis der Schatten des Mondes langsam wieder von der Sonne zurückziehen. Er blickte erneut auf seine Faust. Aber diesmal schien keine Freude mehr in der Vorstellung zu liegen, dass diese Hand Gewalt über Leben und Tod gehabt hatte.

Sie nahm seine Hand sanft in ihre.

Langsam schüttelte Bruce den Kopf. »Ich weiß nicht«, sagte er, und der Wahn, der ihn so gründlich gepackte hatte, war restlos verschwunden. »Es ist einfach die Wut, der Hass … Ich bin so müde. Ich habe Angst und bin sehr, sehr müde.«

Sie nahm ihn wieder in die Arme. Im strömenden Regen lehnte er sich an sie und sank in sich zusammen. Sie half ihm auf die Beine und brachte ihn zur Hütte. Und während sie das tat, kehrten die Geräusch langsam wieder in den Wald zurück.

Während Bruce schlief, saß Betty neben ihm und sah ihn an. Sie dachte an die Kreatur. Sie dachte an die ungeheuren Kräfte, die er freigesetzt hatte und wie sehr er diese Kräfte genossen hatte. Und sie dachte daran, dass Wut und Hass, in ihrer elementarsten Form, völlig unkontrollierbar waren. Es war unvorhersehbar, gegen wen oder was sich seine Wut als nächstes richten würde.

Es war ihr eiskalt den Rücken herunter gelaufen, als er ihr die Hand auf den Mund gepresst hatte, und sie sah deutlich vor sich, wie dieser Riese dem Mastiff mit den grün-funkelnden Augen den Schädel zerquetscht hatte. Sie starrte auf Bruces Hände. Es fiel ihr schwer, sie anders zu sehen als gewaltig und grün, und sie hatte Angst, dass ihr das gleiche zustoßen könnte wie den Hunden. Sie betrachtete seine nackte Brust, die sich sanft hob und senkte, und sofort sah sie wieder die Brust des jade-grünen Monsters vor sich, so wie sie sie das erste Mal im Wald gesehen hatte.

Die zerstörerischste und unkalkulierbarste Kraft, die das letzte halbe Jahrhundert hervorgebracht hatte, schlief seelenruhig neben ihr auf der Couch.

Kein Wunder, dass sie Angst hatte. Kein Wunder, dass sie nach ihrem Handy griff und nach der Nummer der Joint Tactical Forces West suchte. Doch sie musste feststellen, dass sie keinen Empfang hatte. Sie schlich auf Zehenspitzen in die Küche, griff nach dem Hörer und wählte so leise sie konnte.

Schnell hatte sie ihren Vater ausfindig gemacht. Als sie »Vater?« ins Telefon flüsterte, tat sie das mit einer Scheu, mit der man einen Beichtstuhl betritt und herauszufinden versucht, ob auf der anderen Seite ein Priester sitzt.

»Betty!«, tönte die Stimme ihres Vaters, und Betty konnte sich nicht erinnern, jemals so froh gewesen zu sein, seine Stimme zu hören. »Alles in Ordnung?«

Seine dröhnende Stimme stand in deutlichem Kontrast zu ihrem Flüsterton. »Ich habe Angst, und ich, oder besser wir, brauchen deine Hilfe. Ich muss …« Sie unterbrach sich. Es war ihr noch nie so schwer gefallen, etwas auszusprechen, und sie sagte es ebenso gut zu sich selbst wie zu ihm: »Ich muss dir vertrauen können.«

»Wo steckst du?«

Sie presste den Hörer noch fester an ihr Ohr. »Es ist nicht Bruces Schuld. Du musst mir das glauben. Sein Vater, er hat versucht mich und Bruce umzubringen …«

Bruce bewegte sich im Schlaf. Betty hielt inne und beobachtete ihn.

»Hallo? Betty? Betty?«

»Wir sind in der Hütte«, sagte sie plötzlich. »Wir gehen hier nicht weg. Lass dir Zeit. Triff Vorbereitungen. Und Dad, was immer auch geschieht …«

»Ja?«

»Mach ihn nicht wütend.«

Verrat oder Rettung?

Der nächtliche Regen hatte eine reinigende Wirkung gehabt. Als die Morgensonne über dem Wald aufging, gab es keine Anzeichen mehr für die Kämpfe, die hier getobt hatten. Der gewaltige Dauerguss hatte die blutigen Überreste, die überall verteilt gewesen waren, sowie die aufgelösten Kadaver der Killer-Hunde weggespült. Der entwurzelte Baum lag noch da, aber das war im Wald nicht weiter auffällig. Und was das völlig verbeulte Auto betraf … da war einfach nicht mehr viel zu machen.

Bruce saß in eine Decke gewickelt auf der Couch, denn es gab keine Kleider zum Wechseln in der Hütte. Es fiel ihm nicht leicht, die ganzen Ereignisse zu verarbeiten. Vieles kam ihm einfach wie ein böser Traum vor, nicht nur die ohnehin völlig wahnwitzige Verwandlung in das Monster. Er erinnerte sich an das ganze Geschehen wie an einen Traum, in schnellen vereinzelten Bildern und flüchtigen sinnlichen Eindrücken. Der einzige Unterschied war, dass man einen Traum immer nur alleine erlebte und auf die eigenen Erinnerungen angewiesen war. Hier aber war Betty dabei gewesen. Sie hatte sogar mit seinem wahnsinnigen Vater gesprochen, der vermutlich für einen Teil der Ereignisse verantwortlich war. Sie würde ihm helfen, die Puzzle-Teilchen zusammenzusetzen.

Sie saß ihm gegenüber auf einem Stuhl und hatte die Hände in den Schoß gelegt. Er war überrascht, wie gut sie das alles wegsteckte. Wäre er an ihrer Stelle, würde ihm das sicher nicht so gut gelingen. Sie lächelte, sprach freundlich mit ihm, tat nichts, was ihn irgendwie hätte aufregen können. Das geschah sicher auch aus einem gewissen Selbstschutz heraus. Sie war sicher nicht erpicht darauf, ihn wieder in einen Erregungszustand zu versetzen. Aber es tat ihm einfach gut, dass Betty ihn so umsorgte, dass sie sich Gedanken über das machte, was geschehen war, und was mit ziemlicher Sicherheit wieder geschehen würde, wenn man die Dinge unkontrolliert weiter laufen ließ.

Er und Betty waren ein Team. Sie war hundertprozentig auf seiner Seite. Und solange das so war, konnte sich Bruce kein noch so großes Hindernis vorstellen, das sie nicht gemeinsam überwinden konnten und kein noch so verzwicktes Rätsel, das sie nicht hätten lösen können.

In der Morgensonne hatte sich ein goldener Schimmer um ihr Haar gebildet. Sie wirkte fast wie ein Engel, als sie mit einem verklärten Lächeln alles noch einmal mit ihm durchging und versuchte, Ordnung in das verwirrende Durcheinander der Puzzleteilchen zu bringen.

»Deine Wut«, sagte sie, »ist eine Art Auslöser, und wenn die DNA-Stränge so schnell aufbrechen, muss eine ungeheure Menge von Energie freigesetzt werden ...«

»... die ich dann irgendwie absorbiere«, ergänzte Bruce nachdenklich.

»Und die du transformierst. Wie du es mit den Gamma-Strahlen getan hast. Es ist einfach etwas, das in dir steckt.« Sie machte eine Pause. Sie dachte bereits über eine mögliche Antwort auf ihre nächste Frage nach, ohne sie ihm gestellt zu haben. »Aber was kann es stoppen?«, fragte sie schließlich.

»Wie kann man verhindern, dass es weiter und weiter geschieht und zu einer Art Kettenreaktion führt?«, überlegte er laut. »Das nächste Mal könnte es vielleicht schon kein Zurück mehr geben.«

Dieser Gedanke ließ Betty erschauern und Bruce konnte ihr deswegen keinen Vorwurf machen. Die Vorstellung, dass er als eine Art *King Hulk* durch die Stadt tobte, Häuser ramponierte, Flugzeuge vom Himmel holte und dabei eine schreiende Schönheit in seiner gewaltigen Faust hielt, dieses Bild war nicht gerade sehr beglückend. Da wäre es schon besser, er würde explodieren wie Freddie der Frosch.

Einen Moment lang schwieg er. Da war noch etwas, was er ihr sagen wollte, aber es fiel ihm schwer, offen mit ihr darüber zu reden. Er wusste nicht, wie sie reagieren würde, und eine innere Stimme riet ihm, es für sich zu behalten. Aber er wollte sich bemühen, Betty gegenüber ehrlich zu sein und ihr alles zu sagen, was ihm durch den Kopf ging. Irgendwann würde sie es doch herausfinden. Er hatte keine Ahnung wie, aber sie würde es herausfinden.

Außerdem versuchte sie ihm zu helfen. Sie sorgte sich um ihn, liebte ihn. Wie konnte sie ihm helfen, wenn er ihr Dinge verschwieg?

Er beugte sich vertraulich zu ihr hinüber und macht ihr ein Zeichen, das Gleiche zu tun. Sie zögerte einen Moment, tat es dann aber. Er sprach flüsternd, als wäre er ein Magier, der jeden Moment die geheimnisvolle Formel ausspricht. »Weißt du, was mir am meisten Angst macht? Wenn es passiert, wenn es über mich kommt, verliere ich völlig die Kontrolle.« Er sah ihr tief in die Augen. Dann blickte er tief in sich hinein und machte ihr und sich selbst ein Geständnis:

»Und ich mag das.«

Einen Augenblick lang herrschte Stille. Ihm war klar, dass es nicht leicht für sie war, darauf zu reagieren. Er befand sich ja selbst auf völlig neuem, unerforschtem Terrain. Es war also nur zu verständlich, dass dieser Gedanke Betty erschrecken musste. Wenn man alleine bedachte, was sie bis zu diesem Punkt alles hatte wegstecken müssen, das grenzte schon an …

In diesem Augenblick hörte Bruce draußen ein Geräusch. Es hörte sich an wie eine umstürzende Abfalltonne. Vielleicht schnüffelte irgendwo ein Waschbär herum.

Er machte Betty ein Zeichen, sich nicht von der Stelle zu rühren. Sie folgte ihm mit den Augen, als er zum Fenster ging, um nachzusehen, was sich da draußen herumtrieb. Er erwartete, dass er einfach nur ein mal laut in die Hände zu klatschen brauchte, um irgendein neugieriges Wesen zu verscheuchen, das auf der Suche nach einem kleinen Imbiss war.

Und so war er ziemlich verdutzt, dass er einen leisen Knall hörte, als er sich aus dem Fenster lehnte und gleich darauf einen stechenden Schmerz verspürte. Er starrte verständnislos nach unten und entdeckte einen Betäubungspfeil, der in seinem Bauch steckte.

Er erkannte sofort, was es war und versuchte den Pfeil herauszureißen. Doch als sein Gehirn den Befehl an seinen Arm schickte, hing dieser bereits wie ein lebloser Klumpen Fleisch von seiner Schulter herab. Sein linker Arm war, wie er feststellen musste, leider genau so unkooperativ wie der rechte und Bruce sank auf die Knie. Er schaffte es gerade noch das Wort »Was?« auszustoßen, das Einzige, was ihm in diesem Moment noch einfiel.

Die Welt um ihn herum begann sich zu drehen, und dann war Betty bei ihm. Ihr Gesicht schien riesengroß. Sie beugte sich über ihn und half ihm, sich hinzulegen. Er starrte sie verständnislos an, als sie murmelte: »Es ist alles gut. Es wird dir helfen, ein bisschen zu schlafen, das ist alles.« Er versuchte den Kopf zu schütteln, aber er konnte seine Nackenmuskeln nicht mehr bewegen. »Du wirst mir verzeihen Bruce. Ich weiß es. Ich wusste einfach nicht, was ich sonst hätte tun sollen.«

Jetzt verstand er. Er hatte den Pfeil erst nicht mit Betty in Verbindung gebracht. Ein Verrat dieser Größenordnung war für ihn einfach nicht vorstellbar. Aber jetzt, wo er begriffen hatte, spürte er, wie ein grüner Nebel sich um ihn legte. Er konnte sehen, wie er schwebte, und mit ihm kam die rasende Wut und die Befreiung und die Macht sich zu rächen, an seinen Angreifern und an denen, die ihn verraten hatten.

Ihr verzeihen? *Ihr verzeihen?* Er würde sie … würde sie …

»Es ist nur, um dir zu helfen«, redete sie weiter auf ihn ein. Aber er konnte sie kaum noch erkennen, denn der Nebel hüllte ihn vollständig ein. Er wusste, dass es ein innerer Wettlauf war. Mit purer Willenskraft versuchte er die Wirkung des Betäubungsmittels, das durch seinen Körper zirkulierte, zu unterdrücken; gleichzeitig musste er sich selbst an den Punkt bringen, an dem die Wut die Überhand gewinnen und ihn stärken würde.

»Wir werden zusammen irgendwo hingehen, wo es sicher ist, wo niemand dir etwas antun kann. Du musst mir glauben, mir blieb keine andere Wahl. Ich hätte dich nicht einfach so gehen lassen können.«

Er würde es ihr schon zeigen … zeigen … er würde es ihnen allen zeigen … wer auch immer sie waren … und wer auch immer er selbst war … *schwer … sich … zu konzentrieren … muss mich daran erinnern … erinnern … etwas … was war es …?*

Die Tür flog auf und mit gezückten Waffen und Gasmasken über dem Gesicht stürmte das Team der Tactical Force herein.

Auch wenn er seinen Kopf nicht mehr bewegen konnte, gelang es ihm wenigstens seine Augen in ihre Richtung zu drehen … und dann versank die Welt vollständig in einem gewaltigen grünen Nebel. Das amüsierte ihn, denn es schien die einzig richtige Reaktion auf die Situation zu sein.

Er sah noch einmal hoch zu Betty, und sie erschrak, denn sie sah bereits die ersten Anzeichen glitzernder Wut in seinen Augen. Und wenn er nur wenige Sekunden länger das Bewusstsein behalten würde, könnte er es schaffen. Er könnte sich durchkämpfen, bis er der wurde, der seine Probleme lösen konnte. Ein Wesen, das die uniformierten Gestalten vor ihm niedermähen würde wie eine gewaltige Dreschmaschine, und dann würde er …

… sie platt machen … mach sie alle platt … zerstören … schlafen … schlafen …

Und dann umfing ihn die totale Dunkelheit, die nur von weit her noch leicht grünlich schimmerte.

Betty hatte sich in ihrem ganzen Leben noch nie so hin- und hergerissen gefühlt.

Sie redete sich ein, dass sie genau das Richtige getan hatte, dass sie in bestem Wissen und Gewissen gehandelt hatte und dass sie letztlich auch gar keine andere

Wahl gehabt hatte – bis sie sah, wie die Soldaten den ohnmächtigen Bruce packten, als sei er ein Sack Kartoffeln.

»Aufhören!«, rief sie.

»Hier auf die Seite, wir packen ihn von hier«, sagte einer der Soldaten barsch und ein anderer schob sie mit seinem Gewehr aus dem Weg.

Sie warfen ihn herum, legten ihm brutal Handschellen und Ketten an, so dass seine Haut an einigen Stellen abgeschürft wurde. Bruce stöhnte in seinem Betäubungsschlaf. Sie sah, wie sich an seiner Schulter ein großer Bluterguss bildete, da, wo einer der Soldaten ihn gegen die Sofakante gestoßen hatte.

»Ich habe gesagt, aufhören!«

»Sorry Ma'am«, sagte einer der Soldaten, mit einer gespielten Freundlichkeit, in der kein Funken Wahrheit war. »Gehen Sie bitte zur Seite, oder wir sind gezwungen …«

»Ruhe, Soldat! Und strammgestanden! Alle! JETZT! *Es sei denn, ihr habt Lust euch mit der Tochter von Thunderbolt Ross anzulegen!«*

Es bereitete ihr ein gewisses intellektuelles Vergnügen, festzustellen, dass sie sich fast wie ihr Vater anhörte. Die Soldaten blickten leicht verdutzt, und die ganze Operation kam zum Stillstand, weil sich keiner mehr zu bewegen wagte.

Betty zögerte nicht, denn das hätte nur Schwäche signalisiert. »Alle herhören! Ich bin Doktor Elizabeth Ross. Ranghöchster Offizier, vortreten!«

Einer der Soldaten machte einen Schritt nach vorne und sah sie misstrauisch an. »Lieutenant Simmons.«

»Simmons, diesen Mann habe ich gefunden, und er gehört in meinen Verantwortungsbereich. Ich möchte, dass er mit Samthandschuhen angefasst wird. Der Nächste, der ihn auch nur schief anschaut, hat mit Konsequenzen zu rechnen. Dieser Mann kann mit einem Arm mehr Verwüstung anrichten als ihr mit euer kompletten Militärausrüstung. Wenn ihr diese Kraft entfesselt, dann Gnade euch Gott. Denn dann wird euch keiner mehr helfen können, nicht mal eure Mutti. Verstehen wir uns jetzt!?«

Steif, aber mit angemessener Zurückhaltung, sagte Simmons: »Ja, Doktor.«

»Also«, befahl sie knapp, »zeigt mir, was ihr habt.«

Er runzelte die Stirn. »Wie bitte?«

Genervt die Augen rollend präzisierte sie: »Für den Transport und die Unterbringung. Und lassen sie uns eins nicht vergessen, Soldat, dieser Mann war vor kurzem noch drei Meter groß und knallgrün, und ihr wart trotzdem nicht in der Lage, ihn aufzuspüren und festzunehmen. Wahrscheinlich seid ihr nicht mal in der Lage, euren eigenen Arsch mit beiden Händen und einer Taschenlampe zu finden. Ihr seid hier, weil ich meinen Vater angerufen habe, und ihm mitgeteilt habe, wohin ihr kommen sollt, und was ihr zu tun habt. Das bedeutet: Ich bin hier der Chef. Ist das klar!?«

»Ja, Doktor.«

Betty fühlte sich wie eine Hochstaplerin. Es waren nicht ihre eigenen Worte, die ihr da aus dem Mund geflogen kamen. Sie hatte eine andere Persönlichkeit angenommen und kopierte ihren Vater. Trotzdem behandelten die Soldaten sie mit vollem Respekt, und sie konnte sehen, dass sie den leblosen Körper von Bruce jetzt wie einen Karton roher Eier behandelten. Sie konnte nicht anders: Sie fühlte sich wie die großartigste Hochstaplerin der Welt.

Für einen kurzen Moment hatte sie eine vage Vorstellung davon, wie es sich für Bruce anfühlen musste, wenn ihn das Hochgefühl über seine gewaltigen Fähigkeiten packte. Und auch sie mochte das Gefühl.

Ungleichgewicht der Kräfte

Die Ruhe, die über der Wüstenbasis lag, wurde zerfetzt von den mächtigen Rotorblättern eines Sikorsky H-60 Blackhawk. Zusammen mit einigen kleineren Apache Helikoptern, die ihn eskortiert hatten, war er aus den Wolken herabgestoßen. Auf dem Boden herrschte ein Durcheinander, das einem ungeübten Auge wie ein totales Chaos vorgekommen wäre, das in Wahrheit aber bis ins i-Tüpfelchen durchorganisiert war. Ein Transporter kam genau in dem Moment angerollt, als der Blackhawk sich auf etwa dreißig Meter dem Boden genähert hatte. Die Ladeluke des Helikopters öffnete sich und an einem Kran wurde die Fracht herausgeschwenkt. Sie bestand aus einem großen Container, der wie ein gewaltiges metallisches Reagenzglas aussah. Oder wie Hightech-Sarg.

Der beladene Transporter rollte anschließend in Richtung der Hauptanlage der Basis, gefolgt von einem Konvoi kleiner Fahrzeuge. Der Wagentross durchquerte die Hauptanlage mit ihren Hangars, Baracken und den vielen anderen Gebäuden, die häufig von Kongressmitgliedern und Inspektoren durchstöbert wurden, um Wähler zu beeindrucken. Dieser Transport war unterwegs zu einem etwas … geheimeren Ort.

Früher schloss sich direkt an die Wüstenbasis ein Gelände an, auf dem sich unter anderem ein Autokino befunden hatte. Das Kino war ein beliebter Treffpunkt für Army-Angehörige gewesen. Man hatte dort mit seinem Mädchen geparkt und relaxt, während man sich den neuesten Horror-Streifen ansah. Seltsamerweise war das Kino eines der wenigen Gebäude, das die gewaltige Explosion auf der Basis überstanden hatte; allerdings in keinem sehr guten Zustand.

Im Lauf der Jahre wurden die Überreste des Kinos dann zu einem Ort für Forschungsprojekte, die ein bisschen zu heikel für die normalen Labore waren.

Der Konvoi rollte auf die verfallene Projektionswand zu und blieb dort stehen. Zunächst geschah gar nichts … und dann begann sich der Boden mit einem deutlich hörbaren metallischen Knirschen zu bewegen. Der erste panische Gedanke eines zufälligen Beobachters wäre wohl gewesen, dass ein Erdbeben eine klaffende Spalte vor ihm aufreißen ließ. Aber Sekunden später wurde die rampenartige Einfahrt eines Tunnels sichtbar und unterirdische Gleise glitzerten kurz in der Morgensonne auf.

In null Komma nichts war die große Metallröhre abgeladen und auf die Schienen verfrachtet. Die Verriegelungen rasteten ein und die Röhre fuhr langsam aber stetig in die Gewölbe der unterirdischen Anlage. In der Nähe lag ein kleiner Bergrücken, und niemand wäre darauf gekommen, dass er innen vollständig ausgehöhlt worden war, um selbst Flugzeugen einen Zugang zu der unterirdischen Anlage zu verschaffen.

Und sobald die Einfahrtsrampe wieder im Wüstenboden verschwunden wäre, würde auch sonst nichts mehr darauf hinweisen, dass hier irgendetwas unter der Erde vor sich ging.

Kurze Zeit später entlud man die Röhre in der großen unterirdischen Ankunftshalle. Hier wimmelte es von Militärpersonal, Wissenschaftlern und Technikern, die aus diversen Tunnels in die Haupthalle strömten. Ein Kontroll- und Kommandocenter thronte hoch oben über der Halle. Durch die großen Fenster konnte man die Betriebsamkeit beobachten, die jetzt rund um die Röhre herrschte, als würden Arbeiterbienen und Drohnen um die soeben eingetroffene Königin herumwuseln.

Von ganz oben, aus einem der Fenster des Kontrollcenters heraus, konnte Betty sehen, wie die Röhre auf einen kugelförmigen Behälter zuglitt, in den man den bewusstlosen Bruce laden würde. Sie biss sich auf die Lippen und versuchte, den Kummer und die Unsicherheit hinunterzuschlucken. Aber ihre Gefühle entfalteten ähnlich unbezähmbare Kräfte wie der Hulk, als er mit den Hunden kurzen Prozess gemacht hatte …

Der Hulk.

Das war der Name, der von Mund zu Mund gegangen war und den mittlerweile jeder benutzte. Sie hatte keine Ahnung, wer ihn zuerst so genannt hatte, aber der Name war hängen geblieben, und jetzt benutzte sie ihn auch.

Es machte ja auch einen gewissen Sinn. Es war schließlich die Aufgabe jeder Wissenschaft, ständig Namen für alles und jedes zu finden. Keine neue Entdeckung wurde wirklich angenommen, bevor man nicht eine Bezeichnung dafür hatte. Also warum nicht Hulk? Die Kreatur hatte sicher mehr Ähnlichkeit mit einem gewaltigen Klotz von einem Kerl als mit Bruce Banner …

… und doch …

… als sie in seine Augen geblickt hatte, hatte sie dort mehr emotionale Unschuld und Aufrichtigkeit gesehen, als bei jedem anderen Mann. Denkende Männer verbargen ihre Gedanken hinter Schichten und Schichten von gesellschaftlichen Konventionen, Subtexten und Hintergedanken. Aber der Hulk … er reagierte auf die Welt nur mit Gefühlen, für ihn gab es nichts jenseits seiner unmittelbaren Bedürfnisse oder Begierden. In vielerlei Hinsicht war es eine ehrlichere Art zu leben. Sie beneidete ihn fast darum, eine so klare und reine Sicht auf die Welt zu haben.

Sie hörte, wie sich jemand hinter ihr räusperte und noch bevor sie sich umgedreht hatte, wusste sie, wer es war.

General Ross stand da und sah aus, als hätte er viele Nächte nicht geschlafen. Aber Betty sah auch nicht viel besser aus. Beide erkannten die Erschöpfung des jeweils anderen und ließen es ihn durch ein kurzes, schmerzhaftes Lächeln wissen.

»Was jetzt?«, fragte sie.

»Jetzt werden wir reden«, sagte ihr Vater, »Nicht über die Sachen, über die wir eigentlich schon immer hätten reden sollen«, fuhr er fort. »Allerdings nicht hier.«

Er ging voraus, und sie verließ ihren Platz, von dem aus man jetzt sehen konnte, wie sich die riesige Türe der stählernen Zelle schloss und den gefährlichsten Schwächling der Welt wegsperrte.

Ross marschierte in seinem Büro auf und ab, während Betty völlig ruhig auf ihrem Stuhl saß. Es hätte nichts gebracht, wenn sie beide durch die Gegend gelaufen wären. Also blieb sie, wo sie war.

»Was weißt du wirklich über diese Sache?«, fragte er.

Betty, die ihre Beine übereinander geschlagen hatte, dachte einen Moment über die Frage nach. »Im Prinzip könnte ich erklären, wie die nuklearen Vorgänge bei der Transformation funktionieren, und ich habe eine paar vage Theorien darüber, wie es die Zellen schaffen, so viel Energie zu speichern.«

»Prinzipien und Theorien. Ich verstehe.« Ross schien bemüht, seine Worte nicht verächtlich klingen zu lassen. Trotzdem wurde klar, dass er sich nicht die Bohne für die Feinmechanik der Sache interessierte. »Wir haben nicht allzu viel Zeit. Und wenn er hier zu einer unmittelbaren Bedrohung wird ...«

Betty hielt das für eine durchaus berechtigte Sorge und musste sich eingestehen, dass die Prioritäten ihres Vaters nicht so ganz von der Hand zu weisen waren. Wenn jemand eine Pistole auf einen richtete, war es unerheblich zu wissen, wie der Auslösemechanismus funktionierte. Man wollte einfach, das die Pistole verschwand.

»Dann sorge dafür, dass ich mich gleich an die Arbeit machen kann«, sagte Betty energisch. Sie saß nach vorn gebeugt, die Hände unters Kinn gestützt. »Zunächst ist es wichtig zu verstehen, dass es körperliche Auslöser gibt, aber auch emotionale. Er muss diese Emotionen mit den dazugehörigen Erinnerungen verbinden. Da gibt es doch Erinnerungen bei ihm, oder? An seinen Vater?«

Ross nickte langsam. »Ja, Betty«, sagte er und schien nicht sehr glücklich es zugeben zu müssen. »Die gibt es. Aber was mir im Augenblick offen gesagt mehr Kopfzerbrechen bereitet, sind nicht die *Erinnerungen* an den Vater, sondern, dass der Mann da draußen irgendwo frei herumgeistert, und dass er ziemlich viel über die ganze Sache weiß, wahrscheinlich mehr als wir.«

»Dann darf er eben nicht mehr frei herumgeistern.«

Ihr Vater nickte zustimmend. »Richtig. Und das ist der Plan. Wir werden Truppen zusammenstellen, wenigstens hundert Mann, und die Berkeley Gegend durchkämmen. Wir werden den ganzen Ort auf den Kopf stellen und sehen, ob wir ihn irgendwo aufstöbern können. Besorg uns das aktuellste Bild von ihm, das wir kriegen können, zeig es jedem Nachbarn, der ihn gesehen haben könnte. Untersuche das Labor, in dem er sich als Hausmeister ausgegeben hat, und finde heraus, ob die eine Adresse von ihm haben, oder irgendeinen Hinweis … was ist das?«

Sie hielt ein Stück Papier hoch. »Seine Adresse. Du kannst direkt zu ihm gehen.«

Ross nahm es ihr aus der Hand und starrte es an.

»So könnte es auch funktionieren«, sagte er und lächelte sie dabei an. Sie lächelte zurück und war überrascht, wie leicht es ihr fiel, ihn anzulächeln.

Mit gezogener Waffe stürmten die FBI-Beamten David Banners Behausung. Ihre Augen gewöhnten sich schnell an die Dunkelheit, während sie ihre Taschenlampen schwenkten und warnend riefen, jeder im Haus solle im eigenen Interesse mit erhobenen Armen herauskommen und sich ergeben.

Diese Warnungen schienen eine kleine Kreatur wenig beeindruckt zu haben, die plötzlich quer durch den Raum sauste. Sie stieß ein hohes, schrilles Quieken aus, das dem Beamten, der am nächsten stand, das Blut in den Adern gefrieren ließ. Agent Lee wusste instinktiv, dass es kein menschliches Wesen war, was solche Schreie ausstieß, aber trotzdem dachte er für einen Moment, ein Kind würde ihn angreifen. Sein Überlebensinstinkt ließ ihn sofort auf die sich schnell bewegende Kreatur feuern, während er noch dachte: *Oh mein Gott, oh mein Gott, ich habe ein Kind erschossen.*

Die kleine Kreatur stürzte zu Boden, zitterte und krümmte sich, und die FBI-Agenten bewegten sich vorsichtig auf sie zu. Der Beamte, der geschossen hatte, stieß einen Seufzer der Erleichterung aus, auch wenn der Anblick ihn ziemlich irritierte. Es war definitiv kein Kind; es schien mehr eine Art Ratte zu sein. Aber sie war so groß wie ein zweijähriges Kind. Er hatte noch nie so etwas gesehen … und es setzte ihn noch mehr in Erstaunen, als die Kreatur begann sich in eine zischende Schleimpfütze zu verwandeln. »Meine Güte, Willard muss sich aber ein paar ordentliche Aufbaupräparate eingepfiffen haben«, murmelte er.

»Wer zum Teufel ist Willard?«, fragte ihn sein Kollege, Special Agent Thomas.

»'ne Ratte in einem alten Horrorfilm.«

»Stimmt. Kann mich erinnern«, sagte Thomas. »Ich dachte nur, Willard war der Typ.«

»Nee, Willard war die Ratte.«

Thomas schüttelte den Kopf. »Nein. Willard war der Typ, der die Ratten trainiert hat. Die Ratte hieß Ben.«

Lee starrte ihn an. »Thomas …«

»Ja?«

»Durchsuch das verdammte Haus, sonst bist du der Nächste, den ich umlege.«

David Banner lächelte.

Er liebte es, wenn er seinen Verfolgern einen Schritt voraus war. Er war sich sicher, dass gerade in diesem Moment die Army oder das FBI oder wer auch immer sein Haus stürmte, um ihn festzunehmen. Aber alles, was sie finden würden, wären die zerstörten Überreste seiner Arbeit ... zerstört deshalb, weil er es so gewollt hatte. Das Einzige von Interesse im Haus würden ein oder zwei Ratten der Größe XL sein: Ergebnisse seiner früheren Experimente.

Die Räder des Hausmeisterwägelchens quietschten den Gang entlang. Der Ort war ziemlich verlassen, was kein Wunder war. Die Gerüchte über das, was geschehen war, hatten immer merkwürdigere Gestalt angenommen, und der allgemeine Glaube war mittlerweile, dass Terroristen, die sich selbst die Hulks nannten, eine Bombe in den Labors hatten hochgehen lassen, um gegen Nuklearforschung zu protestieren. Daraufhin hatten sich neunzig Prozent der Angestellten für den Rest der Woche krankschreiben lassen, und das Management schien bereit das zu tolerieren.

Er stellte seinen Wagen vor dem Labor seines Sohns ab und zog einige Spezialwerkzeuge aus einem Kasten. Als er das Labor betrat, stellte er fest, dass die Tür zur Gamma-Sphäre offen stand. Das Labor glich immer noch einem Schlachtfeld, genau wie in der Nacht, als er der grünen Kreatur gegenübergestanden hatte, die sein Sohn war.

Ein ordentliches Stück der Sphäre war dank der übermenschlichen Kräfte des Hulk durch die Decke geschleudert worden. Aber es waren noch genug Reserve-Systeme da, die unbeschädigt geblieben waren. Wahrscheinlich gab es überall im Labor Strahlungslecks, aber das kümmerte Banner wenig.

Er machte sich sofort an die Arbeit, denn er hatte keine Ahnung, wie viel Zeit ihm bleiben würde. Seine Babys, seine geliebten Höllenhunde, waren nicht zu ihm zurückgekommen. Er hatte den Verdacht, dass der Anschlag auf Betty irgendwie fehlgeschlagen war. Trotzdem konnte David Banner es als einen Erfolg verbuchen, denn ein Scheitern konnte nichts anderes bedeuten, als dass sein Sohn alle drei Kreaturen mit links ausgeschaltet hatte. Sein Sohn, der jetzt die gewaltige und strahlende Gestalt angenommen hatte, die ihm von Geburt aus zustand, hatte schon mehr vollbracht, als sein Vater es je von ihm erwartete hätte. Kein Vater hätte zufriedener mit seinem Kind sein können.

Der Sohn hatte den Weg bereitet, und der Vater würde folgen.

Er ging mit äußerster Konzentration vor, wie ein Mensch, der nach langen Jahren endlich an dem Punkt angelangt war, den er immer hatte erreichen wollen. Er richtete einige improvisierte Reflektoren an den Vakuumröhren auf, die in den Raum ragten. Kleine Schweißperlen liefen ihm von der Stirn und sein Atem ging schneller. Er fuhr zärtlich über die Spiegel, während er sie einrichtete und ließ die Hand liebevoll über die Instrumente gleiten, nachdem er den Einschaltknopf gedrückt und den Auslösemechanismus programmiert hatte.

Er betrat das Innere der Kammer, und die Zeit schien sich zu verlangsamen. Es war, als ob sich die Welt in eine Flüssigkeit verwandelt hätte, durch die er in einen traumartigen Zustand glitt. Alles in seinem Leben hatte sich auf diesen Moment hin zugespitzt. Er stand da und zählte die Sekunden, ungeduldig wartend, und endlich kam das erlösende *Klick*, das ihm mitteilte, dass alles einwandfrei lief, dass sich die Dinge genau so entwickelten, wie er es geplant hatte ... ja zum Teufel, besser als er es geplant hatte. Er breitete seine Arme aus und tauchte in die Strahlung, die in der zerstörten Gamma-Sphäre herrschte; aus dem offenen Kanister strömte das mit Nanomeds angereicherte Gas und die Gamma-Strahlung badete ihn in glänzendem Licht.

Bilder wirbelten durch seinen Kopf. Er war lebendig und starb zur gleichen Zeit, sein Leben lief in rasender Geschwindigkeit vor seinen Augen ab, als würde er sterben, und in gewisser Weise tat er das auch. Der Mann, der er einmal gewesen war, war tot. Er würde in etwa so viel Ähnlichkeit mit normalen Menschen haben, wie normale Menschen mit primitiven Affenwesen. Anders als sein Sohn, der die Kraft hatte, nicht aber die Entschlossenheit, würde er die Kräfte, die jetzt in seinem Körper tobten, bündeln und sie dazu verwenden ...

... alles zu erreichen, was er wollte.

Ja, er würde in der Lage sein, alles zu tun, was er wollte. Er würde gewaltiger sein als Gott, denn der hatte Angst vor seiner eigenen Schöpfung, verkroch sich in seinem Himmel und ließ sich nicht mehr blicken. Aber David Banner würde die Macht eines Gottes haben, und unter den Menschen bleiben, und seine Rache würde gewaltig und vernichtend sein.

Ein glückseliges Lächeln trat in sein Gesicht, doch plötzlich schaltete sich die Gamma-Sphäre ab. Das

Licht normalisierte sich wieder. Langsam öffnete er seine Augen, sah sich um, und sackte auf die Knie. Er hob seine Arme und betrachtete sie. Keine Spur radioaktiver Vergiftung, keine verbrannte Haut – keine Anzeichen irgendeiner körperlichen Störung. Das war alles, was er wissen wollte, denn er hätte die Gammastrahlung nicht überleben können, wenn es nicht funktioniert hätte.

Aber es hatte funktioniert.

»Ja«, sagte David Banner in stillem Triumph. Er packte die Kante eines Metalltischs, um aufzustehen. Als er seine Hand betrachtete, stellte er fest, dass er sich an der Tischkante leicht geschnitten hatte: ein winziger Riss in der Haut, aus dem ein dünnes Blutfädchen lief. Er nahm ein Taschentuch und drückte es auf die Hand …

… und das Gewebe rund um den Schnitt nahm die Eigenschaften des Baumwollstoffs an.

David Banner schnappte nach Luft und riss das Taschentuch herab. Er starrte auf die Stelle, wo es Kontakt mit seiner Haut hatte, schüttelte die Hand und sah noch einmal hin. Auf den zweiten Blick war wieder alles völlig normal. Er runzelte die Stirn und fragte sich, ob er fantasiert hatte.

Aus reiner Neugier heraus presste er seine Hand erneut an den silbrig glänzenden Tisch. Zuerst passierte gar nichts … aber dann fühlte er ein merkwürdiges Kribbeln, und die Haut, das Blut und das Gewebe begannen ihre Struktur vollständig zu verändern. Sie nahmen ein deutlich erkennbares silbriges Glänzen an, und als er diesmal die Hand wegzog, blieb das silbrige Aussehen.

Ohne zu warten bis der Effekt wieder abklang, wirbelte er herum und donnerte seine Faust in die Wand. Sie durchschlug sie mit einem lauten Knirschen. Es war spielend leicht gewesen und er hatte in seiner Hand nicht das geringste bisschen von dem gewaltigen Schlag gespürt.

Es war nicht das, was er erwartet hatte … aber in der Welt der Wissenschaft musste man immer auf Abweichungen gefasst sein. In seinem Kopf spielte er bereits in rasendem Tempo die Möglichkeiten durch, die sich ihm eröffneten. Er lachte laut auf, zog seine Hand aus der Mauer und betrachtet sie im Licht. Die metallischen Eigenschaften waren immer noch da. Die Absorption hielt diesmal weit länger an. Würde es so bleiben? Würden die neuen Eigenschaften die alten ersetzen oder sie ergänzen, wenn er etwas anderes berührte? Würde die Zeit, die es anhielt, jedes Mal länger werden oder gab es ein Maximum?

Fragen über Fragen wirbelten durch seinen Kopf, während er seine metallische Hand zur Faust ballte und sich vorstellte, dass er die Welt im stählernen Griff hielt.

In diesem Moment öffnete sich die Tür zum Labor. Er drehte sich herum und sah einen verdutzt wirkenden Wachmann im Türrahmen stehen. Der dickliche, ältere Mann blinzelte im hellen Laborlicht und starrte völlig perplex auf die Gestalt, die offensichtlich ein Hausmeister war, aus unerfindlichen Gründen aber wie wahnsinnig lachte.

»Was ist denn hier los?«, fragte er.

Banner ging einen Schritt auf ihn zu und hielt ihm seine Hand direkt vors Gesicht. »Schau mal! Meine Hand!«, sagte er mit wachsender Begeisterung. »Die Kräfte der DNA meines Sohns verbunden mit strahlender Energie haben meine Zellen verändert. Sie können die Strukturen von anderen Zellverbänden aufnehmen und reproduzieren ...«

Es hätte ihm eigentlich klar sein müssen, das es hoffnungslos war, diesen sensationellen wissenschaftlichen Durchbruch mit einem armseligen Durchschnittsmenschen zu teilen. Es war wie Perlen vor die Säue zu werfen. Und natürlich reagierte der Wachmann auch in absolut vorhersehbarer Weise: Seine Hand begann in Richtung der Waffe zu wandern, die an seinem Gürtel baumelte. »Ich muss Sie bitten, die Hände hoch zu nehmen. O.K.? Ganz ruhig.«

Banner hielt das für das absolut Komischste, was er je gehört hatte, und sein schallendes Gelächter wurmte den Wachmann ganz offensichtlich. Trotzdem ließ er seine Waffe stecken, denn Banners Hände waren leer, und abgesehen von seinem verrückten Verhalten schien er keine echte Gefahr darzustellen. Diese Einschätzung sollte sich als falsch herausstellen. Letztlich hätte es nicht viel Unterschied gemacht, wenn er seinen Revolver gezückt und abgedrückt hätte.

Immer noch laut lachend machte Banner einen blitzschnellen Ausfallschritt und schwang seine metallische Hand. Es gab wieder ein knirschendes Geräusch, dem ersten nicht unähnlich. Er zog seine Hand schnell von der Schläfe des Wachmanns zurück, denn er wollte keine Blutspritzer abbekommen, für den Fall, dass er auch das Blut absorbieren würde.

Für den Wachmann machte das keinen Unterschied mehr. Er sackte zu Boden und das Blut quoll aus der zerschmetterten Seite seines Schädels. Banner hatte keine Ahnung, ob der Wachmann noch lebte, aber es war ihm auch gleichgültig. Er war damit beschäftigt, seine metallischen Finger anzustarren, und sich für die Tatsache zu begeistern, dass sie sich noch nicht zurückgebildet hatten. Er begann sie in den Armen zu wiegen, wie ein Puppenspieler sein neuestes Lieblingsgeschöpf.

Die Welt um Bruce Banner drehte sich und bizarre Bilder, die er nirgendwo einordnen konnte, überlagerten sich. Er hatte das Gefühl, dass ihn irgendetwas unvorstellbar wütend gemacht hatte, aber er konnte sich nicht mehr daran erinnern, um was oder wen es dabei gegangen war. Er hatte das Gefühl, desorientiert zu sein, wie vor kurzem am Rand des Sees, als er sich in seine normale Gestalt zurück transformiert hatte. Seine Nasenflügel bebten, und er wusste, dass er nicht mehr im Wald war, denn der Geruch der Bäume und Blätter und des frischen Regens waren verschwunden. Die Luft war trocken und geruchlos, wie in einer Flugzeugkabine, nur schlimmer. Als er die Augen einen Spalt breit öffnete, war die Welt verschwommen und gleißend hell, und er hatte das Gefühl von etwas Metallischem.

Dann fuhr irgendetwas über sein Haar, strich es sanft zurück und er nahm einen vertrauten Geruch wahr. Ihren Geruch. Es war ihr wundervolles Parfum, und er war noch nie so glücklich gewesen, es zu riechen, wie in diesem Augenblick.

»Du brauchst immer noch einen Haarschnitt«, sagte sie leise.

Er versuchte sich aufzurichten, aber seine Muskeln spielten nicht mit. Betty spürte die Absicht, und es reichte ein sanfter Druck auf seine Schulter, dass er sich wieder zurücklegte. »Ich wette, du willst wissen, wo du bist«, sagte Betty. Er nickte. So zärtlich sie konnte, sagte sie: »Du bist zu Hause.«

Zuerst verstand er nicht, was sie meinte. Es war hier sicher nicht das Zimmer, in dem er aufgewachsen war, unter der strengen Aufsicht seiner Adoptivmutter Monica Krenzler. Was meinte sie …?

Dann begriff er, und es begann in seiner vollen Tragweite in ihm zu wirken. Er ließ sich zurückfallen und starrte an die Decke des Raumes. Es schien eine Art Zelle zu sein. Tränen stiegen ihm in die Augen. Bruce hatte, so weit er zurück denken konnte, immer daran gearbeitet, seine Gefühle zu unterdrücken. Jetzt war er an einem Ort, der zu dem verborgenen, verdrängten Teil seiner Geschichte gehörte, und plötzlich schienen all die Antworten, all die Möglichkeiten, wieder ein verständliches und normales Leben zu führen, greifbar nahe zu liegen … und er hatte keine Ahnung, was er davon halten sollte.

Betty sah, dass seine Augen feucht geworden waren, sah die Tränen, die seitlich sein Gesicht herunter liefen, und es schien als würde sie jeden Moment selbst weinen müssen. Sie streckte ihren Arm aus und strich sanft die Tränen aus seinem Gesicht.

»Würdest du es gerne sehen?«, fragte sie.

Er brachte nicht einmal ein Nicken zu Stande. Aber sie wusste, was er wollte. Und mehr noch … sie wusste, was er brauchte.

Wieder zu Hause … oder nicht?

»Auf gar keinen Fall.«

Auf dem Flur außerhalb des Traktes, in dem sich Bruces Container befand, führte Betty eine Diskussion mit ihrem Vater. Ross rollte ärgerlich seine Zigarre zwischen den Zähnen. Das Nichtraucherschild in der Nähe schien nicht den geringsten Eindruck auf ihn zu machen.

»Dad«, begann sie.

Aber Thunderbolt schüttelte nur den Kopf, seine Zigarrenasche dabei im Halbkreis verstreuend. Betty trat einen Schritt zurück, um nichts abzubekommen. »Ich habe gesagt, auf keinen Fall! Diese Container-Einheit könnte eine Herde Elefanten aufhalten. Wenn du ihn da raus lässt, dann wird er, kaum das du hinschaust, wieder der lustige grüne Gigant, und wir haben hier die Kacke am dampfen! Vorausgesetzt, er haut nicht von hier ab und marschiert los, um Tokyo zu zerstören oder etwas in der Art!«

»Dad, die Transformation findet nur statt, wenn er in unkontrollierbare Wut gerät …«

»Und wer weiß, durch was die ausgelöst wird?« Ross verschränkte die Arme und starrte streng auf sie herab. »Neulich habe ich festgestellt, dass die Milch fünf Cent teurer geworden ist, und ich habe beinahe an der verdammten Decke geklebt! Wir haben keine Ahnung, was ihn in die Umlaufbahn schickt.«

»Ich bin ziemlich sicher, dass ein Ausflug zum Gemüsehändler an der Ecke nicht ausreichen wird, um Bruce Banner zum Äußersten zu treiben«, sagte Betty und hatte dabei immer noch gewisse Probleme mit der

Tatsache, das Bruces Nachname sich über Nacht geändert hatte. Sie legte ihre Hand auf den Unterarm ihres Vaters. »Dad, gestern, als ich dich anrief, da sagte ich, dass ich dir vertrauen können muss. Das war …«

»Schwierig«, sagte er mit einem tiefen Seufzer. »Ja. Ich weiß. Und ich rechne es dir hoch an, dass du bereit warst, das einzufordern. Das war ein großer Schritt nach vorn. Für uns beide.«

»Ich weiß. Aber die Sache ist die: Vertrauen muss etwas Gegenseitiges sein.«

»Betty«, stöhnte er.

»Schick meinetwegen soviel Leute mit, wie du willst«, sagte sie schnell. »Meinetwegen mit einem Dutzend Betäubungsgewehren bewaffnet, die Bruce zu Boden schicken, sobald er nur anfängt *Grün, grün, grün sind alle meine Kleider* zu singen. Aber glaube mir, die Wüstenbasis und besonders die Gegend, die nicht wieder neu aufgebaut wurde, ist ein riesiges, klaffendes Loch in seinem Leben. Die *Hulk*-Seite seiner Persönlichkeit …«

»Hulk«, schnaubte Ross. »So nennen sie ihn, oder? Ich, ich nenne ihn *Zorniger Mann*. Das hilft mir, mich daran zu erinnern, was meinem Feind seine Stärke gibt.«

»Er ist nicht dein Feind, und meiner auch nicht. Was ich sagen wollte, ist, dass der Hulk für die emotionale Leere in Bruces Leben steht. Eine Leere, die durch den Verlust der Erinnerungen an seine Kindheitsjahre entstanden ist. Wenn es eine Chance gibt, den Hulk zu kontrollieren, oder ihn sich selbst kontrollieren zu lassen und Bruce eine Rückkehr ins normale Leben zu ermöglichen, dann nur, wenn er das wieder sehen und erleben kann, was er so lange verloren hatte. Dad …«, und sie schlang beide Arme um seinen Oberarm. »Ich weiß, dass du seinen Vater für vieles verantwortlich machst. Mir geht es mittlerweile genauso, und nicht nur deswegen, weil er versucht hat, Hundefutter aus mir zu machen. Aber ich bitte dich wirklich, bestrafe nicht den Sohn anstelle des Vaters. Der Sohn hat mich gerettet. Er war vielleicht nicht ganz er selbst, aber er hat mich gerettet.«

Thunderbolt stieß einen langen, unregelmäßigen Seufzer aus. »Ich kann nur hoffen, junge Frau, dass Sie in dieser Sache Recht behalten.«

»Ich bin deine Tochter«, lächelte sie. »Wie könnte ich jemals *nicht* Recht behalten?«

Eine von Bruce Banners frühesten Erinnerungen stammte aus einer Zeit, in der er etwa neun Jahre alt war. Seine Mutter hatte ihn auf einen Autoausflug mitgenommen, und sie hatten unterwegs bei einem Ort gehalten, der auf Hinweisschildern als *»Geisterstadt«* angepriesen wurde. Bruce hatte die Vorstellung, Spukgestalten und geheimnisvolle Schatten, die von Haus zu Haus schwebten und dabei jämmerlich klagten und stöhnten, sehen zu können, wahnsinnig aufregend gefunden. Er war zutiefst enttäuscht, als er feststellen musste, dass es ein lieblos zusammengeschusterter Freizeitpark war, mit gelangweilten Angestellten, in noch langweiligeren Kostümen. Er hatte gute Miene zum bösen Spiel gemacht und seiner Mutter versichert, dass dies eine echt tolle Stadt sei, und er hatte sie sogar dazu gebracht, ihm zu glauben, er hätte sich ein paar Mal wirklich gegruselt.

Aber letztlich war es ein ziemlicher Flop gewesen, und das Erlebnis hatte in ihm die Überzeugung hinterlassen, dass die Idee einer Geisterstadt absolut verlockend war, aber mit der Wirklichkeit so wenig zu tun hatte, wie all die übrigen mythischen Vorstellungen.

Es zeigte sich, dass er Unrecht hatte. Als er und Betty durch die Überreste des ehemals von geschäftigem Leben erfüllten Bezirks außerhalb der Wüstenbasis liefen, wusste er, dass dies eine echte Geisterstadt war. Es kam ihm vor, als könne er die Leute immer noch sehen und hören, wie sie herumliefen, sich unterhielten und das Leben genossen, alle verbunden durch die große Army-Familie, zu der sie gehörten.

Aber das war längst Vergangenheit. Die Basis war zwar im Laufe der Jahre wieder neu aufgebaut worden, aber die Dinge liefen jetzt anders. Alles fand verborgen und unter höchster Geheimhaltungsstufe statt, um die Bewohner der nahe gelegenen Orte nicht zu verunsichern. So hatte man es zumindest Bruce erklärt.

Ihre ersten gemeinsamen Momente, als Bruces Fähigkeit zu kommunizieren wieder völlig hergestellt war, hatten etwas leicht Verkrampftes. »Es tut mir Leid«, hatte sie angefangen zu sagen.

Aber er hatte sie sofort unterbrochen. »Nein. Tut es dir nicht. Du hast genau gewusst, was du tust, als du deinen Vater und seine Leute gerufen hast. Und unter denselben Umständen würdest du wieder so handeln.«

Sie wollte zuerst protestieren, sah dann aber zu Boden, ohne auf seinen Vorwurf zu antworten. Das allein reichte schon, um deutlich werden zu lassen, dass sie ihm innerlich Recht gab. Und dann schob er – völlig überraschend für Betty, und wahrscheinlich auch für ihn selbst – seinen Finger unter ihr Kinn, hob es sanft und sah ihr in die Augen.

»Du hast mir immer gesagt, ich sei zu rational. Ich

würde nicht zulassen, dass meine Gefühle mich mitreißen. Wenn ich jetzt meiner Wut und dem Gefühl, verraten worden zu sein, nachgeben würde, was würde das bringen? Was geschehen ist, ist geschehen. Fakt ist: Du hast getan, was du glaubtest tun zu müssen. Ich bin darüber nicht entzückt; ich war das Opfer. Aber ich kann deine Entscheidung respektieren. Doch vielleicht kannst du auch verstehen, dass der Teil meiner Persönlichkeit, der so schädlich für unsere Beziehung war, dafür sorgt, dass ich nicht ständig mit Betäubungspfeilen beschossen und anschließend abtransportiert werde. Zwei Seiten der gleichen Medaille, so was in der Art, denke ich.«

»Also ... wieder alles in Ordnung zwischen uns?«, hatte sie gefragt.

»Betty«, und er hatte sogar gelacht, wenn auch mit einem gewissen ironischen Unterton, »wann war jemals alles in Ordnung zwischen uns?«

Sie war ein wenig zusammengezuckt , aber es war die Wahrheit, und sie wusste das.

Sie liefen durch einen der verlassenen, zerstörten Straßenzüge. In nicht allzu weiter Entfernung folgten ihnen Soldaten mit diversen High-Tech-Betäubungswaffen und dahinter leichte Kampffahrzeuge. Bruce malte sich in seiner Vorstellung aus, wie sie aus der Vogelperspektive aussehen mussten. Nur ein Typ und ein Mädchen und dahinter die Soldaten. Der komische Aspekt der ganzen Sache brachte ihn erneut zum Lachen, aber diesmal lachte er still in sich hinein.

»Früher war hier so viel Leben«, sagte Betty neben ihm. Dann bemerkte sie, dass er lachte und verstand offensichtlich nicht ganz, was so lustig an ihrer letzten Bemerkung gewesen sein sollte. »Was ist?«

»Nichts.« Er zeigte auf die Soldaten, die sie beschatten sollten. »Ich habe nur überlegt, was die Jungs wohl machen würden, wenn ich dich jetzt küssen würde?«

»Ich bin mir nicht sicher, ob einer von uns das überleben würde«, sagte sie lächelnd.

Sie blieben stehen, ihre Gesichter berührten sich fast, aber Bruce zögerte und wich dann zurück. Betty wirkte leicht enttäuscht, aber sie wollte die Sache nicht forcieren. Bruce seufzte. »Ich muss dich damals irgendwie gekannt haben. Wenn ich mich nur daran erinnern könnte.«

»Das wirst du«, versicherte Betty. »Es wird schmerzhaft werden, aber du wirst dich erinnern.«

Sein Gesichtsausdruck verdüsterte sich. »Ich bin sicher *er* wird sich erinnern«, und für Betty bestand kein Zweifel, wer mit *er* gemeint war. »Er muss auch ein Kind gewesen sein, damals, in meinem Innern.« Er begann sich die Schläfen zu reiben. Auch wenn er das nicht beabsichtigte, so wirkte er doch wie ein Medium, das versucht in Kontakt mit den Toten zu kommen. »Ich kann ihn fühlen, wie er mich beobachtet. Wie er mich hasst.«

»Er hasst dich? Warum?«

Er ließ seine Hand sinken und blickte sie an. »Weil er weiß, dass wir ihn zerstören werden, auf welche Art auch immer.« Er klang entschlossen. Aber er klang auch ein wenig ängstlich.

Betty schüttelte den Kopf. »Wir werden lernen ihn zu verstehen.«

»Das läuft doch auf das Gleiche hinaus, oder?«

Man konnte sehen, dass sie nicht verstand, was er damit meinte, aber er selbst wusste es nur zu gut. Die Kreatur bezog ihre Kraft aus der Wut, und die entstand nicht durch etwas, das man hatte, sondern durch etwas, das man nicht hatte. Sie entstand durch den Mangel an Kontrolle, an Mitgefühl, an Liebe ... und durch den Mangel an Verständnis. Alle weichen Gefühle, alles, was der Kreatur einen Weg in die Herzen und in den Verstand der Menschen hätte ebnen können, war für sie mit einem Bann belegt, wie das Kruzifix für den Vampir. Die Liebe hätte nur die Wut in ihm dämpfen und das Mitgefühl die Raserei zum Stillstand bringen können, aber ohne diese war er buchstäblich ein Nichts. Er war ein gamma-bestrahlter Geist aus der Lampe, und kein Aladin der Welt hätte ihn wieder dort hineingebracht. Nicht, wenn der Hulk es verhindern konnte.

Bruce ging in Gedanken versunken ein paar Schritte weiter. Betty folgte ihm, allerdings mit etwas Abstand. Vielleicht, weil sie sein Bedürfnis nach Distanz verstehen konnte, vielleicht auch, weil er ihr Angst machte. Und warum hätte sie keine haben sollen? Er hatte auch Angst vor *ihm*.

Sie liefen zwischen den verlassenen Ruinen der Häuser entlang. Der Wind wirbelte Staub und Schutt auf und schien ein klagendes Geräusch zu machen. Die Geisterstadt fiel ihm wieder ein, und in diesem Moment hörte er etwas, das eine Erinnerung in ihm weckte ... etwas, das in unmittelbarer Reichweite lag, so nahe, dass er glaubte, es mit Händen greifen zu können. Es war ein gleichmäßiges, rhythmisches Quietschen, und als er sich umdrehte, sah er Betty auf einer verlassenen Schaukel sitzen und gedankenverloren schaukeln.

Ein verfallenes Haus ganz in der Nähe zog seine Aufmerksamkeit auf sich und er blieb stehen. Tief in den untersten Schichten seines Bewusstseins schien plötzlich Licht in düstere Schattenzonen zu fallen. Er begann auf das Haus zuzulaufen. Er nahm wahr, dass das Quietschen hinter ihm aufgehört hatte, und Bettys Schritte wieder auf dem Kies knirschten. Sie folgte ihm, obwohl sie wahrscheinlich nicht wusste, warum. Der Blinde führt die Blinden. Es schien alles so paradox.

Bruce betrat das alte Haus, blieb stehen und sah sich um. Betty erschien hinter ihm und er erstarrte plötzlich.

»Was ist?«, fragte sie leise, so als fürchte sie, die hier schon lange nicht mehr lebenden Bewohner zu stören.

Bilder ... wie Schnappschüsse ... alle rennen ... Schreie und Hass und ein Pochen ...

Er drehte sich zu ihr um, und schob die Bilder gewaltsam beiseite. »Warum hast du mich hierher gebracht?« Er war plötzlich verärgert. »Was soll das? Du hast gesehen, was ich bin ... du weiß genau so gut wie ich, dass es keinen Zweck hat.« Seine Stimme war voller Abscheu und Selbstmitleid.

»Das ist nicht wahr.«

»Es ist wahr«, schnappte er wütend zurück. Über Schutt trampelnd lief er im Flur des Hauses auf und ab und bewegte sich so schnell er konnte, um die Gedanken in seinem Kopf zu verscheuchen. Seine Stimme triefte vor Sarkasmus, als er sagte: »Komm schon. Soll ich jetzt meinen emotionalen Durchbruch haben, oder was? Mich mit meinem inneren Kind verbinden, meine Dämonen vertreiben, meine wahres Ich finden und dann herrscht Friede, Freude, Eierkuchen? Mach dich nicht lächerlich.«

»Und mach du dich nicht selbst lächerlich!« Wenn er

glaubte, sie wäre eine Art Mimose, die sich einschüchtern ließ und nicht den Mumm hatte, ihm etwas zu entgegnen, dann hatte er sich geschnitten. Sie war bereit, hilfsbereit, geduldig und liebevoll zu sein, aber sie war sicher nicht bereit, sich hier herumschubsen zu lassen. »Wir haben keine andere Chance, du musst dich erinnern. Hier gibt es wenigstens eine kleine Hoffnung …«

»… Hoffnung auf was?«, fragte Bruce außer sich. Er fühlte sich wie der personifizierte Schmerz. »Verstehst du nicht? An was auch immer ich mich hier erinnern soll, es gibt einen guten Grund, warum ich das nicht tue. Es … es könnte mich umbringen«, sagte er und vermied es gerade noch zu sagen, *oder dich.*

Das war seine größte Befürchtung. So sehr er selbst auch in der Lage war, Bettys Handlungsweise zu verstehen und ihr zu verzeihen, wusste er doch, dass das grobschlächtige Monster in ihm dazu unfähig war. Was sie ihm jetzt zeigen wollte, weckte nicht nur alte Erinnerungen, sondern auch das Monstrum in ihm. Auf seinen Knöcheln kriechend, nähert es sich den oberen Regionen des Bewusstseins, wie eine grausame Bestie, deren Stunde schlägt, und die auf Jerusalem zu wankt, um dort geboren zu werden, so wie es Yeats in *»Die Wiederkehr«* beschrieben hatte. Wenn es noch einmal losgelassen würde … wenn …

… dann könnte es sie töten.

»Der Mittelpunkt der Welt hält nicht mehr fest und eine blutig trübe Flut begräbt die Erde unter sich.«

Natürlich konnte *es* nicht wissen, dass es sich selbst tötete, wenn es Betty tötete: Denn sobald es Betty nur den geringsten Schaden zufügen würde, würde Bruce sich ohne Zögern das Leben nehmen, sobald er wieder die Kontrolle über sich hatte. Im Bewusstsein einer solchen Schuld hätte er nicht leben können. Natürlich war das nur der letzte Ausweg, um das Monster zu stoppen.

Er hoffte im Interesse aller, dass es nicht dazu kommen würde.

Er hatte es die ganze Zeit vermieden, in Bettys Richtung zu sehen, doch jetzt zog sie seine Aufmerksamkeit wieder auf sich. »Es könnte dich töten«, wiederholte sie seine Worte und fügte hinzu, »oder dich retten.«

»Und was ist, wenn ich gar nicht gerettet werden will?«, sagte er düster.

»Dann kannst du es bleiben lassen. Du hast die Wahl, Bruce. Aber ich, ich habe keine Wahl«, sagte sie traurig.

Ihre Antwort brachte ihn durcheinander. »Warum?«

»Weil ich dich liebe.«

Es überraschte ihn tatsächlich, das zu hören. Nach allem was geschehen war, hätte er daran nicht mal mehr zu denken gewagt. Aber er fragte sich trotzdem, wie viel von ihren Gefühlen für ihn echt war … und wie viel davon ihrem Wunschdenken zuzuschreiben war. Vielleicht versuchte sie einfach, sich einzureden, sie sei in ihn verliebt, denn angesichts der Umstände, schien es eine absurde Vorstellung.

»Wie ist das möglich?« In seiner Stimme lag der ganze Zweifel. »Du und ich, wir wissen doch gar nicht, wer ich bin.« Es entstand eine Pause, und er drehte sich weg und trat in den Schutt. Er hatte keine Ahnung mehr, was Liebe eigentlich war, und was sie für einen Sinn haben sollte … und ob er es überhaupt wert war, geliebt zu werden. Er fühlte sich nicht mal wie ein richtiger Mensch. Mehr wie ein halber Mensch. Seine Psyche war so gespalten, dass er sich schon unrein fühlte, wenn ihn jemand nur ansah.

Sie ging zu einem der zerbrochen Fenster und starrte hinaus in die Wüste.

»Besser, wir gehen zurück«, sagte Bruce schließlich.

»Ja«, war alles, was sie darauf antwortete.

Der Rückweg verlief schweigend. Auf dem Hinweg hatte Bruce noch genau studiert, wie die Army versuchte, ihre Anlagen unsichtbar zu machen, und es war eine unterhaltsame Ablenkung gewesen. Aber jetzt, auf dem Weg zurück, beschäftigte ihn nur noch die Leere in seinem Inneren. Sie liebte ihn. Das musste doch irgendetwas in ihm auslösen. Er wollte sie auch lieben. Er hatte früher immer gedacht, er würde sie lieben. Aber offensichtlich war sein Gefühl nicht stark genug gewesen. War es denn jetzt genug, vor allem angesichts der Probleme, die zu überwinden waren?

Die bewaffnete Eskorte führte Betty und Bruce durch die Halle. Vor der Tür zu seiner Zelle stoppten sie. Betty wandte sich ihm zu. »Wir sehen uns«, war alles, was sie sagte. Nicht gerade eine Manifestation unsterblicher, glühender Liebe. *Was zum Teufel willst du eigentlich von ihr,* knurrte irgendetwas in ihm. Er hatte keine Ahnung. Er begann sich ernsthaft zu fragen, ob es überhaupt etwas gab, von dem er auch nur einen Funken Ahnung hatte. Sie winkte kurz, als sie ging, so wie ein Schulkumpel, der einen nach einem langen Tag mit Rechnen, Schreiben und Lesen vor der Haustür verabschiedet.

Die Tür des Containers schloss sich langsam hinter Bruce. Kurz bevor sie sich vollständig schloss, dreht er sich noch einmal um und sah Betty auf der anderen Seite der Tür verschwinden. Sie blickte nicht zurück.

Das war clever. Dreh dich niemals um. Es ist sinnlos, an der Vergangenheit zu kleben, denn es lenkt dich von dem ab, was auf dich zukommt.

Betty lief mit energischen Schritten den Korridor zum Kontrollraum hinunter. Sie war sich sicher, dass Bruce dachte, sie würde ihn nicht lieben, trotz ihrer ganzen Beteuerungen. Und sie war sich ziemlich sicher, dass er sie nicht liebte. Das allein reichte, um ihr das Herz eng zu machen, aber es war noch nicht das größte Problem.

Ihr größtes Problem war, dass der Versuch, an Bruce heranzukommen und ihm den Weg zurück in die normale Welt zu ebnen, so jämmerlich gescheitert war.

Sie war sich sicher, dass der Hauptgrund für die Transformation in Bruces innerer Isoliertheit zu suchen war. Alles in seinem Leben – angefangen damit, dass sich in seiner Kindheit die anderen Kinder über ihn lustig gemacht hatten, bis hin zu den unsäglichen Aktionen Talbots vor einigen Tagen –, hatte im Hulk die Vorstellung erzeugt, die Welt sei ein Schlachtfeld und er sei nur ein Zielobjekt für den Hass und die Verachtung der anderen.

Betty legte ihren Daumen auf den biometrischen Scanner an der Eingangstür zum Kommando- und Kontrollcenter, kurz KuK genannt. Die Tür bewegte sich nicht. Sie versuchte es noch mal, keine Reaktion. Sie schnaubte ungeduldig und rieb den Daumen an ihrer Jacke, um irgendwelchen Schmutz oder Schmier zu beseitigen, oder was immer es war, was dieses verdammte Türschloss abhielt, sich zu öffnen. Sie versuchte es erneut.

Als sie es sich etwas näher betrachtete, entdeckte sie

ein rotes Licht am Scanner. Das Ding war nicht nur außerstande sie zu identifizieren, es weigerte sich einfach, ihren Daumenabdruck überhaupt einzulesen.

»Was zum Teufel …?«, murmelte sie, als sie plötzlich laute Stimmen von drinnen hörte. Die Tür ging auf und ihr Vater trat heraus. Sie sah in fragend an und bekam in der nächsten Sekunde ihre Antwort.

Glen Talbot stand mitten im KuK. Er sah müde aus in seinem blauen Anzug und mit der geöffneten Krawatte; es war dieser typisch ausgelaugte Eindruck, den eigentlich jeder nach einer längeren Diskussion mit Thunderbolt Ross machte. Er sah aus, als wäre ihm gründlich der Kopf gewaschen worden. Aber auch, und das schien gefährlich, etwas Selbstgefälliges in seinem Blick.

»Hallo Betty«, sagte Talbot, »Ich würde gern mit dir plaudern, aber meine Zeit ist knapp. Dein Dad wird dir alles berichten.«

Sie drehte sich um und blickte Ross fragend an. Mit einem knappen Kopfschütteln sagte er: »Nicht hier«. Er nahm sie bei der Schulter und führte sie den Flur hinunter. Mit jedem Schritt wuchs das Gefühl einer akut drohenden Gefahr.

Das letzte Mal, dass sie Thunderbolt Ross so erregt gesehen hatte, war, als sie noch ein Kind gewesen war und darauf bestanden hatte, mit ihm Schlittschuhlaufen zu gehen. Er war so oft gestürzt, dass er ihr schließlich mit todernster Miene eröffnet hatte, er würde sie enterben, falls sie es jemals irgendjemandem erzählen sollte. Sie hatte ihn Jahre später noch einmal darauf angesprochen, und er hatte geschworen, dass es absolut ernst gemeint sei, und dass es immer noch Gültigkeit besäße.

Als er ihr berichtete, was gerade vorgefallen war, ließ das den Vorfall von damals im Vergleich harmlos erscheinen. Er ließ sich auf den Stuhl hinter seinem Schreibtisch fallen und kam gleich zur Sache: »Deine Zugangsberechtigung wurde widerrufen. Die NSA hat entschieden, die Studie über die … die Bedrohung … an Atheon weiterzugeben, und die haben meine Befugnisse deutlich eingeschränkt.«

»Du bist der Chef der Basis!«

»Das ist mir klar. Genauso, wie denen klar ist, dass ich der Vater der hier zuständigen leitenden Wissenschaftlerin bin, die wiederum romantische Gefühle für eine Atombombe auf zwei Beinen hegt. Talbot hat sie offensichtlich mit dem Argument rumgekriegt, dass meine engen Beziehungen zu den beiden Hauptakteuren in diesem kleinen Drama einen echten Interessenkonflikt bilde, und es daher für mich unmöglich sei, hier klare Prioritäten zu setzen.«

»Aber, das ist doch lächerlich! *Enge Beziehungen?* Du und ich, wir haben seit fast zehn Jahren nicht mehr miteinander gesprochen, und Bruce hat mir erzählt, du würdest ihn umbringen, wenn er jemals wieder in meine Nähe käme!«

»Gut. Dann ist das eben einer dieser merkwürdigen Umstände, in denen mein Versagen als Vater nicht zu meinem Vorteil ausgelegt wird. Darin liegt eine gewisse Ironie, sicher. Normalerweise lassen mich meine mangelnden elterlichen Fähigkeiten immer nur im besten Licht erscheinen.«

»In Ordnung, tut mir Leid«, seufzte sie. »Ich wollte nicht …«

Er winkte ab. »Diese alte Haut hier hat sich im Lauf der Jahre einen solchen Schutzpanzer zugelegt, dass nur eine Ladung Dynamit ihn knacken könnte. Aber Fakt ist: Ich bestimme hier nicht mehr die Regeln.« Er schüttelte den Kopf und wirkte, als wäre er persönlich verraten worden. »Ich hätte nie gedacht, dass Glen mich so hintergehen könnte. Ich habe wohl nicht richtig eingeschätzt, zu was er im Stande ist. Ich habe dir unrecht getan.«

Sie schüttelte den Kopf, den Blick fest auf ihn gerichtet. »Du hast mir nicht unrecht getan. Ich war es, die dachte, ich könne nicht auf dich zählen.« Dann runzelte sie die Stirn. »Weißt du, ob du es glaubst oder nicht, das sollte jetzt versöhnlich klingen. Kam aber wahrscheinlich nicht so an, oder?«

»Nicht im Mindesten«, bestätigte er und sein Mund verzog sich unter dem Schnurrbart zu einem leichten Lächeln. »Aber mach dir keine Gedanken. Du bist vermutlich einfach noch ein bisschen aus der Übung, wenn es um mich geht.«

»Anzunehmen, ja. Also, was soll ich jetzt tun?«

Er zuckte mit der Schulter. »Am Besten wäre wohl, du würdest zu ihm gehen und ihm Aufwiedersehen sagen, aber ich wurde informiert, dass das bereits nicht mehr möglich ist.«

Sie konnte es einfach nicht glauben. Sie hatte ihren Vater einzig und allein deshalb mit in die Sache einbezogen, weil sie hoffte, durch ihn ein Minimum an Einfluss auf die Sache zu behalten – abgesehen davon vielleicht, dass sie damals vor Angst halb wahnsinnig gewesen war. Und jetzt war durch Talbots Doppelspiel der einzige Mann, der verhindern konnte, dass die ganze Sache völlig außer Kontrolle geriet, seiner Führungsposition enthoben worden.

»Alles, was ich dir versprechen kann, ist, dass ich

Talbot genau im Auge behalte«, sagte Ross und hoffte wahrscheinlich, es würde aufmunternd klingen. »Bei dem kleinsten Fehltritt werde ich dafür sorgen, dass er rausfliegt.«

»Dann wird es schon zu spät sein«, sagte sie trocken. »Was immer Glen auch vorhat, er wird alles noch schlimmer machen, und zwar so schnell, dass du dabei zusehen kannst, wie der Laden um dich herum zerbröselt. Du wirst noch damit beschäftigt sein, den Antrag für eine neue Stalltür auszufüllen, wenn die Pferde schon zehn Meilen weit weg sind.« Sie erhob sich. »Ich will Bruce sehen. Jetzt!«

Mit einem resignierten Seufzer schüttelte Ross den Kopf. Sie wusste nicht genau, was das bedeuten sollte, bis sie durch die Tür ging und zwei Wachen ihr den Weg versperrten.

»Es tut mir Leid«, sagte er und es klang, als würde er es wirklich bedauern. »Es wird Zeit für dich, nach Hause zu gehen.«

Nur fünf Minuten später war Betty auf dem Heimflug und starrte aus dem Fenster eines Helikopters auf die trostlose Wüstenlandschaft unter sich.

Sie dachte: *Das ist das letzte Mal, dass ich das hier noch heil und ihn einem Stück sehe. Sie werden nie mit Bruce fertig. Nie. Glen Talbot auf Bruce anzusetzen, ist, als würde man einen Flammenwerfer benutzen, um eine Flasche Nitroglycerin zu öffnen.*

Spiel mit dem Feuer

Bruce fing an sich zu erinnern.

Er lag auf dem Bett in seiner Zelle, während die Bilder und Fragmente der Ereignisse sich wie die Teile eines Puzzles in seinem Kopf zusammen zu setzen begannen. Langsam wurde ihm klar, dass es nur darum ging, einfach zu akzeptieren, was er beobachtete und fühlte. Es war nicht so, dass er sich nicht hätte erinnern können; aber sein Bewusstsein tat alles, um genau das zu verhindern. Er fragte sich, ob er das dem *Anderen* in sich verdankte. Dem *Anderen*, der alles tat, um die Erinnerungen auf Armeslänge von ihm fern zu halten.

Es war schon komisch, dass ein Wesen, das die lebende Inkarnation der Kraft war, sich vor etwas so Leichtem und Flüchtigem wie der Erinnerung fürchtete. Das gab Bruce ein Gefühl der Stärke, als ob er …

An den Wänden der Zelle öffneten sich plötzlich mehrere kleine Luken. Er setzte sich auf und sah, dass von überall her Gewehrläufe auf ihn zeigten. Es waren genug Gewehre, um ihn in einen Schweizer Käse zu verwandeln, bevor er auch nur *»papp«* sagen konnte. Die Gewehre waren mit Laser-Zielvorrichtung ausgerüstet, und er war so von roten Laserpunkten überdeckt, dass es aussah, als wären plötzlich die Masern bei ihm ausgebrochen.

Die Tür flog auf und er zuckte zusammen. *Was zum Teufel war hier los?* Bruce spürte, wie sich tief in ihm etwas regte und sich bereitmachte, wie ein Kind im Mutterleib, das auf ein lautes Geräusch reagiert. Bruce war unschlüssig, was er tun sollte. Sollte er das kleine, aber riskante Aufbegehren in seinem Bewusstsein niederringen oder sich auf die Veränderungen der aktuellen Situation konzentrieren.

Dann betrat Glen Talbot die Zelle.

Mit einem Schlag war Bruce klar, was jetzt geschehen würde. Die Details waren noch offen, aber am Ausgang konnte kein Zweifel mehr bestehen. Die Frage war letztlich nur, wie lange es brauchen würde, und Bruce – wie immer ganz der Wissenschaftler – war neugierig, es herauszufinden.

Talbot hatte etwas in der Hand, das wie eine Art elektrischer Gehstock aussah. Bruce registrierte es auf distanzierte, fast analytische Art, als könne ihn die mögliche Auswirkung einer solchen Waffe nichts anhaben. Außerdem stellte er zufrieden fest, dass Talbot ein bisschen mitgenommen aussah. Die rechte Seite seiner Oberlippe war aufgerissen und geschwollen und auf der linken Seite seines Gesichts waren zahlreiche Abschürfungen zu sehen. An den beiden ersten Fingern seiner linken Hand trug er einen Verband. Angesichts der Schläge, die er Bruce bei ihrer letzten Begegnung verpasst hatte, war das nur die allzu gerechte Strafe. Schade nur, dass er sich nicht mehr an die ganzen Details erinnern konnte. Irgendwie musste er vage an eine Couch denken, aber er wusste nicht, wie das zusammenpasste.

»Sei gegrüßt, Bruce«, sagte Talbot mit der falschen Freundlichkeit eines Fieslings, der sicher war, die Oberhand zu haben. »Wie geht's denn so? Verpflegung o.k. hier?«

»Sie sehen leicht mitgenommen aus«, stelle Bruce trocken fest.

Talbot zuckte mit den Achseln. »Mir geht's prächtig. Wahrscheinlich werden die noch ein bisschen an meinem Zeigefinger herumflicken müssen. Aber die Versicherung trägt die Kosten.«

Bruce nickte, als würde es ihn interessieren. »Was machen Sie hier?« Er kannte die Antwort, bevor er die Frage gestellt hatte.

»Gute Frage.« Talbot ging einen Schritt auf Bruce zu. Nicht zu nahe, denn er wollte vermeiden in die Bahn der roten Laserstrahlen zu geraten. »Also, ich fänd es toll, wenn deine Zellen ein paar chemische Stress-Signale absondern würden ... weißt du, damit du ein bisschen grün wirst, und ich mir ein schönes Scheibchen aus deinem wahren Selbst herausschneiden kann. Dann kann ich es analysieren und patentieren lassen und ein kleines Vermögen damit machen. Irgendein Problem damit?«

Das gab es tatsächlich. Er hätte Talbot für seine Direktheit beinahe Respekt zollen müssen, aber hier stand mehr auf dem Spiel als nur das Interesse mächtiger Konzerne an Patenten. Und da Talbot hier herumstolzierte und Vater und Tochter Ross nirgendwo zu sehen waren, dann bedeutete das, dass es hier eine grundsätzliche Veränderung in den Spielregeln gab.

»Auf wessen Seite stehen Sie eigentlich wirklich, Talbot?« fragte Bruce mit samtweicher Stimme.

Talbot zwinkert ihm zu. »Du weißt, für wen ich arbeite. Ein privates Forschungsinstitut namens Atheon. Schade, dass du nicht von Anfang an mit uns zusammenarbeiten wolltest. Dann stünden wir jetzt auf der gleichen Seite.«

»Da habe ich so meine Zweifel.« In Anbetracht dessen, dass ein paar Dutzend Zielerfassungs-Laser auf ihn gerichtet waren, wirkte Bruce erstaunlich gelassen. Sie würden ihn nicht töten, da war er sich sicher. Denn er hatte etwas, das für immer verloren wäre, wenn er tot war. Talbot kam hier herein marschiert, bereit zwanzig Kanister Kerosin in ein kleines Lagerfeuer zu schütten und bildete sich ein, er würde davonkommen, ohne sich die Finger zu verbrennen. Ein Blinder mit einem Krückstock hatte mehr Überblick als er.

»Und ich habe auch so meine Zweifel, dass eine *private Forschungs-Institution* in der Lage ist, das Militär herumzukommandieren. Das kaufe ich Ihnen nicht ab, Talbot. Hier muss die Regierung ihre Finger im Spiel haben. Atheon ist nur das Deckmäntelchen für etwas, das viel geheimer ist als das, was Ross' Leute hier machen. Es ist etwas, was von viel weiter oben kommt. Für wen arbeiten Sie, Talbot? NSA? CIA?«

»M-A-U-S«, grinste Talbot. Er schien sich über Bruces Spekulationen zu amüsieren. »Wir werden später darauf zurückkommen. Aber jetzt lass uns ein bisschen Spaß mit dem Monster haben, ja?«

»Ich denke nicht daran.« Bruce meinte es so, wie er es sagte. Ein Plan fing an in ihm zu reifen. Das Wiedersehen mit dem Hulk war unvermeidlich. Bruce war zu intelligent, als dass er es für vermeidbar gehalten hätte. Talbot würde nicht aufhören, bevor er das bekam, was er wollte. Das Problem war nur: Sobald der Hulk sich auch nur halbwegs entwickelt hätte, würden sie die Gewehre abfeuern, damit er nicht seine vollen Kräfte entfalten konnte. Talbot würde schnell seine Zellproben einsammeln und dann den verwundeten Körper des halb entwickelten Hulk sterbend auf dem Boden der Zelle zurücklassen.

Also musste Bruce es zurückhalten, es so lange zurückhalten, wie er konnte – und dann die transformierenden Kräfte auf einen Schlag loslassen. Was bedeutete, dass er alles ertragen musste, was Talbot austeilte, und mehr. Er musste einstecken und einstecken und einstecken, bis er zum alles vernichtenden Gegenschlag bereit war.

»Ich fürchte, ich werde dir keine Wahl lassen«, sagte Talbot. Er griff sich den Stock und schlug Bruce damit in den Magen. Der Stock war elektrisch geladen und schleuderte Bruce rückwärts an die Wand. Er warf die Arme zur Seite, klammerte sich an die Wand und versuchte seinen rasenden Herzschlag zu drosseln. Der Bedrohung zum Trotz hatte die Situation auch etwas Paradoxes. Die ständigen elektrischen Schläge würden früher oder später wahrscheinlich dafür sorgen, dass sein Herzschlag aussetzte. Wenn das geschah, war das ganze Geschäft hinfällig.

»Komm schon, Bruce. Bist du nicht ein klein wenig ärgerlich? Schließlich bin ich der Einzige, der noch mit dir spielt. Betty hat dich fallen lassen und ist zurück nach Berkeley.«

Bruce schenkte seinen Worten auch nicht für eine Sekunde Glauben. Wenn Betty gegangen war – was er für durchaus möglich hielt – dann nur auf Druck Talbots hin. Liebe und Zuneigung mal beiseite gelassen, war Betty vor allem auch Wissenschaftlerin, und der Hulk war einfach ein zu interessantes Studienobjekt, um ihn einfach links liegen zu lassen.

»Sie lügen«, sagte Bruce voller Überzeugung. Die Kraft in seinen Beinen ließ infolge der elektrischen Schläge nach, und er konnte nur mit Mühe verhindern, zu Boden zu rutschen.

Talbot blieb wo er war. »Weißt du, ich kann hier nur gewinnen. Entweder du wirst grün, die Jungs hier legen dich um und ich mache eine Autopsie. Oder ich wische hier den Boden mit dir auf, und …«, er ergänzte das mit einem verschwörerischen Flüstern, »… ich gehe dabei versehentlich zu weit und breche dir das Genick.« Er ließ eine Pause entstehen. »Wissenschaftlich gesehen wäre das womöglich ein Fehler, persönlich aber sehr befriedigend. Wenn ich es recht betrachte, dann siehst du schon ein wenig grün aus … um die Nase.«

Bruce stützte sich an der Wand ab, um wieder auf die Beine zu kommen. Er starrte Talbot entschlossen an, und dann nahm er sie wahr: die Wut, die langsam in ihm hochkroch, das Verlangen, diese kleine Schmeißfliege hier plattzuquetschen, auf ihm herumzutrampeln und seinen Körper unter seinen Füßen zu zertreten wie Erdnussschalen. *Mach ihn platt mach ihn platt, schwirrte* es durch seinen Kopf, und dann feuerten seine Neuronen ein *Noch nicht* dagegen. Sein Hirn fühlte sich an wie in der Mitte gespalten. Der eine Teil stritt mit dem anderen, und er riss sich zusammen, um der grollenden inneren Stimme Einhalt zu gebieten, die die Kontrolle übernehmen wollte.

»Komm schon, lass es raus.« Talbot streckte sein Kinn vor, um Bruce zum Zuschlagen zu provozieren. »Zeig mir, was du drauf hast.«

»Niemals«, sagte Bruce schwach. Er versuchte sich zu bewegen und stolperte dabei über seine immer noch geschwächten Beine. Talbot, der sich sicher war, dass von Bruce keine echte Gefahr mehr ausging, warf den Stock beiseite und begann ihn mit seinen Fäusten zu bearbeiten. Bruces Körper wurde bis in die Fußsohlen von den wuchtigen Schlägen erschüttert. Er hielt verzweifelt die Arme vors Gesicht, unfähig, sich in irgendeiner Form zu verteidigen. Talbot schlug die schützenden Arme beiseite und landete einen harten rechten Haken an Bruces Kinn. Bruce ging zu Boden. Als alles um ihn herum schwarz zu werden begann, überlegte er, ob er es nicht ein wenig damit übertrieben hatte, die wütende Seite zu unterdrücken; sein Plan schien jedenfalls nicht so aufzugehen, wie er sich das erhofft hatte.

Talbots Stimme schien von sehr weit her zu kommen. »Mit deinem bewussten Denken kannst du die Verwandlung vielleicht aufhalten, aber wir werden sehen, ob dein Unterbewusstsein das auch schafft.« Der Ohnmacht nahe, spürte Bruce, wie die Kreatur in ihm lauerte. Noch wurde sie zurückgehalten durch die Vernunft, die Moral, die höheren Gehirnfunktionen, kurz, durch sein Überich. Wenn sein bewusstes Denken aber erst mal ausgeschaltet war, wäre der Weg frei für den Hulk. Darauf spekulierte Talbot offensichtlich.

»Jemand zu Hause«, fragte Talbot und trat nach Bruce, der sich vor Schmerz krümmte.

In diesem Moment flog die Tür auf und Thunderbolt Ross kam hereingestampft, so überraschend, dass er seinem Spitznamen alle Ehre machte. *»Talbot, das reicht!«* .

»Alles nur im Dienste der Wissenschaft, Sir«, sagte Talbot achselzuckend. Er trat einen Schritt zurück und ging an Ross vorbei aus dem Raum. Ross folgte ihm. Bruce öffnete ein Auge und sah den beiden hinterher.

Die Runde geht an dich, Talbot, dachte er, während Schmerzen durch seinen Körper zuckten, *aber ein Krieg wird nicht in einer Schlacht gewonnen ... da muss man kein Soldat sein ... um das zu wissen ...*

Dann verlor Bruce Banner endgültig das Bewusstsein.

In einem der zahlreichen Labors der Basis machte Thunderbolt seinem Ärger Luft, doch Talbot schien sich wenig dafür zu interessieren. Arbeiter liefen an den beiden vorbei, und taten bewusst so, als würden sie von dem Streit nichts mitbekommen.

»Ich denke, ich habe mich klar ausgedrückt. Hier bewusst einen Zwischenfall zu provozieren, fällt in *meinen* Zuständigkeitsbereich«, erklärte Ross trocken.

»Ich habe alle Systeme zur sofortigen Eliminierung aktiviert«, erwiderte Talbot gelangweilt, als handele es sich um eine völlig unnötige Diskussion. »Wir werden ihn weiter beobachten oder ihn eliminieren, genau nach Plan.« Er verschränkte die Arme und sah seinen früheren Vorgesetzten herablassend an. »Fakt ist, wir müssen das Ding selbst erwischen, sonst kriegen wir kein verwendbares Material. Das Geheimnis liegt in ihm, und ich werde es aus ihm herausholen.« Nach einer kleinen Pause ergänzte er: »Sir.« Er zog eine Augenbraue nach oben und wartete, ob Ross etwas entgegnen würde.

Ross stand einen Augenblick da wie vom Schlag gerührt. Sein Schnurrbart sträubte sich. Dann drehte er auf dem Absatz um und marschierte davon. Talbot sah ihm nach. Er hätte beinahe in sich hineingelacht. Wie hatte er diesem Mann nur soviel Respekt entgegenbringen können? Verdammt, er hatte ihn förmlich angebetet. Und wo standen sie beide jetzt? Ross schien ihm irgendwie geschrumpft zu sein.

Er wartete noch einen Augenblick, um sicher zu gehen, dass Ross auch wirklich verschwunden war, dann wandte er sich einem der Atheon-Angestellten zu.

»Das Objekt ist jetzt im Tank, Sir«, teilte der Angestellte Talbot mit.

Talbot nickte knapp und verließ den Raum. Während Talbot Richtung Tauchlabor lief, musste er kurz an Betty denken. Die Arme litt sicher furchtbare Seelenqualen, weil er sie von ihrem bevorzugten Forschungs- und Liebesobjekt entfernt hatte.

Jetzt blieb ihm nur noch ein Problem: Bruce Banner. Nicht nur hatte er die Schläge erstaunlich gut weggesteckt, unangenehmerweise hatten seine Fragen über Atheons wahren Hintergrund auch noch genau ins Schwarze getroffen. Er würde so bald wie möglich mit seinen Vorgesetzten darüber sprechen müssen. Die Sicherheitsmaßnahmen bei Atheon mussten verschärft werden, so dass niemand mehr auf die geheimen Verbindungen Atheons schließen konnte.

Während er im Kopf noch die geeigneten Maßnahmen dazu durchging, betrat er das Tauchlabor. Hier befand sich der Bruce Banners bewusstloser Körper. Er war mit so vielen Kabeln und Drähten verbunden, dass einem Weihnachtsbaum glich.

Talbot grinste und trat vor die Monitore. Nachdem er die Werte abgelesen hatte, rief er: »Also, dann lasst uns mal seine Hirnströme ein bisschen kitzeln, was meint ihr?«

Elektrische Ladungen jagten durch Bruces Körper, um bestimmte Bereiche seines Gehirns zu stimulieren. Sein Körper begann leicht zu zucken.

Klein anfangen, Glen, mahnte Talbot sich selbst. *Nicht gleich den Vorschlaghammer einsetzen, um eine Fliege zu fangen. Den brauchst du erst, wenn du den dicken Fisch an der Angel hast.*

Betty war nicht sonderlich überrascht, als der Wagen, der sie vor ihrem Haus abgesetzt hatte, wendete und auf der gegenüberliegenden Straßenseite parkte. Sie blieb vor ihrer Haustür stehen und starrte wütend hinüber. Sie waren wahrscheinlich gerade dabei, eine Abhöranlage zu installieren, um sicher zu gehen, dass sie nicht die Presse oder das Fernsehen informierte. Als wenn ihr dort jemand Glauben schenken würde. Warum auch? Eine unterirdische Forschungsanlage der Army, in der man ihren Freund bei lebendigem Leib sezierte, weil er in der Lage war, sich in ein riesiges grünes Monster zu verwandeln, wenn man ihn ärgerte? Klar doch. Sicher. Diese Geschichte würde man ihr sofort abkaufen.

Als sie über die Türschwelle trat, erstarrte sie. Irgendetwas stimmte nicht, aber sie hatte keine Ahnung was. Sie knipste das Licht an und ihr Atem stockte.

Auf einem Sessel mitten im Raum saß David Banner. Er wirkte völlig entspannt. So, als hätte er Betty zum Zigaretten holen geschickt und sich gerade gewundert, wo sie so lang bliebe.

»Verehrte Miss Ross. Willkommen zu Hause.«

Betty bewegte sich langsam rückwärts Richtung Tür. Sie gab sich keine Mühe herauszufinden, wie er in ihre Wohnung gekommen war. Jemand, der in der Lage war, Hunde in gehorsame Tötungsmaschinen zu verwandeln, würde nicht an einem Türschloss scheitern.

»Da draußen stehen zwei Militärpolizisten«, warnte sie ihn. »Ich brauche nur zu schreien, und …«

Er winkte ab. »Keine Angst. Ich bin nicht mehr böse auf Sie.«

Seine Worte hatten keine sonderlich beruhigende Wirkung auf Betty, denn sie wusste, dass sie es mit einem Verrückten zu tun hatte. Trotzdem unterbrach sie ihren Rückzug und blieb im Türrahmen stehen. Im Notfall konnte sie immer noch schnell hinausrennen. Seine Hände waren gut zu sehen, also bestand keine Gefahr, dass er plötzlich eine Waffe zog und schoss.

»Bitte, hören Sie mir zu«, sagt er mit sanfter Stimme. »Ich weiß, warum Sie hier sind. Ihr Vater hat sie hintergangen, oder? Das hätten Sie voraussehen können. Mit mir hat man das auch gemacht.«

Sie überging seine Bemerkung, auch wenn er damit ihre Neugier geweckt hatte. »Was wollen Sie?«

»Das ist es ja. Ich weiß es selbst nicht mehr genau.« Er beugte sich nach vorn. Betty wich instinktiv zurück, bis sie bemerkte, dass seine Hände immer noch passiv in seinem Schoß lagen. Während er weiter sprach, kam es ihr so vor, als wären seine Worte gar nicht an sie gerichtet. Er schien eine Art Selbstgespräch zu führen. »Ich weiß, was Sie von ihm wollen. Sie wollen ihn verstehen. Aber Sie werden ihn nie verstehen«, sagte er traurig. »Es gibt noch keine wissenschaftliche Sprache, die seinen Fall wirklich erklären könnte.«

Sie fuhr sich mit der Zunge über die ausgetrockneten Lippen. Bis jetzt klang er gar nicht so verrückt. Im Gegenteil, er wirkte ziemlich klar. Vielleicht konnte sie ein ganz normales Gespräch mit ihm führen. Sie konnte es zumindest versuchen. Auch Verrückte hatten ihre klaren Momente, und wenn er vielleicht gerade einen hatte …

»Aber es gibt doch einen Grund für seinen Zustand, oder?«, fragte Betty. Sie wählte ihre Worte so vorsichtig wie jemand, der einem Selbstmörder den Sprung vom Fenstersims ausreden will. »Einen Teil der Vorgänge kann ich selbst rekonstruieren. Ich habe eine gewisse Vorstellung von ihrer Forschungsarbeit … von den Experimenten, die sich an sich selbst unternommen haben. Ich glaube, dass Bruce …

Er unterbrach sie schroff, was jedoch vor allem daran zu liegen schien, dass er wütend auf sich selbst war. »Natürlich ist Bruce das Resultat eines entsetzlichen Fehlers … meines Fehlers. Glauben Sie, es gab einen Tag in meinem Leben, an dem ich diesen Fehler nicht bereut habe?« Er sackte in sich zusammen, als wolle er deutlich machen, dass er sich selbst aller Lebensenergie beraubt habe.

»Nein, das glaube ich nicht. Aber jetzt könnten Sie doch etwas dagegen unternehmen.«

»Was hätte ich denn tun sollen«, sagte er, ohne auf Betty einzugehen. »Sie wollte unbedingt ein Baby. Und ich war so verliebt in sie …«

Der Teufel in dir

In der Dunkelheit, die ihn umgab, blitzten vereinzelte Erinnerungen auf, sie wirbelten an ihm vorbei, ohne dass er sie fassen konnte, sie trieben ein Spiel mit ihm, machten sich über ihn lustig …

Überall waren Verbindungen, Kabel waren verbunden mit seinem Kopf, sein Kopf mit der Vergangenheit, mit seinem Vater, mit seiner Mutter, die Verbindung war da, lange vergessen, lange nicht genutzt, aber sie war da und saugte ihn ein. Seine Vergangenheit war eine einzige große Leer-

stelle, ein Vakuum, aber die Natur fürchtete sich vor dem Vakuum, was bedeutete, dass die Natur sich auch vor ihm fürchtete, und jetzt ertrug sie die Leere nicht mehr und zog ihn hinab, in ein gewaltiges neuronales Netzwerk, in dem die Bilder aus dem Unbewussten, die Erinnerungen, trieben wie in einer Flüssigkeit. Ein Chor von Stimmen und Geräuschen dröhnte in ihm, und die Verbindung zu seinem Vater war so stark, dass er seine Stimme hören konnte …

»Ich spürte es bereits im Moment der Zeugung«, sagte David Banner, während Betty gebannt zuhörte. »Ich hatte ihr keinen Sohn geschenkt, sondern ein Monster.« Seine Stimme hatte einen dringlichen, fast verzweifelten Ausdruck. »Ich wollte es ungeschehen machen. Ich hätte alles dafür aufgegeben, sogar meine Arbeit. Ich wollte nur zurück. Zurück an den Punkt, an dem wir beide glücklich waren, wir beide allein, nur sie und ich.«

Seine Mutter lächelte ihn an, aber es war nicht Monica Krenzler, sondern seine echte Mutter, und sie war wunderschön, sie hatte Ähnlichkeit mit Betty, was irgendwie logisch war, völlig logisch, und das verschwommene Bild seiner Mutter wurde überlagert vom Bild zweier Puppen, und die beiden Bilder verschmolzen, wie Farben, die ineinander liefen und eine neue Farbschattierung ergaben, seine Mutter lächelte sanft, eine Tür ging auf, und ihr Bild wurde von hellem Licht überstrahlt …

»Ich erinnere mich an den Tag, als ob es gestern wäre«, sagte David Banner. »Ich weiß noch genau, welche Gefühle und Eindrücke ich hatte, als ich durchs Haus lief. In meiner rechten Hand spürte ich den Griff des Messers. Es kam mir vor, als wäre ich auserwählt worden, wie bei Abraham und Isaak – ein Vater, der den Sohn opfern muss.«

Betty wusste erst nicht, auf was er hinauswollte, denn die Bemerkung über das Messer schien in keinerlei Zusammenhang zu stehen. Dann wurde es ihr schlagartig bewusst und sie erstarrte vor Schreck …

… seine Mutter krümmte sich vor Angst, aber dann erkannte sie, dass ihr Mann an ihr vorbei auf seinen Sohn starrte, und ihre Panik wich der wilden Entschlossenheit, bis zum Letzten für ihr Kind zu kämpfen, sie ging langsam rückwärts und stellte sich in den Türrahmen zwischen ihn und seinen Sohn, und der kleine Bruce drückte seine Stoffpuppen an die Brust und versuchte, an seiner Mutter vorbeizuschauen, weil er dachte, es sei alles nur ein Spiel und sie würden eine Überraschung vor ihm verborgen halten, und sich plötzlich umdrehen und laut rufen: »Überraschung!«, aber seine Mutter drehte sich nicht um, und dann hörte er jemanden schreien, aber es war nicht »Überraschung«, sondern ein Schwall böser Worte, die man eigentlich nicht sagen durfte, und plötzlich hörte er einen schrillen Schrei und jemand musste eine Flasche Ketschup verschüttet haben, denn ganz viel rote Flüssigkeit lief an Mutters Kleid herunter …

»Ihre Kräfte überraschten mich.« Banner sprach jetzt in einer Art merkwürdigem Singsang. »Es war, als ob sie und das Messer zu einer Einheit verschmolzen wären.« Betty sah mit weit aufgerissenen Augen, wie Banner auf seine Hände starrte. »Sie können es sich nicht vorstellen. Diese unerträgliche Endlichkeit, ihres Lebens, meines Lebens, hier in meiner Hand …«

… und er stürzte sich auf seinen Vater, der wie benommen auf das Messer starrte, an dem das Blut seiner Frau hinunterlief, und im letzten Moment wollte er das Messer herausziehen, aber der Junge hing schon auf ihm und schlug das Messer weg, und obwohl das Monster noch gar nicht entfesselt worden war, und er nicht im Entferntesten seine spätere Stärke erreicht hatte, war das Potenzial schon deutlich zu spüren, der Vater sah in die Augen seines Sohns, und er spürte seine eigene Angst, der Junge zerrte wie eine Wildkatze an ihm, aber dann verlor er seine Mutter aus den Augen, er sah, wie sie im Schock aus der Haustüre lief, und sein Vater wollte ihn abschütteln, damit er das Messer packen konnte, und …

»In diesem Moment nahm ich alles, was mir wichtig gewesen war …«

… und der Junge schlug seine Zähne wie ein tollwütiges Tier in den Hals seines Vaters, er schmeckte sein Blut zwischen den Zähnen, und sein Vater heulte auf und schrie, und das Schreien seines Vaters wurde übertönt von dem Geheul der Sirenen …

»… und verwandelte es in bloße Erinnerung.«

Die Militärpolizisten stürmten ins Haus, und sein Vater wurde weggezerrt und in einen Wagen gestoßen, mit kreisenden Lichtern auf dem Dach, und Bruce schrie und zeigte in die Richtung, in der seine Mutter davon gewankt war, aber niemand konnte ihn verstehen, denn er sprach nicht, er grunzte und grollte, unverständlich wie ein Affe, der vor Schmerz brüllt, und irgendjemand versuchte ihn festzuhalten, und er wehrte sich und strampelte und schrie und die

Wut packte ihn, und sein Körper fing für einen kurzen Moment an Blasen zu werfen, und jemand schrie: »Er hat 'ne riesige Schwellung hier, riesig, holt Eisbeutel, schnell!«, dann »Er braucht eine Beruhigungsspritze, er kriegt Krampfanfälle!«

»Aber etwas, das man selbst hervorgebracht hat, kann man nie wirklich loslassen, egal wie furchtbar es ist«, sagte David Banner. Der verängstigte und angewiderte Ausdruck Bettys schien ihm völlig zu entgehen. »Mein Sohn war dazu bestimmt, das zu werden, was er ist. Jetzt ist alles aus für ihn. Und für mich auch.«

Er stieß die Männer beiseite, mit einer Kraft, die ihm niemand zugetraut hätte, rannte ins Haus, packte seine Puppen, und stürmte die Treppe hinauf, hoch in sein Zimmer, Schritte polterten hinter ihm die Treppe hoch, und er wollte sich gerade unter seinem Bett verstecken, als es eine Explosion gab, ein gewaltiges Donnern, und der Himmel wurde gleißend hell, und er rannte zum Fenster und sah hinaus, und er sah etwas, das er nicht verstehen konnte, etwas, das die Welt in ganz neuem Licht erscheinen ließ, weil alles, was vorher da gewesen war, plötzlich weggewischt war, und da stand ein Mann in Uniform auf der Straße, und ein kleines Mädchen neben ihm sah zu seinem Fenster hoch, und er sah noch kurz das Gesicht seines Vaters, als alles zu einer Art Fotografie erstarrte, die sich in sein Bewusstsein brannte und dann in den Tiefen seines Hirns begraben wurde, doch das Bild war zurückgekehrt, um ihn zu quälen, und jetzt wirbelten die Bilder wild durcheinander, und plötzlich war sein Vater ein alter Mann, die Verbindung war hergestellt, und das Mädchen war erwachsen, sie war Betty, und ihr Vater stand neben ihr, und sie sahen alle zu ihm hoch, und er konnte es nicht ertragen, konnte die Vorstellung, von dem was kommen würde, nicht ertragen, konnte den Schmerz nicht mehr ertragen, den Todeskampf, es war so ungerecht, es war einfach ungerecht, warum hatte er kein einfaches normales Leben haben können, warum, WARUM, weil ES das so wollte, weil es wollte, dass er … dass ich …

»Ich bin zu Ihnen gekommen, um Sie um einen letzten Gefallen zu bitten«, sagte er mit zitternder Stimme. »Könnten Sie ihren Vater bitten, mich meinen Sohn ein letztes Mal sehen zu lassen? Danach werde ich mich friedlich ergeben und sie können mich für immer wegsperren. Würden Sie das für mich tun?«, fragte David Banner, und begann zu weinen …

… ihn einfach platt machen … sein heulendes Gesicht zu Brei schlagen, ich kann es sehen, ich sehe es in meinem Kopf … ich hasse … hasse ihn … ihm den Schädel zerquetschen … Blut quillt durch meine Finger … zermanschen … Arme rausreißen … Beine … alles … alles platt machen …

Betty betrachtete ihn unsicher. »Lassen Sie mich einen kurzen Anruf machen«, sagte sie. Sie verließ den Raum. Er sah ihr nach. Ein böses Grinsen trat an Stelle seiner Tränen.

… ALLES PLATT MACHEN … ALLEEEES …

Durch die Glaswände des Labors überwachte Wein, einer der Atheon-Techniker, die Tauchzelle. Als die Monitore plötzlich hektisch zu blinken begannen, rief Wein überrascht: »Wir kriegen hier ein Menge neuronaler Aktivität! Unglaublich. Er produziert enorme Mengen von …«

Glen Talbot schob Wein unsanft beiseite. »Lass mich sehen!« Er beugte sich vor und studierte zufrieden die Daten. »Bingo! Er muss gerade einen Mega-Albtraum haben.«

In diesem Moment drang ein gedämpftes, aber deutlich hörbares Gebrüll aus dem Tank. Die Schreie ließen die Flüssigkeit im Inneren vibrieren. Es war unglaublich, der riesige Wasserbehälter wurde bis in seine Verankerungen erschüttert, er pulsierte, er wellte sich. In diesem Moment erkannte Talbot seinen entsetzlichen Irrtum. Er hatte einen fundamentalen Fehler gemacht, den selbst ein Student im dritten Semester nicht hätte begehen dürfen. Er hatte es übersehen, die Techniker hatten es übersehen, alle hier in dieser verdammten Multi-Milliarden-Dollar-Anlage hatten es übersehen.

»*Wasserverdrängung*«, flüsterte er. Während Banners Körper sich veränderte, sich verformte und zu der muskulösen und gewaltigen Form wuchs, die man den Hulk nannte, beanspruchte er den ganzen Platz, den vorher das Wasser eingenommen hatte. Gedankenlos hatte man den Tank bis zum Rand gefüllt, doch durch die Freisetzung des Hulk konnte das Wasser nirgendwo mehr hin, außer nach draußen …

Die Schweißnähte des Tanks wölbten sich und platzten auf, Wasser spritzte in alle Richtungen. Das Gebrüll wurde ohrenbetäubend laut und eine grüne Hand arbeitete sich durch die Risse im Tank. Bolzen flogen heraus, Metall verbog sich und brach, und plötzlich brach der Tank auf wie eine reife Melone. Das Metall quietschte laut und übertönte die Entsetzensschreie der Umstehenden. Es bog sich nach hinten, und während das Wasser in alle Richtungen strömte, erhob sich langsam der Hulk. Er stieß einen gewaltigen Schrei aus, der einem Tyrannosaurus Rex alle Ehre gemacht hätte.

… nass … tropfnass … wo … wohin … egal wohin … alles platt machen … töten …

Wein zeigte keinerlei Panik, dazu war er zu professionell, aber es kostete ihn jedes Quäntchen an Selbstüberwindung, das er aufbieten konnte. Wenn er nur die leiseste Ahnung davon gehabt hätte, was auf ihn zukam, hätte er sich wahrscheinlich vor Angst in die Hosen gemacht.

So aber fragte er mit einem unerschütterlichem Ausdruck: »Soll ich feuern lassen?«

Talbot hatte sich von seinem ersten Schock erholt, und als ob die Frage das Dümmste sei, was er je gehört habe, sagte er voller Verachtung: »Nein! Mit Asche kann ich nichts anfangen.« Er drückte die Intercom-Taste. »Los, schickt ihn schlafen.«

Der Hulk brüllte und hämmerte gegen die Wände des Tauchlabors, als das Betäubungsgas die Mauern herab strömte und ihn einnebelte.

Der tobende, animalische Verstand des Hulk hatte jetzt die volle Kontrolle, während das Ich von Bruce Banner in den untersten Schichten seines Bewusstseins begraben war. Dennoch sorgte ein Rest von Banners Intelligenz dafür, dass ein logischer, zusammenhängender Gedanke das Bewusstsein des Hulk erreichte.

… Achtung Gas … Luft anhalten …

Ohne viel darüber nachzudenken, holte der Hulk schnell und tief Luft, bevor das Gas auf die Höhe seiner Nüstern angestiegen war.

Im Beobachtungsraum des Labors wartete Talbot darauf, dass der Hulk bewusstlos wurde. Aber der grüne Gigant reagierte nicht wie erwartet. Vielmehr ließ er wild die Arme kreisen, als wäre das Gas nur ein lästiger Geruch, und donnerte dann plötzlich seinen Arm durch die Wand.

»Oh mein Gott!« Talbot ahnte, dass der Rest des Hulks bald folgen würde. Er sollte Recht behalten.

Der Hulk brach durch die Wand in den angrenzenden Flur. Einige Angestellte ergriffen panisch die Flucht, während die bewaffneten Sicherheitsleute ihre Pistolen zückten, um zu schießen. Ihre Absicht wurde schnell von dem Gas zunichte gemacht, das in den Flur strömte. Es konnte dem Hulk nichts anhaben, aber alle anderen fielen um wie die Fliegen. Der Hulk blickte sich wütend um und stampfte dann den Flur entlang. Er hatte kein besonderes Ziel, er wollte bloß hier heraus kommen.

Im Beobachtungsraum musste Talbot schlucken, als er den Gaswirbel im Labor sah und das große Loch in der Wand, durch das der Hulk verschwunden war. Er versuchte, seiner Stimme einen festen Klang zu geben, als er sagte: »Keine tödlichen Waffen. Ich brauche eine Gewebeprobe. Setzt den Schaum ein.«

Als General Ross den Alarm hörte, rannte er sofort los. Sein Adjutant Lieber, nur halb so alt wie er, hatte

Schwierigkeiten ihm zu folgen, als Ross Richtung Kommando- und Kontrollcenter stürmte. Das KuK war das reinste Irrenhaus; alle schrieen sich Befehle zu und ihre Stimmen zitterten vor Aufregung.

»Sir!«, rief Lieber und zeigte auf einen der Monitore. Ross blickte hinauf und sah in flimmerndem Schwarz-Weiß, wie eine Gruppe speziell ausgebildeter Atheon-Sicherheitsleute sich dem Gigant näherte. Das überraschte ihn nicht. Nachdem er Talbots kleine Foltersession unterbrochen hatte, hatte Atheon seinen Einfluss geltend gemacht und dafür gesorgt, dass der gesamte Flügel von den Sektoren X bis Z und von den Ebenen Eins bis Sieben isoliert wurde. Dort hatte jetzt nur noch Atheon-Personal Zutritt. Diese Anweisung hatte Ross rasend gemacht, denn er hielt das für einen katastrophalen Fehler, aber niemand hatte auf ihn hören wollen.

»Jesus«, stöhnte Ross auf, dann sagte er: »Gebt mir Talbot.«

Im Intercom herrschte Chaos. Alle redeten kreuz und quer durcheinander. Während Lieber versuchte, irgendwie Talbot an die Leitung zu kriegen, starrte Ross fassungslos auf den Monitor. Einer der Atheon-Techniker hatte sich von der Gruppe gelöst. Er trug ein Gewehr mit gewaltigen Läufen und hatte zwei Tanks auf den Rücken geschnallt. Er feuerte und ein dicker Strahl einer schleimigen Flüssigkeit schoss aus den Läufen. Sie überzog die Kreatur mit einem zähen, klebrigen Schaum. Der *Zornige Mann* war gestoppt. Er wehrte sich verzweifelt, während der Schaum auf seinem Körper erstarrte. Es gelang ihm, ein paar Brocken abzuschütteln. Sie trafen einen der Männer und froren ihn augenblicklich ein.

»Sir!«, rief Lieber. »Ich habe jetzt Talbot auf Kanal sechs!«

Ross drückte die Interkom-Taste und bellte: »Talbot, hier Ross. Reden Sie.«

»Alles unter Kontrolle, General«, hörte er Talbots Stimme. »Ich lasse Sie wissen, wenn wir Sie brauchen.«

Ross traute seinen Ohren nicht. Er hatte jetzt endgültig genug von Talbot.

»Nicht akzeptabel«, sagte Ross trocken. »Schaffen Sie Ihren Arsch sofort hier hoch. Ich ordne Evakuierung an. Ich drehe Ihnen den Saft ab. Lieber! Wen haben wir von unseren Leuten da unten?«

Lieber war ihm schon einen Schritt voraus und hielt das Clipboard bereit. »Ich hab die Einheiten Bravo und Laramie zusammengetrommelt. Bravo kommt von oben und Laramie von unten. Sie werden in dreißig Sekunden am Schauplatz sein.«

Das war zwar ein Verstoß gegen die Befehlsordnung, den Lieber sich da hatte zu Schulden kommen lassen, aber Ross hätte ihn dafür küssen können. »Gut mitgedacht! Schick sie rein!«

Lieber brüllte ins Headset: »Laramie, Bravo, setzt euch in Bewegung!«

Ross verfolgte weiter die Ereignisse auf dem Monitor. Er konnte nicht anders, er musste dieser Kreatur Respekt zollen. Der Zornige Mann kämpfte wütend mit der Flüssigkeit, und verdammt noch mal, er schaffte es. Die Instinkte eines alten Kriegers erwachten in Ross. Zum Teufel, das war doch mal ein würdiger Gegner!

Er drängte diesen Gedanken schnell beiseite. Das hier war kein sportlicher Wettkampf. Hier zogen gute Männer in den Kampf gegen die entfesselte Wissenschaft. Es war, als würde man Soldaten losschicken, um eine Atombombe kurz vor dem Aufschlag mit den Zähnen aufzufangen.

»Talbot, wir kommen rein! Bestätigen Sie das! Lieber, voraussichtliche Ankunftszeit?«

»Fünfzehn Sekunden, General!«

Das Interkom war plötzlich tot. »Talbot, ich sagte, bestätigen!«

Und plötzlich rief Lieber: »General! Die machen dicht!«

»*Was* haben Sie gesagt?«

»Alle Zugänge sofort schließen«, fauchte Talbot. Es war ihm egal, wie viel Kraft dieser Gigant noch besaß. Es war ihm egal, was er einsetzen musste, um ihn zu stoppen oder wie viel Männer er dabei verlieren würde. Nur Eines stand außer Frage: Niemals würde er die Sache Thunderbolt Ross überlassen. Ross würde alles an sich reißen und Talbot wie einen Versager aussehen lassen.

Wein sah Talbot ungläubig an. »Haben Sie nicht gehört, was der General eben gesagt hat?«

Talbot war absolut nicht in der Stimmung zu diskutieren. Er zog seine Pistole und zielte direkt auf Weins Gesicht. »Ich sagte, alle Zugänge schließen.«

Wein schluckte und aktivierte den Verriegelungsmechanismus. Talbots Blick richtete sich auf die Monitore, und er konnte sehen, wie sich die Tore langsam schlossen. Er nickte zufrieden und sah das »Gesperrt»-Zeichen aufleuchten, das bestätigte, dass alle Tore verriegelt waren.

»Dir werde ich zeigen, wer hier seinen Arsch in Bewegung zu setzen hat«, knurrte er. »Eine Gruppe Sicherheitsleute zu mir. Ich werde diesen grünen Mistkerl jetzt persönlich Auseinandernehmen.« Als Wein nicht sofort reagierte, spannte er den Hahn und knurrte: »Los!«

Wein gehorchte.

Der Anführer der Bravo-Einheit hatte es gerade noch geschafft unter dem sich schließenden Tor durchzuschlüpfen. Zum Glück blieb er genau in dem Moment stehen, als das Tor mit einem dumpfen Schlag zufiel. Jenseits der Tür konnte er ein wütendes Gebrüll hören, das von einem wild gewordenen Löwen oder Rhinozeros hätte stammen können. Was auch immer es war, es musste riesig sein.

Er rief in sein Headset: »K2, hier ist 04. Die Tore sind zu.«

Oben im KuK stieß Ross den Namen »Talbot!« aus, als wäre es ein Fluch. Dann sprach er ins Mikrofon: »04, hier ist K2, wir versuchen die Verriegelung von hier oben aus aufzuheben. Stand-by auf 1.« Was bedeutete, dass er auf Position bleiben sollte, bis er weitere Anweisungen erhielt. Ross blickte auf den Bildschirm.

Der Zornige Mann kämpfte immer noch mit dem Schaum. Er behinderte ihn sichtlich, konnte ihn aber nicht mehr davon abhalten, sich den Atheon-Sicherheitsleuten zu nähern. Er schwenkte im Laufen seine Arme und brüllte wie ein Wesen aus einem *Godzilla*-Film. Die Sicherheitsleute begannen sich augenblicklich zurückzuziehen. *Amateure,* dachte Ross grimmig und schnappte sich das Mikrofon der Lautsprecheranlage.

Ross' Stimme klang trotz der Krise, die er zu bewältigen hatte, ruhig und entschlossen. Thunderbolt war jetzt in seinem eigentlichen Element. Berge von Papierkram zu bearbeiten, irgendwelchen Politclowns schmeicheln und mit den Konzernbossen auf gut Freund machen – das waren die Dinge, die er hasste wie die Pest. Aber wenn es darum ging einen Feind zu bekämpfen, Truppen zu befehligen und Strategien umzusetzen – da war er ein glücklicher Mann

»Achtung, Achtung«, bellte er ins Mikrofon und seine Stimme dröhnte auf allen Kanälen. »An alle Einheiten. Hier ist K2. Codewort: Speerspitze, wiederhole, Speerspitze. Ort: Sektor Zulu, Ebene 4, Planquadrat 256. Zielobjekt ist Banner, Bruce. Gefahrenquelle ist Charlie ... ich wiederhole Charlie. Alle Laramie-Einheiten, Objekt sichern, neutralisieren und sofort Mitteilung machen. Over.« Er wollte Bravo in der Hinterhand behalten. Vielleicht würde er sie nicht gebrauchen, doch er machte sich wenig Hoffnung.

In diesem Moment drehte sich der große grüne Berserker, der einmal Bruce Banner gewesen war, um und starrte direkt in eine der Kameras. Dazu ließ er ein Gebrüll los, wie ein lang ausgestorbenes Monstrum aus der Urzeit.

»Das könnte interessant werden«, murmelte Ross.

Von Menschenhand geschaffen

Talbot ging an der Spitze einer Gruppe bewaffneter Atheon- Sicherheitsleute. Sie näherten sich dem Sektor, in dem der Hulk durch den Schaum gestoppt wurde.

Als sie ihn hinter der nächsten Ecke hören konnten, hielten an.

»Wir brauchen eine Gewebeprobe«, wies Talbot seine Männer an, dann bogen sie um die Ecke und standen dem Hulk gegenüber. Der Gigant nahm keine Notiz von ihnen. Er war zu sehr damit beschäftigt, die Substanz abzuschütteln, die ihn umgab. Sie wurde härter und härter und nahm ihm immer mehr Bewegungsfreiheit. Er war fast völlig von der Masse bedeckt, nur oben am Hals war eine kleine Stelle frei geblieben.

Talbot näherte sich dem Giganten langsam und murmelte: »O.K., lass uns das jetzt mal hübsch vorsichtig machen.« Er holte kleinen Laserbohrer heraus und rammte ihn in den Hals des Giganten. Der Hulk zuckte zusammen und brüllte laut. Sein heftiger Ausbruch sorgte dafür, dass sich Talbot und seine Leute ein paar Schritte zurückzogen. Wütend begann das Monster den erstarrten Schaum in Brocken abzureißen, auch wenn große Fetzen seiner Haut daran hängen blieben.

Kaum hatte sich ein Brocken gelöst, folgten weitere. Talbot wurde klar, dass der Hulk nur noch wenige Sekunden brauchen würde, um sich vollständig zu befreien, und es war ziemlich wahrscheinlich, dass er dann als Erstes auf den Typ mit dem Laserbohrer losgehen würde.

»Rückzug«, ordnete er an; das musste er seinen Leuten nicht zweimal sagen. Während die letzten Brocken Schaum flogen, flohen die Männer um die Ecke. Der Hulk begann ihnen donnernd nachzusetzen. Die Wände und der Boden bebten bei jedem seiner Schritte.

Trotz des eiligen Rückzugs konnte Talbot hören, wie sich in diesem Moment die Verriegelung der Tore zu öffnen begann. Das laute *Klicken* der sich lösenden Metallbolzen dröhnte durch sämtliche Flure. Dieser verfluchte Ross hatte einen Weg gefunden, den Code für die Sicherheitsverriegelung zu knacken. Nur ein paar Sekunden noch und die Tore würden sich heben und gewöhnliche Army-Soldaten würden hier wie die Heuschrecken einfallen. Dann hätte er endgültig ausgespielt.

Es sei denn, er konnte das Monster vorher stoppen.

Wenn er die Proben von dem lebenden Monster nicht bekam, würde er eben sehen, was mit seinem toten Körper anzufangen war. Er hoffte nur, dass der Hulk sich nicht in Bruce Banner zurück verwandeln würde, bevor er das mutierte Gewebe entnehmen konnte.

Als ein bewaffneter Atheon-Angestellter an ihm vorbeistürzte riss ihm Talbot das Gewehr aus der Hand. Der Wachmann war nur zu gerne bereit, sein Gewehr abzugeben. Eine Sache weniger, die ihn auf der Flucht behinderte. Die automatische Waffe hatte APM2 .30-06-Munition geladen, ein Kaliber, das kugelsichere Westen wie Butter durchschlug. Nur ein Körperpanzer vom Typ IV hätte diesem Kaliber standhalten können; und der Hulk trug nichts Vergleichbares, zumindest in diesem Punkt war sich Talbot sicher.

Talbot wirbelte herum, suchte einen sicheren Stand und war bereit, es mit dem sich nähernden Hulk aufzunehmen. Abgesehen davon, dass das Monster ihn um Armeslänge überragte, konnte Talbot in der Kreatur nichts anderes als den lächerlichen, ängstlich wimmernden Wissenschaftler, mit dem er vor kurzen noch seine brutalen Spielchen gespielt hatte, sehen. Sie starrten sich einen Moment lang in die Augen. Vielleicht war es nur Einbildung, aber Talbot glaubte zu erkennen, dass der Hulk mehr in ihm sah, als nur einen weiteren Feind …

… hat mir Schmerzen gemacht … hat mich geschlagen … ihm Schmerzen machen … ihm … ihm mehr Schmerzen machen …

Talbot stockte der Atem und er wich zurück, als der Hulk auf ihn zu wankte – und dabei noch *wuchs*. Als ob seine zweieinhalb Meter nicht schon gereicht hätten, nahm der Hulk weiter an Masse zu. Sekunden später füllte er den gesamten Korridor aus. Er blickte sich wütend um, grunzte und spannte seine Muskeln an, bis die Wände des Flurs knirschend anfingen ihm Platz zu machen.

Talbot sah einen Moment lang völlig gebannt zu. Dann hörte er das Stiefelgetrampel sich nähernder Soldaten, und alles, woran er denken konnte, war, dass es vom Hulk verdammt entgegenkommend war, sich in eine noch größere Zielscheibe zu verwandeln.

»Mach's gut, mein Großer«, sagte Talbot und ließ einen gewaltigen automatischen Feuerstoß los. Der Hulk schwankte nicht, denn er war zwischen den Mauern eingezwängt, aber sein Gesicht verzog sich vor Schmerzen, und einen Herzschlag lang dachte Talbot, er hätte gewonnen.

Doch es sollte einer der letzten Herzschläge in Glen Talbots Leben gewesen sein, denn plötzlich war der Korridor erfüllt mit dem hellen metallischen Sirren von Querschlägern. Die Kugeln, die vom Hulk abprallten, jagten ohne Ausweg kreuz und quer durch den Gang, und nicht wenige davon erwischten Talbot. Er brach zusammen, hielt seinen Bauch umklammert und fühlte, wie etwas Weiches und Ekliges herausquoll. Er versuchte, es wieder zurück zu stopfen, was auch immer es war. Dann fiel er in einen Schockzustand und einen Augenblick später war er tot.

Die verbliebenen Sicherheitsleute machten kehrt und rannten um ihr Leben.

Ross hatte die Ereignisse am Monitor genau verfolgt.

Er sah wie Talbot getroffen wurde und plötzlich schien sich alles in Zeitlupe abzuspielen. Während Talbot fiel, sah Thunderbolt noch einmal den jungen, ehrgeizigen Offizier vor sich, der hoch hinaus wollte und genug Energie hatte, die Welt aus den Angeln zu heben. Er dachte an den jungen Hoffnungsträger, den er zu seinem persönlichen Schützling gemacht hatte, weil er wusste, dass er es nach ganz oben schaffen konnte. Und er sah den jungen Mann, den Geld, Zynismus und Macht korrumpiert hatten.

All das schoss Ross durch Kopf. Dann schlug Talbot auf dem Boden auf und zuckte wie ein verendender Seehund. An diesem Punkt schloss das militärisch denkende Bewusstsein des Thaddeus *Thunderbolt* Ross mit Talbot ab. Fall beendet, Zeit weiterzuziehen. Talbot hatte, bei all dem Schlechten und Heimtückischen, das er in die Welt gesetzt hatte, mit seinem Tod etwas Positives bewirkt. Er hatte Ross deutlich vor Augen geführt, dass konventionelle Waffen gegen das Monster nichts ausrichten konnten. Er hatte hier einen Trupp ehrgeiziger junger Leute, die darauf brannten, auf Monsterjagd nicht zu gehen, aber er würde sie alle verlieren, sobald sie das Feuer eröffneten.

»Sie sollen sich zurückziehen«, sagte Ross hölzern und ignorierte die Tatsache, dass er selbst genau vor dem Mikrofon stand. »Lieber, Rückzug habe ich gesagt!«

»An alle Laramie-Einheiten, hier K2«, sprach Lieber prompt ins Intercom. »Zurückziehen. Kontakt mit Zielobjekt Bruce Banner meiden, wiederhole, Kontakt vermeiden.«

Colonel McKean von der sechsten Laramie-Division leitete den Rückzug seiner Männer. Sie hatten ihr Zielobjekt nicht zu Gesicht bekommen, aber sie hatten sein Gebrüll gehört, und Mc Kean hatte das Gefühl, dass sie ihren Arsch gerade noch mal gerettet hatten. Er würde nie erfahren, wie verdammt Recht er damit hatte.

Sie zogen sich hinter die schweren Metalltore zurück, die das KuK nur mit äußerster Mühe hatte öffnen können, und kaum waren sie in Sicherheit, donnerten die Tore wieder herunter. McKean stellte sofort Kontakt zu den anderen Einheiten her, um sich einen Überblick über die Lage zu verschaffen. Dann bellte er energisch in sein Headset: »K2, hier Laramie 06, Laramie-Einheiten beim Rückzug. Zielobjekt im Sektor Yolk, Ebene 4.«

Die Stimme von Thunderbolt Ross tönte in seinem Headset, und gab den Befehl, allen Anweisungen von *Laramie 0-1* unbedingt Folge zu leisten. Ross wollte sicher stellen, dass er jetzt an der Spitze der Befehlskette stand: Jedes Kommando, das von 0-1 kam, egal ob von ihm selbst oder von einem Vertreter, war als Befehl von ganz oben zu verstehen. »Konzentriert Überwachung auf Sektor X-ray, Ebene 03, Planquadrat 185. Over.«

McKean bestätigte sofort und gab die Anweisungen an alle anderen Laramie-Einheiten weiter. »Achtung, Achtung, an alle Laramie-Einheiten, hier ist Laramie 0-1, konzentriert Überwachung auf Sektor X-ray, Ebene 03, Planquadrat 185. Over.«

»Sechs, Roger«, bestätigte die Stimme von Ross.

»Laramie 0-1, alle ausfallsicheren Vorrichtungen aktivieren. Wenn er irgendwo in der Nähe von Foxtrot auftaucht, wisst ihr, was zu tun ist. Er könnte hier unten eine ziemliche Sauerei anrichten.« Das war leicht untertrieben. Foxtrot war der Deckname für die mit nuklearen Sprengköpfen bestückten Marschflugkörper, die hier unten gelagert waren. Wenn das Monster anfing, damit herumzuwerfen, würde die frei werdende Strahlung ausreichen, jeden hier unten zu töten. An die Folgen einer atomaren Explosion war dabei noch gar nicht gedacht.

McKean verstand den Befehl. Aber trotz der Tatsache, dass er von 0-1 stammte, war er nicht ganz bei der Sache. Was ihn beunruhigte, war das massive Stahltor gegenüber. Das Tor wurde von wuchtigen Schlägen eingebeult. »K2, hier Sechs, Roger, Sir«, bestätigte McKean und konnte seinen ungläubigen Blick nicht von dem Spektakel des sich verbiegenden Tors wenden. »Bitte um Kenntnisnahme: Er ist nicht auf dem Weg nach unten. Es scheint, als käme er direkt auf uns zu. Over.«

»Sechs, hier K2, Roger«, bellte Ross zurück, während mehr und mehr Soldaten in die Haupthalle strömten. »Aktive Ausschaltung vorbereiten und Stand-by.«

… packen in Stücke reißen zerfetzen so viel Schmerzen alle platt machen alle platt machen … ALLE PLATT MACHEN …

Das Tor, das die Haupthalle abriegelte, wurde auf einen Schlag zerfetzt, und der Hulk kam durch die Trümmer gestampft. Wenn in nicht allzu ferner Zukunft die Überlebenden dieser Attacke davon berichten würden, würde die Größe der Bestie von Erzählung zu Erzählung stark schwanken. Paradoxerweise hätten sie alle Recht. Die Größe des Hulk veränderte sich tatsächlich, je nach Stimmung und dem Grad des Widerstands, den man ihm entgegensetzte.

Augenblicklich rannten die Männer auseinander. Sie wussten, dass sie nicht in der gleichen Liga spielten wie das Biest. Auch McKean zog sich zurück, ohne dabei jedoch in Panik zu geraten. Er machte nur ein paar Schritte zurück und beobachtete aufmerksam, wie der Hulk die Arme hob und sein hasserfülltes Gebrüll ausstieß. Gleichzeitig hörte er Ross' Stimme über Intercom. »0-1, K2 hier, Stroboskope einsetzten. Over!«

»Achtung, Achtung«, rief McKean und er hoffte, seine Männer würden ihn trotz der Schreie des rasenden Giganten hören können. »Schutzbrillen aufsetzen! Stroboskope an! Over.«

Sofort zogen alle Soldaten große Schutzbrillen an. Sie waren mit elektronischen Blenden ausgestattet, die wiederum mit der gewaltigen Stroboskoplicht-Anlage synchronisiert waren. Die Anlage, die eilig in die Halle gerollt worden war, begann stakkatohaft aufzublitzen. Augenblicklich verlor der Hulk die Orientierung und hielt die Arme vor die Augen. Durch ihre Brillen konnten die Soldaten sehen, wie er im flackernden weißen Licht rückwärts in Richtung Eingangstunnel stolperte. Es musste auf sie wirken wie die flimmernden Schwarz-Weiß-Bilder einer Uralt-Fernsehserie, deren Hauptdarsteller der Hulk war.

... Lichter ... Schmerzen ... Augen schmerzen ... Schmerzen sollen aufhören ...

Eine Gruppe von Soldaten rannte auf den Hulk zu und feuerte Netze ab, die sich vor ihm ausbreiteten.

… aufhören … hört nicht auf …

Er machte einen Satz, schnappte sich eines der Netze und schleuderte es zurück auf die Soldaten. Die Männer stoben panisch auseinander, um den Netz auszuweichen, und der Hulk griff wahllos nach herumliegenden Gegenständen, die er ihnen nachschleuderte.

»K2, er ist immer noch frei. Over!«, erstattete einer von ihnen Meldung.

»Habe verstanden, K2 hier … Achtung, Achtung … Sechs«, sagte Ross.

… LICHT SOLL AUFHÖREN! …

Der Hulk sprang in die Höhe und landete einen donnernden Schlag gegen die Decke. Riesige Stahlträger brachen aus der Verankerung und krachten in die Halle. Einer davon zerstörte die Stroboskopanlage. Der Hulk schlug auf dem Boden auf, und zog sich, immer noch desorientiert, in den Eingangstunnel zurück.

Ross, der alles vom KuK aus beobachtet hatte, erhielt Meldung von einer der Laramie-Einheiten: »K2, hier 0-4, er ist auf dem Weg nach oben. Out.«

»Achtung, Achtung, an alle Einheiten. Äußerste Gefahr. Aus allen freigegebenen Waffen feuern, wenn notwendig«, sagte Ross. »K2. Over.«

Auf dem Monitor konnte Ross beobachten, wie das Gefecht hitziger wurde. Flammenstöße zuckten über den Bildschirm, als seine Männer aus allen verfügbaren Waffen dem Zornigen Mann hinterher feuerten.

Ross konnte nur hoffen, dass nicht das eintrat, was sich bereits abzuzeichnen begann.

Dann hörte er über sich die Erde beben, dann eine Pause, und dann noch eine Erschütterung.

Er wusste, was geschehen war. Als die Meldung von den Beobachtern auf der Oberfläche kam, bestätigte sie ihn nur noch. Sein Mut sank, und er blickte noch einmal auf Glen Talbot, der verrenkt und blutig im Korridor lag. Seine Stimmung war am Tiefpunkt. *Talbot, du arrogantes Arschloch,* dachte er und dann brüllte er ins Mikro: »Speer 6, hier K2. Er ist durchgebrochen. Sofort in Sektor Fünf X-Ray begeben.«

Der Hulk hatte sich durch die Erde gegraben, war durch die Oberfläche gestoßen und davongesprungen. Er war weg, und die Chance stand höchstens 50:50, dass ihn jetzt noch etwas aufhalten konnte.

Frei ... frei ... frei ... viel Platz ... Ruhe ...

Der Hulk landete in der verlassenen Siedlung. Da er völlig auf der Basis seiner Instinkte funktionierte, war sein erster Impuls, sich nach allen Seiten abzusichern. Er blickte sich argwöhnisch um, ob irgendwo noch mehr Männer versteckt waren, die ihn mit ihren stechenden Kugeln quälen konnten. Aber seine geblähten Nüstern verrieten ihm, dass niemand in der Nähe war.

Eines der Häuser erregte seine Aufmerksamkeit. Er ahnte nicht, dass er früher einmal darin gelebt hatte, denn er hatte kaum eine Vorstellung davon, in welcher Beziehung er zu dieser Welt stand, und in welcher Beziehung die Welt zu ihm. Er kannte nur Schmerz und Wut und das Bedürfnis, alles und jeden zu vernichten, den er als Feind ansah. Aber er spürte, wie er auf einer ganz ursprünglichen, unreflektierten Ebene von dem Haus angezogen wurde.

Von der Macht unbewusster Erinnerungen getrieben, näherte er sich dem zerstörten Gebäude. Er blinzelte durch eines der Fenster und betrachtete das staubige, verwahrloste Innere. Das Geräusch von Motoren wurde langsam lauter, aber es war unmöglich zu sagen, ob es real war, oder ob es aus den Fragmenten seiner Erinnerung stammte. Ein schattenhafter Eindruck seiner Vergangenheit wehte durch sein Bewusstsein, und irgendetwas schien in ihm aufzuleuchten. Ein kleiner grüner Nadelbaum strahlte in festlicher Dekoration. Er sah einen kleinen Jungen, und der Junge kam ihm irgendwie bekannt vor, aber er machte ihn gleichzeitig auch sehr wütend. Der Hulk wäre am liebsten durch die Wand gebrochen und hätte den Jungen in seinen gewaltigen Händen zermalmt. Er wollte es tun, weil er fühlte, dass dann diese quälende Stimme der Vernunft in seinem Innern endlich still wäre – diese Stimme, die immer wieder versuchte, seine Aktionen zu stören.

Der Wind heulte, als wolle er ihn vor etwas warnen. Und plötzlich explodierte das Haus in einem gewaltigen Feuerball. Raketen schlugen überall in der Siedlung ein. Es kam völlig überraschend für den Hulk, und er wurde von der Gewalt der Explosion nach hinten geschleudert. Eine gewaltige Sandfontäne spritzte in die Höhe, als er in den Dünen aufschlug.

Als er wieder auf die Beine kam, sah er, dass von allen Seiten schnelle geländegängige Kampffahrzeuge auf ihn zurasten. Einen Moment war er ohne Orientierung, doch dann reagierte er blitzschnell. Er sprang auf eines der Fahrzeuge zu und packte es an einer am Vorderteil befestigten Ziehkette. Ein gewaltiger Ruck ging durch den Wagen. Der Fahrer ließ sich aus der Tür fallen, aber der Schütze, der an einem Maschinengewehr auf dem hinteren Teil des Fahrzeugs saß, drehte sich um und zielte auf den Hulk …

… und plötzlich flog der Schütze durch die Luft. Denn mit einem lauten Grunzen hatte der Hulk an der Kette gerissen und den Wagen in die Luft geschleudert. Während er das Fahrzeug an der Kette um sich kreisen ließ, versuchte der MG-Schütze verzweifelt zu zielen, feuerte aber nur wild in alle Richtungen. Die Soldaten in den übrigen Fahrzeuge versuchten verzweifelt auszuweichen, als der Hulk plötzlich die Kette losließ und der Wagen durch die Luft segelte.

Im letzten Moment rettete sich der Schütze durch einen Sprung aus dem Wagen, was sich als ausgesprochen klug erwies, denn die Flugbahn des Wagens endete genau auf einem Abrams-Panzer, der in diesem Momente heran rollte. Der Panzer hatte bereits begonnen mit enormer Feuerkraft zu schießen, aber das Fahrzeug krachte auf das Oberteil des Panzers und machte ihn mavörierunfähig.

Ein zweiter Panzer rollte heran und versuchte, die sich schnell bewegende grüne Gestalt ins Visier zu nehmen. Aber er hatte kein Glück. Er jagte nur ein Einfamilienhaus nach dem anderen in die Luft, ohne den Hulk zu treffen. Völlig unverletzt schaffte es der Gigant bis zu dem gewaltigen Kettenfahrzeug, hob den Panzerturm an und drehte ihn ab wie einen Schraubverschluss. Den herausgerissenen Turm donnerte er hasserfüllt brüllend mehrmals auf die Erde und verwandelte ihn in einen Haufen Schrott. Der beschädigte Panzer versuchte, sich zurückzuziehen, aber der Hulk, der seine Wut an dem Turm längst noch nicht ausgetobt hatte, griff sich den Rest des Panzers. Er hob ihn über den Kopf und schüttelte ihn wie eine Cornflakes-Schachtel. Die Insassen, die wild durcheinander geworfen wurden, brauchten keine weitere Aufforderung, um herauszuspringen und um ihr Leben zu laufen. Sie hatten Schusswaffen in ihren Halftern, aber keiner machte sich die Mühe, sie zu ziehen. Irgendwie schien es wenig Sinn zu haben.

Bodentruppen waren hinter den Panzern vorgerückt, doch als sie sahen, wie das unzähmbare Monster den Panzer herumstieß wie eine Schuhschachtel, warteten sie nicht auf weitere Befehle. Sie zogen sich eilig zurück, um nicht Ziel seiner Wut zu werden.

Das Triumphgeheul des Hulk begleitete ihre Flucht über die Dünen.

Im Kommandocenter hielt Thunderbolt Ross ein Satelliten-Telefon an sein Ohr gepresst. Der befehlshabende Sergeant hatte ihn gerade über die Details des Rückzugs informiert. Ross war etwas blass um die Nase geworden, aber er hatte dem Sergeant bestätigt, die richtige Entscheidung getroffen zu haben. Es gab keinen Grund, hier sinnlos Männer zu opfern. Es mit dieser Kreatur im Nahkampf aufnehmen zu wollen, war Selbstmord, solange hier nicht Truppen in einer Stärke anrückten, über die Ross nicht verfügte.

Er sprach ins Telefon: »Hier spricht T-bolt auf von der Wüstenbasis. Ich will eine Sofortverbindung mit POTUS und der Behörde für Nationale Sicherheit.« POTUS war natürlich die Abkürzung für *President of the United States*.

»Ohio«, sagte der Satcom-Vermittler.

»Sandusky«, sagte Ross und gab damit das vereinbarte Code-Wort. »Ich wiederhole, Sandusky. Authentifizieren: Alpha Whiskey Sierra Five Five Zero Three.«

»Ich wiederhole: Alpha Whiskey Sierra Five Five Zero Three. Warten Sie, Eins«, sagte der Satcom-Vermittler.

»Roger«, sagte Ross, »bleibe Stand-by.«

Die anschließende Pause schien endlos zu dauern, obwohl es kaum mehr als ein paar Sekunden waren. Endlich war die Stimme des Satcom-Vermittlers wieder zu hören. »Die Verbindung ist hergestellt. Bitte sprechen Sie.«

»Mr. President, ich habe schlechte Nachrichten«, sagte Ross. Während er sprach, hatte er folgendes Bild im Kopf: Der Präsident in einem Besprechungszimmer, umgeben von Kabinettsmitgliedern und Beratern. Doch dann hörte er über das Telefon den entfernten Ruf ‚Fore!' und musste feststellen, dass der Präsident sich gerade auf dem Golfplatz befand. *Unsere Steuergelder bei der Arbeit*, dachte er grimmig.

»Was gibt's, General?«, hörte er die Stimme des Präsidenten.

Seine Beraterin von der Behörde für Nationale Sicherheit war ebenfalls in der Leitung. Ross hatte sie einmal kurz kennen gelernt – eine energische Frau, mit der nicht gut Kirschen essen war. Ross hatte sie persönlich nicht gemocht, aber er respektierte ihre Entschlossenheit und ihren schnellen, effizienten Zugriff auf Situationen. Sie gab sofort eine Kostprobe davon ab, als sie sagte: »Ich habe den Präsident über den Zornigen Mann ins Bild gesetzt. Ich denke, darum geht es hier doch.«

»Korrekt, Madam«, sagte Ross. »Ich benötige die

Freigabe der Befehlshoheit über die Nationalen Streitkräfte. Zorniger Mann ist eminentes Sicherheitsrisiko. Ich brauche alles, was wir haben, um ihn zu stoppen.«

»Erwarten sie Opfer unter der Zivilbevölkerung?«, fragte die Sicherheitsbeauftragte.

»Nicht, wenn ich es vermeiden kann«, sagte Ross grimmig.

»Meine Zustimmung haben Sie«, sagte der Präsident. »Halten Sie uns auf dem Laufenden. Und, äh, General ...«

»Ja, Mr. President?«

Es entstand eine kleine Pause und dann sagte der Präsident: »Ich glaube, ich muss Sie nicht daran erinnern, dass wir dieses Jahr Wahlen haben.«

Die Botschaft war unmissverständlich: Wenn Wähler bei einem aus dem Ruder laufenden Regierungsprojekt ums Leben kamen, würden Köpfe rollen, auf höchster Ebene.

»Jawohl, Sir. T-Bolt, Out«, sagte Ross.

Er beendete die Übertragung und Lieber bracht ihm ein Feldtelefon. Er hatte hier so viele Kommunikationsmittel zur Verfügung, dass es langsam lächerlich wurde. Er schnappte es sich, ohne zu fragen, wer am anderen Ende war.

»KuK, ich höre«, fauchte er.

»KuK, hier UH-60 auf der Rollbahn«, sagte die Stimme im Funk.

»Roger«, sagte Ross. »Achtung, Achtung, Boulder, komme jetzt rauf, Feuer einstellen, Treffpunkt auf Sechs Sechs Neun.«

»Boulder, Roger, Portland. Nur ein Wort von Ihnen, und wir schießen unsere Raketen auf ihn ab«, sagte die Stimme.

... frei ... frei ... Herz pumpt, Kraft wächst, keiner kann mich stoppen, bin nicht zu stoppen ...

Wie eine entfesselte Naturgewalt fegte der Hulk mit gewaltigen Luftsprüngen durch die Wüste. Seine Kraft war ungebrochen, und in seiner hemmungslosen Raserei spürte er eine naive, unschuldige Freude, denn endlich konnte er seine Stärke ungehindert entfalten.

Er nahm nicht einmal mehr den Blackhawk-Helikopter wahr, der ihm folgte. Der Hulk wurde schneller und schneller, bis er für das menschliche Augen nur noch in vorbeirasenden Schemen erkennbar war. Der Blackhawk tat sein Möglichstes, aber auch die maximale Höchstgeschwindigkeit von 350 Stundenkilometern reichte nicht aus, und er begann zurückzufallen.

Die kurzen Sprünge, die der Hulk bisher gemacht hatte, waren nur eine Art Aufwärmtraining gewesen. Jetzt sprang der Hulk mit einer Eleganz, um die ihn jeder olympische Weitspringer beneidet hätte, über eine Entfernung von drei Kilometern – getragen nur von der unermesslichen Kraft seiner Beine. Nach wenigen Sekunden war er hinter dem Horizont verschwunden.

Thunderbolt Ross, der in dem Blackhawk saß, stöhnte leise: »Mein Gott!«

Es war nicht das erste Mal an diesem Tag, dass er glaubte, seinen Augen nicht trauen zu können. Aber schon während der Zornige Mann dabei war, sich seinem Blick zu entziehen, suchte er bereits in den diversen Funkkanälen nach den Signalen der vier Comanche-Helikopter, die Richtung Zielobjekt unterwegs waren. Nach wenigen Augenblicken hörte er den Funkverkehr zwischen den Comanches und ihren lokalen Bodenstationen.

»Banshee 0-1, Viererstaffel abgehoben, erbitte Anweisungen über Vektor und Kontakt.«

»Banshee Flug, Vektor 2-6-0. Steigen und Höhe fünftausend halten. Luftraum ist frei. Kontakt ist T-bolt auf Kanal Fox 3-5-6-4. Er ist ein Army Oscar 8 in einem Blackhawk, etwa 2-5 Meilen in Flugrichtung.«

»Banshee 0-1 bestätigt. 2-6-0 auf fünftausend. Kontakt T-bolt auf Kanal Fox 3-5-6-4.«

Durch lange Übung war Ross in der Lage zu verstehen, was sie sagten, obwohl die Übertragung von vielen Störgeräuschen überlagert war. Die Comanches waren noch nicht in Sichtweite. Der Blackhawk drehte ab, um auf einem abkürzenden Vektor zu ihnen zu stoßen. Ross fragte sich, wie viel Schaden der Zornige Mann wohl anrichten würde, bis er mit seinen Kampfhubschraubern bei ihm wäre und ihn, wie er inständig hoffte, endlich stoppen würde.

... springen ... springen ... fliegen ... weit ... noch weiter ... noch höher ...

Der Hulk breitete im Vorbeisausen die Arme aus. Er flog mit geschlossenen Augen durch die Luft, die endlose Weite der Wüste unter sich. Die Gedanken an das Haus lagen weit zurück. Hier, in der weiten Landschaft des Südwestens, wo er seinen Kräften freien Lauf lassen konnte, fühlte er sich wirklich zu Hause.

Die Wüste zog unter Ross dahin. Als er endlich Kontakt mit den Comanches hatte, brüllte er in sein Funkgerät: »DBC, Zielobjekt bewegt sich dort draußen rasend schnell. Gelände scheint keine Schwierigkeiten zu bieten. Jets sind bereits zur Unterstützung unterwegs.«

»T-bolt, hier Banshee 0-1, Viererstaffel, wir nähern uns aus fünf Uhr. Haben Raketen im Gepäck. Erbitten Mitteilung über Zielobjekt und Vorgehen.«

Ross holte tief Luft und stieß sie langsam wieder aus. »Banshee 0-1, hier T-bolt. Folgen auf 4-4-3. Auftrag ist, den Kerl zu stoppen. Punkt.«

»T-Bolt, hier Banshee 0-1, verstehe, wir sollen das, äh, Zielobjekt angreifen«, sagte Banshee 0-1. Er klang etwas zweifelnd, fast amüsiert. Der Mann war ein erfahrender Kampfpilot, der es gewohnt war, Konvois oder militärische Ziele anzugreifen, die sich verteidigen und zurück schießen konnten. Alles, was er bis jetzt über seinen Auftrag wusste, war, dass er es hier mit einem einzelnen, wenn auch ziemlich starken Kerl zu tun haben würde. Offensichtlich konnte er noch nicht ganz verstehen, welche Schwierigkeit darin liegen sollte. Er nahm es vielleicht nicht mal richtig ernst. Ross konnte nur hoffen, dass er mitbekam, was hier gespielt wurde, bevor es zu spät war.

»Roger, Banshee«, sagte Ross und schlug innerlich drei Kreuze. »Ihr habt Feuererlaubnis. Viel Glück bei der Jagd.«

... Ruhe ... Ruhe ... Herz ... langsamer ... ruhiger ...

Die Landschaft hatte sich verändert. Überall waren tiefe Felsschluchten und Bergformationen. Der Hulk landete auf einer der gewaltigen Formationen und sah sich in der felsigen Weite um. Für einen Augenblick herrschte eine unheimliche Stille. Sein Atem wurde gleichmäßiger, sein Herzschlag beruhigte sich. Er war wieder sich selbst überlassen und es schien fast so, als ob Bruce Banner sich bald zurückmelden würde. Schließlich gab es keinen Angreifer mehr.

Aber das sollte sich rasch ändern.

... nein ... nicht ... lasst mich ... in Ruhe ... platt machen ... PLATT MACHEN ...

Der Hulk hatte kurz gestutzt, als sich die Helikopter näherten, doch dann streckte er seinen Arm aus und griff sich den Rotor des Choppers, der ihm am nächsten war. Das Metall schlug auf seine Hand, verbog sich und brach, und der Helikopter kreiste mit dem Heckrotor voran auf ihn zu. Das Heck stieß mit dem Hulk zusammen, er taumelte und rutschte mit dem Helikopter den Felshang hinunter. Dem Pilot blieb nichts anderes übrig, als die holprige Talfahrt mitzumachen und dabei verzweifelt Statusmeldungen in sein Mikrofon zu brüllen.

Während sie den steilen Hang hinunterrollten, krachte und ächzte das Metall unter dem entschlossenen Griff des Hulk. Sie schlugen unten auf, und es glich einem Wunder, dass die Überreste des Helikopters nicht explodierten. Der Pilot atmete noch, hing aber leblos und blutüberströmt in seinem Cockpit, nur noch von seinen Gurten gehalten.

Der Hulk verlor augenblicklich das Interesse an dem Helikopter. Sobald der Lärm der Motoren aufgehört hatte, stellte er für ihn keine Bedrohung mehr da. Die anderen Helikopter flogen auf und ab und formierten sich neu, während der Hulk sich aufrappelte und zu klettern begann.

Er gab kein einfaches Ziel ab. Er schwang sich durch ausgewaschene Flusstäler, über Felsen und Hügelketten und wirkte dabei wie ein gamma-bestrahlter Tarzan, der die Helikopter geradezu herauszufordern schien.

»Hier Banshee 0-1 ... Achtung, Achtung ... Banshees,

hier ist 0-1. Formationsflug. Folgt mir. Passt auf … erhöhe den Einsatz … den nächsten Freischuss hat Zuni … Kampf-Formation einnehmen«, sagte Banshee 0-1.

Ross konnte es nicht erwarten, endlich zum Schauplatz der Ereignisse zu kommen. Es kam ihm vor, als würde sich sein Helikopter mit der Geschwindigkeit von geschmolzenem Blei fortbewegen, obwohl er mit Höchstgeschwindigkeit flog. Ross war sich sicher, dass den Hubschrauberpiloten mittlerweile klar geworden war, was für eine Herausforderung sie erwartete. Sie schienen sogar etwas zögerlich, sie anzunehmen. Das bereitete ihm Kopfzerbrechen. Sie hatten schon genug Probleme.

»Raketen freigegeben«, teilte Ross ihnen mit. »Ich will nicht, dass er noch weiter westlich kommt.« Seine Sorgen waren verständlich. Im Moment spielten sie mitten im Niemandsland Fangen mit dem Monster. Aber so eine Schlacht in der Gegend von Los Angeles oder San Francisco würde hunderte, ja tausende Menschenleben kosten; die unzähligen Toten durch Flucht und Massenpanik nicht mit eingerechnet.

»… verpasst ihm einen mit den Hellfires!«, sagte die Stimme von Banshee 0-1.

»DBC, hier T-bolt«, sagte Ross. »Gebt mir die voraussichtliche Ankunftszeit der Düsenjager.«

»T-bolt, Cheyenne Kontrollturm hat Verbindung mit Fast Eagle und High Bird. Over.«

»DBC, erbitten Verbindung mit T-bolt. Over«, sagte Cheyenne.

Aber Ross hatte sie schon gehört. Alle Kanäle der in der Nähe gelegenen Flugbasen waren bereits untereinander verbunden. »Cheyenne Control, hier T-Bolt, was habt ihr für mich?«, fragte Ross.

»T-Bolt, hier Cheyenne Control, Roger. C-130 hat Sichtkontakt zu den drei Helikoptern. Erwarten euer Eintreffen dort in zwei Minuten. Over«, sagte Cheyenne Control.

... lasst mich ... mach euch platt sonst ... LASST MICH IN RUHE ...

Der Hulk kletterte eine Felswand hoch, als die Comaches hinter ihm angedonnert kamen. Gerade als er den höchsten Punkt des Felsvorsprungs erreicht hatte, feuerte der Comanche, der an der Spitze flog, eine Rakete auf ihn ab. Sie schlug direkt neben dem Hulk ein und jagte den Felsvorsprung in die Luft. Der Hulk stürzte zusammen mit einer gewaltigen Felsplatte in den Canyon. Ein Sturz, der das sichere Ende eines jeden Lebewesens bedeuten musste.

Der Hulk schlug am Boden auf, schüttelte kurz Staub und Geröll ab und begann erneut, die Felswand hinauf zu klettern. Er schien am Ende seiner Geduld.

»Sorry, T-bolt«, sagte Banshee 0-1. Der Pilot schien mit den Nerven am Ende und das ursprünglich so ausgeprägte Selbstvertrauen war wie weggeblasen. »Kein Glück gehabt hier. Treibstoff geht zur Neige.«

Ross war in seinem Sitz zusammengesackt, aber davon war seiner Stimme nichts anzumerken. »Banshee 0-1, verstanden. Zurück zur Basis, aber doppeltes Tempo. Wir haben ein kleines Feuerwerk für ihn vorbereitet ... Achtung, Achtung ... 52, Abwurf vorbereiten. Ich ziehe mich zurück.«

In diesem Moment sah er das Zielobjekt, das er und seine Leute erfolglos gejagt hatten. Der grüne Gigant schien es nicht mal für nötig zu halten, von ihm Notiz zu nehmen. Er sprang einfach weiter. Höher und höher, weiter und weiter; und dann machte er einen gewaltigen Satz über Ross' Blackhawk hinweg, ohne sein Tempo im Mindesten zu drosseln.

»In welche Richtung bewegt er sich? Nein, sagt es mir nicht. Ich weiß es.« Ross Stimme war kalt und kontrolliert, er ließ nichts von seiner Enttäuschung durchschimmern. Ross war ein alter Krieger. Er hasste nichts mehr, als zu verlieren, und bei dem, was hier auf dem Spiel stand, konnte er es sich auch gar nicht leisten. Trotzdem musste er der Wahrheit ins Auge sehen:

»Er bewegt sich direkt auf San Francisco zu.«

Auf der Basis der Joint Tactical Force West herrschte eine bedrückte Stimmung. Vor allem bei jenen, die nicht Vater eines Monsters waren. David Banner allerdings schien bester Laune zu sein.

Zwei Militärpolizisten führten ihn auf die Basis, während Betty am Haupteingang zurückblieb. Banner blieb kurz stehen und drehte sich um, obwohl die MPs ihn drängten weiter zu gehen. Er hob die mit Handschellen gefesselten Hände, wie ein Boxer, der triumphierend die Arme in die Luft reckt. Es sollte offensichtlich eine Art Abschiedsgruß sein, aber Betty hatte das Gefühl, dass etwas Verächtliches darin lag.

Während man ihn wegführte, hörte sie den Klingelton ihres Handys. Sie zog es heraus und sagte: »Ja?«

»Betty«, hörte sie die Stimme ihres Vaters und sie spürte instinktiv, dass irgendetwas nicht stimmte. Noch bevor ihr Vater etwas sagen konnte, wusste sie auch, was nicht stimmte.

»Er, ähm, ich meine *es* ist ausgebrochen.«

Alles um sie herum schien sich zu drehen. Dass ihr

Vater das Wort es benutzte, sprach Bände. Es ging also offensichtlich nicht darum, dass Bruce trickreich die Flucht gelungen war. Jemand hatte ihn dazu gebracht, sich in den Hulk zu verwandeln. Und es war nicht schwer zu erraten wer: Talbot. *Wenn ich ihn in die Finger kriege, ist er ein toter Mann,* dachte sie grimmig, ohne die Ironie dieser Aussage zu erfassen.

»Er ist vielleicht auf dem Weg zu dir. Mach dich so schnell wie möglich auf den Weg zur Basis …«

»Ich bin schon hier. Sein Vater hat sich gestellt.«

»Sein Vater! Jesus!« Diese Neuigkeit kam völlig unerwartet für Ross, aber er reagierte schnell. »Ich schicke einen Sicherheitstrupp. Bleib, wo du bist.« Er unterbrach die Verbindung, ohne sich zu verabschieden.

Betty betrachtete den Himmel über der Golden Gate Bridge. Der Himmel war wolkenlos. Alles wirkte strahlend und friedlich. Doch sie hatte das ungute Gefühl, dass es nicht lange so bleiben würde.

Hemmungslose Wut

Während Thunderbolt Ross sich die neuesten Informationen über die Bewegungsrichtung des Hulk durchgeben ließ, setzte der Gejagte mit gewaltigen Sprüngen durch die Sierra Nevada. Die drei F-22-Jäger, die ihn verfolgten, kümmerten ihn nicht. Die Jets hatten offensichtlich Schwierigkeiten, ihr Ziel zu erfassen. Normalerweise waren die Objekt, die sie anvisierten, viel größer. Ein einzelnes, sich schnell bewegendes Wesen lag nicht in ihrem Komfortbereich, selbst wenn es fast drei Meter groß war.

»Dash 2 und Fox 3 feuerbereit. Setze mich nach links ab«, sagte der F-22-Pilot.

»Feuer einhalten, Feuer einhalten«, sagte Ross. »Die Gegend ist zu dicht besiedelt. Wir treiben ihn hinaus aufs Meer und schalten ihn dort aus. Over.«

Sekunden später hatte er den Bürgermeister von San Francisco an der Leitung. Ross hörte, wie im Hintergrund Einsatzfahrzeuge ausschwärmten und SWAT-Teams zu ihren Transportern rannten. Die Stimme des Bürgermeisters klang entschlossen, aber man spürte, dass es dem Mann nicht leicht fiel, die Ruhe zu bewahren. »General, ich habe das Begrüßungskomitee losgeschickt für … was immer es auch ist, was sie mir da schicken.«

»Danke. Ich hoffe, unser Aufenthalt in Ihrer Stadt wird kurz ausfallen.«

»Wir sind eine tolerante und offene Stadt, General, aber ich muss sagen, mir wäre es Recht, wenn Ihr Besuch hier noch kürzer als kurz ausfiele. Aber wir stehen natürlich zur Verfügung, wenn Sie uns brauchen.«

»Danke, Sir«, erwiderte Ross.

… Betty … Flugzeuge … verdammte Flugzeuge …

Der Hulk wurde langsam müde. Die Verfolgungsjagd begann ihn aufzureiben. Nicht physisch, eher in Form einer mentalen Erschöpfung. Je länger Bruce Banner die Gestalt des rasenden grünen Monsters hatte, desto öfter musste der Gigant sich mit seinem primitiven Hirn selbst einen Reim auf die Situation machen und Entscheidungen treffen. Der Hulk hatte das Gefühl, er müsse ein Ziel erreichen, hatte aber keine Vorstellung, was es war, abgesehen von einer elementaren Vorstellung von *Betty*. Gleichzeitig musste er sich von denen fern halten, die ihn verletzen und auslöschen wollten. Er wollte stehen bleiben, sie in der Luft zerreißen, sich dafür rächen, dass sie ihn quälten und nicht in Ruhe ließen. Aber das hätte zu viel Nachdenken erfordert. Der Hulk war vor allem ein Geschöpf der rasenden Wut, und das war ein Gefühl, das sich nur schwer über längere Zeit aufrecht erhalten ließ.

Am Schlimmsten aber war, dass er Banner in sich lauern fühlte. Banner, dieser verdammte Heuchler. Er wollte, dass der Hulk verschwand, aber gleichzeitig wollte er auch dessen Macht und Stärke genießen. Dieses Geheimnis war dem Hulk nicht verborgen geblieben. Er verstand es zwar nicht ganz, aber er spürte es.

Der Hulk landete auf der Halbinsel vor San Francisco. Als er einen Blick über die Schulter warf, sah er die verfluchten Jets herandonnern. Er riss die Arme hoch, heulte hasserfüllt und sprang in die Luft. Der Sprung trug ihn bis zur Golden Gate Bridge auf einen der gewaltigen Brückenbögen.

Die Flugzeuge jagten auf ihn zu wie gigantische Moskitos. Vier Düsenjäger und ein Helikopter. Der Hulk hatte nur eine vage Vorstellung von dem, was ihn da jagte. Er hatte keine Ahnung von Typenbezeichnungen. Er dachte nicht: »Oh, F-22-Jäger und ein Blackhawk.« Er wusste nur, dass sie in verfolgten, ihm Schmerzen zufügen wollten und dass er ihnen deshalb auch Schmerz zufügen wollte. Die rasende Wut, die allmählich nachgelassen hatte, brach wieder in ihm auf, und als ihm eines der Flugzeuge ein wenig zu nahe kam, zögerte er nicht lange.

Mit perfektem Timing sprang er los und landete auf dem Flugzeug. Der Jäger tauchte unter der Brücke durch, und der Hulk, der sich auf ihm festklammerte, rammte mit dem Rücken die Unterseite der Brücke und hinterließ einen gewaltigen Knick in der Stahlkonstruktion.

Dann zog der Pilot die Maschine plötzlich steil in den Himmel.

Die Strategie, die Thunderbolt Ross in diesem Moment rasch entwickelt hatte, war folgende: Der Jäger sollte mit dem Hulk in den Himmel schießen und schauen, wie ihm die dünne Luft bekam.

Der Hulk klammerte sich an das Flugzeug, als es durch die Wolken stieß. Eine dünne Eisschicht überzog ihn, Eiszapfen hingen aus seinen Haaren und von seinen wulstigen Augenbrauen. Die Welt um ihn herum begann zu verschwimmen. Während er langsam das Bewusstsein verlor, starrte er dem Pilot in die Augen. Der Pilot zuckte zusammen, besorgt, der Hulk könne sich erholen und ihm die Tragflächen abreißen. Aber dann fielen seine Augen zu und er erstarrte vollständig. Als das Flugzeug am höchsten Punkt, den es risikolos erreichen konnte, seine Flugbahn wieder senkte, rutschte das Monster ab.

Sich überschlagend stürzte der Hulk in die Tiefe, und wieder begannen die Bilder durch seinen Kopf zu wirbeln, *Bruce stand vor einem Rasierspiegel, er betrachtete sich selbst und hörte das leise Schaben des Rasierers, und er bemerkte, wie ihn fremde Augen aus dem Spiegel anstarr-*

ten, genau wie am Tag vorher, aber diesmal beobachteten ihn die Augen, und sie waren grün und blickten hasserfüllt, und Banner näherte sein Gesicht dem Spiegel, da splitterte plötzlich das Glas und die Hand des Hulk fuhr heraus und packte ihn am Hals und schlug seinen Kopf gegen den Spiegel, und Banner starrte blutüberströmt in das wütende Gesicht des Hulk, ihre Nasen stießen fast zusammen, und sie betrachteten einander wie zwei alte Freunde und wie zwei alte Feinde, und langsam hob Banner die Hand, löste sanft die Finger des Hulk von seinem Hals, und der Hulk war ruhig, sehr ruhig, und alles wirkte friedlich, aber plötzlich ballte er die Faust, und ein harter Schlag schleuderte Banners Kopf nach hinten, brach ihm das Genick, und der Hulk triumphierte, er hatte Banner erledigt, denn er war der stärkste …

Der Hulk klatschte in die Bucht, und ließ eine Fontäne aufsteigen, die man in mehreren Kilometern Entfernung sehen konnte. Er sank schnell auf den Grund der Bucht. Sein Körper lag im Schlamm, nur halb bei Bewusstsein.

»Umdrehen!«, brüllte Ross, der mit dem Blackhawk die Bucht abflog. Er beobachtete genau die starke Wellenbildung an der Stelle, wo der Hulk untergegangen war. Er wollte sicher sein, dass er verschwunden blieb und seine Strategie aufgegangen war. Doch selbst bei einem augenblicklichen Sieg hätte er seinen Triumph nicht auskosten können. Ross kam mehr und mehr zu der Überzeugung, dass Bruce Banner in der ganzen Angelegenheit das Opfer war. Banner hatte das alles nicht gewollt. Er war kein rücksichtsloser Terrorist, der das Ganze ausgeheckt und geplant hatte. Wenn er starb, wäre er ein zufälliges, ziviles Opfer eines Krieges. In der Geschichte militärischer Konflikte hatte es davon weiß Gott genug gegeben – auch wenn das kein Grund war, sich über ihr Schicksal zu freuen. Man nahm es hin, als Teil des Kampfes Mensch gegen Mensch …

Just in diesem Moment durchstieß der Zornige Mann die Wasseroberfläche.

»Ich glaub es einfach nicht«, sagte Ross zum wiederholten Mal an diesem Tag

Der Blackhawk war mit zwei M60D Maschinengewehren bestückt, und die Schützen eröffneten das Feuer. In Anbetracht dessen, was das Monster schon überlebte hatte, kam es Ross sinnlos vor, aber irgendetwas musste getan werden. Die Kugeln jagten Wasserfontänen in die Luft und Ross war sich sicher, dass einige den Zornigen Mann getroffen hatten.

Der Hulk blickte nur verächtlich hinauf zum Helikopter, holte noch einmal tief Luft und verschwand dann wieder unter der Wasseroberfläche.

Ross erinnerte sich daran, wie lange der Hulk bei dem Gasangriff mit einem Atemzug ausgekommen war. Die Situation schien daher nicht sehr viel versprechend. Langsam wurde ihm klar, dass es sich hier nicht um einen Kampf Mann gegen Mann handelte. Hier kämpfte der Mensch gegen eine Naturgewalt. Unglücklicherweise war bei allen Konflikten dieser Art der Mensch am Ende immer der Verlierer.

Das bedeutete, dass Ross einige schwierige Entscheidungen bevorstanden. Es bestand zwar immer noch die Möglichkeit, dass Banner sich von der Stadt entfernte, aber ebenso gut konnte er auf direktem Weg dorthin sein.

Wenn er in seiner Raserei einen Angriff auf die Stadt wagte, musste das nicht unbedingt auf gut einsehbarem Gelände stattfinden. Ross kannte die gewaltigen Kanalisationsröhren, die in die Bucht mündeten. Wenn der Zornige Mann sie entdeckte, und unter die Stadt gelangte, konnte er eine Katastrophe auslösen, wie die Stadt sie seit dem Erdbeben von 1989 nicht mehr erlebt hatte.

Ross beugte sich über sein Funkgerät und was er jetzt zu sagen hatte, fiel ihm nicht leicht. »Legends Dash Eins, Zwei, Drei und Vier, Waffen scharf machen. Zielobjekt Banner ist wahrscheinlich Richtung Stadt unterwegs. Sie sind befugt, in vollem Umfang zu handeln. Gebe in Kürze Vektoren durch.«

»Äh … Roger, T-bolt«, sagte der Pilot von Legend Dash Zwei. Seine Stimme wirkte zögerlich, als wolle er Ross etwas mitteilen, was diesem eigentlich längst klar sein musste. »Wir sind hier mit ziemlich schwerem Gerät behängt. Das wird ziemliche Schäden anrichten, wenn wir mitten in San Francisco damit herumballern.«

»Sie haben ausdrücklich Erlaubnis, auf das Zielobjekt zu feuern, Legend«, sagte Ross. »Lasst die Kollateralschäden meine Sorge sein.« Er machte sich tatsächlich Sorgen um die möglichen Folgen dieses Einsatzes. Höchstwahrscheinlich würde man ihn feuern. Er machte sich da keine Illusionen. Der amerikanische Staatsbürger wollte, dass militärische Aktionen sauber, ordentlich und ohne Opfer über die Bühne gingen – besonders ohne Opfer unter der amerikanischen Zivilbevölkerung. Mit dem Todesurteil der Bürger dieser Stadt hatte er sein eigenes Todesurteil unterschrieben. Er sah dem Kriegsgericht entgegen, einer Degradierung, vermutlich sogar dem Gefängnis. Man würde sehen wollen, wie Köpfe rollten, denn, wie der Präsident bereits ausdrücklich betont hatte, es war Wahljahr. Ross war sich sicher, dass man ihn zum Sündenbock machen würde.

»T-bolt, hier Legend Dash Eins. Alle Einheiten feuerbereit«, sagte der F-22-Pilot.

Ross blickte grimmig. Dann fiel ihm plötzlich ein, dass es eine Waffe gab, die er noch gar nicht eingesetzt hatte. Obwohl ihn nur die Vorstellung Magenkrämpfe bereitete, war es wohl die einzige Möglichkeit, ein größeres Blutvergießen zu verhindern.

»Bringen Sie uns zur Tactical Base West«, befahl Ross unvermittelt.

Der Pilot blickte Ross an, um sich bestätigen zu lassen, was er gerade gehört hatte. Ross nickte, und mit leichtem Achselzucken befolgte der Pilot dem Befehl.

Die berühmte Cable-Car-Straßenbahn klingelte und rollte weiter Richtung Market Street. Für die Menschen in der Bahn war es ein Tag wie jeder andere, abgesehen vielleicht von den merkwürdigen Flugmanövern, die in der Nähe der Golden Gate Bridge zu beobachten waren. Gerüchte kursierten, dass ein Monster oben auf der Brücke herumgeturnt sei, aber man hielt das allgemein für einen Witz – wahrscheinlich aus dem Internet, wie so vieles in diesen Tagen.

Niemand bemerkte den Riss, der sich hinter der Bahn im Asphalt auftat. Von dem Riss ausgehend bildeten sich weitere Risse, die strahlenförmig nach außen verliefen. Sie wurden größer, brachen auf und Erde quoll heraus.

Einige Fußgänger bemerkten die Spalten und sprangen zur Seite. Natürlich war ihre erste Reaktion: »Ein Erdbeben!« Nur schien es nirgendwo unter ihren Füßen eine Erschütterung oder Erdverschiebung gegeben zu haben. Es begannen einfach überall Spalten aufzubrechen, ohne ersichtlichen Grund.

Dann begannen unterirdische Leitungen zu reißen. Die Deckel der Feuerhydranten sprangen ab und Wasser spritzte in alle Richtungen. Beistehende Passanten wurden klatschnass und rutschten der Reihe nach aus. Autos prallten ineinander. Sie wurden durch den Druck des herausspritzenden Wassers ineinander geschoben oder die Fahrer stießen bei dem Versuch zusammen, den überall emporschießenden Fontänen auszuweichen.

In San Francisco herrschte offiziell bereits Ausnahmezustand, die Menschen in der Stadt hatten es nur noch nicht mitbekommen.

Verloren und Wiedergefunden

Betty Ross rannte auf das Flugfeld, wo der Blackhawk ihres Vaters aufsetzte. Die Tür wurde aufgeschoben und er machte ihr ein Zeichen, an Bord zu klettern.

Die Nachricht, er würde sie abholen kommen, hatte sie erstaunt. Diese Entscheidung war ihm sicher nicht leicht gefallen, aber offensichtlich hielt er ihren Einfluss auf Bruce für so groß, dass er nicht anders konnte, sie in den Konflikt mit einzubeziehen. Sein vorherrschender Instinkt war bisher immer gewesen, Gefahr von ihr fern zu halten. Das hatte er Mal für Mal bewiesen, als er sie von seinen Leuten beobachten ließ oder ihr befahl, die Wüstenbasis zu verlassen. Sie jetzt einzubeziehen, war so gegen seine innerste Natur, dass Betty einen guten Eindruck davon bekam, wie verzweifelt seine Lage sein musste.

Sie kletterte in den Helikopter. Die Tür hatte sich noch nicht geschlossen, da hob er schon ab. Ohne einen Hinweis abzuwarten, schnappte sich Betty einen Kopfhörer und stülpte ihn über. Die donnernden Geräusche im Inneren des Blackhawk machten es fast unmöglich, mit ihrem Vater anders zu kommunizieren.

»Dad«, sagte sie und drehte ihren Kopf energisch in seine Richtung.

Für einen kurzen Moment sah sie einen hilflosen Ausdruck in seinem Gesicht, aber er wich schnell einer grimmigen Entschlossenheit. »Ich habe keine andere Wahl. Ich muss ihn vernichten.«

Sie schüttelte wild den Kopf. »Das kannst du nicht. Wenn du ihn wütend machst, machst du ihn nur stärker. Und dabei wird San Francisco in Schutt und Asche gelegt.«

Er nickte grimmig, und sie merkte, dass ihm das nicht erst jetzt klar geworden war. Das war der Grund, warum sie hier war: Die Situation war hoffnungslos, und er wusste nicht, an wen er sich sonst wenden sollte. Er wirkte wie einer dieser Redneck-Machos, der sich heillos verfahren hatte und nun schwer schlucken musste, um jemanden nach dem Weg zu fragen. Das wäre in gewisser Weise ganz süß gewesen, wenn nicht so viel auf dem Spiel gestanden hätte.

»Es gibt nur einen Weg, ihn zu stoppen. Lass ihm eine Verschnaufpause«, sagte Betty. Ross brütete, und sie wusste, was er dachte. Sicher, er könnte den Hulk eine Verschnaufpause gönnen, aber würde der Hulk San Francisco eine Verschnaufpause gönnen?

… nass … blödes Wasser, noch mehr Wasser, hasse Wasser, kann Wasser nicht platt machen, hasse blöde Dunkelheit, stinkt …

Bei jedem Schritt, den er in der Kanalisation machte, stieß der Hulk die Ellenbogen nach oben. Nicht um San Francisco ins Chaos zu stürzen, er wollte einfach nur mehr Platz für sich selbst schaffen.

Endlich kam er an eine Kreuzung und blickte überrascht auf, als Tageslicht durch einen Kanalisationsdeckel fiel. Er kletterte hinauf, in dem er sich mit seinen gewaltigen Händen rechts und links an der Wand abstützte.

Er stieß seinen Kopf durch den Kanalisationsdeckel und blinzelte im Tageslicht. Mit einem dumpfen Grollen stieg er aus dem Schacht, reckte sich und betrachtete seine Umgebung. Er stand mitten auf einer am Steilhang gelegenen Kreuzung.

Etwa fünfzig Menschen, die gerade auf den Bürgersteigen unterwegs waren oder die Kreuzung überquerten, erstarrten, als sie das Monstrum aus der Kanalisation steigen sahen. Lange Sekunden bewegte sich niemand, weder die Bürger von San Francisco, noch der Hulk. Sie starrten sich gleichermaßen überrascht an.

Dann stieß der Hulk ein Gebrüll aus, das im gesamten Häuserblock die Schränke wackeln und die Fenster klirren ließ. Dieses Gebrüll brach den Bann. Auf einen Schlag rissen sich die Leute von seinem Anblick los und rannten davon. Dadurch wurden sie zu einem gewaltigen Hindernis für die Vereinigten Streitkräfte aus Soldaten und Einsatzkräften des San Francisco Police Departement. Die Männer mussten sich durch die panische Menge kämpfen, um den Ort des Geschehens zu erreichen. Alle Versuche, die Menschen zur Ordnung aufzurufen, blieben ungehört, da die Bürger vor allem daran interessiert waren, sich so schnell wie möglich von diesem Ort zu entfernen.

Einige Soldaten gaben aus einem gemeinsamen Impuls heraus mehrere Schüsse in die Luft ab. Sie hatten keine Bedenken, damit die Menschen in Angst zu versetzen, denn auf den Straßen herrschte bereits heillose Panik. Die unerwartet lauten Schüsse hatten zur Folge, dass die Menge sich in der Mitte teilte und die Soldaten und Polizisten sich ihren Weg bahnen konnten.

SWAT-Transporter kamen mit quietschenden Reifen aus allen Himmelsrichtungen angeschossen. Als sie den Ort erreichten, in dem die Panik ausgebrochen war, verlangsamten sie kaum ihr Tempo. Sie überließen es den flüchtenden Fußgängern, sich in Sicherheit zu bringen. Viele brüllten den Transportern wütende Flüche hinterher …

… Töte sie mach sie platt mach sie alle platt …

Der Himmel wurde von einer Flotte schwer bewaffneter Helikopter bevölkert, und F-22-Jäger donnerten in Richtung des Geschehens. Die Jäger waren als eine Art letzter Rettung gedacht, falls der Zornige Mann die Bodentruppen ausschalten sollte. Die Hundertschaften der Nationalarmee bezogen Stellung. Die SWAT-Teams postierten sich auf den Dächern der umliegenden Hochhäuser, um von dort das komplette, ihnen zur Verfügung stehende Waffenarsenal abzufeuern. Doch all das schien den Hulk nicht im Mindesten zu beeindrucken. Als die F-22-Jäger über ihm vorbei donnerten, warf er seinen Kopf in den Nacken und brüllte sie an. Auch ein Blackhawk-Helikopter kreiste über der Szene, auf der Suche nach einem Landeplatz.

Niemand wagte sich näher als fünfzig Meter an den Hulk heran. Er saß mitten in einem gewaltigen Kreis, der sich um ihn gebildete hatte. Er brüllte verächtlich, schüttelte drohend die Faust, als wolle er seine Gegner provozieren. Aber niemand war so lebensmüde, diese Herausforderung anzunehmen.

Er stieß erneut ein gewaltiges Gebrüll aus, das durch die Straßen hallte. Man hörte, wie bei vielen hundert Waffen der Hahn gespannte wurde und Kugeln in die Kammern glitten – und dann war noch ein weiteres Geräusch zu hören, das die Aufmerksamkeit des Hulk erregte.

Es war das *klik klak* der hohen Absätze eines Frauenschuhs.

Es schien so fehl am Platz, dass sogar der Hulk nicht umhin konnte, es wahrzunehmen. Er knurrte, aber es klang mehr nach einer Frage als nach einer Drohgebärde. Aus einiger Entfernung war die Stimme von Thunderbolt Ross zu hören, der über Funk durchgab: »An alle Einheiten, nicht schießen!« Doch der Hulk schenkte dem keine Aufmerksamkeit.

Er hatte nur noch alles vernichten wollen, aber ihr Geruch durchdrang den wütenden Nebel, der ihn umgab, und die Gefühle, die er mit ihr verband, gerieten in direkten Konflikt zu seiner Zerstörungswut.

... platt machen ... zerstören ... ich will ... will ... Betty ...?

Schritt für Schritt, jede hektische Bewegung vermeidend, näherte sich Betty. Sie wusste, dass alle überzeugt waren, die Kreatur würde sie sofort zu Brei stampfen, wenn sie in seine Reichweite käme. Selbst die geballte Feuerkraft sämtlicher Waffen des Landes schien das nicht mehr aufhalten zu können. Doch selbst wenn sie sich der tödlichen Gefahr bewusst war, sie ließ sie sich nicht anmerken. Sie ging mit erhobenem Kopf, den Blick geradeaus gerichtet.

Es wirkte fast wie ein Schock auf die Menschen, als der Hulk plötzlich auf die Knie sank und einen schmerzlichen und beschämten Schrei ausstieß – wie ein Kind, das man dabei erwischt, wenn es etwas Böses anstellt.

Sie kam immer näher, bis in seine unmittelbare Reichweite, und der Hulk, der sie mit einer Hand hätte zermalmen können, wimmerte und krümmte sich. Sie ging zu ihm, berührte ihn, streichelte sein Gesicht und machte beruhigende Laute, als wolle sie ein verängstigtes Kind trösten und ihm sagen, dass alles wieder gut werden würde.

... Betty ... oh Gott ... Betty ...

Der Körper des Hulk begann sich zusammenzuziehen. Sekrete strömten aus allen Poren, während das Monstrum vor den Augen der Beobachter schrumpfte. Auf die vielen ungläubigen Laute folgte eine gebannte Stille, während der sich der Hulk in einen dünnen, unscheinbaren Mann verwandelte. Nur das Geräusch der Helikopter und Flugzeuge in der Luft störte noch die morgendliche Ruhe.

Bruce Banner sah Betty mit einem erschöpften Lächeln an. »Du hast mich gefunden.«

Betty warf einen Blick in die Runde. »War nicht schwer, dich zu finden.«

»Doch, das war es.« Betty wusste, was er meinte und begann zu weinen.

»Hey.« Seine Stimme war sanft. Jetzt war er es, der sie tröstete. »Ich bin froh, dass wir noch die Chance bekommen haben, uns zu verabschieden.«

Dann umarmten sie einander.

Viele hundert Kilometer entfernt, verfolgte Monica Krenzler die CNN-Reportage über einen bislang unidentifizierten jungen Mann, der eine junge Frau inmitten der ganz realen Horror-Show, in die sein Leben sich verwandelt hatte, umarmt hielt. Monica ließ ihren Tränen freien Lauf.

In seiner Zelle auf der Joint Tactical Force Basis, richtete sich David Banner auf seiner Pritsche auf und grinste.

»Bald«, flüsterte er. »Schon sehr bald.«

Sie würden kommen und ihn holen. Man würde ihn zu seinem Sohn bringen. Bald würde er unbesiegbar sein.

»Kann man hier eine Pizza kriegen?«, rief er dem Wachmann zu. Keine Antwort. Er durfte nicht vergessen, den Wachmann zu zerquetschen, sobald er zur gewaltigsten Macht der Erde geworden war.

Die Sünden der Väter

Bruce Banner musste den Wissenschaftlern auf der Basis für ihren Einfallsreichtum Respekt zollen. Sie hatten sich eine ziemlich raffinierte Methode ausgedacht, ihn bewegungsunfähig zu machen.

Die ganze Anlage war in einem leeren Flugzeughangar aufgestellt worden. Man hatte ihn zwischen gewaltigen Elektromagneten positioniert, die auf zwei großen Plattformen standen. Das Ganze wurde von Halogenleuchten angestrahlt, die es ermöglichen sollten, Bruce genau zu beobachten. Nicht, dass er irgendetwas Interessantes getan hätte, er saß einfach auf seiner Pritsche und betrachtete interessiert die Anlage.

Er hatte allen Grund, interessiert zu sein. Obwohl die Anlage wahrscheinlich kaum eine Wirkung auf den Hulk gehabt hätte, war sie doch stark genug, um Bruce in Sekundenschnelle verglühen zu lassen.

Es kümmerte ihn nicht wirklich. Nichts kümmerte ihn mehr wirklich. Er hatte die Situation genau überdacht, sie wieder und wieder in seinem Kopf gedreht und gewendet und war zu der gleichen Entscheidung gekommen, die er bereits in San Francisco getroffen hatte. Er war noch ein Mal zurück in die Wirklichkeit gekommen und hatte Betty gesehen, wie ein Ertrinkender, der noch einmal an die Oberfläche kommt und nach Luft schnappt; aber ihm war klar, dass dieser erlösende und freudige Moment nur von kurzer Dauer war.

Er war zu gefährlich, um weiter am Leben bleiben zu können.

Betty Ross war in etwa zu dem gleichen Schluss gekommen. Nur fiel es ihr viel schwerer, das zu akzeptieren.

Sie stand außerhalb des Hangars und beobachtete ihn auf den Monitoren, die auf dem Übertragungswagen standen. Thunderbolt Ross trat zu ihr und mit ihm einige andere Wissenschaftler und hochrangige Offiziere.

»Hier ist der Deal«, sagte Ross. »Er bleibt auf der Basis, bis wir von C3 letzte Anweisungen erhalten. Es genügt der kleinste Hinweis, dass er Gewicht zulegt, bösartig die Oberlippe verzieht oder anfängt wie eine Avocado auszusehen und wir drehen den Saft an und verwandeln ihn in ein Häufchen Asche.« Er hatte Betty nicht in die Augen gesehen, während er das sagte, aber jetzt tat er es. Sein Ausdruck wurde ein bisschen freundlicher, aber nur ein bisschen. Es war nicht die rechte Zeit, um die bittere Wahrheit mit einem Zuckerl zu versüßen. »Du solltest vorbereitet sein auf die Anweisungen, die kommen werden.«

»Wir haben eine Sicherheitszone von 100 Metern, Sir«, sagte ein Colonel, dessen Namensschild ihn als *Thomas* auswies. »Wenn wir die elektromagnetische Anlage hochfahren, dürfte es keine Kollateralschäden geben.«

»Es wird trotzdem eine Wahnsinnsshow«, sagt Ross. Betty zuckte zusammen, als sie ihn das sagen hörte. Es schien, als würde er seinen Kommentar im gleichen Moment bereuen, aber er gab es nicht offen zu. Und wahrscheinlich hatte er sogar Recht. Die Elektromagneten würden einen Lichtblitz entfesseln, der etwa der Entstehung des Universums vergleichbar wäre – nur dass hier etwas zerstört und nicht erschaffen wurde.

Betty musterte die Soldaten, die an den Kontrollpulten standen. Sie schienen bereit, den tödlichen Mechanismus auf das kleinste Zeichen hin zu entfesseln. Sie wirkten so verdammt konzentriert auf ihre Aufgabe, dass wahrscheinlich das kleinste Niesen von Bruce ausgereicht hätte, um ihn augenblicklich zu grillen und dafür einen Orden und eine Beförderung obendrein zu bekommen.

Was hatte sie da getan? Wegen ihr war Bruce völlig hilflos. Aber welche Möglichkeiten hatte sie gehabt? Hätte sie die Hände in den Schoß legen und zusehen sollen, wie er San Francisco in Schutt und Asche legte. *Wenn er es platt gemacht hätte, hätte man wenigstens nicht mehr diese verfluchten Hügel raufsteigen müssen.* Sie wollte lachen und heulen zugleich, aber mit beeindruckender Selbstbeherrschung gelang es ihr, weder das eine, noch das andere zu tun.

Dann hörte sie, wie ein Personentransporter hielt. Sie wusste, wer sich darin befand. Wachen sprangen heraus und öffneten die Hecktüre. David Banner wurde in Ketten und Handschellen herausgeführt. Er kam an Betty und ihrem Vater vorbei, sah ihnen in die Augen, sagte aber nichts. Seine Eskorte wies ihm den Weg zum offenen Ende des Hangars. Betty beobachtete, wie er darauf zulief. Sie hätte ihn am Liebsten umgebracht …

Vom gleißenden Licht der Scheinwerfer geblendet, setzte Bruce sich auf und sah jemanden auf sich zukommen. Der Mann bewegte sich langsam, fast schlurfend. Trotzdem erkannte Bruce seinen Vater sofort. David Banner durchquerte die Halle und trat zwischen die beiden Elektromagnete. Bruce bemerkte die nicht allzu subtile Botschaft seines Vaters: Wenn Bruce sich in den Hulk verwandeln würde, würde er das gleiche Schicksal erleiden. Vermutlich hielt David das für eine große, aufopfernde Geste. Bruce schien es das Mindeste zu sein, was er von seinem Vater erwarten durfte.

David Banner stellte sich mit hängendem Kopf vor seinen Sohn.

»Ich hätte dich töten sollen«, flüsterte Bruce mit unverhohlener Verachtung.

»So wie ich dich hätte töten sollen«, erwiderte sein Vater.

»Hättest du doch nur …« Bruce sank zurück auf seine Pritsche und verbarg das Gesicht in den Händen. »Ich habe sie gesehen, letzte Nacht. Eine Art Vision. Ich habe ihr Gesicht gesehen. Braune Augen, braune Haare. Sie hat mich angelächelt, hat sich herunter gebeugt und mir einen Kuss gegeben. Ich kann mich an ihren Geruch erinnern, wie Wüstenblumen …«

»… ihr Lieblingsparfum«, sagte sein Vater.

»Meine Mutter. Ich kenne nicht einmal ihren Namen.« Bruce liefen die Tränen herunter.

Am anderen Ende des Hangars beobachteten Betty und ihr Vater die Monitore. Der Ton war schlecht, aber sie konnten der Unterhaltung folgen. Betty wurde eines klar: So kaputt ihre Beziehung zu Thunderbolt Ross auch sein mochte, er war ein vorbildlicher Vater, verglichen mit dem Irren, mit dem Bruce es zu tun gehabt hatte.

David Banner schien das Schluchzen seines Sohnes nicht zu stören. »Ist gut. Das Weinen wird dir gut tun.« Er ging auf ihn zu und streckte seine gefesselte Hand aus.

Betty fühlte sich instinktiv abgestoßen. Wie konnte dieser Mann, nach allem, was er gesagt und getan hatte, sich anmaßen, andere trösten zu wollen? Sie war erleichtert, als sie sah, wie Bruce zurückwich.

»Nein. Bitte fass mich nicht an. Vielleicht warst du mal mein Vater. Aber jetzt bist du es nicht mehr … und wirst es auch nie mehr sein.«

»Wirklich?« David Banners Augen verengten sich. Das falsche Mitleid und die vorgetäuschten Gefühle waren wie weggeblasen. »Ich habe Neuigkeiten für dich. Ich bin nicht wegen dir gekommen. Ich will meinen Sohn sehen.«

Diese Worte verwirrten Bruce.

»Meinen echten Sohn, den in dir. Du bist nur an der Oberfläche.« Seine Stimme wurde lauter. »Ein fadenscheiniges, dünnes Bewusstsein, das ihn umgibt, und das jeden Moment herunter gerissen werden kann.«

»Glaub, was du willst«, sagte Bruce müde. »Es ist mir egal. Verschwinde einfach.«

Und dann blickte der Vater direkt in eine der Kameras, grinste Betty höhnisch an und beugte sich zu Bruce hinunter. Sein leises Gemurmel war über Monitor nicht zu verstehen, aber es war für Betty das erste deutliche Signal, dass sich eine Katastrophe anbahnte.

Bruce versuchte auszuweichen, aber sein Vater umklammerte seine Beine. »Bruce«, flüsterte er, »Ich habe das rettende Mittel gefunden … für mich.« Sein Ausdruck wurde immer bedrohlicher. »Meine Zellen können sich auch transformieren. Können enorme Mengen von Energie aufnehmen, aber anders als bei dir nur für kurze Zeit. Ich brauche deine Kraft«, sagte er mit wachsender Intensität. »Ich habe dir das Leben geschenkt und du musst es mir zurückgeben, nur millionenfach strahlender, gewaltiger.«

»Hör auf!« Bruce versuchte ihm auszuweichen.

»Denk nach.« David machte eine umfassende Geste. »Diese ganzen Leute da draußen, mit ihren Uniformen, ihren Befehlen, wie sie dem ganzen Planeten ihre Regeln aufzwingen. Denk an all den Schmerz, das Leid, das sie dir zugefügt haben, und mir, und begreife, dass wir sie und ihre Flaggen und ihre Hymnen auf einen Schlag verschwinden lassen können. Du ... *in mir.*«

Bruce war sich im Klaren darüber, dass er sein Leben nur retten konnte, wenn er ruhig und gelassen blieb, aber das war ihm in diesem Moment gleichgültig.

»Eher würde ich sterben«, sagte er.

»Das wirst du auch«, versicherte sein Vater, als würde er ihn beruhigen wollen. »Und wieder geboren werden als ein Held. Ein Held der Art, wie sie früher die Erde bevölkerten, lange bevor die schwächlichen Regeln der Zivilisation die menschliche Seele infizierten.«

Während er seinem verrückten Vater in die Augen sah, ging Bruces analytisch trainierter Verstand in rasender Geschwindigkeit alle Möglichkeiten durch, die sich ihm noch boten. Er war sich sicher, dass das, was sein Vater ihm erzählte, nicht nur die Ausgeburt eines kranken Hirns war. Er hatte irgendeinen Plan, und selbst wenn es außer Zweifel stand, dass er so verrückt war, wie ein mit Suppe belegtes Sandwich, dann war er doch auch ein brillanter Kopf. Sein Vater verfolgte eine Strategie und er war ein Bestandteil dieser Strategie.

Obwohl er wusste, dass er seine eigene Vernichtung auslöste, war er entschlossen alles zu tun, um seinen Vater aufzuhalten. Er sprang auf und schrie: »Los!«

Er wollte, dass sie es taten, dass sie ihn auslöschten, hier und jetzt. Es war genug.

... *Betty* ... dachte er düster, und er war sich nicht sicher, ob er es dachte oder ein anderer. Aber dann hörte er, wie die Elektromagnete geladen wurden, und er wusste, es würde nur noch ein paar Sekunden dauern. Er dachte, er hätte Betty verzweifelt aufschreien hören, aber sie war weit weg, sehr weit weg, und sein Leben war nicht lang gewesen, aber verdammt, es war ziemlich aufregend gewesen ...

David Banner dachte, das »Los!« hätte ihm gegolten und fauchte: »Hör mit deinem Gewinsel auf, du kümmerlicher Menschenschrott. Ich leg schon los. Pass nur auf, wie ich loslege!«

Mit einer Kraft, die völlig unerwartet kam, griff er eines der dicken Kabel, die auf dem Boden lagen und riss es in der Mitte auseinander. Die Funken sprühten und er steckte sich beide Enden in den Mund. Er wirkte wie die perverse Ausgeburt eines Neugeborenen, das an seiner Mutter saugte. Über ihnen begannen die Halogenlampen wild zu flackern.

»Nein!«, schrie Bruce und warf sich auf seinen Vater, wurde aber von einem gewaltigen Stromschlag zurück geschleudert. Hätte er in diesem Moment sein Spiegelbild gesehen, hätte er sicher den grünen Schimmer in seinen Augen bemerkt.

»Teufel noch mal!«, rief Ross, als er sah, dass die Begegnung der beiden Banners aus dem Ruder lief. Betty wusste instinktiv, dass sich hier eine Katastrophe anbahnte, die alles übertreffen würde, was sie bisher erlebt hatten. Im letzten Moment versuchte sie zu verhindern, dass der Soldat den Sicherungsschalter bediente.

Aber es war zu spät. Der extrem nervöse Soldat hatte den Schalter bereits umgelegt und die elektromagnetische Anlage begann aufzuheulen, als sie die enormen Energien freisetzte. Aber statt sie abzustrahlen, floss die Energie direkt in die ausgestreckten Arme von David Banner …

… und hörte nicht auf zu fließen.

Nacheinander gingen die Lichter aus: erst auf der Halbinsel, dann auf der Golden Gate Bridge und schließlich in der gesamten Bucht von San Francisco.

Bruce bemerkte entsetzt, wie sein Vater, der vor elektrischer Energie zuckte, seine Handschellen aufbrach. Die gesamte Anlage im Hangar implodierte mit einem gewaltigen Lichtblitz. David reckte seine Arme in die Luft und jagte ein gewaltiges elektromagnetisches Feld an die Decke des Hangars. Sie begann sofort zu schmelzen.

Alle Monitore wurden schlagartig schwarz. Selbst die Scheinwerfer und die elektrischen Anlagen der Fahrzeuge fielen aus.

»Verpasst ihnen noch eine Ladung«, rief Thunderbolt Ross.

»Unmöglich, Sir«, sagte einer der Soldaten, der verzweifelt an den ausgefallen Kontrollschaltern drehte. »Wir haben keinen Strom mehr, irgendeine Art von elektromagnetischem Störfeld …«

»Dann vorrücken, mit allem was ihr habt. Feuert, wenn ihr es für nötig haltet.«

Das wird nichts helfen, dachte Betty, die es schon müde war, immer wieder Recht behalten zu müssen.

Sein Vater blickte höhnisch lachend in Bruces Richtung – und sah eine große grüne Faust auf sich zu fliegen. Sie schleuderte ihn durch die Luft, durch das Dach des Hangars und weit über die Bucht. Mit einem Röhren setzte der Hulk ihm hinterher.

... platt machen ... Mörder ... verfluchter Mörder ... mach ihn platt, ja, MACH IHN PLATT ...

Zum ersten Mal war das Bewusstsein des Hulk nicht mehr von dem Bruce Banners getrennt. Sie waren zu einer einzigen großen Vernichtungsmaschine vereint, die es auf ihren gemeinsamen Vater abgesehen hatte.

Hoch oben in der Luft stieß er mit seinem Vater zusammen und die Wucht des Zusammenpralls katapultierte sie kilometerweit in die Nacht hinaus, während ein elektrischer Feuersturm um sie herum tobte. Sie schlugen am Ufer eines abgelegenen Bergsees auf und taumelten auseinander. Nur vom bleichen Mond über ihnen beleuchtet, standen sie einander gegenüber.

Jetzt, wo die Elektrizität seinen Körper verlassen hatte, war David Banner fast so groß wie der Hulk. Er lachte. »Siehst du, ich nehme alles auf und gebe es wieder zurück.«

Der Hulk stieß ein furchtbares Gebrüll aus; es war so laut, dass es noch auf einem der Monitore in Ross' Kommandozentrale registriert wurde.

»Wir haben sie«, rief ein Techniker. »Snider Lake.«

»Sofort die Task-Force alarmieren«, befahl Ross.

Ohne zu wissen, mit wem oder was er es zu tun hatte, begann der Hulk auf David Banner einzuschlagen. Doch dieser schien keineswegs beeindruckt – im Gegenteil: Mit jedem Schlag, den er einsteckte, schien er zu wachsen und grüner zu werden. Er absorbierte die Energie und die Zellstruktur des Hulk. Dieser machte einen Schritt zurück und sah seinen Vater verstört an. Sie waren jetzt gleich groß.

Wieder meldete sich Bruces Bewusstsein im Hulk und beide dachten gemeinsam: *Was zum Teufel …?*

»Mach nur weiter, mein Sohn«, sagte David Banner. »Je mehr du mich bekämpfst, umso mehr werde ich wie du.«

Der Hulk schien ratlos und hielt sich auf Distanz, bereit loszuschlagen, wenn es sein musste. Dann kauerte er sich plötzlich nieder, hob einen gewaltigen Felsblock auf und donnerte ihn auf David Banner. Auf der Stelle verwandelte sich sein Vater in Stein. Was auf jemand, der nicht in der Lage war, Stein zu zertrümmern, extrem einschüchternd wirken musste, war für den Hulk eine der leichteren Übungen. Er schmetterte seine Fäuste wieder und wieder in den Stein, während er immer wütender wurde und seine Kräfte wuchsen. Mit einem letzten Schlag verwandelte er seinen Vater in eine Wolke aus Staub und Geröll. Sie ging über dem Hulk nieder, und als er die Staubreste von sich abklopfte, hielt er das Problem für endgültig gelöst.

Aber in dem er das tat, transferierte er genug Energie zurück in seinen Vater und David Banner war in der Lage, wieder einen Körper zu bilden, der dem des Hulk in Aussehen und Fähigkeiten glich.

… Mörder … Mörder … platt machen, töten, Arme und Beine ausreißen, töten …

In seiner rasenden Wut holte der Hulk mit seinen Fäusten aus. Wild aufeinander einschlagend, kamen die beiden dem Seeufer immer näher. Mit jedem

Schlag schien die Luft um die beiden dünner und kälter zu werden. Selbst das Wasser wurde trübe und eisig. Die beiden schienen zu verschmelzen, als das Wasser um sie herum zu Eis erstarrte.

Nachdem sie die Zielobjekte via Satellit aufgespürt hatten, kehrten Betty und ihr Vater zurück zu den Monitoren. Bettys Hirn arbeitete auf Hochtouren. Sie suchte nach einer Möglichkeit einzugreifen, ohne dass Bruce dabei getötet würde. Aber es fiel ihr partout nichts ein.

»Seltsam«, sagte Colonel Thomas von einem der Monitore und zoomte eines der Satellitenbilder heran. »Wir haben dort einen enormen Temperaturabfall, bei gleichzeitig erhöhter Strahlenaktivität.«

Ross blickte seine Tochter verständnislos an. »Die Energie der Umgebung«, sagte Betty trocken. »Sie absorbieren sie. Daher kommt die zusätzliche Masse ihrer Körper. Sie verwandeln buchstäblich Energie in Masse.«

»Können sie sie wieder zurückverwandeln?«

»Wenn sie das tun«, sagte Betty leise, »sind wir alle tot.«

Kampfjets flogen über die beiden riesigen Gestalten, die in einer tödlichen Umarmung erstarrt auf dem Grund des gefrorenen Sees standen. Energieblitze und neuronale Entladungen zuckten durch das Eis.

Während der Körper des Hulk gegen seinen Vater kämpfte, kämpfte das Bewusstsein Bruce Banners gegen das des Hulk. Bruce suchte nach etwas, versuchte etwas zu greifen, und da waren *tausende Bilder, Bruchstücke von Erinnerungen, die sich plötzlich hinter den er-*

starrten Augen des Hulk zu einem Moment völliger Klarheit und Ruhe zusammenfügten, und er wusste genau, wo er hinsehen musste, er konnte es direkt vor sich sehen, es war Weihnachten, David Banner saß auf dem Teppich und spielte mit seinem Sohn, sie kämpften, aber es war ein Spiel, und jeder der beiden hielt eine kleine Stoffpuppe, und Bruce sagte: »Die ist schneller, die kann fliegen«, und David sagte: »Aber meine frisst deine einfach auf!«, und die Art, wie er das sagte, löste plötzlich Panik in Bruce aus, und sein kleines Gesicht wurde ernst und er sagte: »Nein! Kann sie nicht, meine fliegt weg«, und David lächelte und sagte: »Ja, du fliegst weg!« und er warf die Puppe auf den Boden und da war es, das Wissen, das er brauchte, der Fluch, der auf ihm lastete, der Grund dafür, dass man ihn verletzen und schlagen konnte, der Grund, warum er sich selbst schlecht machte, genau hier, in diesem sinnlosen Kampf zweier Stoffpuppen, einfach aufgeben und wegfliegen, und als er es aussprach, war es an seinen Vater gerichtet, oder an sich selbst, egal, es war ohnehin dasselbe, und er fragte sich, ob er jemals einen Vater gehabt hatte, oder ob er nur die Inkarnation eines Teils seiner Selbst war, und seine Stimme war völlig ruhig, als er sagte: »Ich weiß, wie du gewinnen willst, Vater«, und sein Vater sagte: »Du weißt es?«, woraufhin Bruce antwortete: »Indem du mich wütend machst«, und er hörte das zustimmende Lachen eines Vaters, der endlich stolz auf seinen Sohn war, weil er intuitiv einen Fortschritt gemacht hatte, und er sagte: »Ja, ich werde es von dir bekommen«, und Bruce antwortete: »Das wirst du nicht … weil ich es mir selbst nehmen werde«, und sein Vater fragte mit echtem Interesse: »Und wie willst du das anstellen?«, woraufhin Bruce erwiderte: »Indem ich dir vergebe. Nimm ihn. Er gehört dir.«

Das Eis brach unter ihren Füßen als David Banner aus dem schmelzenden See stieg, die Hand des Hulk hob und sie an seine Brust hielt. Der Hulk wehrte sich, aber er war verwirrt und unkonzentriert, als ob er nichts mehr mit seiner Wut anzufangen wisse – oder als ob er gar nicht mehr wütend sei.

»Komm zu mir, mein Sohn«, sagte David Banner.

Der Hulk schien sich aufzulösen und für einen kurzen Moment konnte man Bruce Banner erkennen, wie er in den See stürzte. Sein Vater stand triumphierend über den Berggipfeln. Er sah am Horizont eine Flotte von Stealth-Bombern und Kampfjet-Geschwadern auf sich zufliegen, und er lachte und lachte, und sein Lachen hallte wie Donnerschläge.

Plötzlich unterbrach er sein Lachen und sah hinunter auf seine Brust. Immer mehr Energie strömte spiralförmig in seinen Körper und ließ ihn größer und größer werden. Er stampfte herum, und suchte nach seinem Sohn oder dem Hulk. Wütend verzog er das Gesicht.

»Du!«, brüllte er ins Nichts. »Die Reaktion … du hast mich überlistet! Nimm es zurück! Es hört nicht mehr auf!«

Es hörte tatsächlich nicht mehr auf. Es geriet außer Kontrolle, die unterschiedlichen Energien kollidierten, sein Körper absorbierte alles, das Mondlicht, die Luft, den Wind, und als es nichts mehr gab, was er hätte absorbieren können, entdeckte sein Körper auf der Suche nach neuen Energiequellen das energiereichste Objekt in der Gegend – sich selbst. Sein Körper begann buchstäblich sich selbst zu verschlingen, ein Effekt, der in der Mitte begann und sich nach außen fortpflanzte, und der Vater hielt sich selbst umklammert und schrie und heulte, und eine Stimme hämmerte in seinem Kopf, und es hätte seine eigene sein können, aber es hörte sich an, wie die seines Sohnes. Die Abschiedsworte seines eigenen Nachkommens brannten sich in sein fiebriges Bewusstsein …

… die Dinge fallen auseinander … die Mitte hält nicht mehr …

David Banner stolperte auf den Gipfel eines Berges zu, und diesmal bemerkte er die Kampfflugzeuge nicht, die sich von hinten näherten.

Weit weg sah Thunderbolt Ross seine Tochter an, während er den letzten Befehl gab: »Meine Herren … Feuer frei!«

Die Thermonuklear-Rakete löste sich von einem der Flugzeuge und raste direkt auf David Banner zu, der weiter wuchs und sich in einem endlosen, vernichtenden Energiekonsum ausdehnte. Im letzten Augenblick drehte er sich instinktiv um und sah sie kommen. Für den Bruchteil einer Sekunde spaltete ein breites Grinsen die untere Hälfte seines Gesichts. Er hoffte, noch mehr Energie absorbieren zu können, aber dann erkannte er: *Zu viel! Viel zu viel!*

… die Mitte hält nicht mehr … beste Wünsche von diesem rohen Biest …

Die Rakete traf ihn, seine Mitte wurde zerfetzt und flog in alle Richtungen auseinander, unfähig die Energie zu halten: Eine gigantische Explosion erfüllte den Himmel und ließ das Wirklichkeit werden, was Betty und Bruce in ihren Träumen verfolgt hatte, so lange sie denken konnten.

Auf den Monitoren sahen sie, wie die Explosion größer und größer wurde. Thunderbolt Ross senkte mit grimmigem Ausdruck den Kopf und stützte ihn in seine Hände.

Über den Altersunterschied und die Jahre gegenseitiger Ablehnung hinweg schlug Betty eine Brücke. Sie legte ihre Hand auf seine. »Es ist okay«, flüsterte sie, während sich auf den Monitoren die Flugzeuge zurückzogen und die einsetzende Morgenröte die Berge erglühen ließ. »Es ist alles okay.«

Ein Kreuz in Rot

Einige Monate später war Betty Ross dabei, unter dem Mikroskop einen DNA-Strang zu entwirren, als das Telefon klingelte. Es stand direkt neben ihr, denn in diesen Tagen entfernte sie sich nie weit vom Telefon. Man konnte nie wissen, wer vielleicht doch noch anrufen würde … und wann … vorausgesetzt natürlich, er konnte überhaupt …

Sie war so in Gedanken versunken, dass es ein paar Sekunden dauerte, bis sie die Stimme ihres Vaters wahrnahm, die schon mehrfach gesagt hatte: »Betty, bist du dran?«

Sie seufzte. »Hi Dad.«

»Gut, dass ich dich erwische«, sagte Ross.

Sie betrachtete das Forschungsobjekt, in das sie gerade vertieft gewesen war und musste lächeln. Sie zu *erwischen* war eigentlich nie ein Problem. Sie verbrachte den ganzen Tag im Labor. Ein Privatleben existierte so gut wie nicht, sie legte im Moment auch keinen besonderen Wert darauf. Ihr Vater wusste das. Trotzdem absolvierten sie jedes Mal dieses kleine Ritual. »Schön, dass du anrufst«, sagte sie und meinte es durchaus aufrichtig.

»Betty ...« Er zögerte, was ungewöhnlich war. »Du und ich, wir beide wissen genau, dass Banner ... also ... dass er das nicht überlebt haben kann, diese Explosion und alles ...«

Sie hatte ganz entspannt dagesessen, aber jetzt straffte sich ihr Rücken. »Dad ... was ist los?«

»Du weißt schon, die üblichen Spinner«, seufzte Ross, »die denken, sie hätten muskulöse grüne Kerle gesehen.«

»Das haben sie auch«, antwortete sie und entspannte sich wieder etwas. »Auf ihrer Meister-Proper-Flasche.«

»Klar, versteht sich von selbst.« Sie hasste diese Redewendung. Wenn sich etwas von selbst verstand, musste man das nicht auch noch betonen. »Aber falls – und sich sage ausdrücklich falls – er versuchen sollte, Kontakt mit dir aufzunehmen oder dich zu sehen, würdest du es mir sofort sagen, oder?«

Sie musste lachen. Es hatte in ihrem Leben mal eine Zeit gegeben, da hätte sie ziemlich sauer geklungen, bei dem, was sie ihm jetzt zu sagen hatte. Aber mittlerweile schien ihr diese ganze Big-Brother-Absurdität in ihrem Leben nur noch komisch. »Nein, würde ich nicht. Und du weißt so gut wie ich, warum. Meine Telefone werden abgehört, mein Haus wird bewacht, mein Computer wird angezapft. Ich hoffe, dass Bruce nie Kontakt mit mir aufnimmt, weil ...« Betty unterbrach sich und ihre Stimme zitterte. Plötzlich war doch alles viel bitterer, als sie gedacht hatte. »Weil ich ihn liebe, und ihn immer lieben werde. Und ich bete jeden Abend und jeden Morgen, dass er nie versuchen wird mich zu sehen oder mit mir zu sprechen, bis zum Ende meines Lebens.«

Es entstand eine lange Pause, dann sagte ihr Vater, den sie nie für besonders mitfühlend gehalten hatte: »Es tut mir Leid, Betty. Es tut mir wirklich Leid.«

»Ich weiß, Dad. Ich weiß.«

Mit dem Telefon am Ohr blickte sie aus dem Fenster und sah wie die Bäume sanft im Wind schaukelten.

Sie glaubte nicht, dass er tot war. Nicht für einen Moment. Und so kitschig sich das auch anhörten mochte; sie hätte es gespürt, wenn er gestorben wäre. Sie dreht sich um und blickte auf das gerahmte Foto, das sie von seinem Schreibtisch genommen hatte: sie beide zusammen, oben im Wald beim Blockhaus. Sie hoffte, dass es Bäume gab, wo auch immer er war. Große, kräftige, mit viel, viel Grün.

Vielleicht hätte er dazu eine Beziehung.

Auf der Lichtung im Dschungel bogen sich die Palmen unter den starken Windböen und die Wände des provisorischen Zelts flatterten. Drei weiß gekleidete Rot-Kreuz-Helfer kümmerten sich um ein paar einheimische Familien: Kinder, ihre Eltern und Großeltern. Einer der Rot-Kreuz-Helfer trug einen Bart und längere Haare. Die anderen beiden schienen neu in ihrem Job zu sein und wirkten etwas zögerlich in ihren Aktionen, aber der Mann mit dem Bart bewegte sich mit einer Leichtigkeit und Sicherheit, die von großem Selbstvertrauen zeugte.

Er untersuchte einen achtjährigen Jungen, der liebevoll von seinem Vater gehalten wurde. Der Junge wirkte erschöpft und fiebrig und hatte glasige Augen. Der Helfer sah den Vater an und zog ein Medikamentenfläschchen aus der Tasche.

»Die müssen sie ihm drei Mal am Tag geben, zehn Tage lang, okay?«, sagte er in fließendem Spanisch.

»Gracias«, sagte der Vater. »Vielen Dank.«

Der Helfer wandte sich dem Jungen zu und sagte mit gespieltem Ernst: »Und du hörst auf deinen Vater, wenn er dir die Medizin geben will, okay?« Der Junge nickte eifrig mit dem Kopf und sagte, dass er das tun würde. Dann lächelte der Helfer, und sein Lächeln gab Vater und Sohn die Gewissheit, dass alles in Ordnung war mit der Welt, und dass auch bei ihnen bald wieder alles in Ordnung sein würde. Der bärtige Mann blickte auf Vater und Sohn und seufzte leise. Es klang wehmütig, ein bisschen eifersüchtig oder vielleicht auch nur ein wenig traurig.

Dann hörte er, wie einer der anderen Rot-Kreuz-Helfer, ein hübsches, einheimisches Mädchen, einen erschreckten Laut ausstieß. Eine Gruppe schwer bewaffneter Männer trat aus dem Dschungel. Der bärtige Mann sah, wie das Mädchen mit besorgter Miene auf das nächste Kind in der Reihe zeigte, und er lächelte sie zuversichtlich an. Aber es war ein gezwungenes Lächeln, und er wusste das. Er wusste auch, dass dies eine kritische Situation werden konnte.

Die bewaffneten Männer betraten das Zelt und jagten die Einheimischen hinaus. Sie begannen mit den Läufen ihrer Gewehre die Vorräte zu durchstöbern.

Ohne zu zögern, ging der Bärtige auf den Typ zu, der offensichtlich der Anführer dieser kleinen paramilitärischen Gruppe war. Ruhig, aber mit entschlossener

Stimme sagte er: »Wir brauchen diese Medikamente für die Leute, die hier leben.«

Der Mann starrte mit einem wütenden Funkeln in den Augen auf ihn herab. Er überragte den Bärtigen um mindestens einen Kopf. »Was bildest du dir ein, sagen zu können, was hier gebraucht wird und was nicht, Fremder?«, sagte er verächtlich. »Diese Leute helfen unseren Feinden. Und vielleicht tust du das auch.« Mit dieser unterschwelligen Drohung schnappte sich der Eindringling den Medikamentenkoffer und fauchte: »Wir brauchen das auch. Das ist jetzt Eigentum der Regierung.« Um zu demonstrieren, was er für ein harter Bursche er war, stieß der Anführer ein Kind hinaus in den Regen und brachte seine AK-47 in Anschlag. Seine Männer standen auf und gruppierten sich drohend um ihn.

Sie erwarteten selbstverständlich, dass er ihrem Erpressungsversuch nachgeben würde. Warum auch nicht? Er sah nicht so aus, als könne er ihnen gefährlich werden.

Sein Schädel begann zu pochen und er tat nichts, um es aufzuhalten. »Das hätten Sie nicht tun sollen«, sagte er ruhig. »Entschuldigen Sie sich bitte, und verlassen Sie dann das Zelt.«

Die Männer hoben ihre Augenbrauen und kicherten. »Was?«, sagte einer.

Das Pochen wurde heftiger. Er wunderte sich, dass es niemand hören konnte. Aber egal, letztlich kam es nur darauf an, dass *er* es hörte.

Er schloss die Augen und holte tief Luft. »Ihr macht mich sehr wütend«, sagte er, diesmal etwas nachdrücklicher, doch die Männer lachten noch immer. Und dann hörten sie ein Brüllen aus seiner Kehle, das nichts Menschliches mehr hatte; seine Augen klappten auf, glühten düster und grünlich, während eine Stimme in seinem Kopf wiederholte … *mach sie platt* …

Und seine letzten Worte – bevor das Geschrei begann – waren: »Ihr werdet mich nicht mögen, wenn ich wütend bin.«